古典文獻研究輯刊

十四編

曾永義 主編

第 14 冊

王學奇論曲（上）

王學奇 著

國家圖書館出版品預行編目資料

王學奇論曲（上）／王學奇 著 — 初版 — 新北市：花木蘭文
化出版社，2016〔民 105〕
目 4+260 面；19×26 公分
（古典文學研究輯刊 十四編；第 14 冊）
ISBN 978-986-404-814-4（精裝）
1. 王學奇 2. 元曲 3. 曲評
820.8　　　　　　　　　　　　　　　　105014958

ISBN-978-986-404-814-4

古典文學研究輯刊
十四編　第十四冊　　　　　　　ISBN：978-986-404-814-4

王學奇論曲（上）

作　　者　王學奇
主　　編　曾永義
總 編 輯　杜潔祥
副總編輯　楊嘉樂
編　　輯　許郁翎、王筑　美術編輯　陳逸婷
出　　版　花木蘭文化出版社
社　　長　高小娟
聯絡地址　235 新北市中和區中安街七二號十三樓
　　　　　電話：02-2923-1455／傳真：02-2923-1452
網　　址　http://www.huamulan.tw 信箱 hml810518@gmail.com
印　　刷　普羅文化出版廣告事業
初　　版　2016 年 9 月
全書字數　497869 字
定　　價　十四編 21 冊（精裝）新台幣 36,000 元

王學奇論曲（上）

王學奇　著

作者簡介

王學奇，男。1920 年 6 月，出生於北京市密雲縣，漢族。1946 年畢業於西北師院（北京師大後身）國文系，受業於黎錦熙先生。畢業後，曾任東北師大、中央音樂學院、河北師大等校講師、副教授、教授、研究生導師。還曾任元曲研究所所長、河北省元曲研究會會長、關漢卿研究會會長。享受國務院特殊津貼，還曾被北師大選爲榮譽校友。作者早年好詩，自上世紀五十年代迄今達約七十年，全心全力，轉攻戲曲辭語研究工作。近三十年出版的主要著作有：四卷本的《元曲釋詞》（約近 200 萬字）、一卷本的《關漢卿全集校注》（約 66 萬多字）、八卷本的臧氏《元曲選校注》（約 350 萬字）、十六開一卷本《宋金元明清曲辭通釋》（約 340 萬字）、兩卷本的《笠翁傳奇十種校注》（約 147 萬字）。以上各書都曾獲大獎，得到學術界的讚賞。這些作品，不僅馳譽國內及周邊國家，還遠渡重洋，涉足歐美澳。《通釋》在美國各大名校，如哈佛、哥倫比亞、芝加哥等校。都藏有兩部或一部，並受到很高評價，交相推薦。另外，輿論界還普遍認爲：作者不僅業績突出，還有良好的社會聲望。

提　　要

《王學奇論曲》淺說

　　《王學奇論曲》這部書，是作者從他 100 多篇論文中精選 44 篇構成的。《論曲》，顧名思義，就是治曲的理論。作者在《治曲一得》中指出：想著書立說者，必須首先選定項目，作爲奮鬥的目標。其次是積纍材料，作寫書或論文的準備。兩次就是動筆開寫。這個工作步驟，不能顛倒。選項目的根據，或根據社會需要，或根據須補空白，或兩者兼面了之。積纍材料要兼收並容，愈多愈好，以便動筆篩選材料時，去粗取精，去僞存眞，提高作品成分的含金量。作者選定《元曲釋詞》這個項目時，就因當時查找元曲詞義時，只有幾本小型專著，收詞不多，滿足不了廣大讀者的需要。還有明代臧晉叔編輯的《元曲選》，一直爲高等學府教授、劇本改編者以及元曲研究工作者所依賴。但此書出版 400 年來，迄無全收全注本。魯魚亥豕，到處可見。方言行（háng）話，皆就土音而筆之於書，難以理解。語言的障礙，影響了國內外學者的交流和研究，這實在是學術界不應有的大缺憾。進行彌補，實爲當務之急。面對撰《元曲釋詞》，校注《元曲選》這兩樁大工程，不能退縮，作者在《治曲一得》中指出，必須要依靠我們的膽識和魄力，在戰略上藐視它，同時在戰術上重視它，運用我們掌握的基本功，結合信心、決心、細心和耐心，一往無前，百折不撓，逐一解決好所有的問題。所謂基本功，即指本書中所列《因聲求義，是探索元曲詞義的方向》、《解釋元曲詞語要注意三個方面的聯繫》、《論如何探索元曲的詞義》等文。運用戰略戰術做武器，卒以二十年的工夫和十五年的工夫，先後取得了《釋詞》和《元曲選校注》的勝利，贏得國內外學術界的喝彩。寫出一部高質量的作品，通過實踐，基本功的方方面面，也要與時俱進，推陳出新，例如作者在修辭學上提出「以反語見義」，在校注方面提出「校注結合」、「雅俗共賞」等新觀點，皆有益於提高和普及。還有，作者提出「兩條腿走路」的寫作策略，其優點，詳《治曲一得》，此不贅述。

編輯部

目次

上　冊

第一輯

目前元曲語言研究中存在的問題 ·················· 3

（載《河北師院學報》1982 年第 2 期。《中國語文》1982
年第 6 期《國內期刊語言學論文選目》列有此文。日本
金丸邦三、曾根博隆編入《元明戲曲語釋拾遺》及《續
補》中。）

因聲求義是探索元曲詞義的方向 ·················· 13

（載《天津師大學報》1982 年第 5 期。國內學者在雜誌
上指出此文在解決詞義問題上提出一個重要方法，值得
考慮。認爲此文把王念孫父子「因聲求義」的方法引用
到解決戲曲詞義中來，這還是第一次。金丸邦三、曾根
博隆把此文編入《元明戲曲語釋拾遺》及《續補》中。）

解釋元曲詞義要注意三個方面的聯繫 ·················· 21

（載《河北師院學報》1983 年第 2 期，後被列入學術研
究指南叢書中。）

論如何探索元曲的詞義 ·················· 23

（載《河北師院學報》1984 年第 4 期。詞學大師讀此
文後說：「非常詳盡，獲益匪淺，甚佩您多年積學，多所
發明。」）

關於元曲語詞的溯源問題 ·················· 51

（載《河北師院學報》1987 年第 4 期）

論元曲中的歇後語 ·················· 67

（與吳振清合作）（載《河北師院學報》1985 年第 4 期）

元曲以反語見義修辭論析 ·················· 83

（載《修辭學習》1983 年第 3 期；《中國語文》1984 年
《國內期刊語言學論文選目》，列有此文）

論元曲中的「頂針格」修辭法 ·················· 91

（載《河北學刊》1992 年第 4 期，後爲《出版工作》轉
摘。文章舉例廣泛，分析全面，突破了傳統的「文字遊
戲」說，揭示出它在行文中起的積極作用。）

關漢卿的修辭藝術 ·················· 99

（《載《河北學刊》1989 年第 3 期》）

「老」、「道」、「腦」語助初探 ·················· 109

（載《天津教育學院學報》1991 年第 3 期）

治曲一得 ································· 117

（載《河北師大學報》2013 年第 4 期）

第二輯

評王季思先生的《西廂記》注釋 ··········· 131

（載《語文研究》1983 年第 1 期。國務院古籍整理出版規劃小組全文編入《古籍點校疑誤彙錄》第 1 輯。）

再評王季思先生的《西廂記》注釋 ········· 139

（載《天津教育學院學報》1985 年第 3 期。國務院古籍整理出版規劃小組全文編入《古籍點校疑誤彙錄》第 3 輯。

讀王季思先生的《〈詐妮子調風月〉寫定本說明》

······································· 145

（與王靜竹合作）載《天津師大學報》1986 年第 4 期。論者謂有理有據。）

評《新校元刊雜劇三十種》 ··············· 153

（載《河北師大學報》2004 年第 5 期）

評《詩詞曲語辭匯釋》 ··················· 165

（載《河北師大學報》2006 年第 1 期）

第三輯

《元曲選校注》前言 ····················· 185

（載《河北師院學報》1991 年第 2 期）

《全元雜劇》校注發凡 ··················· 197

（載《渤海學刊》1992 年第 1 期）

《宋金元明清曲辭通釋》概述 ············· 205

（與王靜竹合作）（載《辭書研究》2003 年第 2 期）

《宋金元明清曲辭通釋》跋 ··············· 213

《曲詞通釋》後記 ······················· 217

（與王靜竹合作）（載《燕趙學術》2013 年春之卷）

湯顯祖與《臨川四夢》序 ················· 227

（王學奇 2013 年於天津紅橋區寓所困學齋）

喜劇大師李漁和他的傳奇創作——《笠翁傳奇十種校注》序 ··························· 235

（載《燕趙學術》2009 年春之卷）

中　冊

第四輯

簡論元雜劇的衰落和傳奇的興起 ················· 263
　　（載《天津教育學院學報》1986 年第 5 期）

論關漢卿的散曲 ······························· 271
　　（與王靜竹合作）（載《河北師院學報》1988 年第 3 期）

關漢卿生、卒年的再認識 ······················· 297
　　（載《北師大學報》（1991 年增刊，1993 年爲《古近代
　　文學研究》雜誌轉摘）

第五輯

元明戲曲中的少數民族語 ······················· 309
　　（載《河北師院學報》1994 年第 1、2 期）

元明戲曲中的少數民族語（續） ················· 321

宋元明清戲曲中的少數民族語 ··················· 331
　　（載《唐山師院學報》2001 年第 1、3、4、6 各期。編者
　　按：「王學奇先生《宋元明清中的少數民族語》，視角獨
　　到，用功甚勤，可補這方面工具書之不足。」）

第六輯

釋「顛不剌（喇）」 ··························· 399
　　（載《河北師院學報》1981 年第 4 期。謂「顛」字有新
　　解，頗有啓發。）

「波浪、儱賴、舌刺刺」詞義發微 ··············· 403
　　（載《中國語文通訊》1981 年第 6 期。日本金丸邦三、
　　曾根薄隆編入《元明戲曲語釋拾遺》及《續補》中。）

釋「彈（dàn）」 ····························· 407
　　（載《中國語文》1984 年第 5 期）

再釋「彈（tán）」 ··························· 411
　　（載《信陽師院學報》1986 年第 6 期）

殺、煞、瞰、儍等字在元曲中的用法及其源流 ······ 415
　　（載《河北師院學報》1986 年第 2 期）

《救風塵》中幾個詞語注釋的商榷 ··············· 425
　　（載《關漢卿研究新論》，1989 年 8 月，由花山文藝出版
　　社出版）

釋「臉」──兼評王力先生對「臉」字的誤解 ····· 433

　（載《天津教育學院學報》1989 年第 3 期）

釋「賽娘」、「僧住」──兼談元劇中人物的用名
　問題 ·················· 439

　（載《河北師院學報》1990 年第 2 期）

釋「去」 ·················· 445

　（載《河北師大學報》1999 年第 2 期。中國人民大學資
　料中心於同年《語言文字學》第七期全文轉載。）

釋「人家」 ·················· 453

　（載《唐山師專學報》1999 年第 4 期）

釋「巴」 ·················· 461

　（載《河北師大學報》2000 年第 4 期。中國人民大學資
　料中心於 2001 年《語言文字學》第 1 期全文轉載）

釋「能」 ·················· 471

　（載《河北師大學報》2001 年第四期。論者謂：「闡發新
　義，多所發明，一新讀者耳目，廣爲學界所欣賞，各有
　關刊物，爭相轉載。」）

釋「許」 ·················· 483

　（載《唐山師院學報》2004 年第 6 期）

釋「與」──兼評《詩詞曲語辭匯釋》 ············· 493

　（載《唐山師院學報》2006 年第 1 期）

釋「學」──兼評現行各辭書 ············· 507

　（載《河北師大學報》2009 年第 2 期）

釋「老」與「大」 ·················· 515

　（載《燕趙學術》2012 年春之卷）

下　冊

王學奇年譜 ·················· 525

卷頭語 ·················· 531

前　言 ·················· 533

年　譜 ·················· 535

第一輯

目前元曲語言研究中存在的問題

王學奇

一、在資料掌握上存在的問題

　　馬克思主義認為，研究任何事物，都必須建立在大量的可靠的資料基礎之上，不然是無法進行全面、系統、深入地研究的。元曲所用的語言非常豐富。臧晉叔曾說：「如六經語、子史語、二藏語、稗官野乘語，無所不供其採掇。」〔註1〕實際涉及的範圍，比這還要廣的多。概括講來，元曲語言：有關於歷史故事方面的；有關於典章制度方面的；有關於風俗習尚方面的；有關於戲劇習用語方面的；有關於少數民族語方面的；有關於鄉談土語、江湖行話、插科打諢、隱語俗諺歇後等方面的。如何能掌握到這些語言資料呢？能像羅常培先生所指責過的那樣，自李實《蜀語》十八家的著作，「類多撮錄字書」〔註2〕嗎？當然不能。因為從別處轉抄來的現成材料，他引証的對錯不知道，遺漏多少也不知道，無法進行準確的科學研究。我們必須親自動手，從現存元曲的寶庫中，逐字逐句，反覆深挖細找，占有第一手語言資料。

　　那麼，試問近幾十年來搞元曲語言的老前輩，對此工作究竟作的如何呢？無可否認，他們都下過一番苦功，發揮過開路先鋒的作用。但從他們的著作所收的詞目、所引的例証和所作的解釋這幾方面來看，還無從証明他們已經掌握了大量的可靠的第一手語言資料。據我初步估計，元曲需要解決的詞目，至少五千到七千，而徐嘉瑞先生的《金元戲曲方言考》，張相先生的《詩詞曲語辭匯釋》所收詞目，都不過六百多條。朱居易先生的《元劇俗語方言例釋》

〔註1〕見臧晉叔《元曲選·序二》。
〔註2〕見徐嘉瑞《金元戲曲方言考·羅序》。

所收詞目，號稱有一千零幾十條，歸納起來，實際到不了這個數目。就是在這些條目中，引証也不全面，在釋義上有不少是錯誤的。

這些老前輩生活的時代比我們靠前，有些後來發現的新材料，他們來不及看到，例如：六十年代在上海郊區出土的明代成化年間刊印的《白兔記》；一九七五年在廣東朝安縣發現的明代宣德年間的手抄本南戲《金釵記》〔註3〕一九七九年在江西臨川縣發現的湯顯祖家傳全集殘版（上刻有《還魂記》、《邯鄲夢》和詩、賦、尺牘等部分章節）〔註4〕；一九八〇年在遼陽圖書館發現的羅振玉所藏的明代手抄六卷本《新編樂府陽春白雪》，它雖比舊抄九卷本《陽春白雪》少三卷，但有些是九卷本所沒有的內容〔註5〕；如此等等。但是也有他們能夠掌握而沒有去掌握的資料。茲舉徐嘉瑞先生《金元戲曲方言考》爲例。徐先生在該書中自己介紹所掌握的資料：有「《元曲百種》和《元槧古今雜劇三十種》，元人散曲，及明人曲本和朱有燉的雜劇」〔註6〕。這個書目，決不能算是齊全。故王季思先生在該書一出版就評論說：有「一部重要戲曲資料，如影印的《永樂大典戲文三種》、南京國學圖書館影印的《元明雜劇》二十七種，商務印書館排印的《孤本元明雜劇》一百四十四種，著者俱沒有摘錄」〔註7〕。就是那些經過他摘錄的，也掛一漏萬，僅《陳州糶米》一劇，王季思先生就指出：「管請」（猶今云包管）、「投至」（等到）、「克落」（猶剋扣）、「頂缸」（頂替）、「惡賊皮」（猶云壞家伙）、「打雞窩」（量米的手法，就是使斛裏有空隙，少盛米）、「四堵牆」（謂中間包銅錫的假銀錠）、「虎剌孩」（蒙古語謂強盜）、「面糊盆」（喻糊塗）、「楊柳細」（歇後語謂腰）、「弟子孩兒」（妓女的別稱）、「賣皮鵪鶉兒」（賣淫的諱言）等三十多條，都被漏掉。至於誤解的，更俯拾即是，如把「統鏝」（意爲揮霍）誤解爲「銅錢」、把「單注」（意爲單單注定）誤解爲「逃亡飄散」、把「攅典」（管理糧倉的小吏）誤解爲「刁頑」、把「撒敦」（女眞語謂親戚）誤解爲「女眞」、把「驚燥」（意爲生氣、發怒）誤解爲「無恥」、把「中注」（意爲相貌）誤解爲「上半身」、把「丟抹」（意爲羞臊）誤解爲「胡說」、把「不爭」（意爲如其、如果、倘使）

〔註3〕見趙景深《宣德抄本南戲〈金釵記〉的發現》（載《文學遺產》八〇年第三期）
〔註4〕見趙景深《新發現的湯顯祖家傳全集殘版》（刊載同上）
〔註5〕見《人民日報》八〇年十二月二十四日的報導。
〔註6〕見《金元戲曲方言考·導論》。
〔註7〕見王季思《評徐嘉瑞〈金元戲曲方言考〉》（原載《浙江大學學報》一九四八年第二卷，今收在《玉輪軒曲論》）

誤解爲「若不是」、把「術術」（意爲行業）誤解爲「慷慨」、把「骨子」（猶「古自」，意爲仍就）誤解爲「根本」、把「山字領」（女眞族的一種山字形衣領）誤解爲「衣服」、把「綠豆皮」（歇後語請退之意）誤解爲「年青」、把「鬼門道」（指舞臺通向後臺的門，即上、下場門）誤解爲「後臺」、把「夢撒撩下」（意爲沒錢）誤解爲「夢醒空虛」，等等，舉不勝舉。徐先生在考釋詞義上所以失誤如此之多，原因不止一端，但最基本的，還是由於掌握的語言資料太少。故我以爲只有把元曲的語言資料比較全面地掌握到手，才能進行系統而準確的研究。就目前而論，怎樣才算掌握到全面的材料呢？我的意見是這樣：若從古本戲曲書刊裏挖掘材料，下列諸書，如臧晉叔的《元曲選》、隋樹森的《元曲選外編》和《全元散曲》、趙景深的《元雜劇鉤沈》、王季烈校本《孤本元明雜劇》、錢南揚的《宋元戲文輯佚》和校注本《永樂大典戲文三種》，其他如《元刊雜劇三十種》和《劉知遠諸宮調》、《董解元西廂記》、傳奇《六十種曲》以及明、清的戲曲等，都在必讀、細讀、反覆讀之列，一定要把所有的詞彙統統挖出來。

除了從書本裏找材料，也必須配合社會調查，取得活的資料。因爲根據語言的發展規律，隨著時代的進展、制度的變革，會產生一些新的詞彙，也有些詞彙則隨著舊制度的死亡而消失，但也有些詞彙在今天仍被普遍地使用或在某些方言土語中保存了下來，例如：《生金閣》四《得勝令》白：「從今以後，咱和衙內則一家一計。」例中「一家一計」，是一家人一條心的意思。此爲宋、元時成語，現在天津郊區仍保留著這種說法。又如《賺蒯通》一《那吒令》：「他立下十大功，合請受萬鍾祿」。例中「請（qíng 情）受」，是承受的意思。現在河北省某些地區和北京郊區都保留著這種說法。再如《竇娥冤》一《賺煞》張驢兒詞云：「美婦人我見過萬千向外，不似這小妮子生得十分憊賴。」例中「憊賴」，是形容婦女凶狠潑辣的意思，今浙東尚有此語。

不僅如上所舉古詞古義在現今方言土語中還保存著，有的地區也保留著古音，例如：《兒女團圓》四《沽美酒》：「高高的捧著玉卮，伏伏的跪在階址。」例中「伏伏」，今魯東人呼作「pāpā」，這就是古音的保留。

最近幾十年來在這方面的工作進展不大，如徐嘉瑞先生說：「元曲中的方言，有許多還在民間生活著，可惜無專書以供參考」。〔註8〕張相先生也說：「其餘諸家詮評所及，偶涉方言隻義者有之。東鱗西爪，要皆不佞參考之資。」

〔註8〕見《金元戲曲方言考・導論》。

〔註9〕這都說明他們只能仰賴別人的現成的書面記載，因此在解釋詞義時，往往就發生錯誤，例如：

《拜月亭》三《倘秀才》：「我怨感我合哽咽，不刺，你啼哭你爲甚選？」張相先生從襯字「不刺」具有「話搭頭性質」的論點出發，把「不刺」斷入下句，把句子改成這個樣子：「我怨感我合哽咽，不刺你啼哭你爲甚選？」〔註10〕其實，這樣改是不符合實際情況的。因爲影印元刊本《拜月亭》和《樂府新聲》各「不刺」字，均打偏作小字，証明它是曲中襯音，獨立於這個句子結構之外；故「不刺」應作爲句子中獨立成分，從外插入，把上下兩分句隔開，不能黏附於上、下句的任何一邊。而且從現今河北方言中仍保留著「不刺」的用法，例如說：「新房子已經蓋好了，不刺，舊的坍就坍吧！」〔註11〕亦可証明。再如：

《秋胡戲妻》二《呆骨朵》：「媳婦兒怎敢是敦葫蘆摔馬杓，妳妳也，誰有那閑錢補笊籬？」

朱居易先生把「葫蘆」解爲「溺壺」，把「馬杓」解爲「馬桶」〔註12〕。按「葫蘆」，北人多截以作「瓢」，用來盛物或舀水；「馬杓」也是用作盛飯、取酒或舀水的容器。它們和下文「笊籬」同是炊具，故才放在一起說。從現在流行的「沒有馬杓不碰鍋沿」、「馬杓上的蒼蠅－－混飯吃」等俗語、歇後語，都可以得到証明。況且石家莊等地區仍有「敦葫蘆摔馬杓」這句話，証明「葫蘆」，「馬杓」都是炊具，類似這種情況，絕不限於以上兩個例子，也絕不限於張、朱兩先生，例如：《裴度還帶》楔子夫人白：「據中立文武全才，輔祚皇朝。」其中「祚」字，北人讀如「佐」，而王季烈校元明雜劇時則注云：「祚當爲助」。再如：《度黃龍》三折行者白：「莫我兩個有些意掙？」王季烈校改「意掙」爲「噯症」，並誤「掙」音爲「症」。這都証明他是不熟悉北語的讀音而誤改。

二、在研究方法上存在的問題

回顧幾十年以前，人們在研究方法上，犯的一個通病，基本上都是平面羅列材料，加以排比，得出結論。據徐嘉瑞先生自述，他所用的方法，就是

〔註 9〕見張相《詩詞曲語辭匯釋・敘言》。
〔註10〕見《詩詞曲語辭匯釋》卷六。
〔註11〕見李行健《河北方言中的古詞語》（載《中國語文》七九年第三期）
〔註12〕見朱居易《元劇俗語方言例釋》。

「以曲釋曲」〔註13〕。張相先生也自我介紹說，他是「以詩証詩，詞証詞，曲証曲……二者或三者互証」〔註14〕。用這種方法，對那些需要從語文角度來解決的語辭，有它一定的可靠性，不能全盤否定。但問題在，如果不從橫的方面廣爲引証，不從縱的方面結合歷史、古俗去闡明，就往往知其「當然」，而不知其「所以然」，或者只知其一不知其二，或者望文生訓，脫離內容，甚至對某些詞義無辦法解釋，只好高高掛起。例如：

> 《緋衣夢》四《紫花兒序》白：「俺這裏有個裴炎，好生方頭不劣！」

> 《冤家債主》三《上小樓》：「俺孩兒也不曾訛言謊語，又不曾方頭不律。」

> 《楚金仙月夜杜鵑啼·後庭花》：「休學那不律頭，咱家中使數有，咱家中使數有。」

對「方頭不劣」這個詞，張相先生釋曰：「方頭不劣，爲倔強不馴義。不劣亦作不律，亦倒之爲不劣方頭，亦省之爲不律頭。」〔註15〕究竟釋爲「倔強不馴」是否確切呢？「不劣」、「不律」是甚麼意思呢？仍使人莫名其妙。這便是個只知其一不知其二的例子。

今按：「方」，意爲方正、正直。《淮南子·主述訓》：「智欲圓而行欲方」，是也。明·郎瑛《七修類稿》卷二十七「方頭」條：「舊見〈輟耕錄〉引陸魯望詩曰：『方頭不會王門事，塵土空緇白紵衣。』今見陸魯望〈苦雨〉之詩又曰：『有頭強方心強直，撐住頹風不量力。』觀二詩之意，方頭亦爲好稱，若以爲惡語，是末世之論也。」由此看來，張相先生的解釋，如就其所舉元曲諸例言之，尚可自圓其說，若置之於較廣闊的範圍，其釋義就未免偏狹。再據上文所引，還可以証明「不劣」、「不律」俱是助詞，無義。現在口語中猶有「大不劣劣」的說法，「不劣劣」，無義，與「不劣」、「不律」用法同。張先生對此，卻囫圇吞棗，隻字未提。再如：

> 《蝴蝶夢》三《叨叨令》白：「把你盆吊死，替葛彪償命去。」

對「盆吊」這個詞，朱居易先生釋曰：「蒙頭吊死的一種慘刑。」〔註16〕這實

〔註13〕見《金元戲曲方言考·導論》。
〔註14〕見張相《詩詞曲語辭匯釋·敘言》。
〔註15〕見《詩詞曲語辭匯釋》卷六。
〔註16〕見朱居易《元劇俗語方言例釋》。

在是個望文生義的典型。據《水滸》第二十八回，牢卒告訴武松說：「他到晚，把兩碗黃倉米飯和些臭鮺魚來與你吃了，趁飽帶你土牢裏去，把脖子捆翻著，一床乾藁荐把你卷了，塞住七竅，顛倒豎在壁邊，不消半個更次，便結果了你性命。這個喚做『盆吊』。」請看，這裏哪有一句話提到「蒙頭吊死」呢？再如：

> 《伍員吹簫》一折費無忌白：「他也是個好漢，常在教場中打髀殖要子。」

> 《黑旋風》楔子白衙內白：「若見了你呵，跳上馬牙不約而赤便走。」

對「打髀殖」這個詞，朱居易先生釋曰：「擲骰子。」〔註17〕這也是主觀臆測之一例。據《元朝秘史》卷三有「於斡難河冰上打髀石時」一語，注曰：「〈元史·太祖本紀〉曰『咩捻篤敦第七子納眞詣押剌伊而部，路逢童子數人，方擊髀石為戲。』據此，則打髀石，乃漠北舊俗也。〈契丹國志〉曰：『宋眞宗時，晁迥往契丹賀生辰還，言國主皆佩金玉錐，又好以銅及石為槌以擊兔。』然則髀石乃擊兔所用。以麀鹿之骨角或灌銅而為也。」請問，這與「擲骰子」有何共同之處呢？對「牙不約兒赤」這個詞，徐嘉瑞先生卻閹割為「不約兒赤」，釋曰「打馬聲」〔註18〕，但據明·火源潔《華夷譯語·人物門》：謂「行」曰「牙不」，謂「去」曰「約兒赤」，合而言之，就是「走」的意思。如照徐先生的解釋，則「跳上馬牙不約兒赤便走」，意思便成了「跳上馬的牙齒來打馬的了」，這怎麼講得通呢？再如：

> 《存孝打虎》楔子殿頭官白：「他手下有五百義兒家將，十萬鴉兵，戰將千員。」

> 《漢宮秋》三《駐馬聽》：「早是俺夫妻悒怏，小家兒出外也搖裝。」

「鴉兵」、「搖裝」這兩個詞，遍查諸家著作，均不見收錄。這都是因為無法解釋，只好高高掛起。其實只要跳出元曲的圈子，就不難解決。南宋彭大雅、徐霆《黑韃事略》釋「鴉兵」曰：「其馳突也，或遠或近，或多或少，或聚或散，或出或入，來如天墜，去如電逝，謂之鴉兵撒星陣。」可見「鴉兵」就是一種游擊性的突擊隊。明·姜准《歧海瑣談》釋「搖裝」曰：「時俗，凡遠

〔註17〕見朱居易《元劇俗語方言例釋》。
〔註18〕見《金元戲曲方言考》。

行者，預期涓吉，飲餞江滸，登舟，移棹、即返，另日啓行，謂曰搖粧。」可見「搖裝」（搖粧、搖裝同音通用）就是古代的一種餞行的習俗。南朝·宋沈約《卻出東門行》詩云：「搖裝非短晨，還歌豈明發？」可爲佐証。

　　從以上所揭示的情況，顯而易見，舊時一再宣揚的所謂「以詩証詩、詞証詞、曲証曲或彼此互証」的方法，面對內容廣泛而複雜的元曲語言，實在無能爲力。我們對元曲的研究，就應該旁及其他文體並聯繫政治、經濟、文化和風俗；上下求索，貫串古今，南戲、院本、諸宮調、話本小說、明清傳奇以及凡是可供我們解釋詞義的書籍，上自周秦兩漢的群經、諸子、詩文、騷賦，下及唐詩、宋詞、歷代筆記、近古有關著作和全部二十四史，都在參閱，引証之列。只有這樣，才能會通各種文體所用語言的相互影響，才能理解社會意識形態在語言上的反映，才能摸清元曲語言的規律，從而在確定某一詞義的時候，才能給它合乎實際的解釋。陸游有句名言「學詩在詩外」，搞元曲語言也應當是這樣。如果鑽進元曲不能自拔，則元曲語義中的很多問題，就無法搞清。古人說：「不識廬山眞面目，只緣身在此山中。」應引以爲戒。

三、其它方面存在的問題

　　科學文化是人類的集體事業，是許多世代的人們共同創造的，不可能成於一人一時，任何人參加這個工作，對它都有繼承和革新的任務。對元曲語言的研究，也必須首先切實學習和全部掌握前人的研究成果，再往前推進一步。根據「實踐是檢驗眞理的標準」，對前人的科研成果，一定要實事求是地加以檢查。對那些合理的正確的東西，一定要繼承下來加以發展；對那些錯誤的、片面的或完全漏掉的東西，一定要加以糾正、補充和革新。

　　目前比較突出的缺點是對前人的研究成果不加分析地全盤照搬。在這方面，新《辭海》有不少這樣的例子。拿「顚不剌」來說吧，新《辭海》釋曰：「顚謂風流、輕薄。」這是完全照抄張相先生的解釋。再如「薄倖」一詞，張相先生解曰：「薄倖，猶云薄情。」又說是「爲所歡的暱稱」，猶云「冤家」〔註19〕。新《辭海》則釋曰：「薄倖：（一）猶云薄情，負心。（二）舊時女子對所歡的暱稱，猶云冤家。」除了增益一二字外，也是照搬。可是張相先生對上述二詞的解釋，既不全面，有的也不正確。張先生所謂「顚有風流或輕薄之意」，其中「輕薄」說，我遍索諸書尚未找到實例以証明之。「風流」說

[註19] 見《詩詞曲語辭匯釋》卷六。

雖然可以成立，但它適用的範圍也有限。用它解釋董詞：「怕曲兒捏到風流處，教普天下顛不刺的浪兒每許」，還算妥當，但在別處就不見得合適了，例如：《西廂記》一本一折《元和令》：「顛不刺的見了萬千，似這般可喜娘的龐兒罕曾見。」這裏的「顛不刺」之「顛」，我以爲應根據《說文》等書解作「頂」字。「頂」在這裏，就是絕美、最漂亮的意思。如按照這個意義去解釋，則「顛不刺的見了萬千，似這般可喜娘的龐兒罕曾見」，就猶如說：「上等美人我見過很多，但像鶯鶯這樣漂亮可愛的少有。」再如：《太平樂府》卷七馬致遠散套《青杏子‧悟迷》：「柳戶花門從（縱）瀟灑，不去踏……顛不刺的相知不繡他，被莽壯的哥哥截替了咱。」聯繫上下文來看，這裏的「顛不刺」，顯然也是褒其「絕美」、「最漂亮」的意思。

再說「薄倖」，張相先生的兩種解釋，雖然不錯，但亦欠全面，例如：《東牆記》二《四煞》：「他是個異鄉背井飄零客，我便是孤枕獨眠董秀英，都薄倖：一個在東牆下煩惱，一個在錦帳裏傷情。」這裏的「薄倖」，不可解作「薄情」，說是「暱稱」更不相當，只宜解作「薄命」。由此看來，「薄倖」至少應有此三解，才算比較全面。

根據以上所論，既然張相先生的解釋還存在這些問題，爲什麼辭書家還全盤襲用呢？我以爲很可能是因爲張相先生在學術界久負盛名，其所著《語辭匯釋》在國內外都影響很大，自出版二十多年以來，還沒有一本同類性質的書超過它的水平，因而被奉爲圭臬，信之不疑。

其次，我們還要注意古今習用字問題。

宋、元戲曲傳到現在，已有七百多年的歷史，檢視一下，當時的措詞用字就有許多和現在的習慣不同。例如現在說「雖然」，元曲曰「然雖」；現在說「飯桌」，元曲曰「飯床」；現在說「折椅」，元曲曰「交床」，現在呼「妹妹」，元曲稱「子（姊）妹」；現在呼「弟弟」，元曲稱「弟兄」，現在呼「夫妻」，元曲稱「妻夫」。另外，元人把「它」作「他」，把「伊」作「你」，把「題」作「提」，把「絕」作「罷」，把「彈」作「蛋」，把「卓」作「桌」，把「交」作「教」，等等，筆難盡述。遇到這些情況，我們應尊重歷史，不能以今代古。但現在某些注本，在注解「似跌了彈的斑鳩」（見《金線池》三、《緋衣夢》三、《救風塵》二、《百花亭》二）一語時，有的注曰：「跌了彈，中彈跌落。」〔註20〕這是把「彈」誤解作「槍彈」之「彈」。有的在類似的注

〔註20〕見王季思等《元雜劇選注》（北京出版社，一九八〇年版）

釋之後，附以參考注曰：「一說：彈，是蛋之訛字。」其實，正好相反，翻檢宋元諸書，卵的俗稱一般都寫作「彈」字。

宋、元時，「蛋」寫作「彈」是普遍存在的事實，故明・李實《蜀語》曰：「禽卵曰彈，彈字見〈大明會典〉：『上林苑雞、鵝、鴨彈若干。』皆用『彈』字，言卵形如彈也。俗用「蛋」字，非。」而現在又以當時所用的「彈」字為訛字，如古人復生，豈不使之捧腹？實際兩字都不算錯，前人取其形圓，故借用「彈」字，今人取其從蟲，故借用「蛋」字，取捨不同，各從其便為是，何必以今代古？

再如最近再版的王季思先生的《西廂記》注本，把其中現在不大通行的字，如「他每」之「每」，「妳妳」之「妳」，「忒稔色」之「忒」，都一律改為今天的常用字「們」、「奶」、「太」等。這樣做法，如從普及的觀點出發，是可以理解的。但這樣做，不僅違反歷史習慣，並且也不能因為改動了這幾個字，就能使讀者完全理解元劇的詞義，此其一。其二，讀者讀了《西廂記》，如再看其他元劇，遇到了「每」、「妳」、「忒」等字，又怎麼辦呢？況且習用字也有個演變過程，就以「每（mén 門）」字而論，據清・翟灝的說法：「北宋時先借『懣』字用之，南宋則借為『們』，元時則又借為『每』。」〔註21〕在這些地方，注家應該注出來，幫助讀者多了解些古詞語的演變，以便為下一步讀元曲打基礎。如果照王注以今改古，不但起不了普及作用，還要增加混亂，適得其反。

（原載於《河北師院學報》1982 年第 2 期）

（《中國語文》1982 年第 5 期國內期刊語言學論文篇目選錄）

（日本金丸邦三、曾根博隆《元明戲曲語釋補遺》收錄）

〔註21〕見清・翟灝《通俗編》二十三「們」字條。

因聲求義是探索元曲詞義的方向

王學奇

　　由於古今異寫、方俗不同以及其他原因，使我國漢語中的一字一詞，往往有多種寫法。歷化相沿，愈演愈繁。特別是由於俗文學發展到了元代，盛極一時，元曲作家把大量的人民口頭語言帶進作品中，使元曲語言兼收並蓄，空前豐富，複雜多樣。這樣，我們今天研究元曲的詞義，如果還僅僅從字形（漢字偏旁）上尋找詞與詞之間的意義聯繫，不但不夠，而且不一定可靠。因此，這就要求我們必須擺脫這種舊的研究方法，借助音韻學知識，把形異音同或音近的詞兒匯集起來，從語音上去探索它們之間的意義聯繫。現舉例如下：

阿撲　　合撲　　合伏

　　《東堂老・三・煞尾》：「這業海打一千個家阿撲逃不去。」

　　《救風塵・一・油葫蘆》：「忽地便吃了個合撲地。」

　　《太平樂府》卷九楊立齋散套《般涉調・哨遍》：「著敲棍也門背後合伏地巴背，中毒拳也教鐙裏仰卧地尋叉。」

按北語呼「合」為「哈（hā）」，俯面僕地叫做「合撲」，猶如古漢語中的「俯僕」、現代漢語的「狗吃屎」、「嘴啃泥」，與仰面跌倒稱做「仰不剌叉」的意義恰好相反。「合撲」，又作「合伏」。「阿」、「合」為喉音之轉；「撲」變為「伏」，是重唇音輕唇音不同。故「合撲」、「阿撲」、「合伏」，實為一詞的異寫。

包彈　　褒彈　褒談　襃彈　保談　保彈　拋彈　彈包　彈剝　團剝　觱剝

　　《揚州夢・三・南呂一枝花》：「從頭髻至鞋襪，覓包彈無半掐。」

　　《金風釵・二・迎仙客》：「寫染得無褒彈。」

《雍熙樂府》卷十二、散套《夜行船‧竊歡》:「想嬌姝無半點兒褒談處。」

《詞林摘艷》卷五無名氏散套《新水令‧碧梧天靜暮雲收》:「生疎了沒褁彈畫眉手。」

《太平樂府》卷五王和卿小令《醉中天‧詠妓》:「俊的是龐兒，俏的是心，更待保談甚?」(一本:作「保彈」。)

《小孫屠》戲文:「一對鸞鳳共宴樂，連日抛彈這冤家。」

《董西廂‧卷二‧般涉調‧沁園春》:「或短或長，或肥或瘦，一個個精神沒彈包。」同上卷六《雙調‧倬倬戚》:「是則是冤家沒彈剝。」(一本:作「韃剝」。)

同上卷一《仙呂調‧整金冠》:「放二四，不拘束，盡人團剝。」以上「包彈」等十一種寫法，也都是一聲之轉。「褁」是「褒」字的異體;「保」是「褒」字的省寫;「包」、「褒」、「保」音同調異;「包」、「剝」雙聲;「彈」、「談」、「團」亦雙聲;「彈」、「韃」為同紐舌尖音。「彈包」、「彈剝」、「團剝」、「韃剝」皆為「包彈」的倒文，猶「包彈」、「剝彈」、「剝團」、「剝韃」也。它的意義，若用為名詞時，是指缺點、毛病，如上舉《揚州夢》、《金鳳釵》等例是;若用為動詞時，是指批評、指摘，如上舉《太平樂府》、《小孫屠》等例是。這兩者的關係很密切，因為缺點、毛病，往往容易招致批評、指摘;而批評、指摘，正是針對缺點和毛病的。

必丟不搭　必力不剌　必律不剌　必溜不剌　必流不剌　必丟僕答
　　　　　　必丟撲答　劈丟撲搭　劈溜撲剌

《謝天香‧三‧醉太平》:「我不該必丟不搭口內失尊卑。」

《灰闌記‧二‧逍遙樂》:「口裏必力不剌說上許多，我一些也不懂的。」

《勘頭巾‧二‧白》:「他口裏必律不剌說了半日，我不省的一句。」

《救孝子‧二‧滾繡毬》:「老弟子說詞因，兩片嘴必溜不剌瀉馬屁眼兒也似的。」

《李雲卿‧二》:「憑著我這個嘴頭子必流不剌的，頂名兒也衝他些酒肉吃。」

《延安府・二・尾聲》：「說言語必丟僕答。」（孤本元明雜劇本《十探子》作「必丟撲答」。）

《虎頭牌・一・油葫蘆》：「口角又劈丟撲搭的噴。」

《陳州糶米・三》：「又不曾吃個，怎麼兩片口裏劈溜撲剌的？」

按以上擬聲詞「必丟不搭」等九種寫法，音近義並同：形容煩言絮語或噴哺之聲。以不送氣音出之曰「必丟不搭」，以送氣音出之曰「劈丟撲搭」。《金瓶梅》第十八回：「我倒不言語，你只顧嘴頭子嗶哩礴喇的。」「嗶哩礴喇」，也是「必丟不搭」的聲轉。此象聲詞至今仍保存在北京等地區的口語中。

撐　撑 掙 崢 整

《梧桐雨・一・天下樂》：「行的一步步嬌，生的一件件撐，一聲聲似柳外鶯。」

《西廂記・一本・三折・調笑令》：「我這裏甫能見娉婷，比著那月殿嫦娥不恁般撐。」

《雍熙樂府》卷五散套《點絳唇・每日家品竹調絲》：「他將瘦龐摑得掙。」

《元人小令集》失名失題二十六首之九：「他生的臉兒崢，龐兒正。」

《黑旋風・一・三煞》：「那大嫂年又青，貌又整。」

按「撐」，美麗、漂亮之意，是「撐達」的省詞。如《誤入桃源・一・青歌兒》；「人物不撐達，服色盡奢華。」所謂「人物不撐達」，是說人的長相不漂亮，意正與此相同。「撑」為「撐」的異體字。字又作「掙」「崢」「整」，俱與「撐」為疊韻字。有時轉音為「搶」。，如《董西廂》卷一：「臉兒說不盡的搶。」又卷三：「鶻鴒的渌老兒說不盡的搶。」義並同。今華中及西南方言，謂事情辦得好、辦得漂亮，說「辦得撐」，是其遺也。

單僊　擔僊 徠偅

《青衫淚・三・梅花酒》：「那單僊，正昏睡，團圞課，你拿只。」

《太平樂府》卷九高安道散套《般涉調哨遍・淡行院》：「詑跂的單腳實村紂，呼喝的擔僊每叫吼。」

同上卷六喬夢符散套《行香子・題情》：「不是我將伊調發，早攛斷那徠偅，任從他外人僭。」

按「單儂」，一作「擔徠」，倒作「徠儃」。「單」與「擔」，「儂」與「徠」俱同音。「儃」，《廣韻》：陟山切，《集韻》：知山切，並音「讀」。「讀」、「單」疊韻，故以上三種寫法，實爲一音之轉。意謂蠢貨、流氓、壞蛋、蓋元曲凡稱「儂」皆寓輕蔑意也。觀《青衫淚》劇，「單儂」是指帶著三千引細茶買轉虔婆來強與裴興奴作伴的浮梁茶客劉一郎，即可爲証。例二「擔儂每叫吼」，與「單腳實村紂」對文，例三則曰：「早攔斷那徠儃，任從他外人僭」，更可以進一步判定「單儂」、「擔儂」和「徠儃」就是一詞的導寫。

擷窨 顚窨 頓窨 頓喑 擷屑 跌窨 迭窨 迭噷 鐵窨 恁迭 恁底

《西廂記‧二本‧三折‧甜水令》：「星眼朦朧，檀口嗟咨，擷窨不過，這席面兒暢好是烏合。」

《吳騷合編》卷三金白嶼散套《題情》：「問窗寂靜空顚窨。」

巾箱本《琵琶記‧二十九‧江頭金桂》：「怪得你終朝頓窨，我只道你緣何愁悶深。」（陳眉公本作「頓喑」）

《荆釵記‧三十四‧東甌令》：「休嗟怨，免擷屑，分定恩情中道絕。」

《西遊記‧四本‧十四出‧中呂上小樓》：「你可也和誰宴飲，著我獨懷跌窨。」

《西廂記‧三本‧四折‧紫花兒序》：「怒時節把一個書生來迭噷。」（一本：作「迭窨」。）

《西遊記‧四本‧十四出‧煞》：「不知俺家告著他，他家告著俺，哥哥回去除了鐵窨。」

《樂府新聲》卷三盧疎齋小令《折桂令‧泳別》：「空恁底狐疑笑耍，劣心腸作弄難拿。」

《拜月亭‧三‧笑和尚》：「薄設設衾共枕空舒設，冷清清不恁迭。」

「擷窨」，爲「頓足窨氣」之省文，引申爲悵惘、怨恨的意思。若施之於他人，則爲折磨意，如《西廂》例是也。按「擷窨」之「擷」，或作「跌」「迭」；或訛作「顚」、「跌」、「鐵」、「底」，均以音同或音近混用。「窨」、「喑」、「噷」同音。北音呼「恁」亦同「窨」，二字通書，「恁迭」猶「窨迭」，「恁底」猶

「窨底」，倒之則爲「迭窨」、「底窨」也。《菉猗室曲話》卷三云：「擷窨二字，原出詩餘。或如迭窨，或作迭喑，蓋窨、喑二字同音也。至於北曲，或云擷窨，或云迭窨，而擷字與跌同，恐跌字譌而爲迭字。然擷字不甚能識，因而認爲顚字。今人言及顚窨，則皆知出於《琵琶記》，言及擷窨，則或駭而笑矣。」實際「擷窨」乃當時的土語鄉言，本有音而無定字，故傳抄之際，以文化水平不同，讀音各有出入，遂表現爲多種寫法，未必皆合於義理也。

驚急裏 驚急力　驚急列　驚急烈　驚吉利　荆棘律　荆棘列　荆棘剌

　　　　　緊急列　慌急列　急驚列

　　《飛刀對箭・三・越調鬥鵪鶉》：「人著箭踉蹌身歪，馬中槍驚急裏腳失。」

　　《硃砂擔・二・牧羊關》：「諕的我呆打頦空張著口，驚急力怕抬頭。」

　　《風雲會・二・哭皇天》：「驚急列心如刀鋸。」

　　《張生煮海・二・採茶歌》：「則怕驚急烈一命喪屍骸。」

　　《龍門隱秀・一・油葫蘆》：「諕的我驚吉利不敢孜孜看。」

　　《黑旋風・一・滾繡毬》：「諕得荆棘律的膽戰心驚。」

　　《後庭花・四・剔銀燈》：「聽說道荆棘列半日，猛覷了呆打頦一會。」

　　《西廂記・二本・三折・雁兒落》：「荆棘剌怎動那！」

　　《樂府群玉》卷五高敬臣小令《黃薔薇過慶元貞》：「諕得我緊急列驀出臥房門。」

　　《蝴蝶夢・四・夜行船》：「慌急列教咱觀了面色，血模糊污盡屍骸。」

　　《陽春白雪》後集三奧敦周卿散套《一枝花》：「急驚列半響荒唐。」

「驚急裏」，爲形容神情驚慌之詞；又作「驚急力」，「荆棘律」、「緊急列」、「慌急列」、「急驚列」等，共有十一種不同的寫法，義並同。按「荆」、「緊」與「驚」同音或音近；「慌」、「驚」意同。「急驚列」爲「驚急列」的倒文。「急裏」、「急力」、「急列」、「急烈」、「吉利」、「棘律」、「棘列」「棘剌」等，俱爲語助，爲一聲之轉。

伊誰　阿誰　兀誰

《謝金吾‧三‧么篇》：「你道是楊和尚，破天陣吃了些虧，卻不道救銅台是靠著伊誰？」

《拜月亭‧三‧二》：「阿誰無個老父？誰無個尊親？誰無個親爺？」

《太平樂府》卷七李致遠散套《新水令‧離別》：「恁時綠暗紅嫣，兀誰管翠眉淺？」

按「伊誰」、「阿誰」、「兀誰」這幾個詞兒，詞頭不同，含義則一，都是人稱代詞——「誰」的意思，實質上就是一個詞兒。因爲「伊」、「阿」、「兀」在音韻上有互相通轉的關係。先說「伊」、「阿」。「伊」，於脂切，古音屬影紐，微部；「阿」，烏何切，古音亦屬影紐，歌部。二字雙聲，且微、歌韻部相近，故能互相通轉。再說「阿」、「兀」。今查《中原音韻》，「阿」屬歌戈部，平聲；「兀」屬魚模部，上聲。兩字的韻和調雖然不同，不能通轉，但據元‧無名氏《替殺妻》第一折小末的說白：「窩的不諕殺人也！怎生嫂嫂今日說出這般言語？」「窩的」即「兀的」，可証明「兀」字在當時有兩讀，其一即讀如「窩」。按「窩」字，烏戈切，屬歌戈部，平聲。據此可証明「阿」、「兀」二字，韻調亦同，自然也和「伊」字通轉，所以說「伊」、「阿」、「兀」爲一聲之轉。「伊誰」、「阿誰」、「兀誰」就是一個詞兒的異寫。現在方言中，做爲詞頭，「伊」字已經不大用了，「阿」字、「兀」字還比較活躍。

從以上所舉八個詞例，充分証明：如果還墨守成規，是絕不能把那些面貌不同、散居各處、而實際卻有親屬關係的詞語集合在一起的；只有通過聲紐、韻部、古今音的轉變，才能把音義相關的詞語從各處找到一塊兒，經之以聲，緯之以義，以窮其變化，而觀其會通，最後達到解決問題的目的。這種方法的優越性，不但能避免受形體（通假字）等表面現象的迷惑，抓住詞與詞之間的實質性聯繫，而且通過綜合研究，還可以同時比較準確地解決彼此相關的一連串問題，收事半功倍的效果。

明白上述方法用之於漢語研究，已非一日。自清代王念孫父子倡導「義存於聲，聲近義通，求諸其聲則得，求諸其文則惑」的學說以來，我國的語言學界就開始擺脫了字形的束縛，走上因聲求義的新路。在這方面，我們的前輩朱駿聲、章炳麟、劉師培、朱起鳳等都有過重要的貢獻。但相形之下，在元曲詞義的研究方面，還不能盡如人意。有人探求元曲詞義，還根本不注意採用這個方法。例如徐嘉瑞先生在一九四八年出版的《金元戲曲方言考》，

全書幾乎都是一目一條，有許多音義相關可以合併到一起的，例如「大古似」、「大古來」、「大剛嚓」、「大綱來」、「大都來」、「大古里」、「太古里」、「待古里」、「特古里」等，卻各立門戶，彼此不相聯繫。正因為如此，這個詞的其他寫法，如「特骨的」、「特故的」、「特故里」、「大岡來」、「大故」、「大古」、「待古」等，也都流離失所，被拒之於《方言考》的門外；因而也就無從作綜合分析研究，全面掌握它們的含義。再有如我在上文舉過的詞例中，徐先生舉了「阿撲」，卻漏了「合撲」、「合伏」；舉了「撑」，卻漏了「掙」、「峥」、「整」等；舉了「單俫」，卻漏了「擔俫」、「徠亶」，舉了「擷窨」，卻漏了「顛窨」、「噸窨」、「噸暗」等其他十種寫法。這樣掛一漏萬，怎麼能互相發明、互相印証呢？所以徐先生解釋「單俫」為「流氓」，這個釋義不能算完整，我看還兼蠢笨的意思。徐先生解釋「擷窨」為「嘆息，隱忍」，這個釋義也不夠十分準確。因為沒把「擷」字的含義講出來，只解「窨」字，情緒未免偏低，我看還包含怨恨的意思。即便有的解釋對了，如「撑」有「美」之一講，而不聯繫「掙」、「峥」、「整」等字，同樣是不能觀其會通，比較準確地解決一系列詞義的問題。《方言考》是這樣，比較晚出的《元劇俗語方言例釋》如何呢？應該說，在這點上比較進了一步——書中的詞條已有某些初步的歸納。例如在「大古里」條目下，就附列有「大綱來」、「大剛來」「大剛嚓」等；在「荊棘律」條目下，就附有「荊棘列」、「荊棘刺」、「驚急里」等。但步子很不大，應該歸納進來的，還遺漏很多，甚至有些仍停留在《方言考》的水平。比較好的一本書要算張相先生的《詩詞曲語辭匯釋》了。但也不是十全十美。例如在「包彈」一目下，附列有「褒彈」、「褒談」、「保彈」，「彈包」、「彈剝」、「團剝」、「鞞剝」等七種寫法，這比朱居易先生在「包彈」目下，只列有「褒彈」、「彈剝」、兩種寫法，是大大跨進一步了，但也遺漏了「煲彈」、「保談」、「拋彈」等寫法；在「擷窨」一目下，附列有「迭窨」、「迭噷」、「跌窨」、「鐵窨」、「噸窨（窨）」、「噸暗」、「擷窨（窨）」等七種寫法，這比朱居易先生在「跌窨」目下，只列有「迭噷」、「擷窨」、「噸窨」三種寫法，也大大跨進了一步，但也遺漏了「顛窨」、「噸窨」、「擷屑」、「㤗迭」、「㤗底」等寫法；在「兀誰」一目下，又把「伊誰」和「阿誰」統統漏掉了。雖然張先生在解釋「兀誰」時，也聯繫到了「阿誰」，並提出「兀誰」字前面冠以「兀」字，「猶之冠以『阿』字而為『阿誰』」的見解，但沒有指出音義相關的實質，使人難以從語音上求索這兩種寫法的意義聯繫。

　　通過以上的剖析，可見我們的前輩在探索元曲詞義方面，走「因聲求義」
的新路子，還不普遍，也不徹底。摸清這個情況，目的不在批評我們的前輩，
而正是爲了我們後來人不走彎路，從前輩到達的地方，接過手棒，沿著「因
聲求義」這條寬廣的坦途，奮勇前進。

（原載於《天津師大學報》1982 年第 5 期）

（日本金丸邦三、曾根博隆《元明戲曲語釋補遺》收錄）

解釋元曲詞義要注意三個方面的聯繫

王學奇

　　魏斌同志撰文，對拙作「不律」的解釋，提出異議，我表示歡迎。但細看魏同志的文章，我認爲在探索詞義時，沒有注意到以下三方面的聯繫。

　　第一、從橫的方面講，沒有注意到元曲裏面詞與詞之間的內部聯繫。魏同志從郭注《爾雅》和許慎《說文》中搬來「不律」爲「筆」的解釋，用來否定它在元曲詞語中的助詞性質。「不律」二字作爲一個獨立詞語時，上述二書的解釋，是無可懷疑的。而問題在於，在元曲詞語中「不律」所占的地位，和當年《爾雅》、《說文》中所指的已大不相同。爲了便於說明問題起見，還是讓我把拙作中舉過的例子，照抄在下面：

　　　　《緋衣夢》四〔紫花兒序〕白：「俺這裏有個裴炎，好生方頭不劣！」

　　　　《冤家債主》三〔上小樓〕：「俺孩兒也不曾訛言謊語，又不曾方頭不律。」

　　　　《楚金仙月夜杠鵑啼》〔後庭花〕：「休學那不律（方）頭，咱家中使數有，咱家中使數有。」

請看，「方頭不律」這個詞的主體，顯然是「方頭」，「不律」在整個詞語中，只處於附屬地位，起襯墊作用，如說它是有實義的名詞，是毫無理由的。況且「不律」，又聲轉作「不劣」，詞類性質相同，如把「不律」釋爲「筆」，那「不劣」該怎麼解釋呢？看來，研究元曲詞語，必須注意到：由於鄉談土語，有音而無定字，讀音又各有出入，故筆之於書，往往出現很多形異音同或音近的語言歧異現象，孤立去看，並無義理可循。這樣，如不把它們匯集起來，從語音上觀其會通，便很難找到它們之間的意義聯繫。

　　第二、從縱的方面講，沒有注意到和特定歷史階段中所表現的語言特徵相聯繫。唐·陸魯望《有懷》詩云：「方頭不會王門事，塵土空緇白紵衣。」《苦雨》詩又云：「有頭強方心強直，撐住頹風不量力。」宋·趙令時《侯鯖錄》卷八云：「今人謂拙直者名方頭」。宋·蘇軾《東坡志林》卷四「人物」條，亦有「此叟蓋自知其頭方命薄」之語。可見在唐、宋時代，「方頭」一詞，尚未演化爲如元劇中所常見的「方頭不律」或「方頭不劣」這類字眼。顯然，「方頭」帶否「不律」或「不劣」，是前後兩個時代不同的語言特徵。因此，我們研究元曲詞語，就必須注意它的時代性。

　　第三、尤其重要的，是解釋詞語沒有注意到和曲文的思想內容聯繫起來。探索詞義，如果脫離作品的思想內容，怎麼能準確地掌握它的含義呢？魏斌同志沒有從元曲的實例出發解釋詞語的含義，而是把「有頭強方心強直」這句唐詩解作「方頭不律」；又解釋說：「『方頭』爲倔強，『不律』爲剛直，合而爲『倔強剛直。』」姑不論這段話的問題所在，僅就所謂的「倔強剛直」，驗之於拙作所舉過的幾個例子，也都是不相吻合。因爲「倔強剛直」是褒詞，而《冤家債主》例中的「方頭不律」與「訛言謊語」對應爲文，顯然是貶義；《楚金仙月夜杜鵑》例中的「休學那『不律（方）頭』」揣其口氣，亦絕非美稱；至於《緋衣夢》例中的「方頭不劣」，是受害者指強盜裴炎說的，自然更是惡語。

　　根據以上三點，拙作所云：「不劣、不律，俱是助詞，無義」是無法否認的。歡迎進一步討論。

（原載於《河北師院學報》1983 年第 2 期）

論如何探索元曲的詞義

王學奇

　　元曲是我們祖先留下的一份寶貴的文學遺產，我們必須很好地學習它、繼承它和發揚它，以爲「四化」服務。但學習元曲，必須首先解決語言問題，如搞不清語詞的含義，很難說能很好地達到這個目的。

　　對元曲詞義的研究，經過前人不斷的探索，雖然已有明顯的成績，並且出版過這方面的專著，但和我們實際的需要比起來，差距還很大。目前，仍有許多詞義搞不清楚，甚至有的百思不得一解。如把這些難懂的詞義一一弄明白，會通而整理之，確實還是非常必要、非常艱巨的任務。

　　任務雖然艱巨，但不是無能爲力。根據元曲語言使用範圍非常廣泛這個特點，解決的辦法，也需要從多方面著手。總的說來，即不但要從曲文本身的角度去解決，還必須運用邏輯思維的規律並結合政治、經濟、文化、習俗等各方面的歷史知識去解決；不但要借助大量的文獻資料去解決，還必須廣作社會調查從活的語言中去解決；不但要從當時用語的橫的聯繫中去解決，還必須從語言發展的縱的線索中去解決。除此以外，還必須充分了解女眞、蒙古等少數民族的歷史、風尚的語言。如果這樣就能在前人研究的基礎上，進一步取得良好成績。現在從以下幾方面初步談一談如何探索元曲詞義的具體途徑。

一、利用邏輯、語法、修辭和音韻學知識探索詞義

（一）

　　先說邏輯。如所周知，邏輯和語言有密切的關係，因而探索元曲的詞義，不能不首先借助邏輯思維。例如，同是「誰家」這個詞，由於使用時思路不同，就表現爲不同的意義：

這兩個小的是誰家？（《牆頭馬上》三〔么篇〕）

是誰家剪下瓊花瓣？（鍾繼先小令〔罵玉郎帶感皇恩採茶歌・雪〕）

黃花菱葉滿秋塘，水調誰家唱？（楊果小令〔越調・小桃紅〕）

這幾個「誰家」，是人稱疑問代詞「誰」的意思。「家」爲語助詞，無義。但在下列諸例中，詞意就當別論：

〔生：〕適來聽得一派樂聲，不知誰家調弄？〔眾〕〔燭影搖紅〕。
（戲文《張協狀元》一）

試問後房子弟，今日敷演誰家故事？那本傳奇？（羅懋登本《拜月亭》一）

若說著碧桃花，那裏討牆外誰家鳳吹聲？（《紅梨花》二〔哭皇天〕）

顯然，這裏的「誰家」，只是一般疑問代詞「什麼」之意，而非人稱疑問代詞。因此，例一中的「誰家調弄」即什麼曲調之意。例二中的「誰家故事」，即什麼故事之意。例三中的「誰家鳳吹聲」，即什麼鳳吹聲之意。戲文《錯立身》四：「明日做甚雜劇？」把這個例子和前面舉的《拜月亭》例對照一下，一曰「誰家」，一曰「甚（什麼）」，亦可爲証。在這裏如作它解，便於理不合了。下面的例子，與此相近，但又有所區別：

雙井先春採茶，孤山帶月鋤花，童子誰家？貪看西湖，懶誦《南華》？（《太平樂府》卷一、張小山小令〔蟾宮曲・湖上道院〕）

這支小令中的「雙井」、「孤山」，都是地名。小令大意是說：採茶的採茶，鋤花的鋤花，道童爲什麼只貪看西湖風景，懶誦《南華經》呢？顯然，這裏的「誰家」又轉爲疑問詞的另一表現形式「爲什麼」的意思。若還解作「什麼」，便和下句「貪看西湖」，懶誦《南華》搭配不攏了。還有的如：

〔哪吒上，云：〕那賤人見我麼？〔鬼母云：〕誰家一個黃口孺子，焉敢罵我！（《西遊記》三本十二齣〔么〕）

這裏的「誰家」是「那裏」的意思。「誰家一個黃口孺子，焉敢罵我！」意思是說：「那裏來的毛孩子，怎麼敢罵我！」正與上文「那賤人見我麼？」是針鋒相對的。只有這樣解釋，才吻合雙方敵對的情緒，使聽者感到恰到好處。若僅僅解爲「什麼」，便和哪吒辱罵鬼母的話呼應不上了。如若像張相先生解作「什麼東西」〔註1〕，回擊的口氣又未免嫌重了些，因爲「黃口孺子」已含

〔註 1〕見張相《詩詞曲語辭匯釋》卷三。

罵意，與詈辭「賤人」相當，如再把「誰家」解作「什麼東西」，在雙方態度上就失掉輕重比例，於事理上就講不通了。

（二）

再說語法。元曲在語法問題上，常常會使我們遇到一些「倒裝句」、「斷插語」以及嵌進句中的「襯詞」等等來迷惑我們的眼睛。只要我們對這些容易迷惑人的表現形式所起的作用有所認識，就不難捕捉住它們的原形，認清句和詞的含義。茲為清楚起見，分別論述如次：

（1）倒裝

是指在語法結構上顛倒詞序的位置，其作用是為叶韻或突出想要強調的部分。

為叶韻而倒裝的例子，如：

現放著保親的堪為憑據，怎當他搶親的百計虧圖？那裏是明婚正娶，公然的傷風敗俗。(《救風塵》四〔太平令〕)

俺兩個也曾麥場上拾穀穗，也曾樹梢上摘青梨，也曾倒騎牛背品腔笛，也曾偷的那生瓜來連皮吃。(《薛仁貴》〔快活三〕)

那秀才誰承望，急煎煎做這場。(《張生煮海》三〔滾繡球〕)

例一中的「虧圖」，正意為「圖虧」，謂圖謀損害也；倒作「虧圖」，取「圖」字和下句「俗」字叶韻。例二中的「腔笛」，正意為「笛腔」，謂笛之腔調也，倒作「腔笛」，取「笛」字和「穗」、「梨」、「吃」等字叶韻。例三中的「那秀才誰承望」，正意為「誰承望那秀才」，謂誰料到這秀才也；倒作「那秀才誰承望」，取「望」字和下句「場」字叶韻。諸如此類的倒裝語，如不依照習慣語序把它還原，就會使人感到文理不通，無法理解。

為突出某部分而倒裝的例子，如：

韻悠悠比及把角品絕，碧熒熒投至那燈兒滅。(《拜月亭》三〔笑和尚〕)

交我沒想沒思，兩心兩意，早晨古自一家一計。(《調風月》二〔醉春風〕)

好模好樣特荅撞，沒則羅便罷，煩惱則麼耶唐三藏！(《西廂記》一本二折〔朝天子〕)

焦則麼那村柳舍？叫則麼那吞顏郎？（《西遊記》五本十七齣〔金
盞兒〕）

例一順言應爲「比及把韻悠悠角品絕，投至那碧熒熒燈兒滅」，意思是說：「等
到吹過韻悠悠的號角聲，等到那碧瑩瑩的燈兒滅。」例二順言爲「早晨古自
一家一計，兩心兩意，交（教）我沒想沒思」，意思是說：「早晨彼此還說得
來，爲什麼現在變心，眞叫人想不通！」例三順言應爲「唐三藏則麼耶煩惱」，
意思是說：「你這老和尙怎麼煩惱了？」例四順言應爲「那村柳舍焦則麼？那
吞顏郎叫則麼？」意思是說：「那不知趣的柳下惠喊什麼？那不識相的顏叔子
叫什麼？」──上舉各曲文把形容詞語「韻悠悠」、「碧熒熒」提到句首，把
「沒想沒思」、「煩惱」、「焦則麼」和「叫則麼」這些謂語成分提到主語前頭，
都是爲了突出和強調，以便給讀者以強烈的印象。如不了解這種語法的妙用，
便易鬧出笑話，例如明人徐天池注《西廂》時，竟把「則麼耶」釋爲古僧名，
至今傳爲笑柄。

還必須補充說明：叶韻和突出這兩種作用，在倒裝句中並不是永遠各行
其事的，有時也會在同一個例子裏交叉起來，互相配合，以發揮加倍的作用，
例如：

太行山般高仰望，東洋海般深思渴。（《西廂記》二本三折〔離
亭宴帶歇指煞〕）

這兩句順言則爲：「仰望太行山般高，渴思東洋海般深」，意思是說：「仰望之
如太行山那樣高，渴思之如東洋海那樣深。」「渴思」倒作「思渴」，既取「渴」
字與上文「朵」、「顆」、「可」、「闊」及下文「麼」、「搓」、「割」、「挫」、「荷」、
「臥」、「脫」、「他」、「我」叶韻，又把形容高的「太行山」、形容深的「東洋
海」提到動詞「望」和「思」的前面來，便起了強調望之「高」和思之「深」
的作用。只有這樣從語法上進行分析，還它個本來面目，曲中深意才挖掘的透。

（2）斷插語

是指運用波折號，打斷上下文的連貫，從中插進注釋、說明、引証等等。
例如：

他父爲傅彬指三千貫贓──韓公平昔奉公守法，廉幹公謹──上
司行移到本府提下太守追贓。（《裴度還帶》楔、白）

老相公在日，曾許下老身之姪──乃鄭尚書之長子鄭恒──爲
妻。（《西廂記》一本楔子、白）

　　　　紅娘問張生：「因甚的便病得這般了」張答：「都因你行——怕
說的謊——因小侍長上來，當夜書房一氣一個死。」（同劇三本四折
〔天淨沙〕）

　　　　　你道我爲什麼私離繡榻——待和伊同走天涯。（《倩女離動》二
〔麻郎兒〕）

上列各例中標著重點的各句，都是一種插入語，用來作解釋的。前三例插入
部分因在句子中間，故用兩個波折號，例四插入部分是在句末，故僅用了一
個。我們如能這樣在精讀曲文的基礎上，正確使用標點符號，就可以使曲意
明晰，毫不含糊。但在新式標點符號未創立以前，斷句則往往搞錯，失掉原
文神味。如《西廂》例中的「怕說的謊」，本是以反詰語作有力的解釋，以明
其所言不是欺騙。而清人毛西河《西廂》本則作「你行怕說的謊，都因小姐
上來，當夜回書房，一氣一個死」。這樣斷句，不但失掉了原文的神韻，而且
語意含糊不清。

　　（3）襯詞

　　　即襯托、陪襯之詞也。它在句中居於輔助地位，只起聲調作用，無實際
意義。元曲因係歌劇，有白有唱，演唱者往往由於拖長聲調的需要，在句中
附加襯字，成爲元曲在漢語語法結構上的一大特點。正如王國維所說：「獨元
曲以許用襯字故，故輒以許多俗語或自然之聲音形容之，此自古文學所未有
也」。〔註2〕例如：

　　　　　賀平安報偌可便似春雷。（《虎頭牌》三〔雙調新水令〕）

　　　　　憑著這兵書也那戰策，我直著等得個可兀的錦標來。（《凍蘇卿》
楔子〔仙呂賞花時〕）

　　　　　我待向那萬丈洪波落可便一跳身，轉回頭別是個乾坤（《來生債》
——〔賺煞〕）「則我這白氈帽半搶風，則我這破搭膊落可的權遮雨」
（《燕青博魚》楔子〔仙呂賞花時〕）

例一中的「可便」，例二中的「也那」、「可兀的」，例三中的「落可便」，例四
中的「落可的」，皆爲句中襯詞，只起調節聲調作用，無實際意義。如省略了
它們，不但於曲意毫無損害，而且文通字順，明白易懂。如果我們不能辨認

〔註2〕見王國維《宋元戲曲考·元劇之文章》（《王國維戲曲論文集》，中國戲劇出版
　　　社，1957年版，第109頁。）

出它們在句中的襯詞作用，便要發生種種誤解，如例一，陳俊山同志注云：「報偌可：即報偌稱是，指屬吏們遵從上司命令的答應聲。」〔註3〕這裏把「可便」二字給分割了，因而整個這句話的意思，注者便無法講解清楚。再如例二，陸澹安先生釋曰：「可兀的，同兀的」。〔註4〕例三，陸先生釋曰：「落可便，即可便，『落』字無義」〔註5〕例四，陸先生釋曰：「落可的，可以。」〔註6〕這些解釋也都沒有指出各詞的襯字性質及其只起聲調的作用，因而這些襯詞在句中便成爲格格不入的多餘的東西，使我們對那些話的意思都難以疏通。由此看來，在元曲中能否辨認出襯詞來，對於我們疏通文句，準確理解曲意是很重要的。

（三）

元曲作家在長期的創作過程中，積累了豐富的創作經驗，形成了各種修辭格。在元曲中最通常見到的修辭格有對偶、排比、映襯、借代、反語、雙關等。我們通過分析、比較這些辭格的特殊規律，也是我們探索元曲詞義的重要方法。

（1）對偶

是指曲文的上下句字數相同，句法類似，形成對應的關係。例如：

> 他把世間毒害收拾徹，我將天下憂愁結攬絕。《拜月亭》三〔尾〕）
>
> 如投呂先生訪故友，似尋吳文政搦先知。(《金鳳釵》一〔金盞兒〕)
>
> 比及武官砌壘個元戎將，文官掙揣個頭廳相，知他是幾個死，
>
> 知他是幾處傷」。(《三奪槊》一〔油葫蘆〕)
>
> 他是必打聽著山妻，照顧著豚犬。(《鐵拐李》二〔倘秀才〕)

上列例中，例一「結攬」與「收拾」，例二「搦」與「訪」，例三「砌壘」與「掙揣」，例四「打聽」與「照顧」，都是處在對應地位，知其一便知其二。故利用這種互文見義的方法，可以解決很多詞義；即使是普通詞匯（如「搦」、「打聽」）的特殊用法，或從未見於辭書的生僻詞（如「結攬」），亦不難據上下文一目瞭然，無須費解。

〔註3〕陳俊山《元代雜劇賞析》，天津人民出版社，見1983年版，第325頁。
〔註4〕見陸澹安《戲曲辭語匯釋》，上海古籍出版社，1981年版，第117頁、500頁。
〔註5〕見陸澹安《戲曲辭語匯釋》，上海古籍出版社，1981年版，第117頁、500頁。
〔註6〕見陸澹安《戲曲辭語匯釋》，上海古籍出版社，1981年版，第117頁、500頁。

其實這種對應關係也反映在一句之內的短語中。例如：

　　不好營生，赤賴白混。(《雲台門》二、白)

　　每日家赤閑白閑，虎軀慵懶。(《三戰呂布》一〔仙呂點絳唇〕)

以上兩例都是在一個短語內「赤」、「白」互文為義，「赤賴白混」就是白混賴，「赤閑白閑」就是無所事事，閒著沒事幹。

除此，借助互文為義，還能幫助我們判定容易被人混淆不清的詞類性質，例如「者」字，一般用作語尾助詞，沒有實際意義，但下面的例子則是例外：

　　從今後休從俺爺娘家根腳排，只做俺兒夫親眷者。(《拜月亭》

　　三〔呆骨朵〕)

顯然，下句「者」字與上句「排」字正處於對應地位，故從修辭學的對應關係看，「者」字決非助詞，而是動詞。全句是說：王瑞蘭和蔣瑞蓮的關係，從今後不要從我娘家排行論姐妹，只應按照我丈夫家序姑嫂。

（2）排比

是指曲文用三個以上結構相似的平行句法。例如：

　　厭的早扢皺了黛眉，忽的波低垂了粉頸，盍的呵改變了朱顏。

　　(《西廂記》三本二折〔普天樂〕)

這個例子是描繪鶯鶯發現情書之後的發怒過程。明大戲曲家湯顯祖解釋說：「三句遞伺其發怒次第也。皺眉，將欲決撒也；垂頸，又躊躇也，變朱顏，則決撒矣」。三句內容雖各不相同，但都是同範圍，同性質的事物和現象。

有的排比句，不僅描繪的事物或現象，範圍相同、性質相同，有時幾個排句的內容也都一樣。例如：

　　這紙湯瓶再不向紅爐頓，鐵煎盤再不使清油混，銅磨笴再不把

　　頑石運。(《金線池》一〔寄生草〕)

這三句便都是重複相同的內容，即杜蕊娘表示她自己再不和別人談情說愛，也就是表示不再作妓女的意思。「紙湯瓶」(紙做的水瓶)、「鐵煎盤」(鐵製的煎盤)、「銅磨笴(ge 葛)」(石磨上的銅把手)都是杜蕊娘的自況。「紅爐」、「清油」，「頑石」都是比喻嫖客的。「頓」(同「燉」)、「混(摻合、沾附意)」、「運(磨動、磨轉意)」均用作動詞，以之形容杜蕊娘和嫖客的往來。

更有的不但各排句內容相同，連對應的詞義也相同。例如：

　　過了些山隱隱更和這水茫茫，盼了些州城縣鎮，經了些店道村

　　坊。(《看錢奴》三〔商調集賢賓〕)

你去那出殯處跟尋，起喪處訪問，下棺處打聽。（《曲江池》三〔醉春風〕）

赤緊的麗春園用不著荂壯，富樂院哭不的貧酸，鳴珂巷告不的消乏。（《詞林摘艷》卷十、陳大聲散套〔鬥鵪鶉·伴了些瓊履瓊簪〕）

以上各例的對應詞，均可以互為注腳，在例一中，如曉得「過」、「經」都是經過之意，那「盼」的含義也就不問自明了；例二，如理解「訪問」、「打聽」是指什麼說的，那「跟尋」的含義也就可以推想而知了；例三，如知道「麗春園」、「鳴珂巷」都是指的妓女寄居之地，那「富樂院」是什麼所在，也就心領神會了。

看來，排比所包含的意義，要比對偶豐富的多，掌握這個規律，可以幫助我們從詞到句到全篇，擴大我們認識的視野。

（3）映襯

亦即反襯，是指並列相反的事物，使之互相對照，相得益彰。例如：

本分的從來老成，聰俊的到底雜情。（《金線池》三〔十二月〕）

僻地逢迎簡，南天瘴屬和。（《碧桃花》楔、白）

罵你個俏冤家，一半兒難當一半耍。（《太平樂府》卷五、關漢卿小令〔一半兒·題情〕）

外面兒波浪掙，就裏又心性耍。（《詞林摘艷》卷四、誠齋散套〔點絳唇、嬌艷名娃〕）

以上各例，「老成」與「雜情」，「和」與「簡」，「難當」與「耍」，「波浪」與「心性」，都是用的對照手法，反襯見義。按：「雜情」意為愛情不專，「老成」意為忠誠老實，兩者正相映襯；「簡」是指「少」，「和」便是「多」的意思，「耍」是戲耍、開腳笑，「難當」便是賭氣之意；「心性」是指內心，「波浪」指的便是面孔。相反的意思，這樣一映襯，就更明確了。

（4）借代

就是以此代彼。這種修辭格在元曲中最常見的有以下十一種：

一是借事物的特徵相代，例如：

都是俺個敗人家油鬈鬢太歲，送人命粉臉腦凶神。（《對玉梳》一〔混江龍〕）

過來波包龍圖門中麵糊盆。（《村樂堂》四〔喜江南〕）

按：例一「油鬏髻」、「粉臉腦」均代妓女：此以衣飾、打扮爲特徵也。例二「麵糊盆」代貪官，此以糊塗顢頇、不明事理爲特徵也。

　　二是借事物的所在相代，例如：

　　　　好也！把鄰舍都翻在被子裏面。（《救風塵》二、白）

　　　　你看他是白屋客，我道他是黃閣臣。（《秋胡戲妻》一〔油葫蘆〕）

按：例一「舍（住處）」代（鄰）人，例二「白屋」代貧賤，「黃閣」代富貴，蓋舍、白屋、黃閣，皆表人之所在處所也。

　　三是借事物的工具或官能相代，例如：

　　　　現今天下已定，干戈寧息。（《賺蒯通》一、白）

　　　　呆答孩閉口藏舌。（《詞林摘艷》卷一、小令〔折桂令・憶別〕）

按：例一「干戈」代戰爭；例二「口」、「舌」代話：蓋干戈是打仗的工具，口、舌乃人之官能也。

　　四是借事物的質料相代，例如：

　　　　對青銅兩鬢皤皤。（《竹葉舟》四〔滾繡球〕）

　　　　光祿寺醞江釀海，尚食局炮鳳烹龍（《麗春堂》一〔混江龍〕）

按：例一「青銅」代鏡；「鳳」、「龍」代珍饈皆以製作之材料言也。

　　五是借事物的顏色相代，例如：

　　　　一生好採蕊尋芳，半世愛偎紅倚翠。（《莊周夢》二〔么篇〕）

　　　　自春來慘綠愁紅，芳心事事可可。（《謝天香》三、白）

　　　　又沒甚七青八黃，盡著你説短論長。（《西廂記》一本二折〔鬥鵪鶉〕）

按：例一「紅」「翠」代女衣，引申爲美貌少女，例二「綠」代葉，「紅」代花，例三「青」、「黃」代金子，明・王伯良《格古要論》曰：「金品：七青八黃，九紫十赤」，是也。

　　六是借部分代全體，例如：

　　　　兩蛾眉千古光輝。（張可久小令〔湘妃怨〕）

　　　　少年文史足三冬，下筆成章氣似虹。（《風光好》一〔天下樂〕白）

按：例一「蛾眉」代美女，此處「兩蛾眉」，是指西施與王昭君也；例二「冬」代年，清・俞樾《古書疑義舉例》曰：「三冬亦即三歲也，學書三歲而足用。……

注者不知其舉小名以代大名，乃疑『三冬』字，爲說云：『貧子冬日，乃得其書』。失其旨矣」。

七是借全體代部分，例如：

遇良宵好景，會多嬌滯色。(《升仙夢》一〔北那吒令〕)

這人人和柳渾相類。(《牆頭馬上》一〔寄生草〕)

按：例一「色」代女色；例二「人人」代人，蓋「人人」是統稱，「人」指個別人也。

八是借專稱代泛稱，例如：

門掩重關蕭寺中。(《西廂記》一本楔子〔么篇〕)

只因兩角蝸蠻戰，貶得我日近長安遠。(《貶黃州》二〔正宮端正好〕)

按：例一「蕭寺」本是梁武帝造寺，以姓爲題得名，這裏代指一般寺廟；例二「長安」代京都，因自西周歷秦、漢、西魏、北周、隋、唐，均都於長安也。

九是借具體代抽象，例如：

抱粗腿向前跳，倒能勾祿重官高。(《誶范叔》一〔那吒令〕)

爲因延岑文武兼濟，刀馬過人。(《降桑椹》四〔么篇〕白)

按：例一「粗腿」代權勢；例二「刀馬」代武藝；蓋權勢、武藝皆非可觸摸之物也，故以抽象稱。

十是借抽象代具體，例如：

則我這杏臉藏春，柳眉標恨，縈方寸。(《碧桃花》一〔仙呂點絳唇〕)

按：「方寸」代心也。

十一是借事物的製作者相代，例如：

辜負一醉無憂老杜康。(《陳摶高臥》四〔沉醉東風〕)

拆白道字，頂針續麻，搊箏撥阮，你們都不省得。(《金線池》三〔醉高歌〕)

按：例一「杜康」代酒；據《書‧酒誥》疏：「《世本》云：儀狄造酒，夏禹之臣。又云杜康造酒」。例二「阮」代樂器；據唐‧劉餗《隋唐嘉話》下：「元行衝賓客爲太常少卿，有人於古墓中得銅物，似琵琶而身正圓，莫有識者。」

元視之曰：「此阮咸所造樂具。乃令匠人改以木，爲聲甚清雅，今呼爲阮咸是也。」

（5）反語

就是用反話表達本意。元曲中這種修辭格的表達形式複雜多樣，其作用主要是在於加強語氣，也常用於嘲諷，間或亦施之於諢語。

根據大量材料，它的表現形式，大致可歸納爲以下兩大類：一是借助否定詞構成的反語；二是通過反其意而用之的手法構成的反語。茲分別介紹如次：

一是借助否定詞構成的反語。這又可細分以下幾種形式：

第一種是把否定詞「不」字「沒」字放在詞頭或詞尾構成兩字格「不A」、「沒A」、「A不」式。例如：

> 相思病等閒不害。（《樂府群玉》卷三、周文質小令〔落梅風〕）
>
> 數番家沒亂，幾遭兒驚戰。（《盛世新聲》〔中呂粉蝶兒・一點情牽〕）
>
> 「好不疼哩！」「好不自在哩！」（《陳州糶米》三〔梁州第七〕白）

這裏「不害」即「害」，「沒亂」即「亂」，「好不」即「好」，都是以反語見意，起了加強語氣的作用。在「沒亂」後面，通常綴以程度副詞「殺」字或「煞」字成爲「沒亂殺」、「沒亂煞」，意爲煩亂得很。

第二種是把否定詞放在詞頭或插入中間構成的三字格。這又可區分爲三種情況：

其一是把「不」字，「沒」字或「無」字放在詞頭構成「不AB」，「沒AB」、「無AB」式。例如：

> 這廝不劣缺的心腸決奸狡。（《趙禮讓肥》二〔倘秀才〕）
>
> 沒情沒緒沒撩亂。（《詞林摘艷》卷二、散套〔八聲甘州〕）
>
> 煩惱的人無顚倒。（同書卷五、商政叔散套〔新水令・彩雲聲斷紫鸞簫〕）

明明是「劣缺」（乖戾、惡劣），而曰「不劣缺」；明明是「撩亂」（心緒不定），而曰「沒撩亂」；明明是「顚倒」（精神錯亂），而曰「無顚倒」，這也都是用反語加強了語氣。

其二是把「不」字插在中間，構成「A不A」式。例如：

那匹馬緊不緊、疾不疾蕩紅塵一道。(《黃鶴樓》二〔倘秀才〕)

窮不窮甌有蛛絲塵網亂,窘不窘爐無烟火酒瓶乾」。(《王粲登樓》一〔混江龍〕)

親不親心肝兒上摘下,惜不惜氣命兒似看他。(《樂府群珠》卷四、劉時中小令〔朱履曲〕)

以上三例,從內容上可以看出:「緊不緊」、「疾不疾」即「緊緊」、「疾疾」意;「窮不窮」、「窘不窘」即「窮窮」、「窘窘」意;「親不親」、「惜不惜」即「親親」、「惜惜」意。這種表現形式的特點,不僅如上舉各式表現在使用否定詞上,也表現在借助重言上,因而更顯得語氣有力,從而為充分表達思想內容發揮了修辭的積極作用。讀者如看不出這個特點,便會貶低修辭的作用。王季思注《西廂》曰:「『緊不緊』即緊意,猶『連不連』即連意,『窮不窮』即窮意,『窘不窘』即窘意,加『不緊』、『不連』、『不窮』、『不窘』,不過加重語氣耳。」〔註7〕他這種論述的缺點:一是沒有提出否定詞「不」字以反語見意的作用;二是沒有指出運用重言對語氣的再增強作用。唯其如此,對作品思想意義的發掘,便受到了局限。

其三是把「不」字嵌入不同的一、三兩字中間,構成「A不B」式。例如:

李稍云:「二嫂,你見我親麼?」正旦云:「兒子,我見你,可不知親哩!」(《望江亭》三〔紫花兒序〕)

若不是他兩個說,險不著那鄭恩爛羊頭打我一頓。(《符金錠》二、白)

在這裏,「可不知」即「可知」,當然之意;「險不著」即「險著」,幾乎之意。這些地方,也是由於插進否定詞構成反語,顯示了語氣的力量。

第三種,是把「不」字、「沒」字、「無」字,分置於詞頭和詞間構成四字格「不A不B」、「沒A沒B」、「無A無B」式。例如:

我子(只)見一來一去,不當不覩,兩匹馬兩個人有如星注。(元刊本《氣英布·刮地風》)

沒撩沒亂離愁,悲悲切切,恨滿天涯。(《太平樂府》卷一、武林隱散曲〔蟾宮曲·昭君〕)

似這般煩惱的無顛無倒。(《李逵負荆》三〔醋葫蘆〕)

〔註7〕王季思《西廂記》一本一折注(15),上海古籍出版社,1978年版第11頁。

例一「不當不覷」即用力抵擋，例二「沒撩沒亂」即撩亂得很，例三「無顛無倒」即顛顛倒倒。這三個例子，與上述「A 不 A」式增強語勢的表現形式又有所變化。前者是採取重言的形式，這裏是選用否定詞的辦法，手法不同，但在表現內容上都起了再加強的作用。

第四種是單用否定詞「不」字嵌進詞間的四字以上的多字格。例如：

險不絆倒我那！（《四春園》二〔四塊玉〕白）

量這些錢鈔，打什麼不緊，（《老生兒》楔、白）

我看我任女兒，長不料料窈窈，短不蹋蹋促促。（《荊釵記》七）

例一「險不絆倒」即險絆倒，幾乎絆倒的意思；例二「打什麼不緊」即打什麼緊，無關緊要的意思，例三「長不料料窈窈」即長料窈，長的意思；「短不蹋蹋促促」即短蹋促，短的意思。各例所用「不」字，作用也都是爲了加強語氣，無實際意義。

二是通過反其意而用之的手法構成的反語，形式也很複雜，作用尤爲突出。例如：

呀！正撞著五百年前風流業冤。（《西廂記》一本一折〔村里迓鼓〕）

記前日席上泛流霞，正遇著宿世冤家。（《詞林摘艷》卷一、趙禹生小令〔風入松・憶舊〕）

若見俺箇條也似可憎人，舒開我這蔥枝般纖細手。（《甄江亭》三〔醉春風〕）

謊敲才更深夜靜須有個來時。（《樂府新聲》下、無名氏小令〔寄生草〕）

愛你個殺才沒去就。（《金線池》二〔南呂一枝花〕）

誰似您浪短命隨機應變。（同劇四〔太平令〕）

薄倖雖來夢中，爭如無夢。（《太平樂府》卷三、喬吉小令〔天淨沙・即事〕）

按：以上「業冤」、「冤家」、「可憎」、「敲才」「殺才」、「短命」、「薄倖」等詈辭，都是反用其意來作情人的昵稱的。明・王伯良注《西廂》曰：「不曰可愛，而曰可憎，反詞見意。猶業冤、冤家之謂，愛之極也」。元曲作家有時爲了特別強調「愛之深、恨之切」的男女愛情，每每連用兩個以上的反語，如云：「薄

情短命，負德冤家」（《樂府群珠》卷四、失名小令〔普天樂・寄情〕），即其顯証。

反其意而用之的手法，不僅限於上述用詈辭表示愛稱，用褒詞表示貶意的，也不乏其例，如：

　　　　〔張孝友云：〕我眼裏偏識這等好人！（《合汗衫》四〔得勝令〕白）

　　　　且是你這臉兒生的俊，把我們嚇這一跳。（《生金閣》三〔賀新郎〕）

按：例一言賊漢陳虎忘恩負義，陷害張孝友，在將殺陳虎之時，張氣急敗壞，反說陳是「好人」；例二是說一個長相醜惡能把人嚇一跳的人，反被諛稱「生的俊」，這都是以反語見意，故語氣才顯得格外有力。

不僅如此，元曲作家還善於用反語表現他們的諷刺天才，例如：

　　　　自家姓盧，人道我一手好醫，都叫做賽盧醫。（《竇娥冤》一、白）

　　　　梳著個霜雪般白鬢髻，怎將這雲霞般錦帕兜？怪不的女大不中留。（同劇一〔後庭花〕）

明明是「死的醫不活，活的醫死了」的庸醫，偏偏說是賽過扁鵲的名醫，明明是六旬左右、白髮蒼蒼的老太婆，偏偏以少女視之，說她是「女大不中留」。這種正話反說，諷刺意味，不言而喻。類似這種成功的諷刺手法，在關漢卿的其他作品如《金線池》、《調風月》裏以及王實甫的《西廂記》等作品裏，隨時都可以發現，勿庸贅舉。

用反話施之於諢語的例子，如：

　　　　〔末：〕先生拜揖！〔丑：〕無禮！（《張協狀元》四）

按：丑應回答說：「有禮」，而反言之是為打諢，以博一笑耳。它的作用則在於調節劇場的沉悶氣氛，提高聽眾的注意力。

（6）雙關

是指語言文字的讀音或釋義，語涉雙關。因此，雙關又可分為以下兩類：一是字音上的雙關；一是事理上的雙關。

字音上的雙關語，即清・李調元所謂「借字寓意」（見《雨村詩話》十三）也。按此又可分為兩種：

一是異形異義同音（或音近）字雙關者，例如：

〔魯云：〕你去說，魯子敬特來相訪。〔童云：〕你是紫荊，你和那松木在一答裏。（《單刀會》二〔滾繡球〕）

〔魯云：〕你去碎菱花。〔正云：〕我特來破鏡。（同劇四〔雁兒落〕白）

〔正旦唱：〕呸！我看你便羞也那是不害羞！〔三末云：〕翰林院都索入編修。（《陳母教子》二〔牧羊關〕白）

〔張云：〕老醫棚，呼喚俺人有何說話？（《舉案齊眉》一、白）

〔揚州奴云：〕有人說來，揚州奴賣炭苦惱也，他有錢時火焰也似起，如今無錢弄塌了也。（《東堂老》三〔蔓菁菜〕白）

按：例一「紫荊」與「子敬（魯肅之字）」叶音；例二「鏡」與「敬（即子敬之敬）」叶音；例三「修」與「羞」叶音；例四「醫棚」與「相公」叶音；例五「塌」與「炭」叶音，以上皆語音雙關之例也。

二是同形同音義異字雙關者，例如：

〔揚州奴云：〕揚州奴賣菜，也有人說來，有錢時伴著柳隆卿，今日無錢擔著胡子轉。（《東堂老》三〔蔓菁菜〕白）

按：「胡子」既是人名，又指胡瓜，也是雙關。還有的兼以上兩種情況說的，例如：

好麼！只說獐過鹿過，不說麂過，每日則捏舌頭說別人，今日可是你還不羞死了哩！（《爭報恩》二〔朝天子〕白）

按「獐」、「鹿」、「麂」（皆獸名）各叶「張（或章）」、「陸」（皆人之姓氏）、「己」（自己之己），屬異形異義同音；「過」，一指過失之過，一指經過之過，屬同形同音異義。

事理上的雙關，例如：

這兩下裏拈綃的，有多少功積（績），到重如細攪絨繡來胸背。（《調風月》二〔么〕）

〔正旦云：〕看了這金線池好傷感人也！（《金線池》三〔醉春風〕白）接唱〔石榴花〕：「恰便似藕絲兒分破鏡花明」。

書卻寫了，無可表意。只有汗衫一領，裹肚一條，襪兒一雙，瑤琴一張，玉簪一枚，斑管一枝。琴童，你收拾得好者！（《西廂記》五本一折〔么篇〕白）

例一「拈綃的」，表面像是說羅帕，實際說的是偷寒送暖、傳遞消息；例二「藕絲兒分破鏡花明」，一面是形容金線池好像鏡面上落下一根藕絲把池水劃出兩部分，一面又借景生情，影射杜蕊娘和韓輔臣愛情破裂的苦惱；例三據崔鶯鶯自己說：送「汗衫」的用意，是為了叫張生和衣而臥，感同一處宿，緊貼皮肉，不忘她的溫柔；送「裹肚」的用意，是為了叫張生把它（她）緊緊地繫（記）在心頭；送「襪兒」的用意，是為了拘管張生胡行亂走；送「瑤琴」的用意，是怕張生忘掉當日是借助琴聲成其佳配；送「玉簪」的用意，是警戒張生功成名就，不要把她撇在腦後；送「斑管」的用意，是借古代舜妃淚下灑竹成斑的故事，表示崔鶯鶯為遠行的張生擔憂。

通過以上所舉雙關語的例証，可以看出「雙關」，絕不是為「雙關」而「雙關」，而是常常在不便從正面吐露真情，而巧妙地通過雙關語暗示出來。例如前所舉《單刀會》四折關公說：「我特來破鏡」，就暗示如東吳強索荊州，就不惜與魯子敬鬧翻，使聯盟破裂。再如《爭報恩》中趙通判的夫人王臘梅因大夫人李千金結交梁山好漢便誣為通奸，而反咬一口道：「只說獐過鹿過，不說麂過」（意謂只說人之過，不說己之過）。這都是拿它作鬥爭的手段。《金線池》、《調風月》和《西廂記》等例，都是在愛情上含蓄地表現婦女的心理活動的。《單刀會》二折的「紫荊」叶「子敬」，《陳母教子》二折的「修」叶「羞」，都是以同音或音近字故意打岔作諢語。其實，「打諢」也不專是為取笑，還借以緩和劇場空氣，它也寓有和對手相周旋的意思。

如果我們能掌握「雙關語」這個修辭特點，對於我們深入認識元曲詞義與作品思想內容的關聯性，也是很有幫助的，不能等閑視之。

（四）

利用音韻學知識，借助聲音通假的原則，把許多寫法不同的詞語統馭起來，從語音上尋求它們之間的意義聯繫，是目前很值得重視的解決元曲詞義的辦法。因為從歷史上看，由於文字古今異寫、方俗不同以及其他種種原因，使我國漢語中的一字一詞，往往有多種寫法，歷代相沿，愈演愈烈，朱丹九先生的一部三百萬字的《辭通》就是個顯証。特別是俗文學發展到元代，元曲作家把大量的人民口頭語帶進作品之後，一字一詞的寫法，更出現極其複雜的情況。約而言之，有下述種種：

一是方言土語，本無定字，作者各就土音而筆之於書，乃產生各種各樣的寫法。

　　二是外來語匯，如「浮屠」，又譯作「浮圖」、「佛圖」、「佛徒」、「佛陀」；再如「抹鄰」，又譯入「母驎」、「母鱗」，皆本無其字，依聲借用，於是音同形異的同義詞便接踵而出。

　　三是元劇作家多下層知識分子，文化素養不高，當揮毫運筆時，往往只記其音，不知其字，結果錯別字迭出，如「悖晦」誤爲「背悔」、「背會」等，多不勝舉。

　　四是元劇流傳日久，於轉抄刻印之際，極易發生眼誤、手誤及其他種種錯誤，或有意去繁就簡，又增加了許多新的簡化字、錯別字，魯魚亥豕，五花八門。

　　由於上述這些原因，元曲在許多字形上就表現得非常混亂。這樣，如果還僅僅想從字形上求得詞義的確解，有很多詞義就不能解決，反而如鑽牛角尖，道路越走越窄，故採取「因聲求義」的方法，才是目前深入探索元曲詞義的一條最寬廣的路。

（1）扒沙

　　扒扠　扒叉

　　　　則見錦鱗活潑剌波心跳，銀腳蟹亂扒沙在岸上藏。（《張生煮海》三〔滾繡球〕）

　　　　俺八府宰相正飲酒哩，不知你從那裏扒扠將來。（《延安府》二〔尾聲〕）

　　　　四腳扒叉水上游。（《南極登仙》三、白）

以上「扒沙」、「扒扠」、「扒叉」，寫法、讀音雖不盡同，亦實爲一詞。「扒」在這裏音義同「爬」，爬行的意思，故亦逕作「爬沙」，如後唐張憲《聽雪齋》詩：「撲紙春蠶亂，爬沙夜蟹行」。宋·蘇軾《虎兒》詩：「蟾蜍爬沙不肯行」。又作「杷（pá）沙」，如韓愈《月蝕詩效玉川子作》：「杷沙腳手鈍」。又作「撲朔」，如北朝樂府《木蘭辭》：「雄兔腳撲朔」。鄧魁英注云：「腳撲朔，兩腳亂爬搔。」〔註8〕按「扒」、「爬」、「杷」音義並同，「扒」、「撲」爲雙聲；「沙」與「扠」、「叉」爲疊韻，與「朔」爲雙聲，用作語助，皆以音近相通轉。

〔註8〕見《漢魏南北朝樂府詩選》，北京出版社，1981年版，第466頁。

（2）把色

把瑟　不色　軋色

俺兩個一個是王把色，一個是李薄頭。（《藍采和》一、白）

入苗的把瑟歪著尖牢，擂鼓的撅丁瘤著左手。（《太平樂府》卷
九、高安道散套〔耍孩兒·淡行院〕）

哎！不色你把阿納忽那身子兒擋撮，你賣弄你且休波。（《紫雲
庭》三〔十二月〕）

〔生：〕暫借軋色。〔眾：〕有。（《張協狀元》二）

何謂「把色」？宋·灌園耐得翁《都城紀勝》「瓦舍眾伎」條：「其吹曲破斷
送者，謂之把色」。宋·吳自牧《夢粱錄》卷二十「妓樂」條亦云：「先吹曲
破斷送，謂之把色」。元·王惲《秋澗先生大全集》：「鼓笛場中，何堪把色」，
也是以「把色」稱呼吹曲破人之一証。「把」、「不」雙聲，「把」、「軋」疊韻，
「色」、「瑟」同音，因以借用，故「把瑟」、「不色」、「軋色」與「把色」實
指一人耳。

（3）猛浪

末浪

生得眼腦甌摳，人材猛浪。（《董西廂》卷二〔雙調·文如錦〕）

逞末浪不即留，只管裏賣風流。（《貨郎旦》二〔沽美酒〕）

「猛浪」，一作「末浪」，鹵莽、不精要之意。或又作「孟浪」，如《魏書·張
普惠傳》：「臣學不經遠，言多孟浪」。或作「㟰浪」，如宋·王洙、司馬光等《類
篇》：「㟰浪，不精要貌。」或作「謬浪」，如《魏書·袁翻傳》：「識偏學疏，
退慚謬浪」。按「孟」、「㟰（孟的變體）」、「猛」同音異調，「謬（miù）」、「猛」、
「末」均係雙聲。又《袁翻傳》云：「管窺所陳，懼多孟浪」。同傳之內，一
言「謬浪」，一言「孟浪」，此亦義同字變之一例。

（4）骨剌剌

古剌剌　忽剌剌

骨剌剌雜彩繡旗搖。（《哭存孝》四〔七弟兄〕）

只疑是古剌剌雜綵旗搖。（《三奪槊》二〔梁州〕）

忽剌剌繡旗開（《小尉遲》二〔柳青娘〕）

「骨刺刺」、「古刺刺」、「忽刺刺」均為象聲詞，狀旌旗展動聲。按「骨（古）」、「忽」自金元以來，北音每混為一。「鶻」從「骨」音，「鶻鴒」又作「胡伶」。「核」字北人口語呼作「戶」音，亦作「故」音，而讀作「孩」音，均可類証。

（5）曲律

曲呂　乞量曲律　乞留曲律　乞留曲呂　溪流曲律

曲律竿頭懸草稕。（《李遠負荊》一、白）

本詩作曲呂木頭車兒隨性打，元來是滑出律水晶球子怎生拿。（《太平樂府》卷八、喬夢符散曲〔一枝花・離情〕）

將這雙乞量曲律的肐膝兒，罰他去直僵僵跪。（《殺狗勸夫》二〔叨叨令〕）

你過的這乞留曲律蛐蜒小道。（《黃鶴樓》二〔貨郎兒〕）

過了些乞留曲呂澗。（《元人小令集》失名失題三十一首之八）

怎生向溪流曲律坡前去。（《西遊記》三本九齣〔後庭花〕）

「曲律」，一作「曲呂」，彎曲、曲折貌，重言之，則曰「乞量曲律」、「乞留曲律」、「乞留曲呂」、「溪流曲律。」按「乞量」、「乞留」、「溪流」與「曲律」、「曲呂」皆一音之轉。「曲律」，又作「屈律」，如《新編五代史平話》卷上「石人言道：『三七二十一，由字不頭出，腳踏八方地，果頭三屈律』」。重言又作「乞留屈碌」，如《長生殿・情悔》：「只索把急張狗諸的袍袖來拂，乞留屈碌腰帶來束。」現仕北京等地方言中還有「曲裏拐彎」的說法。此皆鄉談，本無定字，各就土音，筆之於書，才出現如此紛紜複雜的形體現象。

根據上舉各組例証，顯然可見：若依字形，則散為眾名，且多不可思議；若依字聲，則總為一物，義可循律而解。故清・王念孫、王引之父子在訓詁學上提倡「義存於聲，聲近義通，求之於聲則得，求之於文則惑」的學說，把聲韻學原理用之於訓詁學，給訓詁學的發展開了一個廣闊的新境界，這實在是個大貢獻。

擺脫形體的束縛，採取「因聲求義」的方法來研究元曲詞義：析而言之，約有下述三大優越性：一是可使我們懂得許多生僻字、生詞的極平常的意義；二是通過綜合研究，可以比較準確地解決彼此相關的一連串詞義問題，收事半功倍之效；三是依據古今同音（或音近）異寫，便於我們上探語源，

下明流變，把元曲詞義的考察和歷史的發展聯繫起來，從而才能更準確地把握它。

如墨守依形求義的方法，不但不易解決問題，還會鬧出笑話來。例如「呆打孩」這個詞兒，又作「呆答孩」（見《調風月》二）、「呆打頦」（見《碌砂擔》二）這三種寫法，實爲一詞，都是「呆」的意思。「打孩」、「答孩」、「打頦」都是同音字。用作語助以加強「呆」的程度。而明・徐渭釋「呆打孩」則曰：「言如呆子與孩兒打做一隊也」。〔註9〕這個望文生義的錯誤例子，發生在幾百年以前，那時對元曲詞義的研究尚處於幼稚階段，是不足爲奇的，問題的嚴重性是在今天，仍有不少類似的情況。比如說：

> 嚇的我心兒、膽兒急獐拘豬的自昏迷，手兒、腳兒滴羞篤速的似呆癡。（《薛仁貴》三〔堯民歌〕）

陳俊山同志注「急獐拘豬」曰：「被追的獐子和被捉住的豬，此處比喻驚恐之狀。」這個解釋的下句是可以的，上句就犯了望文生義的錯誤，何以言之，請參照下例：

> 他這般急張拘諸的立。（《李逵負荊》二〔叨叨令〕）
>
> 我與你便急章拘諸慢行的赤留出律去。（《魔合羅》一〔油葫蘆〕）
>
> 爲甚麼獐獐狂狂便待要急張拒遂（逐）的褪。（《虎頭牌》一〔油葫蘆〕）

按各例中的「急張拘諸」、「急章拘諸」、「急張拒遂（逐）」，都是形容膽怯不安的鄉談土語，音義皆同而形各異，依聲求義，則可通解，如按照陳同志的說法，這裏所舉的三例，意究何指，恐怕就無以答對了。

二、熟讀曲文，從曲白中找答案，並結合歷史和外來語的借用考証詞義

尋繹元曲中的詞義，除利用邏輯、語法、修辭和音韻學知識等一般手段外，必須熟讀曲文，從上下文、前後折中找到解決詞義的答案。例如：

> 這裴中立身榮貴，那韓瓊英守志貞，我怎肯與別人做了夫人！
> （《裴度還帶》四〔水仙子〕）

這裏的「與」字，既不能作動詞「給」講，也不能作連詞「和」講，查一般

〔註9〕見徐渭《西廂記》評本。

辭書也解決不了。但如接讀下去，就可以發現媒人說的幾句話：

> 裴中立身榮貴，韓瓊英守志貞，他怎著別人做了夫人！（同劇
> 同折同曲、白）

兩相對照，句意完全相同，一作「與」，一作「著」，顯然，「與」就是使令辭「著」的意思，解作「讓」、「叫」、「使」、「令」等義均可。再如：

> 陳虎云：「兀的那一座高樓，必是一家好人家，沒奈何我唱個蓮
> 花落，討些兒飯吃咱。」（《合汗衫》一〔混江龍〕白）

這裏的「好人家」是什麼意思呢？請讀下面這句話：

> 趙興孫云：「這一家必然是個財主人家，我如今叫化些兒殘湯剩
> 飯。」（同劇同折〔天下樂〕白）

「好人家」、「財主人家」既然同是指的金獅子張員外家，那「好人家」不明明就是「財主家」嗎？再如：

> 俺兩口望著東岳爺爺拜　把三歲喜孫到三月二十八日，將紙馬送
> 孩兒焦杯內做一枝人，一了好歹救了母親病。（《小張屠》一〔金盞
> 兒〕白）

什麼是「焦杯」呢？請看下面這段話：

> 教那急腳李能，半夜後（將）王員外兒神珠玉人抱去，明日午
> 時，去在那火池裏燒死，卻把孝子張屠的喜孫兒虛空裏著扮人凡（煩）
> 人先送與他母親。（同劇二〔紫花兒序〕外末白）

前後折一對照，可見「焦杯」就是指的「火池。」

除了從上下文、前後折的不同用詞，加以對照找到詞義的答案，也有的在對話中直接把答案給我們的。例如：

> 〔祇從云：〕他是告狀的，相公怎麼請他起來？〔孤云：〕他
> 說是馬員外的大夫人。〔祇從云：〕不是什麼員外，無過是個土財主，
> 沒品職的。（《灰闌記》二〔逍遙樂〕）

從這個例子的對話中，告訴了我們元朝所謂的「員外」就是指的土財主，並沒有品職。但這裏只道出「當然」，沒有說明「所以然」。我們需要再結合歷史來考察。按「員外」本是官名，始於六朝，是在定額（編制）以外設置的官員。以後各部都沒有此官。唐·李矯任職吏部時，曾奏置員外官數千人之多。也可以納錢捐買，如《食譜》記載五代周世宗顯德年間，糕房主人花錢買了個員外官，當時京都人都戲稱他為花糕員外。大抵自唐末五代以來，賣

官鬻爵，甚至以官名相濫稱爲榮的風氣，愈演愈烈。不獨呼地主富豪爲「員外」，其他如呼工匠爲「侍詔」，呼賣茶人爲「茶博士」，呼賣酒者爲「酒博士」，呼醫生爲「衙推」，呼當舖掌柜的爲「朝奉」，比比皆是，幾乎人人都是官了。再如：

> 〔正末云：〕什麼爺死錢？〔福童云：〕你看，這老頭兒，這些也不懂的。父親在日，問他借了一千貫錢，父親若死了，還他二千貫錢，堂上一聲舉哀，階下本利相對，這不是爺死錢？（《冤家債主》一〔天下樂〕）

這個例子，也是從上下對話中，說明了「爺死錢」的意義。但利息爲什麼這樣高，這裏也沒有提，我們也需要再結合元代的經濟制度來考察。按：舊時有所謂「羊羔利」，也叫「羊羔息」，即借錢要加倍償還，利上滾利，如羊之生羔，故云。這種高利貸是統治階級對貧苦大眾的一種殘酷的剝削手段，而在元代，尤爲盛行，元劇中就多有反映。例如：《救風塵》一：「買虛的看取些羊羔利」。《竇娥冤》楔子：「這裏一個竇秀才，從去年問我借了二十兩銀子，如今本利該銀四十兩」。《元史‧太宗紀》亦云：「是歲，以官民貸回鶻金償官者，歲加倍，名羊羔息」。皆其明証。這裏的「爺死錢」，也是「羊羔利」的一種變相的形式，其爲害有時比「羊羔利」還甚。再如：

> 他道是鎖陀八，原來是酒醉美。（《誠齋樂府‧桃源景》四〔倘秀才〕）

> 〔老旦作看丑介：〕倒喇，倒喇。〔丑笑介：〕怎說？〔貼：〕要娘娘唱個曲兒。（《牡丹亭‧圍釋》）

例一用的是自問自答的方式，說蒙語「鎖陀八」就是漢語「醉酒」的意思。例二是採取問答的方式，說蒙語「倒喇」就是漢語「唱曲」的意思。再翻檢明‧火源潔《華夷譯語‧人事門》：「莎搭八：醉」「倒刺：唱」均可作爲旁証。「莎搭八」作「鎖陀八」，「倒刺」作「倒喇」，不過是譯音略有出入或音同而用字各異罷了。漢語像這樣吸收中國四境少數民族的語言，在歷史上從未間斷過。漢語和少數民族語言的相互滲透、融合，規模最大的幾次，是在南北朝時代的所謂「五胡亂華」以及後來蒙元、滿清入主中原統治整個中國的時期。南北朝時代北中國大片土地漢、胡雜居，漢語不可避免地要受到少數民族語言的影響，鮮卑語影響尤大，當時很多漢族士大夫子弟爲便於作官，爭學鮮卑語。這種情況，到北齊猶然。據北齊‧顏之推《顏氏家訓‧教子篇》：

「齊朝有一士大夫嘗謂吾曰：『我有一兒年已十七，頗曉書疏。教其鮮卑語，及彈琵琶，稍欲通解。以此伏事公卿，無不寵愛。亦要事也。』」於此可見一斑。在元代，漢語中如「車站」的「站」（原音 jam）、「好歹」的「歹」（觸），都是借自蒙古語。今北京話把「巷」叫做「胡同（衚衕）」，也是從蒙語「水井」而來。北京地名，現在尚有「二眼井」、「四眼井」之稱，很可能就是這種命名的遺跡。元劇中給女孩取名「賽娘」，「賽」就是取自蒙古語的「撒因（好）」，「娘」是漢族對少女固有的美稱，可見「賽娘」又是蒙漢兩族語言的結合。〔註10〕由此看來，了解我國各民族語言的融合，也是我們探索元曲詞義的途徑之一。

三、博覽群籍，披沙簡金，努力發掘解決詞義的資料

如果從元曲的曲白中，根本找不到答案，這就需要完全跳出元曲的小圈子，深入到廣闊的歷史文獻的天地中尋蹤覓跡，在前人沒有到過的地方，去發現新的資料，來解決我們遇到的問題。例如：

> 好門面，好舖席，好庫司，門畫鷄兒，行行買賣忒如斯。(《羅李郎》三〔金菊香〕)

「門畫鷄兒」是怎麼回事呢？梁·梁宗懍《荊楚歲時記》云：「帖畫鷄戶上，懸葦索於其上，插桃符其旁，百鬼畏之」。又云：「按董勛問禮俗曰：正旦畫鷄於門，七夕帖人於帳」。據此可知，在門上畫鷄以避鬼祟。是過去湖南、湖北一帶迷信的風俗之一。再如：

> 您可休量小人不是個馳名的好觝。(《獨角牛》三〔倘秀才〕)

臨風搖動謂之「觝」，這是一般解釋，放到這裏不適用，這裏的「觝」到底是什麼意思呢？宋·吳自牧《夢梁錄》卷二「角觝」條：「瓦市相撲者，乃路歧人聚集一等伴侶，以圖標首（猶今云冠軍）之資。先以女觝數對打套子，令人觀覩，然後以膂力者爭交。……及女占（觝之省寫）賽關索、囂三娘、黑四娘女眾，俱瓦市諸郡爭勝，以爲雄偉耳」。據此可知「觝」乃宋元時相撲藝人的稱呼。其所以以「觝」名之，蓋當時賣藝相撲者，皆以小旗書相撲者的姓名，於交手時，觝旗以助聲勢，後遂以「觝」名之耳。散曲有「敗旗兒莫觝」(《太平樂府》卷七·曾瑞散套〔鬥鵪鶉〕)語，可証。再如：

〔註10〕見張清常《漫談漢語中的蒙語借詞》，《中國語文》，1978 年第三期。

你要尋走衰，覓轉關，上天掇著梯兒趕。（《太平樂府》卷九、
董君瑞散套〔般涉調哨遍‧硬謁〕）

誰知你個小冤家，走滾機謀大，不想今番變了卦。（《雍熙樂府》
卷十九〔小桃紅‧西廂百詠〕三十九）

「走衰」一作「走滾」，從它和「轉關」對應，和「機謀」連文來看，當是機
變意。今查明市語匯鈔本《行院聲嗽‧人事》：「說不定：走衰」。更証明「走
衰」就是心計多變、捉摸不定的意思。

從以上所舉「門畫雞兒」、「颮」、「走衰」這幾個詞來看，它們的意義，
都是從元曲以外的書中找到了解釋或得到進一步証明的。即使發現不到這類
材料，遇到有關的隻言片語，也可以作爲我們探討元曲詞義的線索。例如：

覷著一丈來高石階級褰衣跳，衙内每又沒半個人扯著，頭扎番
身吃一個大碑落。（《董西廂》卷八〔大石調‧尾〕）

宋‧孟元老《東京夢華錄》卷七「駕登寶津樓諸軍呈百戲」條，提到「一人
棄刀在地，就地擲身，背著地有聲，謂之『扳落』」，疑『碑落』當即「扳落」
的聲轉，翻跟斗的意思。「吃一個大碑落」，即謂「翻一個大跟斗」也。再如：

使不著你儸儮，顯不著你悲合。（《曲江池》四〔梅花酒〕）

宋‧陳鵠《耆舊續聞》卷十：「劉昌言，太宗時爲起居郎，善捭闔，以迎主意」。
其中「捭闔（baihe）」爲開合之意，以喻能說善辯。這裏的「悲合」當即「捭
闔」的聲轉。例中「使不著你儸儮，顯不著你悲合」這兩句話是妓女李亞仙
對老虔婆往日玩弄聰明、花言巧語的責備。再如：

俺兩個的手段，都是塌八四。（《降桑椹》二〔逍遙樂〕白）

明‧楊愼《俗言》云：「獿，在臘切，惡也，音與塔同。今俗云臘獿，又曰獿八
速。」「塌八四」也是「獿八速」的聲轉，「惡」在這裏意爲不行、不中、不好、
不在行，具體是指劇中的宋了人、胡突蟲這兩個太醫的醫術都不高明。

舉例至此，有必要說明一下，上面一詞一義的初步解決，都不是像探囊
取物那樣容易。因爲我們的前輩在使用這些語言的同時，沒有對這些語言作
過注解，也沒有人匯釋成書，供我們今天查閱。在他們的著作中常常是在談
到別的問題時，直接或間接地涉及到宋、元戲曲語詞，但只是一麟半爪，又
深藏在字裏行間，讀書如不細心，很易從眼前溜過。有時通讀一部書，也碰
不到一點解決問題的材料或線索。一詞一義的解決，有時要歷辛幾日、幾月、
幾年甚至若干年。顯然，困難是有的，但如能針對困難、端正態度、採取正

確的方法，工作還是會有成果的。故我以為：我們應持的態度，就是下定決心，不畏艱苦，博覽群籍，反覆掃蕩。應採取的方法：一是讀書要盡量多帶些問題，以爭取較多的收穫機會；二是讀書重點要放在宋元以後的筆記、雜著上面；三是要盡量發揮基本功，尤其要借助聲韻學，從語音的聯繫上解決詞義。

四、利用校勘解決疑難詞義

元曲同一句中的詞語，由於各種原因，寫法往往互有出入，有的還不易理解，或甚至完全不可思議。遇到這種情況，通過各種不同的版本，進行比勘，結合上下文，加以分析，也是解決疑難問題不可或缺的方法之一。例如：

屈死的於伏罪名兒改。（元曲選本《竇娥冤》四〔鴛鴦煞尾〕）

俺這裏雖然是有紀綱，知興敗，那裏討尉遲恭這般樣一個身材？（元曲選本《單鞭奪槊》一〔那吒令〕）

俺元帥今年時運顯，施逞會劉馬單鞭，則一陣殺的那敗殘軍急離披走十數里遠。（元曲選本《單鞭奪槊》四〔煞尾〕）

看尉遲人生的威風也那象台。（古名家本《單鞭奪槊》一〔那吒令〕）

身倚遍謀事溜裴，一片心搜尋四大神州。（顧曲齋本《緋衣夢》二〔梁州〕）

〔周：〕轠驛子。〔小二：〕驛子思量。（脈望館鈔校本《救風塵》四、白）

見足下留心於謝氏，恣意於鳴珂，耽耳目之玩，惰功名之志，是以老夫僥幸而言，使足下怏怏而歸。（脈望館鈔校本《謝天香》四〔么〕）

想漢宮中無邊宮女，就與俺一個，打甚不緊，直將使臣囂回！（脈望館鈔校本《漢宮秋》二、白）

這早晚已定死在那碎磚瓦底下。（明鈔本《裴度還帶》楔、白）

怎敢道是推東主西，我則怕言無關典，話不投機。（元曲選本《薛仁貴》三〔滿庭芳〕）

例一「於伏」，古名家墨校本作「招伏」，例二「身材」，古名家本作「人材」；例三「急離披」，明鈔本、古名家本作「落荒」；例四「象台」，元曲選本作「氣概」，明鈔本硃校改「台」為「胎」；例五「謀事溜裘」，明鈔本《王閏香夜月四春園》作「亮隔虬樓」（門窗之屬）；例六「思糞」，元曲選本作「漏蹄」（牲口蹄子上的病）；例七「僥幸」，元曲選本作「侃侃」（從容不迫貌）；例八「囂回」，元曲選本作「趕回」；例九「已定」，顧曲齋本作「一定」；例十「關典」，元刊本作「按典」。

通過以上的比勘，結合劇本內容，何去何從，便一清二楚。那些難以義理尋繹的鄉談，如「急離披」、「謀事溜裘」、「思糞」、「囂回」等，也就都迎刃而解了。

五、利用方言調查証實詞義

當書本無能為力，或無從充分証驗詞義的時候，深入現實生活，做實地調查，用活的方言材料來証驗古語，也是必要的解決問題的補充辦法之一。例如：

我恰待行，打個欜挣。（《梧桐雨》一〔油葫蘆〕）

「欜挣」，或作「讙挣」（見《氣英布》二）、「意挣」（見《度黃龍》三），是指猛然吃驚作聲、打寒噤、發怔。今北京郊區和河北省某些地方，仍保存著這種說法。山東人所說的「愣挣」，與此略有不同。王季烈校《元明雜劇》改「意挣」為「欜症」，並誤「挣」音為「症」，說明他沒有做過實地調查，所以不了解北方的方言。再如：

這言語沒掂三。（《遇上皇》四〔喬牌兒〕）

按「沒掂三」，一作「沒店三」（見《蕭淑蘭》二），原意是指金銀，如云「不經人再三掂量，就不知它的輕重」，引申為輕浮、魯莽、糊塗、缺乏考慮。今廣東客家話尚有此語，讀如「莫搭煞」。再如：

您孩兒各扎邦便覓個合子錢。（《東堂老》一〔么篇〕白）

按「合子錢」，本利相等的意思，如本劇第三折〔蔓青菜〕所說：「我一貫本錢，賣了一貫，又賺了一貫」。今河北省束鹿縣有「合子利」的說法，義同此。再如：

四公子與他吊個拐倒也好。（《蘇九淫奔》三、白）

按「拐」謂拐肘。「吊拐」是指男女勾搭上了。猶今俗云「吊膀子」。山東人謂姘夫為拐漢子，姘婦為拐老婆，可為証。

其他如「繃籍」（小兒衣），今淮北、華北、東北等地區仍稱「籍子」；「不沾」（不行、不成），今河北保定、石家莊一帶作「不贍」，義同；「姊妹」（妹妹），今河北省井陘仍有此語，無錫方言中也呼妹妹爲「姊妹」；「夜來」（昨天），今石家莊等地仍流行此語；「期程」（時間、日程），今唐山仍有此語，「天道」（天氣），今北京、承德等地區仍有此說；「踮」（腳尖著地輕行），今北京及南方各地仍流行；「不愢」（不料），今魯東人謂「不愢」爲「不料瞧」；「行（háng 杭）」，用作方位詞，在今杭州、嘉興尚如此說；「唥」（呆貌），今浙江金華方言猶有「呆不唥唔」語；「等」作「讓」字解，今西南方言尚如此。凡此，不勝列舉。

（原載於《河北師院學報》1984 年第 4 期）

關於元曲語詞的溯源問題

王學奇

一、元曲語詞溯源的重要意義

　　語言是一種社會現象，是在許多時代形成起來、發展起來、豐富起來的。在社會生活發生變革時，雖然也能促使某些詞匯發生變化，例如某些舊的詞匯死亡了，某些新的詞匯誕生了，某些詞匯的含義或多或少地改變了。但不管怎樣變，語言的基本結構、語法的基本構造和大量的基本詞匯，仍將被保存下來，它不會像上層建築一樣隨著經濟基礎的消滅而消滅。由於這個緣故，我們在研究元曲詞義時，就存在著根據各種不同的歷史情況來探索它們的來源問題。如能把這項工作做好，對我們的科研工作，將具有重要意義。特申述理由如下：

　　（一）各種科學，包括語言科學在內，都有它各自的相對獨立性，有它自身的發展規律。搞清漢語詞匯的來龍去脈，對於提高漢語的研究質量，對於編寫一部符合馬克思主義觀點的漢語發展史，對於準確地理解元曲的詞義，以便更好地批判、繼承元曲這份寶貴的藝術遺產，都是很有必要的。

　　我國漢語的歷史很長，它的基本詞匯可以追溯到幾千年以前；一般詞匯的發生相對說雖較晚些，但它們發展的具體情況，又不盡相同。例如：

　　　　江、漢朝宗於海。（《書・禹貢》）

　　　　浮於洛，達於河。（同上書）

這裏的「江」、「河」二字，「江」是專指長江，「河」是專指黃河，都是專用名詞。其歷史顯然是比較早的。但《禹貢》也有所謂「九江」、「九河」之說，

把「江」、「河」變爲普通名詞的傾向。後來爲了和專用名詞加以區別，只好在原來的名詞前加上限制性的狀語，例如：《漢書功臣表》：「使黃河如帶，泰山如礪。」李白《將進酒》：「黃河之水天上來。」杜甫《登高》：「不盡長江滾滾來。」《西廂記》四本三折〔四煞〕：「淚添九曲黃河溢，恨壓三峰華嶽低。」等等，都是指「河」、「江」、「山」等字詞性上的變化。還有些詞，古今字形全同，而意義卻發生了變化，例如：

> 玉霜夜下，旅雁晨飛，想涼燠得宜，時候無爽。（梁・簡文帝《與劉孝綽書》）

> 九月衣衫，二月衣袍，與時候不相稱，欲遞邊一月，何如？（唐・趙璘《因話錄》卷一）

很清楚，所有這些例中的「時候」，皆作時令、氣候解。到了宋、元，「時候」變爲雙音詞，不再表示「時令」或「氣候」，而與「時間」成了同義詞。例如：

> 乍暖還寒時候，最難將息。（李清照〔聲聲慢〕詞）

> 乍涼時候，西風透。（關漢卿散套〔仙呂・翠裙腰〕《閨怨》）

> 如今時候，只要向綠陰深處纜孤舟。（喬吉散套〔商調・集賢賓〕《咏柳憶別》）

> 這早晚深夜時候，無什麼人，只是小生在這裏。（無名氏《鴛鴦被》二〔伴讀書〕白）

通過以上的探索和比較研究，我們就知道元曲中的「山」、「河」、「時候」等詞的用法已和古代不同。據此可以推斷，我們只要從縱的方面一步步擴大、深入下去，就不難找到元曲詞義的根源。

（二）追溯詞語的歷史，對於研究人類的思想變化也不無關係。馬克思說：「語言是思想的直接現實」。〔註1〕斯大林也說：「思想底眞實性是表現在語言之中。」〔註2〕因此，借助語言，我們可以去了解我們祖先認識現實、思考現實和支配現實的實際水平。在遠古時代，人類不理解自然現象的本質和社會發展的規律，因之在自然威力面前或處在社會動亂、變革的關鍵時刻，往往把天道和人事聯繫起來，於是尊天命、信鬼神的荒唐行徑，就非常普遍。例如說：春秋時宋景公逝世，其養子之一宋昭公，因爲做了個好夢，就自信

〔註1〕見馬克思、恩格斯《德意志意識形態》，人民出版社，1961年第515頁。
〔註2〕見斯大林《馬克思主義和語言學問題》，人民出版社，1950年版單行本第44頁。

能繼承君位。在魯國，成季尚未出生，魯桓公就屢次占卜（見《左傳·閔公二年》），並且聽信多年的童謠，來斷定魯國的政治前途。〔註3〕還有如《國策·魏策四》：「夫專諸之刺王僚也，慧星襲月；聶政之刺韓傀也，白虹貫日；要離之刺慶忌也，蒼鷹擊於殿上。」這更是典型的天人感應說。從而亦可知殷墟卜辭和《周易》的出現，都不是偶然的。所以孔子說：

> 君子有三畏：畏天命，畏大人，畏聖人之言。小人不知天命而不畏也。（《論語·季氏》）

從「天命」一詞，即可看出古人認識問題和處理問題的思想上的局限性。當然，也有與之相對立的認識觀，例如子產說：

> 天道遠，人道邇，非所及也。（《左傳·昭公十八年》）

> 荀子說：「天行有常：不爲堯存，不爲桀亡。」「日月星辰瑞歷，是禹、桀之所同也；禹以治，桀以亂。」（《荀子·天論》）

這種樸素的唯物論者，在長期的封建社會中，一直作爲天命說的反對派，與之進行尖銳的鬥爭。因之，這兩種對立的思想，不能不反映在元曲中。例如：

> 得失到頭皆物理。得，他命裏；失，咱命裏。（鈔本《陽春白雪》後集一劉時中小令〔中呂·紅繡鞋〕《燕城述懷》）

> 前生造物安排定，今世裏享安樂，算來有福皆由命。（《太平樂府》五鐘嗣成小令〔罵玉郎過感皇恩採茶歌〕《四福》）

> 紫袍象簡黃金帶，算來都是命安排。（同上）

這種得、失、富、貴皆由命安排的宿命論思想，顯然是和上古的天命說一脈相承的；但另一方面元曲也繼承了上古樸素的唯物論思想，例如：

> 若要富，土裏做；若要饒，土裏鉋。（《凍蘇秦》楔、白）

> 子貢善能貨殖，遂成大富，怎做得由命不由人也？（《東堂老》二、白）

> 我則理會有錢的是咱能，那無錢非關命，咱人也須要個幹運的這經營。（同劇二〔正宮端正好〕）

特別在關漢卿的雜劇中，關漢卿之所以能塑造出竇娥、燕燕、趙盼兒、譚記兒那些不聽命運擺布、勇於鬥爭、敢於勝利的女中英傑，就是和關漢卿相信他自己、決不妥協的精神相一致的。他向污濁的社會公然警告道：

〔註3〕參考楊伯峻《論語譯注·試論孔子》，中華書局 1980 年版。

　　　　我是個蒸不爛、煮不熟、搥不扁、炒不爆，響璫璫一粒銅豌豆。
　　（散套〔南呂‧一枝花〕《不伏老》）

這意思就是說：任何惡勢力都奈何不了他。並且誓言：

　　　　除是閻王親自喚，鬼神親來勾……那其間才不向煙花路兒上
　　走。（同上）

這種表態，斬釘截鐵，毫不含糊，何等堅決！顯然，他要向惡勢力對抗到底
了。

　　以上是講元曲中對立的思想，各有其淵源所自。談到人們的認識過程，
也不例外。我們今天認為：人們的認識，總是先由感性認識，經過分析、概
括，再提高到理性認識。其所以能如此，都是通過大腦在起作用。但古人卻
不這樣認為，例如孟子說：

　　　　心之官，則思。（《孟子‧告子上》）

又說：

　　　　或勞心，或勞力；勞心者治人，勞力老治於人。（孟子‧滕文公
　　上））

因之，古代造字，凡與心理活動有關的字眼，如「思」、「想」、「懷」、「念」、
「戀」、「惡」、「憎」、「恨」、「惱」、「怒」、「憤」、「懑」、「憂」、「愁」、「懺」、
「悔」、「恐」、「懼」等等，都從「心」字。可見「腦」的遠祖就是「心」字。

　　這種錯把「心」當成思維器官，在後來歷代古籍中皆屢見不鮮，元曲中
亦然，例如：

　　　　險把心機使碎。（《鴛鴦被》一〔賺煞〕）

　　　　你少年心想念著風流配。（《玉鏡台》三〔耍孩兒〕）

　　　　俺心兒裏思想殺老爺娘。（《合同文字》三〔醉春風〕）

　　　　小官在朝，只有一件事放心不下。（《賺蒯通》一、白）

　　　　急切裏稱不了包某的心。（《陳州糶米》三〔南呂一枝花〕）

通觀全部元曲，類似這些以「心」作思維器官的例子，舉不勝舉，而描繪用
腦思維的文字則不見一例。這說明元人在這個問題上的認識水平，還停留在
古代。

　　（三）追溯詞源的另一目的，借此還可以了解到生產發展和社會變革的
種種情況。例如從卜辭中已有田、疇、圳、畎、畯、疆、井，並和田疇相關
聯的圍、囿等字，就可以考知殷代的田畝制度。從卜辭中已有禾、粟、黍、

麥，並和種植有關的桑、果、樹、粟等字，就可以考知殷代農業的發展情況。從卜辭中關於「祈年」、「受年」、「受黍年」的古卜記載，就可以考知農業在殷代已相當被重視了。因此歷史學家常借助古文字來判定古代社會的發展情況。〔註4〕特別是一些非基本的詞匯，它們對社會的變動十分敏感，所以斯大林說：

> 語言，主要是它的詞匯，是處在差不多不斷改變的狀態中。工業和農業的不斷發展，商業和運輸業的不斷發展，技術和科學的不斷發展，就要求語言用工作需要的新的詞和新的語來充實它的詞匯。〔註5〕

我們通過這些「新的詞和新的語」的發掘，就可以了解到各個歷史時期有關社會制度、工農業發展、科學技術進步的概貌。茲以生產工具爲例，如：

> 打牆處刨出一窖金銀來。（《陳母教子》楔子、白）
>
> 自從與那一分人家打牆，刨出一石槽金銀來。（《看錢奴》二〔倘秀才〕白）

按「刨」，明鈔本和《元曲選》本皆作「鉋」，今簡作「刨」。《元曲選》音釋：「鉋，音袍。」據《說文》，「鉋」、「刨」二字的本字乃是「掊」。《續漢書·百官志》注引胡廣說：「鹽官掊坑而得鹽。」「掊坑」即「掘坑」也，「掊」字從「手」，即謂以手掘坑也。元曲中從「金」的「鉋」或從「刀」的「刨」，則是以金屬工具代手，這裏顯然可以從「新的詞的新的語」，看出生產工具的進步來。

（四）通過探索少數民族語和外來語的來源，還可以發現漢族和各兄弟民族之間的最早的聯繫。在我國歷史上漢語和各兄弟民族語言的互相吸收，從未間斷過。其間規模最大的幾次是南北朝時的所謂「五胡亂華」以及蒙元、滿清對整個中國的統治。因之過去在漢語中曾吸收過不少兄弟民族語匯，如鮮卑語「染幹」（我輩）、突厥語紇邏（意爲青色或黑色）、蒙語「把都兒」（勇士）、「哈剌」（殺死）、「虎剌孩」（強盜）、女眞語「阿馬」（父親）、「阿者」（母親）等不勝列舉。明·蔣一葵《長安客話》卷五「古漁陽」條，載都人白某過薊州詩，有句云：「人煙多戍卒，市語多番聲。」明·王世貞《曲藻序》也

〔註4〕郭沫若曾根據《詩·豳風》七月，所反映的農民被貴族剝削的悲慘情景斷定西周仍爲奴隸社會，范文瀾則據此認爲西周是封建社會的開始。

〔註5〕同註2第9頁。

說：「大江南北，漸染胡語。」皆其証也。海禁大開以後，歐風東漸，於是漢語又吸收了西洋的詞匯，如火車、輪船、鐵路、公司、拖拉機、康拜因以至自由、平等、博愛等。自馬克思主義傳入中國以後，漢語裏又增添了無產階級、共產黨、地主、資本家、剝削、專政等新名詞。因此通過對國內各兄弟民族語和外來語來源的探索，就可以了解漢族和各兄弟民族悠久的親密關係，了解我國和歐美各國外交上來往的歷史。這對於團結國內各民族、發展國際間的友誼，以壯大我中華民族，都是非常必要的。

總之，通過以上的分析，証明探索詞源的工作，不僅在包括元曲語言在內的漢語研究工作上具有重要意義，並且能發揮一定的政治作用，很值得語言界學者的重視。

二、元曲語詞溯源目前存在的問題

探索詞源的意義，既如此重大，那我們就得下工夫，在語言的歷史長河中，不畏艱苦，盡可能地追溯到它最初的源頭。其實，這項工作，早就有人著手做過，例如漢·劉熙《釋名》，就是旨在探求事物之所以得名的一部有代表性的著作。其後歷代學者在這方面也多所貢獻，使後人得以在他們探索的路上更前進一步。對他們的這種功績，應給予充分的肯定。但其中不足之處，也必須指出，以便於我們繼往開來。茲姑就元曲中存在的語詞溯源問題，各舉數例，以見一斑：

　　　　如今天子要遊雲夢山，取某還朝，權為留守。(《賺蒯通》二、白)

　　　　今主公同楚昭輔、石守信隨處私行，以小官為留守。(《遇上皇》

　　三、白)

按：古時天子出巡，以重臣代守崗位，謂之留守。這種官稱，究起於何時呢？宋·高承謂「留守始於唐。」〔註6〕宋·吳曾則曰：「留守二字，按漢外戚呂公傳：戚姬常從上之關東，呂后年長，常留守，希見，益疏。」〔註7〕後說是。

　　　　那其間青霄獨步上天梯，看姓名亞等呼先輩。(《裴度還帶》二

　　〔烏夜啼〕)

　　　　不爭你先輩顛狂，枉惹的吾儕恥笑。(《㑇梅香》二〔初問口〕)

〔註6〕見宋·高承《事物紀原》。

〔註7〕見宋·吳曾《能改齋漫錄》卷二上海古籍出版社，1960年版。

唐・李肇曰：「得第謂之前進士，互相推敬，謂之『先輩』。」〔註8〕五代・王定保曰：「（唐）元和中……得第謂之『前進士』，互相推敬謂之『先輩』。」〔註9〕以上二說，均謂「先輩」乃唐代舉子互相推敬之意。「先輩」之稱，起源很早。宋・吳曾據《南齊書・劉懷珍傳》則曰：「此數子皆宿將舊勛，與太祖比肩為方伯，年位高下，或為先輩，而薦誠君側云云，乃知『先輩』之稱，南朝以來有矣。」〔註10〕但據《三國志・吳書・闞澤傳》：「澤州裏先輩，丹陽唐固，亦修身積學，稱為儒者。」又《三國志・魏書、陶謙傳》裴松之注引《吳書》云：「郡守張磐，同郡先輩與謙父友。」則又早於南北朝矣。此數例，先輩，蓋前輩之意也。《詩・小雅・采薇》鄭玄箋：「今薇生矣，先輩可以行也。」此「先輩」乃依次排列於前之意，其用則又早於三國矣。據上所引，不僅知「先輩」一詞，源遠流長，亦可略窺其詞義之演變焉。

> 我做官人勝別人，告狀來的要金銀；若是上司當刷卷，在家推病不出門。(《竇娥冤》二〔隔尾〕白）

> 請你一個府尹官人放手。(《村樂堂》一〔尾聲〕白）

> 我這裏向官人行怎生哀告？(《替殺妻》三〔云篇〕)

此「官人」一詞，《杜詩十博議》謂係隋唐間語，並舉《北史・梁彥先傳》、《舊唐書・高祖武宗紀》為証。殊不知漢人已有此語。漢・王符《潛夫論・交際篇》：「今使官人雖兼桀跖之惡，苟結駟而過之，士猶以榮而歸焉。」又云：「此處子所以不能與官人竟也。」是其証。

> 你是那南海觀音的第一尊，……怎將俺這小本經紀來捎？(《燕青博魚》二〔醉中天〕)

> 我可也自小心直，使銀不會學經紀，但能勾無是無非，便休說黃金貴。(《神奴兒》一〔仙呂點絳唇〕)

吳曾曰：「江西人以能幹運者為『作經紀』，唐已有此語。滕王元嬰與蔣王皆好聚斂，太宗賞賜諸玉帛，敕曰：『滕兄、蔣兄，自能經紀，不須賜物。』」〔註11〕清・錢大昕則謂：「予按《北史・盧文偉傳》：『經紀生資，常若不遺，致財積

〔註8〕見唐・李肇《唐國史補》卷下，古籍文學出版社1957年版第55頁。
〔註9〕見五代・王定保《唐摭言》卷一，古籍文學出版社，1957年版第4頁。
〔註10〕見宋・吳曾《能改齋漫錄》卷二上海古籍出版社，1960年版。
〔註11〕見宋・吳曾《能改齋漫錄》卷二上海古籍出版社，1960年版。

聚，承候寵要，餉遺不絕。』則北魏人已有此語矣。」〔註12〕其實，還可以往上推。據《禮記·月令》：「毋失經紀。」再據《荀子·儒效篇》：「然而通乎財，萬物養萬姓之經紀。」証明至晚在先秦已有「經紀」這個字眼。先秦到北魏，相去約七、八百年之久。

　　　　遮莫便打的我皮都綻，肉盡銷，休想我有半字兒攀著。(《趙氏孤兒》三〔水仙子〕)

　　　　遮莫便十年呵，休想我貴人多忘將。(《凍蘇秦》三〔黃鐘尾〕)

　　　　遮莫顛沛流連，休迷失水木根源。(《合同文字》一〔青哥兒〕)

宋·羅大經《鶴林玉露》云：「詩家用遮莫字，蓋今俗語所謂盡教者是也。故杜陵詩云：『已拚野鶴如雙鬢，遮莫鄰雞下五更。言鬢如野鶴，已拚老矣，盡教鄰雞下五更，日月逾邁不復惜也。』」明·胡震亨《唐音癸籤》卷二十四引《藝苑雌黃》云：「遮莫，蓋俚語，猶言盡教也。自唐以來有之，故當時有『遮莫你五時三帝，何如我今日三郎』之說」。並引李、杜詩為証。按以上二說，均謂「遮莫」二字出於唐，實則晉·干寶《搜神記》已有「遮莫千載試萬慮」之語。

　　　　我聽得這句說話，一向有些不忿。(《兒女團圓》一、白)

　　　　連李肅也不忿其事，因此拔刀相助。(《連環計》四〔掛玉鈎〕白)

陸澹安《小說語辭匯釋》引清·徐樹丕《識小錄》云：「《水滸傳》有『鄆哥不忿鬧茶肆』，初謂是俗語耳，乃唐人李端《閨情》云：『月落星稀天欲明，孤燈未滅夢難成，披衣更向門前望，不忿朝來鵲喜聲。』始知施耐庵之所本。」這是陸先生承襲清人現成的說法，而未加深究，殊不知此詞的起源，遠在唐以前，如：《禮·坊記》：「從命不忿。」《北史·劉晝傳》：「曾以賦呈魏收。收謂曰：『賦名六合，已是大愚，文又愚於六合，晝不忿又以示邢子才。」皆其証。

三、元曲語詞溯源工作面對的困難

　　諸如此類的例子，勿庸再舉，據此就足以說明詞匯的溯源問題，不是件輕而易舉的事。因之，即使鴻學碩儒，也很難把每一個詞匯最初的源頭找出來，往往只能追溯到它在發展過程中的某一歷史階段。考其原因，歸納起來，最主要的有以下三點：

─────────

〔註12〕見清·錢大昕《恒言錄》卷三。

（一）首先是文獻資料不足。由於各種原因，古籍和鐘鼎、碑文等文物時時都在不斷地被損壞或散失，因之兩千年前孔子就發過「文獻不足徵」〔註13〕的慨嘆。遇到政治變動，這種情況就更嚴重了。在古代，秦始皇採納李斯的建議，除去醫藥卜筮種樹等書，曾把民間所有的書籍，強行收集到郡縣付之一炬。明代編纂的《永樂大典》，它的正本已毀於明亡之際，副本到清朝咸豐時亦逐漸散失。到清末八國聯軍進北京時副本又大部被燒毀，殘存的又幾乎全部被帝國主義劫走。在最近的「十年浩劫」中，藉口「除四舊」，對於古籍及其他文物，破壞之猛烈，波及範圍之寬廣，更遠遠超出秦火以來所造成的損失。文獻不足的另一個原因是：在蔡倫沒有造紙以前，以竹板代紙，刻書是極不容易的，因此文字力求簡潔，形成書面語言，許多表現群眾生活的方言、俗諺、口頭語，便很少機會被保存下來。紙出現後，上述情況，雖逐漸有所改變，但在長期封建社會中，由於士大夫階級崇尚風雅，力求古樸，在他們所謂的正統詩文中，往往摒棄俗語而不用。宋元白話文學興起以後，那些頑固的持偏見的士大夫，仍視俗文學為末流，看不起人民群眾的新鮮活潑的語言。例如他們說：「故有偽為《庚桑子》者，其辭鄙俚，非聖賢書。」〔註14〕又說：「其賓白則演劇時伶人自為之，故多鄙俚踏襲之語。」〔註15〕又說：「雜出鄉語，其失也鄙。」〔註16〕因此古代民歌及宋元以來的戲曲小說等通俗作品，常被遏制而得不到廣泛的流傳。因之，其語言亦很少得到重視和研究，故沒有留下多少材料供我們參考。例如關漢卿的套曲《女校尉》、薩都剌的套曲《妓女蹴踘》、鄧玉賓的套曲《仕女圓社氣球雙關》，其中有不少踢球的術語，雖百思之，終難得其確解。為此，我曾請教過南戲大師錢南揚先生。錢先生回信說：「其中市語，僅見宋‧汪雲程《蹴踘譜》及《說郛》節本。王國維先生《宋元戲曲考》引『圓社市語』也可參考。其有出上述諸書以外之市語，只好存疑，無法理解矣。」由此可見，元曲詞語，尚有無法理解之處，更遑論追尋其根源了。

再有，就是兄弟民族語言問題。我國是以漢族為主體的多民族國家，漢語從很久以來，就不斷地從各兄弟民族語言中吸收過不少詞匯，像上文講過

〔註13〕見《論語‧八佾》。
〔註14〕同註8卷上第17頁。
〔註15〕見臧晉叔《元曲選‧序》。
〔註16〕見臧晉叔《元曲選‧序二》。

的那樣。但有的兄弟民族語言早已消亡，沒有留下任何文獻，而且現時也找不到一種跟它有親屬關係的語言。即使兄弟民族中，現在還保存使用著他們自己的語言，但因爲語言的長期變化，現在無論在語法、發音、意義方面，也不盡和他們古代的相同。情況如此，欲追其詞源，豈不是很困難嗎？況且各兄弟民族的語言和漢語互相滲透的情況非常複雜，如不對兄弟民族的語言有所了解，怎能區別開來？又怎能判定是從那種語言吸收來的呢？例如：

若見了你呵！跳上馬牙不約兒赤便走。（《降桑椹》一、白）

按「牙不約兒赤」本是蒙語，「牙不」意爲「走」，「約兒赤」意爲「去」，「牙不約兒赤」即「走去」的意思。但徐嘉瑞先生不懂這是蒙語，便在《金元戲曲方言考》中注云：「不約而赤，打馬聲。」更在同書《補遺》中加上一個注釋：「今昆明語爲皮兒赤，形容鞋聲，如『皮兒赤皮兒赤』的走過來」，這不是天大的笑話嗎？再如：

「太子」、「夫人」本爲漢語，一度曾被蒙語採用，後來漢語又從蒙語取回來，就成了「台基」、「兀眞」，這樣一出一入語音和詞義都略有改變。如果說它們的面貌還比較容易識別，那麼像蒙語的「水井」自借爲漢語的「胡同」，蒙語「車站」的「站」字，自代替漢語的「驛」字，都已根深蒂固，完全融合在漢語中，就很不易區分它們的血緣了。

（二）目前還有一種錯誤的意見，影響著對元曲語辭溯源的深入。例如：徐嘉瑞先生說：「元曲中的方言，很多是唐人的方言。」〔註17〕王季思先生說：「要考証金元戲曲方言的語源，除了在戲曲本文比較考索外，尚須多多在宋、元人的各種著作，尤其是語錄、筆記及平話小說裏去搜尋。」〔註18〕這種意見，對若干個別的具體例子來說，是符合實際的，但作爲一種普遍性的結論，形成文字，正式提出來，則是有害的。因爲詞語的根源有遠有近，情況各異，如把眼光過多地局限在唐、宋，勢必要起「畫地爲牢」、「做繭自縛」的作用，因而許多詞語的源流，只能上溯到「流」，而達不到「源」了。茲以「拔白」、「九百」爲例，徐先生的《方言考》在這兩個詞目下均未注明來源，但在《方言考》的《導論》中已作了總的說明，即謂其來源，「很多是唐人的方言」。而實際遠在三國時代，就有「拔白」一詞，如應璩《雜詩》云：「粗醜人所惡，拔白自洗蘇。」關於「九百」的來源就更早了。宋·葉《愛日齋叢鈔》云：「東

〔註17〕見徐嘉瑞《金元戲曲方官考·導論》，商務印書館，1948年版。
〔註18〕見王季思《玉輪軒曲論·附錄》，中華書局，1980年版第253頁。

坡文中有一條云：彭祖八百歲沒，其婦哭之慟，以九百者尚在也。李方叔曰：俗以憨痴爲九百，豈可筆之文字間乎？坡曰：子未知所據耳。西京賦小說九百，本自虞初，蓋《稗官》凡九百四十三篇，皆巫醫慶祝及里巷所傳言。西漢人洛陽虞初，以其事書武帝。出入騎從，其書亦號《九百》，吾言豈無據乎？方叔後讀《文選》，見其事具選注，始嘆其精通。」王季思先生在《西廂記》的注釋中，涉及探索詞源的地方，亦多草率收兵，如對「嘍棣」、「噤聲」、「冤家」、「椒圖」、「盤纏」等詞，都未能尋根究底，把最早的源頭找出來。這裏限於篇幅，恕不詳說，欲知其詳，請參看拙作《評王季思先生的〈西廂記〉注釋》。〔註 19〕

總之，徐、王兩位先生由於錯誤說法，不但束縛自己的手足，又因爲他們是研究元曲的老前輩，片言隻字都會影響後學，故及時提出它的危害性來，我以爲是很必要的。

（三）元曲語言工作者，能否找出詞語最初的根源，也和他們能否堅持鍥而不捨的精神相聯繫著的。做學問必須廣泛讀書，多做積累和研究，少下或愼下結論，貪圖省事，急於求成，是無益的。宋・王安石在《遊褒禪山記》中藉遊歷之事而發議論云：

> 古之人觀於天地、山川、草木、鳥獸、蟲魚，往往有得，以其求思之深，而無不在也。夫夷以近，則遊者眾；險以遠，則至者少。而世之奇偉、瑰怪、非常之觀，常在於險遠，而人之所罕至焉，故非有志者不能至也。

這段話對於欲有所成就的學人非常重要，余獨怪在實踐中未必都能照此去辦。例如袁賓先生在《中國語文》一九八四年第三期上發表了《近代漢語『好不』考》，其中有云：

> 我們認爲肯定式「好不」的產生一般不會早於明代。

這種說法是不符合實際的。想不到經過三年，袁賓先生在《中國語文》一九八七年第二期上又發表了《『好不』續考》，仍堅持這種觀點，並在文前的「提要」寫道：

> 本文在前作《近代漢語「好不」考》一文的基礎上，進一步論証肯定式「好不」產生於明代下半葉（十六世紀），十六世紀以前的口語裏尚無「好不」的肯定式。

〔註 19〕拙作《評王季思先生〈西廂記〉注釋》，見《語文研究》1983 年第 1 期，《再評王季思先生的〈西廂記〉注釋》見《天津教育學院院刊》1985 年第 2 期。

難道果眞是這樣的嗎？請看以下元曲各例：

> 做父母的在家少米無柴，眼巴巴不見回來，好不苦也！（《薛仁貴》三〔迓鼓兒〕白）

> 居士，你看那海岸上看俺沉舟的人，好不多也！（《來生債》三〔鬼三台〕）

> （甘寧云：）小姐，到那裏須索要小心些。（梅香云：）俺小姐不要你分付，他好不精細哩！（《隔江鬥智》二〔中呂粉蝶兒〕白）

> 我三不知我騎上那驢子，忽然的叫了一聲，丢了個撅子，把我直跌下來，傷了我這楊柳細，好不疼哩！（《陳州糶米》三〔梁州第七〕白）

> 你坐著在門首，與我家照管門户，好不自在哩！（同上）

類此肯定式「好不」的例子，不必再舉。僅此就足以証明袁先生的結論下的未免過早了。當然，「吾生也有涯，而知也無涯」，這種重於此而忽於彼的情況，在學界中間經常發生，不足爲奇。就是一代語言大師，有時也不免於此。例如王力先生在《漢語史稿》第五十九節說「臉」字大約在第六世紀以後才出現。按第六世紀，相當於南朝齊、梁、陳和隋初，實際在晉・葛洪（約281～341）《西京雜記》卷二中就有「臉際常若芙蓉，肌膚柔滑如脂」之語。看來，多作研究，少下結論，這實在是我們應該共勉的。

四、應如何克服困難，解決好元曲語詞溯源問題

根據以上主、客觀的分析，探討元曲詞語的起源，確實存在不少困難。但我們分析困難決不是準備低頭，恰好相反，而是爲了認識困難、正視困難和克服困難。爲此，我願提出以下三點不成熟的意見，以供參考：

（一）關於圖書資料問題，大批地、有計劃地收集、整理、保存和流通，當然有賴於政府的重視和力量，個人的力量是很有限的。但我們作爲學人也有義務和責任向政府主管機關建議，促進並協助政府去做。前幾年國務院重新建立了「古籍整理出版規劃小組」，並準備在十年之內，整理出版二千六百種以上的古籍，就是黨在文化方面的正確政策和學術界積極呼籲、互相配合的結果，對我們個人來說，也應當就自己的研究範圍，根據自己的經濟條件

盡可能地廣為搜輯。古代有過很多著名的藏書家〔註 20〕。當代的大學者，也有不少節衣縮食為方便自己的著作，購置了不少圖書資料。若把這些匯集起來，亦相當可觀。

另外，只要國家政治穩定，過去埋藏在地下或散失於民間的文獻，還可以發掘出來或設法找回來。回顧解放以來六十年代初在上海郊區出土了《白冤記》；一九七五年在廣東朝安縣發現了明宣德年間的抄本南戲《金釵記》；一九七九年在江西臨川縣發現了明・湯顯祖的《還魂記》等作品；一九八一年在遼陽圖書館還發現了羅振玉珍藏的明代手抄六卷本《陽春白雪》〔註21〕；一九八三年在齊齊哈爾市圖書館發現的戲曲佚著《龍沙劍傳奇》〔註22〕，等等。現在國家越來越上軌道，今後這種工作，必能更順利地開展起來。

再加以我國日益強大，國際威望日高，過去帝國主義者劫奪和盜走的敦煌圖書文物和《永樂大典》等，也要爭取通過外交手段，獲得圓滿解決。

（二）關於我們的治學態度，必須有個宏規遠略，按一定的計劃、步驟、目的去認真讀書，廣積資料，寫成卡片，然後歸納、分類，按音序或按筆畫排列，入櫃保存。這樣日積月累，材料多了，加以整理，歷代資料，盡收眼底，來龍去脈，一目了然，溯源問題，自易解決。如擁有大量資料，還不能據此做出判斷，那就再帶著問題，深入讀書，或結合社會調查從活著的語言中，去尋找它的源頭。務求材料齊備，準確，再下結論。一定要本著「知之為知之，不知為不知」〔註 23〕的原則，千萬不要不懂裝懂，草率從事。還有在我們有意識地去搜集材料時，常常不能盡如人願，因為有些材料，「可遇」而「不可求」，遇到這種情況，也不能性急。即使自信能做結論的，也不要把話說死，要留有餘地。

對於前人已下過結論的，應抱著破除迷信的態度，重新加以檢查。例如「包彈」這個詞兒，宋・王楙說：「包拯為臺官，嚴毅不恕，朝列有過，必須彈去，故言事無瑕曰『沒包彈』。」〔註24〕這是說「包彈」一詞起於北宋的包拯。其實唐・李義山《雜纂》卷上「不達時宜」條中就有「筵上包彈品味」

〔註20〕見吳晗《浙江藏書家史略》。

〔註21〕見拙作《目前元曲語言研究中存在的問題》註 3、4、5，載《河北師院學報》1982 年第 2 期。

〔註22〕見《光明日報》一九八年七月十六日。

〔註23〕見《論語・為政》。

〔註24〕見宋・王楙《野客叢書》。

一語，又同書同卷「強會」條下有句云：「見他文字駁彈。」按包、駁雙聲，「駁彈」猶「包彈」也。可見「包彈」一詞，晚唐已見，與宋代包拯毫無關係。又「駁彈」倒作「彈駁」，這早在六朝就已出現，如《三國志‧魏書‧諸夏侯曹傳》裴松之注引《魏略》曰：「其在臺閣，數有所彈駁。」據此，則「包彈」與包拯更風馬牛不相及了。張相先生對「包彈」一詞的起源，雖然沒有往上推到唐或六朝，但他對王懋的說法已持有懷疑態度，例如他說：「疑包彈爲當時之熟語，遇有批評、指摘時用之，或未必與包拯有關」。又云：「抑或此詞之起源與包拯有關，及沿用既熟，則並『包』字義而亦使用如：『彈』字義歟？」〔註25〕張先生雖然懷疑的不徹底，但多少是動了動，這種治學態度，還是值得肯定的。明‧徐渭（1521～1593）生在張相（1877～1945）先生三百多年以前，去宋未遠，對王懋的說法，當比較易生異議，但他卻未加審核，就全部接受下來，例如他說：「包拯爲中丞，善彈劾，故世謂有可議者曰『包彈』」。〔註26〕這和王懋的說法，豈不如出一轍嗎？此則吾人所不當取也。

目前治元曲者，甚至有不但沒有繼前人研究成果前進一步，反而後退，這就更不好了，例如：

「人事」（見《合汗衫》、《范張雞黍》、《留鞋記》、《西廂記》等劇）一詞，清‧錢大昕《恒言錄‧交際類》云：「人事，禮物也。《許國東齋記事》云：『今人以物相遺，謂之人事，自唐已有之。』」以此爲線往上推，我們查得《後漢書‧黃琬傳》：「時權富子弟，多以人事得舉」。又《晉書‧武帝紀》：「泰始四年，頒五條詔書於郡國，五曰去人事。」據此，則知「人事」一語，至晚在漢、晉就有了。若作「人情事理」講，至晚還可以上推到戰國，如《孟子‧告子上》：「人事之不齊也」。而戲文《小孫屠》的注者在注「人事」爲「禮物」之後，就引証宋‧普濟《五燈會元》卷十一「南院慧顒禪師」條：「思明和尙……曰：『無可人事，從許州來，收得江西剃刀一柄，獻和尙。』」〔註27〕按引書慣例，顯然注者的意思，是暗示「人事」一詞起於趙宋，這不是比錢大昕說還倒退了嗎？

〔註25〕 見張相《詩詞曲語辭匯釋》卷五，中華書局，1953 年第 630 頁。

〔註26〕 見明‧徐渭《南詞敘錄》。（見《中國古典戲曲論著》（三），中國戲劇出版社，1959 年版。）

〔註27〕 見錢南揚校注《永樂大典戲文三種》，中華書局 1979 年版第 273 頁。

　　（三）關於如何辨認詞源和加強基本功問題，尤爲重要。有些詞，如山、河、日、月等，古今字形不變，最易辨認。有些因爲形、音、義的長期演變，辨認其詞源時就比較困難。困難的程度，要視演變的程度而定，也要看我們的基本功如何。例如：

　　　　（胡子傳云：）爲甚侵晨奔到晚？幾個忙忙少我錢。（《東堂老》一、白）

侵晨，猶侵早、破曉，即天將明未明之際。此語在唐已用之頗多，如：張碧《農父》詩：「運鋤耕剾侵晨起。」唐彥謙《採桑女》詩：「侵晨探採誰家女。」敦煌變文《八相押座文》：「侵晨行早尋沙徑」等皆是。更早亦見於《三國志·吳書·呂蒙傳》：「侵晨進攻，蒙手執枹鼓，士卒皆騰躍自升。」再往上還可以推到周代，如《列子·周穆王第三》：「侵晨昏而弗息。」此語源，文字不變，爲最易辨認之例。再如：

　　　　凜冽風吹，風纏雪銀鵝戲，雪纏風玉馬垂。（《裴度還帶》二〔南呂一枝花〕）

這裏的「凜冽」，爲形容寒氣厲害之詞，它最早用於何時呢？據《詩·豳風·七月》：「一之日觱發（bibo），二之日栗烈。」知在上古就有了。但「栗烈」，後來轉爲「凜烈」，「烈」字在本劇中又轉爲「冽」。音、形都起了一定的變化，但仍相近，有跡可尋。再如：

　　　　這座十疏九漏山神廟，如十花九列（裂）寒冰窖。（《裴度還帶》三〔醉太平〕）

這裏的「冰窖」，意頗通俗，今仍通用。但它的來源亦甚古。據《詩·豳風·七月》：「二之日鑿冰沖沖，三之日納於凌陰。」按「凌陰」猶「冰窖」，凌、冰疊韻，義同。故「凌陰」之稱，即後來的「冰窖」。此例比上例變化又大些，辨認也就較難些，但從意義上仍可看出「凌陰」就是「冰窖」的遠祖。再如：

　　　　偷將休沐暇，去訪狹邪家。（《青衫淚》一、白）

狹邪，一作狹斜，本指狹路曲巷，後因妓院多隱蔽於此，遂習稱妓院爲「狹邪」，稱狎妓爲「狹邪遊」，如《摭言》云：「杜牧爲狹斜遊無虛夕。」查「狹邪」之所本，乃南朝習稱的「巷路」。南朝樂府民歌《讀曲歌》云：「語我不遊行，常常走巷路。」所謂「遊行」即游蕩也；「巷路」即指花街柳巷，也就是唐、宋、元以來所說的「狹邪」。此例較上所舉難度更大些。但還可以依靠

聯想，去尋蹤跡覓。有的例子，和老祖宗的聲音、面貌相差太遠了，簡直認不清它們的嫡傳關係。

　　　　不得志啊，只飲著老瓦盆邊酒，看看那蒺藜沙上花。(《救孝子》
　　一〔後庭花〕)

「蒺藜」在古代究如何稱呼呢？《漢書‧愛盎鼂錯傳》云：「以便爲之高城深塹，具藺石，布渠答。」注：蘇林曰：「渠答，鐵蒺藜也。」師古曰：「渠答，蘇說是也。」溯源遇到這麼大的難度，簡直無法聯繫，就非靠多讀書不可了。

　　根據以上列舉的情況，要打算從長期紛亂的語言現象中，理出某些語詞的來龍去脈，就得多多讀書，同時不斷地提高文字、音韻、訓詁、版本等基本功，並且能愼思明辨，做出準確的判斷。否則，將會遇到重重困難，不會較好地解決溯源問題。

　　　　　　　　　　　(原載於《河北師院學報》1987 年第 4 期)

論元曲中的歇後語

王學奇　吳振清

　　近些年來，我國出版和發表了不少有關歇後語的小冊子和文章，這對漢語俗語的研究、民俗學的探討、文學語言的豐富和發展，無疑都能起到一定的促進作用。但這些著作主要是介紹和探索現代歇後語的，對於古代的歇後語則很少涉及。

　　我國歷史悠久，在古籍裏早就有不少歇後語的雛型。經過不斷發展，從唐人《雜纂》到宋人「語錄」，歇後語這種修辭形式越來越豐富。到了元代，經過政治上的一場大變動，民族的大融合，語言的大交流，許多來自下層的作家或程度不同地接觸到下層人民生活的作家，就把大批的植根於人民生活、和人民血肉相連的歇後語帶進了戲曲作品，使之大放光彩。因而元曲中的歇後語不但數量非常豐富，而且形象具體，通俗易懂，生動活潑、妙趣橫生。應該說，歇後語發展到了元代已相當成熟，它奠定了歇後語這種語言表達形式的基礎，對以後歇後語的發展起著重要作用。本文試就元曲歇後語作初步探討，算是拋磚引玉吧。

一、元曲歇後語的時代特色

　　元曲歇後語的時代特色，首先表現在它較深刻地反映了元代的社會現實。眾所周知，蒙古貴族入主中原建立的元王朝，在我國封建政權中是最野蠻、最殘暴的，它上自目無法紀的皇親國戚、貪官污吏，下至以訛詐為能事的潑皮無賴，他們上下結合，狼狽為奸，遂使一代吏治陷於異常黑暗之中。據文獻記載：甲、元世祖的權臣阿合馬，因「大汗寵眷」「無限」，所以橫行不法，被他殘害而「枉死者為數甚眾」，「凡有美婦而為彼所欲者，無一人得

免」（見《馬可波羅記》）。乙、元初溫州樂清縣僧人祖傑，與官府勾結，肆意荼毒百姓，貧民俞某因不堪祖傑凌虐而「訴諸行省」，祖傑得知，將俞氏一家全部溺死，至剖婦人之孕以觀男女（見周密《癸辛雜識》）。丙、元大德七年，「七道奉使宣撫所罷贓污官吏凡一萬八千四百七十三人；贓四萬五千八百六十五錠；審冤獄五千一百六十七事」（見《元史・成宗紀》）。通過以上所舉三例，足以見出元朝政治黑暗之一斑。如此黑暗的政治不但把廣大人民推到水深火熱之中，而且也造成了極其惡劣的社會風氣。對於這些，元曲歇後語限於表達形式雖然沒有（也不可能有）直接具體的細節描繪，但總的說來均有所反映，例如：

> 秦始皇鞋——無道覆。（見《太平樂府》卷九、杜善夫散套〔耍孩兒，喻情〕）

> 蘿蔔精——頭上青。（見《陳州糶米》一〔上馬嬌〕白）

> 粉鼻凹受宣——裙帶頭衣食。（見《霍光鬼諫》二〔鬥鵪鶉〕）

> 迎風兒簸簸箕——（助紂為虐）。（見《神奴兒》一〔天下樂〕）

> 羊披著虎皮——狐假虎威。（見《黃花峪》二〔絮蛤蟆〕）

> 上梁不正——（下梁歪）。（見《村樂堂》三〔尾聲〕）

例一就是通過指斥歷史上的暴君秦始皇含蓄曲折地表達了對元代殘暴的最高統治者的痛恨。例二則借「青」諧「清」，直接諷刺了官吏們口頭上標榜的所謂清廉，就像蘿蔔頭一樣，只是表面上「青」，實際上並不「清」從而揭穿了官府「清如水」的謊言。例三反映了官場任人唯親、官吏升遷全靠裙帶關係的腐敗現象。例四、例五憤怒地揭示了元代社會的一種醜惡現象：主子、奴才狼狽為奸，奴才幫助主子行凶作惡，同時借主子的威勢來欺壓百姓。例六更是一針見血地指出，奴才走狗們之所以敢於為非做歹，根子全在上頭。在這樣上下結合、殘民以逞的統治集團的淫威下，廣大人民便遭受到極端深重的災難。例如：

> 平地下鍁撅（無故傷人）。（見《兒女團圓》三〔梧葉兒〕）

> 閃了他悶棍著他棒——（禍不單行）。（見《謝天香》二〔熬尾〕）

> 河裏孩兒岸上娘——（骨肉兩分離）。（見《救孝子》四〔沽美酒〕）

> 屎做糕糜咽——（有苦說不出）。（見《魯齋郎》一〔青哥兒〕）

> 睜眼跳黃河——（走投無路）。（見《氣英布》一〔賺熬〕）

例一反映了當時社會上的權豪勢要蠻不講理，善良人民無端遭受迫害。例二反映了當時社會環境險惡，橫禍飛災一齊襲來，人們防不勝防。例三反映了當時親生骨肉被迫離散，慘不忍睹。例四、例五則分別反映了人們受到迫害還無可奈何，只有被迫走上絕路了事。這類歇後語在元曲裏還很多，如「啞子吃黃蓮——心裏苦難言」、「啞子嘗黃柏——苦味自家知」等等，不勝枚舉。據此，我們足可看出當時人民的痛苦達到了如何深重的程度。

但是人民的忍耐是有限度的，哪裏有壓迫，哪裏就播下仇恨的種子；哪裏有血的騙，哪裏就用血水擦亮了人民的眼睛，使人民進一步看清統治者的陰險嘴臉。這在元曲歇後語中也有所反映，例如：

佛也惱下蓮台——（忍無可忍）。（見《兩世姻緣》四〔水仙子〕）

冷眼看螃蟹——看你橫行到幾時。（見《瀟湘雨》四〔笑和尚〕）

呂太后筵席——（凶多吉少）。（見《貶夜郎》三〔普天樂〕）

大蟲窩裏蒿草——無人刈（仁義）。（見《太平樂府》卷九、杜善夫散套〔耍孩兒・喻情〕）

例一反映了人們忍無可忍的不滿情緒已達到頂點。例二以掩蓋不住的憤怒，蔑視當權者的倒行逆施，並指出他們的命運絕不會久長。例三借呂雉以軍法勸酒的故事，揭露統治者草菅人命的陰險本質，表示了人民的抗議。例四則痛罵了那些專行不義的壞蛋。

此外，元曲裏還有一些歇後語對當時社會上各種不良傾向給予了尖銳的批評和嘲諷，例如：

蜂窩裏打哈欠——口口是虛脾。（見《太平樂府》卷九、杜善夫散套〔耍孩兒・喻情〕）

披著蒲席說家門——（大言不慚）。（見《殺狗勸夫》一〔混江龍〕）

大拇指頭撓癢——隨上隨下。（見《灰闌記》四〔掛玉鈎〕）

見兔兒漾磚——（見異思遷）。（見《青衫淚》二〔倘秀才〕）

蜉蝣撼大樹——可笑不自量。（見《射柳捶九》一、白）

以上各例，例一揭露的是說謊，例二指責的是吹牛，例三批判的不是負責任，例四嘲笑的是見異思遷，例五譏諷的是不自量力；所有這些當時社會上普遍存在的不良作風和習氣，都相當準確、生動、形象地得到反映。

另一方面，元曲裏還有部分歇後語反映了人民之間的互相友愛，例如：

病僧勸患僧──（同病相憐）。（見《燕青博魚》二〔煞尾〕）

相撲漢賣藥──乾陪攋（淚）。（見《太平樂府》卷九、杜善夫散套〔耍孩兒‧喻情〕）

千里進鵝毛──物輕人意重。（見《臨潼鬥寶》三〔普天樂〕白）

例一、例二反映出當時人民之間有著很強的同情心。例三表明人民之間的情誼賽過金錢。

總括以上可以說，元曲歇後語相當廣泛、深刻地反映了元代社會的階級矛盾，諷刺了當時社會上的一些醜惡現象，也表現出人民群眾間樸素的友愛之情。

元曲歇後語的時代特色、也表現在它反映出許多元朝特有的機構、和大量使用了元代習用語。

反映元朝特有機構的例子，如：

警巡院倒了牆──賊見賊。（見《太平樂府》卷九、杜善夫散套〔耍孩兒‧喻情〕）

街道司衙門──唬得過誰。（見同上）

怯烈司裏畫招伏──知它哪答兒是榮貴處。（見《樂府群珠》卷四、張雲莊小令〔朱履曲‧警世〕）

例一，據《元史‧百官志六》云：「警巡院，秩正五品。達魯花赤一員，警巡使一員，副官二員，判官二員，司吏八人。」例二，「街道司」是元代地方行政最底層的組織，近似現代的街道委員會。例三，「怯烈司」，《雍熙樂府》作「司獄」，是個司法機關。以上這些，都反映了元代特有的行政組織和司法組織。按：元代很多機構，均習慣以「司」稱之，如「鐘鼓司」（負責管理戲曲、音樂的機構）、「惜薪司」（專管供應皇室柴炭之類的機關）等，皆是。

使用習用語的例子，如：

迎風把火──（咎由自取）。（見《對玉梳》二〔脫布衫〕）

把鼻涕來沾靴底──不算膠（交）。（見《獨角牛》三〔白鶴子〕白）

搶風揚谷──秕者先行。（見《陳母教子》一〔混江龍〕白）

瓶內釃茶──濃者在後。（見同上）

例一「把火」之「把」即「燃」的意思。例二「把鼻涕」之「把」即「拿」的意思。今人用「燃」字、「拿」字，元人則習用「把」字。他如《陳州糶米》二〔呆骨朵〕白「也把金錘打那囚徒」，《玉鏡台》一〔么篇〕白「把體面拜哥哥者」，兩例中的「把」字都是「拿」的意思，俱可証。例三「搶風」之「搶」乃「頂」的意思。例四「釃茶」之「釃」乃「斟」的意思。這都說明元代和今天用字習慣不同，它們具有元人使用語言的特色。再如：

> 出了筍籃入了筐——（走投無路）。（見《謝天香》二〔煞尾〕）
>
> 曹司翻舊案——（休想）（見《魯齋郎》四〔得勝令〕白）
>
> 種的桃花放，砍的竹竿折——（重色不重賢）。（見《謝天香》
>
> 一〔金盞兒〕白）

例一之「筍籃」即今天所說的籃子，例二之「曹司」即今天所說的官員，例三，元代以「桃花」比美女，以「竹子」比君子，也是時俗使然。從這些詞語的運用，也可以看出元曲歇後語的時代特色。又如：

> 棘裏兔——難配撲天鵰。（見《陽春白雪》後集五、呂止軒散套
>
> 〔風入松〕）
>
> 無字空瓶——（廢物）。（見《東堂老》二〔三煞〕）
>
> 鄰家不見了鷄——都在我肚裏。（見《女貞觀》三〔么〕白）
>
> 搦殺不成團——（強合無益）。（見《貨郎擔》一〔金盞兒〕白）

例一，猶今言「癩蛤蟆怎麼吃得天鵝肉」，意思是說彼此條件相差懸殊，不能匹配。例二，「字」指錢，「瓶」指積錢器（撲滿），「無字空瓶」就是沒有錢的撲滿——空瓶而已，元人習慣用這個歇後語來譏諷無用之人；無用者即廢物之別稱。例三是比喻別人的底細我一清二楚，瞞我不得。例四是比喻合不來的人，不要勉強捏在一起。以上各例，也都是元人習用的口語。

二、元曲歇後語的類型多種多樣

元曲中的歇後語，幾乎具備歇後語的各種類型，遠非唐宋以前的歇後語所能比擬，因而呈現出五彩繽紛、光彩奪目的盛況。概括講來，約有以下幾種：

（一）藏腳式歇後語

所謂「藏腳式」是指「藏詞」（包括「藏頭」和「藏尾」）形式中的一種，

也就是「藏尾式」，它是把成句的後半部分隱藏起來，用前半部分代替而構成的，而隱藏起來的部分則恰恰是表義的所在。例如：

> 菱花——（鏡）。（見《玩江亭》三、白）
>
> 傍州——（例）。（見《醉寫赤壁賦》二〔哭皇天〕）
>
> 柳青——（娘）。（見《紫雲庭》一〔么〕）
>
> 蔓青——（菜）。（見《西廂記》二本二折〔滿庭芳〕）
>
> 平安——（信）。（見《雍熙樂府》卷十一、無名氏散套〔新水令·閨情〕）
>
> 楊柳細——（腰）。（見《陳州糶米》三〔梁州第七〕）
>
> 五星三——（命）。（見《單鞭奪槊》二〔小梁州〕）

例一「菱花鏡」，早有此成語。漢·伶玄《趙飛燕外傳》：「飛燕始加大號婕妤，奏上三十六物以賀，有七尺菱花鏡一套。」隋·楊達《明妃怨》詩：「匣中縱有菱花鏡，羞向單於照舊顏。」例二，「傍州例」是說傍的地方也有可援的例子、榜樣，這是流行於宋元時期的熟語。例三「柳青娘」，原爲曲牌名，後借指妓門中的鴇母、虔婆。例四「蔓青菜」原爲北曲中呂宮的一個曲調，王季思注云：「疑蔓青蓋謂菜，歇後語。」例五「平安信」（或作「平安家信」）乃舊時見於書札封面的熟語。例六「楊柳細腰」是當時形容婦女腰肢瘦美之詞。例七「五星三」是舊時星相家的口頭禪，他們奉張果老《五星三命通會》爲準則，「每會晤間皆喜談五星三命」（見明·陸深《燕閑錄》），因之，「五星三命」遂相沿成爲熟語。以上各成句、熟語都是把後半部分（即表義的所在）隱藏起來，用前半部分代替而構成的歇後語。

（二）譬解式歇後語

所謂「譬解式」就是歇後語的前部分是形象的比喻，後部分是對前部分的解釋、說明，指出本義。這種歇後語形象、生動，往往能夠通過具體的事物揭示出一個抽象的道理，非常親切易懂。例如：

> 探囊取物——有何難？（見《連環計》一〔寄生草〕白）
>
> 雪獅子向火——酥了半邊。（見《東坡夢》一〔醉中天〕白）
>
> 東海鰲魚脫釣鈎——再也不回頭。（見《硃砂擔》二〔梁州第七〕）
>
> 鼻凹裏砂糖——舔又舔不著，吃又吃不著。（見《救風塵》二〔浪裏來煞〕）

沒梁桶兒——休提。（見《黑旋風》三〔得勝令〕）

鼻子上掛鈴鐺——響嘴。（見《慶賞端陽》四〔得勝令〕白）

這種歇後語，還有時只說出（或寫出）前部分的比喻而略去後部分的說明，讓讀者、聽者自己從比喻中去領會本義。例如：

大缸裏打翻了油，沿路兒拾芝麻——（得不償失）。（見《來生債》三〔聖藥王〕白）

剪牡丹餵牛——（暴殄天物）。（見《度柳翠》二〔么篇〕）

沒肚皮攬瀉藥——（不自量力）。（見《李逵負荊》三〔後庭花〕）

求灶頭不如求灶尾——（求上不如求下）。（見《陳州糶米》三〔烏夜啼〕）

靈椿老盡丹桂芳——（後繼有人）。（見《陳母教子》一〔油葫蘆〕）

上舉各例括弧內之「得不償失」，「暴殄天物」等本義，就不見於原文，而是我們從前部分的比喻中領會出來的。唯因是讀者自己領會出來的，本義就更顯得深長有味，遺響不絕。這種略去表義的後一部分的語言表達形式和縮腳語很相似，故亦謂之歇後語。

（三）諧音式歇後語

所謂諧音式歇後語，就是在歇後語的後部分利用同音或音近字造成的雙關語。它的表面意思只是手段，而其內涵才是要表現的本義。例如：

精脊梁睡石頭——汴梁（便涼）。（見《劉弘嫁婢》一〔寄生草〕白）

糙老米——不想舊（白）。（見《漁樵記》三〔上小樓〕白）

脂油點燈——布捻（步攆）。（見《玉粲登樓》一〔天下樂〕白）

大河裏淌下臥單來——流被（劉備）。（見《三戰呂布》二〔夜行船〕白）

打破砂鍋——璺（問）到底。（見《破窰記》二〔倘秀才〕）

只說獐過鹿過——不說麂（己）過。（見《爭報恩》二〔朝天子〕白）

以上六例都是諧同音的字，表內涵意義的字可以直接寫出來，如前兩例，也

可以暗示出來，如後四例（用括號表明之）。例一「精脊梁睡石頭」，它的直接意思是「便涼」，而內涵意義則指的是地名「汴梁」（今開封市），「汴梁」諧「便涼」。例二「糙老米」的直接意思是「不想臼」即不打算舂成細米的意思，而內涵的意義則指的是不念故舊，「舊」諧「臼」。例三「脂油點燈」的直接意思是「布捻」（因舊時用油點燈需用布製燈捻），而它內涵的意義則指的是「步攆」即步行，「步攆」諧「布捻」。例四「大河裏淌下卧單來（按：「卧單」即被單，今河北吳橋仍這樣用）」的直接意思是「流被」，而內涵意義則指三國時的劉備，「劉備」諧「流被」。例五「打破砂鍋璺到底」，「璺」指器物的裂紋，「璺到底」是說砂鍋的裂紋一直到底，這是直接意義，而內涵意義則是「問到底」，「璺」諧「問」。例六「只說獐過鹿過不說麂過」，它的直接意思是只講獐，鹿走過去了，不說麂子走過，而內涵意義是比喻只批評別人，不檢查自己。「獐」諧「章」或「張」；「鹿」諧「陸」；「麂」諧「己」；「過」為雙關語，表面指走過之「過」，實際指過失之「過」。總之，上述歇後語所要表達的都指的是內涵意義。

以上是同音字造成意義雙關的歇後語。利用音近的字也可以達到這樣的目的。如

綠豆皮兒——請（青）退。（見《遇上皇》四、白）

這個歇後語是表示退避的意思。北語謂脫皮曰「退皮」，綠豆皮兒色青，故以「青退」諧「請退」。「青（qīng）」，平聲，「（qǐng）」，上聲，二字只聲調不同。

三、元曲歇後語的取材範圍

如上所述，元曲中的歇後語類型多種多樣，反映的內容異常廣泛。它之所以如此，是和當時廣泛、深刻地反映社會生活的需要分不開的，同時也是和元曲作家隊伍的擴大、與下層生活接觸較多以及善於運用歇後語的才華分不開的。因此，元曲歇後語取材範圍之廣不但比元以前的歇後語要廣泛得多，就是比之於今日的歇後語，其取材範圍之寬也毫不遜色。據我們初步分析，其取材約可舉出以下六個方面：

（一）取自現實社會生活

現實社會生活是人民語言最豐富、最直接的取之不盡、用之不竭的寶藏。元曲作家有很多就是來自社會底層的人，當他們有意見要表達、如鯁在喉不

吐不快的時候，就可以隨手拈來歇後語這一人民喜聞樂見的語言形式爲自己服務。例如：

> 平地上起孤堆——（無中生有）。（見《李逵負荊》二〔一煞〕）
>
> 舊景潑皮——歇著案哩。（見《緋衣夢》二、白）
>
> 狗探湯——不敢向前邁。（見《詞林摘艷》卷八）
>
> 秋後的扇兒——（用不著了）。（見《剪髮待賓》二〔倘秀才〕）

例一是借形象的比喻，指出權豪勢要欲加人以罪可以無中生有，使人民隨時都有可能遭受誣陷和迫害。例二是說爲害人民的老潑皮，其犯罪情節早就被登錄在冊，有案可查。例三是比喻人民在當時嚴酷的社會裏每一行動都非常戒懼。例四是形容有用之人、有用之物被棄置不用。所有這些生活現象，在當時隨處可見。類似這樣的例子，在前面已舉過很多，如「迎風簸簸箕——助紂爲虐」，「冷眼看螃蟹——看你橫行到幾時」等，這裏不再贅言。正因爲它們取材於當時的鬥爭生活與廣大人民痛癢相關，所以這些歇後語使人感到格外親切。

（二）取自歷史人物和傳說

這類歇後語元曲裏也很多，如：

> 渭水邊等釣竿——休想，（見《詞詩林摘艷》卷八）
>
> 班門弄斧——（不自量力）。（見《金線池》楔、白）
>
> 放魚的子產——不識賢。（見《王粲登樓》一〔賺煞〕白）
>
> 尉遲恭搗米——胡支對。（見《太平樂府》卷九、杜善夫散套〔耍
>
> 孩兒·喻情〕）

例一說的是周朝開國名相姜子牙，他不得志時曾在渭水邊釣魚，後得到周文王的賞識，才身居顯位。這個故事在這裏反其意而用之，意謂發跡身顯是很困難的，故云「休想」。例二是比喻在行家面前賣弄本領，太不自量。「班」即魯班，春秋時魯國有名的木匠，公輸氏，本名般，般與班同音，故亦稱魯班。例三「子產」即公孫僑，春秋時鄭國名相，一次有人送給他幾條活魚，他把魚交給管理池塘的人，那人把魚吃了，卻告訴子產說把魚放進了池塘裏，但不知其所去，子產聽了以後說「得其所哉」（見《孟子·萬章、上》），這裏借以譏諷不辨賢愚的人。例四「尉遲恭」，字敬德，又名胡敬德（故云「胡支對」），唐朝開國元勳。按姜子牙、魯班、子產、尉遲恭都是人們熟悉的歷史

人物，他們的故事雖不是產生於元代社會，但卻是古代社會生活的直接反映。元人善於借古喻今，因而我們說這類歇後語所反映的仍是元代社會生活和元人的思想狀況。

（三）取自神佛的故事

元曲裏還有不少通過神佛故事曲折地表現現實生活的歇後語，如：

張果老切膾——先施鯉（禮）。（見《太平樂府》卷九、杜善夫散套〔耍孩兒‧喻情〕）

小鬼見鍾馗——（相形見絀）。（見《存孝打虎》〔四古水仙子〕）

趙呆送燈台——（一去不回來）。（見《黃梁夢》二〔雙雁幾〕）

例一是個諧音歇後語。張果老乃傳說中的「上八仙」之一，他久隱中條山，往來汾晉間，據說武則天時已數百歲。「切膾」，把鱠魚或鯉魚等鮮魚片成薄片，拌上佐料食用的一種吃法。「先施鯉」是先從鯉魚下手的意思，「鯉」諧「禮」，故「先施鯉」即先行禮之意。例二中的鍾馗，傳說是鬼中之王，明‧陳耀文《中天記》引《唐逸史》，謂唐明皇病，夢一大鬼，藍袍，抱小鬼而啖之，自稱終南山進士鍾馗。後來因用「小鬼見鍾馗」的歇後語形容威勢相差縣殊，不能比並。例三中的趙呆即趙巧，傳說他是魯班的徒弟，他自以為比魯班高明，把魯班造的燈換成他自己造的燈給龍王送去，結果因燈漏油，他被淹死在水中。民間遂說「趙呆（巧）送燈台，一去不回來」的歇後語，用以諷刺不自量力的人。

（四）取自古代以來的詩文

元曲裏這類歇後語也不少，例如：

有美玉於斯——韞匵而藏諸。（見《西廂記》三本一折〔煞尾〕）

井底鳴蛙——自尊自貴。（見《看錢奴》一〔么篇〕）

木貓兒守窟——瞧他甚？（見《太平樂府》卷九、杜善夫散套〔耍孩兒‧喻情〕）

例一見《論語‧子罕》，此歇後語清人毛西河注《西廂》曰：「取下文韞匵，以此珍重其書之意。」例二語本《莊子》、《後漢書》，《莊子‧秋水》：「井蛙不可語於海者，拘於虛也。」《後漢書‧馬援傳》：「子陽（公孫述之字）井底蛙耳，而妄自尊大。」意思是說井底之蛙只能看到井口那麼大一塊天，卻聒絮不休，用以比喻見識狹小而自命不凡的人。例四「木貓兒（撲鼠器）」語本

元人陳櫟賦：「惟木貓之爲器兮，非有取於象形；設機械以得鼠兮，配貓功而借名。」（見《定宇詩餘》）此歇後語是比喻不濟事的意思。

（五）取自自然現象

例如：

> 蒺藜沙上開野花——（英才埋沒）。（見《薦福碑》三〔堯民歌〕）
>
> 滿船空載月明歸——（勞而無功）。（見《青衫淚》三〔收江南〕）
>
> 靈椿老盡丹桂芳——（後續有人）。（見《陳母教子》一〔油葫蘆〕）
>
> 花葉不損覓歸秋——（好去好來）。（見《救風塵》二〔浪裏來煞〕）
>
> 鳳凰飛在梧桐樹——自有傍人說短長。（見《陳州糶米》二〔煞尾〕白）

例一比喻懷才不遇，英才埋沒。例二比喻勞而無功，一無所獲。例三比喻後繼有人。例四比喻好去好來。例五的含義是：一個人的言行，在群眾面前是暴露得很清楚的，是非曲直，自有公論。以上這些都是借自然現象來說明人事的悲歡得失。比喻恰當，生動具體，很有說服力。

（六）取自文藝、體育

取自文藝方面的例子前面已經舉過，如「柳青（娘）」、「蔓青（菜）」等都是戲曲曲牌名，前已有說明，這裏不再重複。取自體育方面的例子如：

> 草地裏球兒——打快。（見《兩世姻緣》四〔太平令〕）

按：「打球兒」疑即古代蹴鞠之一種。關於蹴鞠，《漢書・藝文志》上即有記載。唐・顏師古注云：「鞠，以韋爲之，實之以物，蹴蹋爲戲，鞠陳力之事，故附於兵法。……近俗聲訛，謂鞠爲球字，亦從而變焉，非古也。」可見唐以後蹴鞠方面稍有改變。到宋元，這種球類運動已相當普遍，關漢卿的散曲《女校尉》、鄧玉賓的散曲《仕女圓社氣球雙關》、薩都剌的散曲《妓女蹴鞠》等均有所反映，歇後語取材於此就不可避免了。

四、元曲歇後語的繼承、發展及其深遠影響

歇後語這種語言形式，在我國源遠流長。它最原始的形式在《左傳》、《戰國策》中即已出現，不過那時只通稱之爲「隱語」。例如《史記・滑稽列傳》：「齊威王之時，喜隱（即隱語）」，淳于髡遂「說之以隱」。這裏的兩個「隱」

字都是指的隱語。不過這距後來形成的歇後語還有一段距離，及至「藏腳語」的出現，才可以說有了比較正規的歇後語。最早的「藏腳式」歇後語，例如：

《後漢書·吳祐傳》：「陛下隆於友於，不忍恩絕。」

曹植《求通親親表》：「今之否隔，友於同憂。」

陶潛《庚子歲從都還》詩：「一欣侍溫顏，再喜見友於。」

以上各例的「友於」均代指兄弟，就是「友於兄弟（《書·君陳》）」的歇後語。再如：韓愈《符讀書城南》詩：「豈不念旦夕，為爾惜居諸。」其中「居諸」即指日月（光陰），是「日居月諸（《詩·柏舟》）」的歇後語。此外，還有以「周餘」代「黎民」（《詩·雲漢》），以「貽厥」代「子孫」（《詩·文王有聲》），以「燕爾」代「新婚」（《詩·谷風》），以「倚伏」代「禍福」（《老子》十五），「而立」代「三十」（《論語·為政》）等很多例子，勿庸列舉了。

晚於藏腳式歇後語的是譬解式歇後語，這種歇後語在唐朝亦已流行，見於李商隱《雜纂》的，如：

鈍刀切肉——不快意。

對丈人丈母唱艷曲——惡模樣。

到宋代，見於王君玉續《雜纂》的，如：

飯後請吃飯——不濟事。

木匠帶枷——自做得的。

失火處說好看——不識好惡。

又見於蘇軾二續《雜纂》的，如：

步行穿窄鞋——不快活。

啞子做得——說不得。

貪財人愛便宜——改不得。

見於宋話本《快嘴李翠蓮記》的，如：「正是媒人之口無量斗，怎當你沒的翻作有？」

見於金·董解元《西廂記諸宮調》卷二〔大石調·玉翼蟬〕的，如：

賊頭領，聞此語，佛也應煩惱。

根據以上所舉歷代的歇後語，可以証明元代的歇後語是在前人歇後語的基礎上發展起來的。元以前的歇後語，從雛型開始，雖然也是在不斷地發展、豐富、但無可否認它的體制還很不完備，比較原始的藏腳式歇後語，元以前曾

大量出現，而比較複雜些的歇後語（如諧音式歇後語）元以前則很少發現。從內容來說，元以前的歇後語反映的生活面還相當狹窄，使用的範圍也不廣。而到了元代，這種情況就大爲改觀了。姑且不用把元曲中的全部歇後語都搬來，僅就本文所涉及的例証就足以說明其類型之多已臻於完備；反映的生活面及取材範圍已非常廣泛；在形象、生動、風趣等方面所表現出來的水平已大爲提高。作爲反映世態人情和鬥爭的一種武器，其作用已發揮得極爲顯著。元曲歇後語之所以如此光芒四射、威力無窮，不僅是由於歇後語本身發展的必然結果，更主要的是由於元代階級鬥爭和民族鬥爭激化的需要，是由於進步而富有才華的元曲作家勇於創造、推陳出新，並善於運用歇後語這種修辭形式爲表達內容服務，正由於這樣，才把歇後語的藝術水平推到一個前所未有的高峰。

　　元曲中的歇後語既然如此被充實和完善起來，它對明、清以至現代的歇後語，無論在內容還是在形式方面，都必然起著積極的推動作用，影響至爲深遠。例如：

　　　　探囊取物——手到拈來。（見《水滸》第六十一回）

　　　　雪獅子向火——酥了一半。（見《荊釵記》七〔秋夜月〕白）

　　　　班門弄斧——（不自量力）。（見《三國演義》第一一三回）

　　　　大風吹倒梧桐樹——自有別人說短長。（見戲文《殺狗記》十七〔尾聲〕）

　　　　冷眼觀螃蟹——看你橫行到幾時。（見《今古奇觀·逞錢多白丁橫帶》）

　　　　鼻凹中糖味——那有唇兒分？（見話本《趙縣君喬送黃柑子》）

　　　　山核桃——差著一槅兒哩。（見《金瓶梅》第七回）

　　　　尖擔擔柴——兩頭脫。（見《西遊記》第五十七回）

　　　　雪獅子向火——化了。（見《長生殿·彈詞》）

　　　　狗咬呂洞賓——不識好歹。（見《紅樓夢》第六十八個）

　　　　鋸了嘴子葫蘆——沒的說了。（見同上）

　　　　黃柏木做了磬槌子——外頭體面裏頭苦。（見《紅樓夢》第五十三回）

戴著斗笠親嘴——差著一個帽子。(見《儒林外史》第十四回)

老鼠尾巴上害癤子——出膿也不多。(見同上)

以上所舉明、清歇後語十三例,前十例皆見於元曲:其中有的完全相同,有的只一、二字之差,而意思完全相同;有的經過改造,其意義更為確切了,如「雪獅子向火」後部分的說明,元雜劇作「酥了半邊」,《荊釵記》作「酥了一半」,就都不如《長生殿》所說「化了」。再如「探囊取物」後一半的說明,元雜劇作「有何難」,就不如「手到拈來」更準確。後三例也能在元曲裏找到它們的影子。總之,明、清歇後語與元曲裏的歇後語有一脈相承的關係,明、清歇後語比元曲裏的歇後語更為豐富、進步,特別是《水滸》、《金瓶梅》、《西遊記》、《紅樓夢》等文學名著中大量使用的歇後語,更是大大加強了語言藝術的表達能力。

元曲中的歇後語距今盡管已有六、七百年,但有很多仍活在今天的語言裏,茲分兩種情況說明如下:

(一)二者完全相同的,如:

千里進鵝毛——物輕人意重。(見《臨潼斗寶》三〔普天樂〕白)

瓮中捉鱉——手到拿來。(見《李逵負荊》四〈步步嬌〉白)

篩子喂驢——漏豆(露兜)了。(見《東堂老》一、白)

打破砂鍋——璺(問)到底。(見《破窯記》二〔倘秀才〕)

班門弄斧——不自量力。(見《金線池》楔子、白)

(二)僅有個別字詞不相同的,如:

元曲:「呂太后筵席——凶多吉少。」(見《貶夜郎》三〔普天樂〕)

現代:「呂太后的筵席——好狠。」

元曲:「大缸裏打翻了油,沿路兒拾芝麻——(得不償失)。」(見《來生債》三〔聖藥王〕白)

現代:「大道兒揀芝麻小道兒灑香油——大處不算小處算。」

元曲:「臘月裏桑——採甚的。」(見《太平樂府》卷九、杜善夫散套〔耍孩兒‧喻情〕)

現代:「十月的桑葉——誰來採(睬)你。」

元曲：「飛蛾投火——惹焰燒身。」（見《氣英布》一〔油葫蘆〕）

現代：「飛蛾撲火——自燒身。」

元曲：「見鐘不打，更去煉銅——捨近求遠。」（見《青衫淚》二〔倘秀才〕）

現代：「見鐘不打鑄鐘敲——捨近求遠。」

元曲：「熱地上蚰蜒——走投無路。」（見《魯齋郎》一〔賺煞〕）

現代：「熱鍋上的螞蟻——團團轉。」

元曲：「險道人賣豆腐——人硬貨不硬。」（見《大戰邳彤》一〔那吒令〕白）

現代：「張飛賣豆腐——貨不硬人硬。」

諸如此類的例子還可以舉出很多，它清楚地告訴我們：元曲中歇後語對現代歇後語的影響是很深遠的。

根據以上大量的例証可以証明前文所說：元曲中的歇後語在整個歇後語的發展過程中的確起著承前啓後、繼往開來的作用，它很值得我們學習、研究。

五、元曲中歇後語的局限性

馬克思主義認爲：「統治階級的思想，在每一時代都是占統治地位的思想。」（見《德意志意識形態》第一卷第一章）人民群眾在和統治階級鬥爭的同時，有時也難免受統治階級思想的污染。元代（元曲）的歇後語，如上所述，很富有人民性、鬥爭性，這是主要方面；但某些個別的歇後語，也有些不健康的、違反人民利益的東西。例如：

鶴長鳧短——不能齊。（見《裴度還帶》二〔採茶歌〕）

這個歇後語表面的意思是說：鳧鳥腿短，鶴腿很長，這是天生的不一樣；用來比喻人類社會和自然界的一切事物都已經由上天注定了，不能改變，不能強求一致。它最終的目的是告訴受壓迫、受剝削的人們，要安於自己的命運，老老實實忍受統治者的壓迫和剝削。宣傳這種宿命論的歇後語也見《劉弘嫁婢》二折、《王粲登樓》三折及《陽春白雪》、《樂府群珠》等散曲集子中。再如：

狼吃幞頭——自忍。（見《殺狗勸夫》一〔賺煞〕）

這個歇後語的表面意思是說：狼吃了人的幞頭（帶翅的帽子）吞不下吐不出，有苦說不出，只好自己忍；用來比喻那些受苦難的人，只能忍受，不能反抗。宣傳這種逆來順受思想的歇後語也見於《兩世姻緣》四折、《對玉梳》一折。有時也作「狼吃豹頭——自忍。」（《敬德不伏老》一折）、「肋底下插柴——自忍。」（《凍蘇秦》四折）等。

統治階級對付人民的辦法，歷來是以麻痺人民的鬥志和暴力鎮壓相結合，而上面的歇後語，則是元朝統治階級對人民思想的毒害在歇後語方面的反映。這是歇後語中的糟粕，應該予以剔除。

（原載於《河北師院學報》1985 年第 4 期）

元曲以反語見義修辭論析

王學奇

　　以反語見意，在元曲中用來加強語氣、反映作者思想的修辭實例，隨處可見，形成元曲最顯著的修辭特色。本文就這個問題作些分析和探討。

一、以反語見意的種種表現形式

　　它的表現形式複雜多樣，變化多端。從大量材料中，可歸納爲以下種種：

　　有一種是由否定詞「不」、「沒」或「無」構成反語的表現形式。這種形式又可分爲四種：

　　第一種形式，是把「不」字或「沒」字放在詞頭構成兩字格「不 A」或「沒 A」式，例如：

　　　　《拜月亭》一【醉扶歸】：〔沒亂科。〕

　　　　《盛世新聲》丑集、曾瑞卿散套【醉花陰·懷離】：「我則見四
　　野巉巉，不聽的眾口喃喃。」

這裏「沒亂」就是「亂」，「不聽」就是「聽」，兩例用「不」字或「沒」字，都爲的是以反語見意，起加強語氣的作用。在「沒亂」後面，通常綴以「殺」字或「煞」字成爲「沒亂殺」或「沒亂煞」。「殺」、「煞」通用，用作甚辭，表示程度。「沒亂殺」或「沒亂煞」，意思就是迷離惝恍、無所適從、煩亂得很。有時也綴以「死」字成爲「沒亂死」，「死」也是形容程度的，作用同「殺」、「煞」。

　　第二種形式，是把否定詞放在詞頭或插入中間的三字格。這又可區分爲三種情況：

其一是把「不」字、「沒」字或「無」字放在詞頭構成「不AB」、「沒AB」或「無AB」式，例如：

　　　　《倩女離魂》三【四煞】：「不甫能一紙音書盼得，我則道春心滿紙墨淋漓，原來比休書多了個封皮。」

　　　　《詞林摘艷》卷二、散套【八聲甘州】：「沒情沒緒沒撩亂，怎生消遣？」

　　　　同書卷五商政叔散套【新水令‧彩雲聲斷紫鸞簫】：「針線慵拈懶繡作，煩惱的人無顛倒。」

明明是「甫能」，而曰「不甫能」；明明是「撩亂」，而曰「沒撩亂」；明明是「顛倒」，而曰「無顛倒」，這都是用反語見意的筆法，故才顯得語氣有力。

　　其二是把「不」字插在中間，構成「A不A」式，例如：

　　　　《西廂記》一本一折【油葫蘆】：「歸舟緊不緊如何見？恰便似弩箭乍離弦。」

　　　　《王粲登樓》一【混江龍】：「窮不窮甑有蛛絲塵網亂，窨不窨爐無煙火酒瓶乾。」

　　　　《秋胡戲妻》二、白：「怎麼連不連的眼跳？」

以上各例，根據內容可以判定：「緊不緊」即「緊緊」，「窮不窮」即「窮窮」，「窨不窨」即「窨窨」，「連不連」即「連連」，在這些疊字中間，都插入了否定詞「不」，既以反語見意，而又重言之，是對語氣的加強再加強，從而為充分表達思想發揮了修辭的最大作用。而王季思先生注《西廂》則曰：「『緊不緊』即緊意，猶『連不連』即連意、『窮不窮』即窮意、『窨不窨』即窨意，加『不緊』、『不連』、『不窮』、『不窨』，不過加重語氣耳。」〔註1〕注《秋胡戲妻》則又曰：「連不連，接連不斷。」〔註2〕這兩個注解，不僅都沒有指出借否定詞「不」起反語見意的作用，也沒有指明運用重言對語氣再增強的作用，故未能闡明這種修辭法的特點。

　　為增強語勢，這種三字格還有一個特殊的形式，即在否定詞「不」之前著一襯詞「也」字，例如《竇娥冤》二【賀新郎】：「一個道你請吃，一個道

〔註1〕見王季思《西廂記》一本四折注〔15〕。
〔註2〕見王季思等《元雜劇選注》。

婆先吃，這言語聽也難聽，我可是氣也不氣。」這樣一來，便覺文勢洶湧生波，較之「氣不氣」，更增強了力量。

其三是把「不」字嵌入不同的一、三兩字中間，構成「A不B」式，例如：

《蝴蝶夢》四【雙調新水令】：「俺孩兒落不得席卷椽抬，誰想有這一解。」

《望江亭》三【紫花兒序】：「〔李稍云：〕二嫂，你見我親麼？

〔正旦云：〕兒子，可不知親哩！」

這裏「落不得」即「落得」，謂落到某種結局，猶云「弄得」；「可不知」即「可知」，當然之意。這些地方，也是由於加上否定詞「不」構成反語，顯示了語氣的力量。

第三種形式，是兩用否定詞「不」、「沒」或「無」，一放在詞頭，一插進詞間的四字格「不A不B」、「沒A沒B」或「無A無B」式，例如：

《漁樵記》三、白：「老漢也分開人叢，不當不正，站在相公馬頭前。」

《西廂記》一本四折【甜水令】：「老的小的，村的俏的，沒顛沒倒，勝似鬧元宵。」

《李逵負荊》三【醉葫蘆】：「似這般煩惱的無顛無倒。」

這裏「不當不正」即「當當正正」；「沒顛沒倒」、「無顛無倒」即「顛顛倒倒」。這幾個例子，與上述三字格「A不A」式增強語勢的手法，變化又有所不同。前者是採取重言的手法，這裏是選用否定詞的辦法。作者為極力強調張撇古站的位置「當當正正」，則曰「不當不正」，為大肆渲染人們情緒上的撩亂不安、神魂顛倒、茫無適從的痛苦，則曰「沒顛沒倒」、「無顛無倒」。

第四種形式，是單用否定詞「不」嵌入詞間的四字以上的多字格，例如：

《漢宮秋》二、白：「想漢家宮中，無邊宮女，就與俺一個，打甚不緊？」

《四春園》一、白：「我是個讀書人，量一個媳婦，打甚麼不緊！」

《荊釵記》七：「我看我侄女兒，長不料料窕窕，短不踘踘促促。」

這裏「打甚不緊」、「打甚麼不緊」，即「打甚緊」（無關緊要的意思），「長不料料窕窕」即「長料窕」，「短不踘踘促促」即「短踘促」。各例所用「不」字，都是為了以反語見意，起加強語氣的作用。

　　以上所講，都是借助否定詞構成反語，讀者可以一目了然。但也有許多不用否定詞，而通過反其意而用之的手法，使某某詞義發生強烈的反作用，例如：

　　　　《董西廂》卷一【雙調‧尾】白：「與那五百年前疾憎的冤家，正打個照面兒。」

　　　　《西廂記》一本三折【紫花兒序】：「若是回廊下沒揣的見俺可憎，將他來緊緊地摟定。」

　　　　《樂府新聲》下、無名氏小令【寄生草】：「小梅香俄俄延延待把角門關，不剌，謊敲才更深夜靜須有個來時節。」

　　　　《陳州糶米》三【隔尾】曰：「該殺的短命，你怎麼不來接我？」

　　　　《西遊記》四本十三齣【么】：「薄幸不來，獨倚雕花檻。」

以上各例中的「冤家」、「可憎」、「敲才」、「短命」、「薄幸」等，從表面上看均屬罵辭，而其實在情人的心目中，怎會願意置情郎於挨打甚至短命而亡的境地呢？這不過是愛極才罵、罵著更愛罷了。故閔遇五注《西廂》曰：「不曰可愛，而曰可憎，猶如冤家，愛之極也，反語見意」〔註3〕是也。元曲作家有時為了特別強調「愛之深、恨之切」的男女戀情，又每每連用兩個以上的反語，以表示親暱，如云「短命冤家，斷不了疏狂性」（見《梨園樂府》上侯克中散套【醉花陰】），就是連用兩個反語的例子。

　　反用詞意的手法，不僅如上述限於用罵辭表示愛稱，反之，用褒詞表達貶意的，也不乏其例，如：

　　　　《五侯宴》三、白：「奶的我好！你將那好奶與你那孩兒吃，你將那無乳的奶與我吃，故意的把我餓瘦了。」

　　　　《哭存孝》四：白：「李克用」你做的好勾當！信著兩個丑生，每日飲酒，怎麼將存孝孩兒五裂了？

　　　　《四春園》二、白：「咱家姓裴」名個炎字，一生殺人放火，打家截道，偷東摸西。但是別人的錢鈔，我劈手的奪將來我就要；我則做這等本分的營生買賣。

　　　　《陳州糶米》楔子：「〔小衙內同楊金吾做拜科，云：〕……我這一去冰清玉潔，幹事回還，管著你們喝采也。」

〔註3〕見閔遇五《五劇箋疑》。

前兩例所說的「好」，都是好的反面——壞的意思。「奶的我好」，不正是趙脖揪對王嫂的無理指責嗎？「你做的好勾當」，不正是劉夫人責備李克用誤殺忠良李存孝嗎？後兩例所謂「本分」、「冰清玉潔」，不也都是指「強盜」和「貪污」的行徑嗎？總之，同是一個詞，若反其意而用之，語氣便強而有力，思想性就突出。

不僅如此，元曲作家還善於利用反語表現他們的諷刺天才，例如：

《金線池》二【罵玉郎】：「今日何勞你貴腳兒又到咱家走？」

《竇娥冤》一【後庭花】：「梳著個霜雪般白鬢髻，怎將這雲霞般錦帕兜？怪不的女大不中留！」

《西廂記》四本一折【油葫蘆】：「人有過，必自責，勿憚改，我卻待賢賢易色將心戒，怎禁他兜的上心來？」

這裏所謂「貴腳兒」，是杜蕊娘用反語對韓輔臣久不來家的不滿和譏諷；所謂「女大不中留」，是竇娥對六旬開外的婆婆要嫁張老的毫不留情的尖銳的諷刺；所謂「過則勿憚改」、「賢賢易色」〔註4〕那些儒家的教條，卻被「兜的上心來」的鶯鶯形象一掃而光，這在崇拜儒家經典的封建時代，是多麼大膽的蔑視和嘲謔！

二、反語藝術的繼承、發展和影響

反語見意的筆法，早在我國上古時代作品裏就採用了。例如《詩》云：「有周不顯」。「常命不時。」毛氏訓曰：「不顯，顯也。」「不時，時也。」其後如漢樂府《飲馬長城窟行》：「青青河畔草，綿綿思遠道。遠道不可思，宿昔夢見之。」這裏的「不可思」，不是不想去思念，而是說由於親人遠在他方，思念也是枉然，這是深閨婦女無可奈何的反語。實際是夢寐難忘，思之更甚，故下句才說「宿昔夢見之」。再後如宋話本《刎頸鴛鴦會》：「病懨懨害的眼兒花，瘦身軀怎禁沒亂煞？」「沒亂煞」即「亂煞」，意謂煩亂得很。加否定詞「沒」，其作用也是為了加強語氣，以反語見意取勝。

元曲在修辭上之所以以反語見長，並不是在元代一下子就形成的，而是從古代傳統的藝術手法中繼承和發展起來的。當然，無可否認，在開始的時候，反語的表現形式，還是比較原始的、簡單的。到了元曲作家手裏，就表

〔註4〕見《論語・學而》。

現出意到筆隨，妙筆生花，多種多樣，絢麗多樣，絢麗奪目，把以反語見意的修辭水平推到前所未有的高峰。這種推陳出新的語言藝術的卓越成就，既為元曲內容的人民性和鬥爭性所需要，也是元曲作家進步的世界觀和藝術才華的表現。

語言藝術一旦進一步被充實和完善以後，就會發生巨大的影響。明·沈德符云：「武宗初年，選內臣俊美者以充寵幸，名曰老兒當，猶云等輩也。時皆用少年者，而曰老兒，蓋反言之。」〔註5〕用反話表達正面意思，在明清小說中也很多，例如：《金瓶梅》第十三回：「吃的不割不截的。」「不割不截」，意即碎割零截。《醒世恒言·張廷秀逃生救父》：「莫不是失（身）了與那小殺才。」「殺才」即對情人的昵稱。《官場現形記》第三十二回：「要照現在的樣子，只學得一言半語，不零不落。」「不零不落」即零零落落。以上這些例子，在當代的人民生活中，還在廣泛流行。總之，隨著社會生活的不斷豐富、以及語言藝術本身的發展，以反語見意的修辭手法，必然愈演愈新，豐富多彩。

三、結合作品內容，認清反語的藝術特點

馬克思說：「語言是思想的直接現實。」據此可知，如何運用反語表達思想，不僅是修辭學上的技巧問題，也是衡量作家思想水平的標誌。研究元曲語言的最終目的，就是要通過正確認識反語的藝術特點，去揭示作品反映現實的思想性，例如：

> 《漁樵記》三折張懶古白：「則見那城中百姓每，三個一攢，五個一簇，說道是接待新太守相公哩。……老漢也分開人叢，不當不正，站在那相公馬頭前。」

陸澹安先生在徵引上舉的例証之後，釋云：「不當不正：不端不正，有隨隨便便的意思。」〔註6〕這實在是個曲解，與劇本反映現實的內容實不相符。因為張懶古是個撚把兒的貨郎，是封建社會最底層的小人物，在迎接命官的面前，畢恭畢敬，猶恐得罪，何敢在他面前站得不端不正、隨隨便便呢？陸先生所以產生這個誤解，恐怕沒有認識到元曲中以反語見意的修辭特點。尤有甚者，有的注解，不僅和曲意完全相反，甚至連上下文也互相矛盾，例如：

〔註5〕見沈德符《野獲編》補遺卷一。
〔註6〕見陸澹安《小說語辭匯釋》。

《西廂記》二本楔子【二】：「我從來欺硬怕軟，吃苦不甘，你
休只因親事胡撲掩。」

王季思先生對「吃苦不甘」，在解放初的《西廂》注本和最近的修訂本，都
這樣注道：「謂吃苦不吃甘，即『吃硬不吃軟』意也。」這個解釋，很不恰
當。從修辭學上來說，「吃苦不甘」，應解作「甘願吃苦」，「不」字是以反語
見意，起加強語氣的作用。更大的錯誤，是所謂「吃硬不吃軟」，這句話不
但與曲文「欺硬怕軟」相矛盾，尤其歪曲了惠明和尚勇往直前、奮不顧身的
英雄性格。

從以上的例証，充分証明：我們必須結合作品內容，認識反語的藝術特
點，才能給予正確的解釋。如果不從作品內容出發，而只在形式上兜圈子，
不但會出現上述的誤解，恐怕還會籠統地把一切句子中嵌入的「不」、「沒」、
「無」等字，一概看做是以反語見意。其實，只要認真分析一下，情況便判
然不同，例如：

《蝴蝶夢》二【牧羊關】：「我若學嫉妒的桑新婦，不羞見那賢
達的魯義姑？」

從形式上看，這和前面所講的三字格「不 AB」式完全相同，但從內容上看，
這裏的「不羞見」是豈不羞見之意，故從修辭角度說是反語，不如從語法方
面說是反詰句，更為準確，更為有力。再如：

《太平樂府》卷八大都歌妓王氏散套：「每日價茶不茶，飯不飯，
百無是處。」

《西廂記》二本一折【賺煞】：「雖然不關親，可憐見命在逡巡，
濟不濟權將秀才來盡。」

以上二例，「茶不茶」、「飯不飯」、「濟不濟」，從形式上看，不也是和前面所
講的三字格「A 不 A」式一模一樣嗎？但要結合作品內容想一想，就不能硬套
那個公式了。「茶不茶」、「飯不飯」，應在前一「茶」字、「飯」字下略頓，再
讀「不茶」、「不飯」，而用意的著重點，即落在「不茶」、「不飯」上面，意為
不喝茶、不吃飯。「濟不濟」是「成不成」的意思，「成」與「不成」平列並
重。這都和前面所講的三字格「緊不緊」、「疾不疾」等一口氣連讀，著重在
「緊緊」、「疾疾」等，大不相同。再例如：

《蝴蝶夢》四【太平令】：「也是我多災多害，急煎煎不寧不耐。」

這個例子，和前面所講的四字格「不 A 不 B」式是相同的，但這裏的「不寧不耐」，就是不能平靜、不能忍耐的正面意思，如按反語解釋，便與上文「多災多害」、「急煎煎」等詞義不相吻合了。

通過以上的分析，更可以証明，同是一個措辭，要辨別它是否以反語見意的修辭格，就必須首先根據作品的主旨而定。因為藝術形式是決定於作品的內容並為它服務的。如果脫離內容而空談什麼是否反語的修辭格，是搞不清辭義的本質和作用以及作品的真情實意的。

（原載於《修辭學習》1983 年第 3 期）

（《中國語文》1984 年《國內期刊語言學論文選目》）

論元曲中的「頂針格」修辭法

王學奇　　王洪

頂針，或稱續麻，也叫連珠；重言之，則謂之「頂針續麻」，修辭學上統稱之爲「頂針格」。它的含義是什麼呢？王季思先生說：「頂針續麻」是「一種文字遊戲，上句末一字和下句的頭一字重疊」〔註1〕。吳曉鈴、朱居易等先生的說法大致與此相同〔註2〕。顧肇倉先生又加以補充，說它是「宋元時代帶遊戲性的一種文字體制」〔註3〕。總之，謂其特點不外以下三點：

（1）就性質講，說它是「一種文字遊戲」；

（2）就形式而言，說它是「上句的末一字和下句的頭一字相重疊」；

（3）就流行的歷史時代講，說它是在「宋元時代」。

上述這種說法，由於出自名家，影響很大。後學轉展相抄，愈傳愈眾，似乎已成了定論。難道果眞都是如此嗎？我們抱著懷疑的態度，反覆閱讀元曲，在掌握大量第一手資料的基礎上，經過認眞研究，才斷定前賢這些論點，過於籠統、片面、簡單化，缺乏周密的科學性。爲此，我們要在本文中提出我們對「頂針格」修辭法的三點看法，與讀者討論。

一、「頂針格」是一種積極的修辭法

如上所說，一些學者都把「頂針格」說成是「一種文字遊戲」。當然，不容否認，舊時在一定的場合裏，例如在行酒令或官妓借此遊樂時，它具有一

〔註1〕見王季思等：《元雜劇選注》，1980年北京出版社出版。

〔註2〕分別見《大戲劇家關漢卿傑作集》（1958年中國戲劇出版社出版）、《元劇俗語方言例釋》（1957年商務印書館出版）。

〔註3〕見顧肇倉：《元人雜劇選》，1956年人民文學出版社第一版1978年第五次重印本。

定的遊戲性。但在文學廣闊的天地裏，若僅僅把它歸結爲一種文字遊戲，是很片面的。實際，它從來在很多作品中都起著爲內容積極服務的修辭作用。

例如漢樂府《平陵東》：

> 平陵東，松柏桐，不知何人劫義公？劫義公，在高堂下，交錢百萬兩走馬。兩走馬，亦誠難，顧見追吏心中惻。心中惻，血出漉，歸告我家賣黃犢。

這首詩寫的是官府貪暴，民不堪命〔註4〕。表現手法是三句一節，每節的第一句，都是重複上句最後的三個字。如此上遞下接，反覆詠嘆，便把受剝削者的滿腔悲憤強烈地表現出來了。

再如雜劇《漢宮秋》三折〔梅花酒〕：

> 他部從，入窮荒；我鑾輿，返咸陽；返咸陽，過宮牆；過宮牆，繞回廊；繞回廊，近椒房；近椒房，月昏黃；月昏黃，夜生涼；夜生涼，泣寒螿；泣寒螿，綠紗窗；綠紗窗，不思量！不思量，除是鐵心腸；鐵心腸，也愁淚滴千行。

這段曲詞，是描繪漢元帝把王昭君送走後的痛別心情。它的表現手法，雖也是每節的第一句三個字重複上句的末三字，但以兩個短句爲一節，使反覆的周期更短，頻率更快。這樣，就不但能把漢元帝急遽跳動著的悲慟情緒，迅疾地、有節奏地表現出來，並通過他一雙悲哀的眼睛，使外界的景色，瞬息之間，都爲之一變，達到了劉彥和所說「登山則情滿於山，觀海則意溢於海」〔註5〕的藝術效果。

以上二例，充分說明「頂針格」修辭法和它所表現的內容有機地結合在一起，完全服從於內容，對內容起著積極服務的作用；這能說是「文字遊戲」嗎？

再如雜劇《鐵拐李》三折〔梅花酒〕：

> 不爭我去的遲，被那家使心力；使心力，廝搬遞；廝搬遞，賣東西；賣東西，到家裏；到家裏，看珠翠；看珠翠，寄釵篦；寄釵篦，定成計；定成計，使良媒；使良媒，怎支持？怎支持，謊人賊！

這段曲詞，是寫岳壽借屍還魂之後，擔心妻子爲人所奪，急於回到自己家裏。

〔註4〕或附會爲東漢翟義門人哀悼翟義所作。《樂府古題要解說》：「此漢翟義門人所作也。義爲丞相方進之少子，字文仲，爲東郡太守。以王莽篡漢，起兵討之，不克而見害，門人作歌以悲之。」此與本詩意不合。翟義事見《漢書·翟方進傳》。

〔註5〕見梁·劉勰：《文心雕龍·神思》。

爲表述這段經過，作者也採用了「頂針格」修辭法，使相鄰的句子遞承緊湊，這就恰好維妙維肖地反映了流氓分子乘虛而入謀占寡婦時所發生的連鎖程序；這又怎麼說的上「文字遊戲」呢？

到此爲止，例証無須再舉，即此足以証明「頂針格」修辭法，無論表現抒情、敘事或邏輯思維，都起著爲內容積極服務的作用，所謂「文字遊戲」說，實在是避重就輕、很不周密的說法，應及時加以糾正。至於有人把「頂針續麻」說成是「古時一種酒令名詞」〔註6〕，完全否認它在作品中的修辭功能，更是誤解。

二、「頂針格」修辭法源遠流長

本文一開始就提到，有的學者把「頂針格」修辭法說成是「宋元時代」的一種文字體制。這意思顯然是說：這種修辭法，僅僅存在於宋元之間，在宋以前、元以後是根本不存在的。這也不符合事實。實際，「頂針格」修辭法的產生遠較宋元爲早。

關於這個問題，古人早有過論述，如：《後漢書‧蔡邕傳》曾記蔡邕「所著詩、賦、碑、誄、銘、贊、連珠……凡四百篇，行於世」。《文選‧連珠》注：「善曰：『傅玄敘連珠曰：所謂連珠者，興於漢章之世。班固、賈逵、傅毅三子，受詔作之。』」梁‧沈約《上注制旨連珠表》：「連珠之作，始於子雲。」劉勰《文心雕龍‧雜文》：「揚雄覃思文閣（《玉海》『閣』作『閣』），碎文璅語，肇爲連珠。」這幾種說法，互有出入，惟有沈約和劉勰都認爲「連珠之作，始於子雲」，也就是說，揚子雲（揚雄）才是「連珠（即後來所說的頂針格）」的創始人。實際這也並非篤論。

根據文獻資料，遠在春秋時代就已運用了這種修辭方法。例如《管子‧治國》：

> 民事農則田墾，田墾則粟多，粟多則國富；國富者兵強，兵強者戰勝，戰勝者地廣。

再如《論語‧子路》：

> 名不正，則言不順；言不順，則事不成；事不成，則禮樂不興；禮樂不興，則刑罰不中；刑罰不中，則民無所措手足。

再如《論語‧字罕》：

〔註6〕見陸澹安《戲曲詞語匯釋》，1981 年上海古籍出版社出版。

子曰：「可以共學，未可以適道；可以適道，未可以立；可以立，未可以權。」

更往遠一些，還可以從《詩·大雅·既醉》中找到它的萌芽。詩共有八章，其中四章如下：

既醉以酒，爾殽既將。君子萬年，介爾昭明（第二章）。

昭明有融，高朗令終。令終有俶，公尸嘉告（第三章）。

其告維何？籩豆靜嘉。朋友悠攝，攝以威儀（第四章）。

威儀孔時，君子有孝子。孝子不匱，永錫爾類（第五章）。

顯而易見，此詩第二章末句說「介爾昭明」，第三章起句說「昭明有融」；第三章末句說「公尸嘉告」，第四章起句說「其告維何」；第四章末句說「攝以威儀」，第五章起句說「威儀孔時」；如此上遞下接，直到第八章，都是章與章的蟬聯；其中第三章又有「高朗令終，令終有俶」，第五章又有「君子有孝子，孝子不匱」句與句的蟬聯。這種章與章、句與句交叉的承接形式，雖然不像後來發展的那樣完整，但作為萌芽看，它已顯示出為人民大眾所喜聞樂見的那種生動、暢達和多樣化的優點，故自它產生時起，就有旺盛的生命力，歷代作家，特別是一些優秀作家多有採用。唐代大詩人李白送劉十二歸山的《白雲歌》，就創造性地運用了「頂針格」修辭法：

楚山秦山皆白雲，白雲處處長隨君；長隨君，君入楚山裏，雲亦隨君渡湘水；湘水上，女蘿衣、白雲堪臥君早歸？

李白以不羈之才，在此詩中活用了「頂針格」修辭法，以一、二、三字交錯遞接，使我們讀起來，便覺得如行雲流水、參差錯落、音律諧和、悠揚悅耳，真令人聽之不足、玩之不已，感到有一種難以言傳的美感。

以上所舉都是宋元以前的例子，宋元以後怎麼樣呢？請看：

明·沈璟《博笑記·乜縣丞》：

古和今不曾聞他這一對，對而沉沉睡；睡著不得醒，醒了還如醉；醉人呵！怎如他昏到底。

當代作家老舍《龍須溝》：

反正說的都離不開修溝，修溝反正是好事，好事就得拍巴掌，拍巴掌反正不會錯，是不是？

看來，「頂針格」修辭法，通過大量材料，証明自上古到現在已源遠流長，局限於「宋元時代」的說法，顯然是不能成立的。

三、「頂針格」修辭法在元曲中表現的多種模式

目前一些學者在解釋「頂針續麻」時，幾乎一致都舉元・無名氏小令〔越調・小桃紅〕《情》的例子：

> 斷腸人寄斷腸詞，詞寫心間事；事到頭來不由自；自尋思，思
> 量往日真誠志；志誠是有，有情誰似，似俺那人兒。

並據此歸結道：「上句的末一字和下句的頭一字相重疊。」這種說法，很容易使人誤會，好像在全部元曲中的「頂針格」，只有此一種模式，這未免把它看得太簡單化了。比較起來，還是著名修辭學家陳望道說的周延一些。他說：「頂針是用前一句的結尾（詞或短語），來做後一句的起頭。」〔註7〕不過仍嫌籠統，他沒有把「頂針格」的表現模式作詳盡的研究和分析。現在我願就元曲的範圍，分析一下「頂針格」的各種表現模式，以為同道參考：

（一）一字遞承格

除了前文所引小令〔越調・小桃紅〕外，還可以舉出鄭光祖的雜劇《㑳梅香》一折〔賺煞〕：

> 你道信步出蘭庭，庭院悄人初靜，靜聽是彈琴的那生，生猜咱
> 無情似有情、情知咱甚意來聽，聽沉罷過初更，更闌也休得消停，
> 停待甚忙將那腳步幾行，行過那梧桐樹兒邊金井，井闌邊把咱身軀
> 兒掩映，映著我這影兒呵，好著我嫌殺月兒明。

喬吉的小令〔越調・小桃紅〕《效聯珠格》，也是以一個字遞承：

> 落花飛絮隔朱簾，簾靜重門掩，掩鏡羞看臉兒㿋；㿋眉尖，尖
> 尖指屈將歸期念；念他拋閃，閃咱少欠，欠你病懨懨。（見《樂府群
> 玉》卷二）

此格在元曲中屢見。除此還有《雍熙樂府》卷十九、散套〔一枝花〕《美貌》等。其特點是：嚴守句與句間一字相承之法，涉及內容較少，其作用主要是調節音律，顯示作品的音樂美。元・周德清在《中原音韻》中評無名氏〔越調・小桃紅〕小令云：「頂真妙，且音律諧和。」

（二）二字遞承格

例如雜劇《王粲登樓》三折〔普天樂〕賓白中許達所作的《搗練歌》：

〔註7〕見陳望道：《修辭學發凡》第八篇「積極修辭四」（《陳望道文集》第二卷，1980
年上海人民出版社出版）。

> 中秋秋月旅情傷，月中砧杵響噹噹；噹噹響被秋風送，送到征
> 人思故鄉；故鄉何在歸途遠，途遠難歸應斷腸，斷腸人在紗窗下，
> 紗窗曾不憶徬徨。

此格在元曲中並不多見。本例雖主要以上句之末二字與下句之頭二字相重疊，但並未嚴守此法，中間又夾進來「一字遞承格」，如「噹噹響被秋風送，送到征人思故鄉」。此歌正由於活用了這種修辭法，加強了對內容的表達，故劇中王粲評此歌曰：「其思遠，其調悲，使人聞之，不覺潸然淚下。」

（三）三字遞承格

除第一節舉過的《漢宮秋》、《鐵拐李》兩例，還有雜劇《薦福碑》四折〔梅花酒〕、《曲江池》一折〔寄生草〕、《海棠仙》四折〔梅花酒〕、《雷澤遇仙》五折〔梅花酒〕等，都是三字遞承格，開卷可見，此處從略。茲僅舉散曲兩例：

一是于伯淵的散套〔點絳唇〕：

> 弄春情漏洩秋波送，秋波送搬鬥的春山縱，春山縱勾引的芳心
> 動。(見《盛世新聲》卯集)

二是貫雲石的小令〔紅繡鞋〕：

> 聽著、數著、愁著、怕著，早四更過；四更過，情未足；情未
> 足，夜如梭。天哪！更閏一更兒妨什麼？(見殘元本《陽春白雪》
> 卷二)

此格在元曲中使用最普遍。由於三個字相互遞承，上下句重複較多，能增強讀者對內容的理解，並從而使他容易接受作品的感染；又由於三個字前後相接，結構緊湊，又無字數過多而使音調發生板滯的缺點。

（四）五字遞承格

例如尚仲賢雜劇《柳毅傳書》一折〔哪吒令〕：

> 爲一言半語受千辛萬苦，受千辛萬苦想十親九故，想十親九故
> 在三江五湖，可憐我差池了夫婦情，錯配了這姻緣簿，都爲俺那水
> 性的兒夫。

再如無名氏小令〔仙呂‧那吒令過鵲踏枝寄生草〕：

> 青芽芽柳條，接綠茸茸芳草，綠茸茸芳草，間碧森森竹梢；碧
> 森森竹梢，接紅馥馥小桃。(見《梨園樂府》下)

此格以五個字依次遞承，是「頂針格」在元曲中用字最多的一種模式。由於

這個特點，上下句重複的內容最多，從而更容易使讀者增強對內容的理解。但如措詞不當，恐音律失調，削弱它的積極修辭作用。

（五）三、四、五字交錯遞承格

例如元・無名氏散套〔新水令・鴛鴦煞〕：

> 萬萬載，戶口增，四時鬧，民歸善；民歸善，省刑罰，薄稅斂，差徭免；差徭免，日月同明；日月同明，嵩嶽齊肩。唱道、唱道，虎踞中原；虎踞中原，龍虎飛天；龍虎飛天，雨順風調，合天意，隨人願；隨人願，照百二山川；照百二山川，一點金星瑞雲裏現。（見《陽春白雪》後集卷五）

此格在元曲中，雖不及三字遞承格為多，亦時有出現。它的特點，上遞下接，不拘一格，比較靈活，讀來令人有變化莫測、引人入勝之感。

（六）曲際之間的遞承格

例如賈仲明的雜劇《金安壽》四折〔唐兀歹〕曲八仙聯唱的〔青天歌〕：

> 真仙聚會瑤池上，仙樂和鳴鸞鳳降；
> 鸞鳳雙飛下紫霄，仙鶴共舞仙童唱。
>
> 仙童唱歌歌太平，嘗得蟠桃壽萬齡；
> 瑞靄祥光滿天地，群仙會裏說長在。
>
> 長生自有微妙訣，番口開口應難說；
> 不妨泄漏這玄機，驚得虛空長吐舌。
>
> 舌端放出異毫光，輝輝朗朗照四方；
> 春風只在花梢上，何處園林不艷陽。
>
> 艷陽時節採靈苗，莫等中秋月色高；
> 顛倒離男逢坎女，黃婆拍手喜相招。
>
> 相招相喚配陰陽，密雨濃雲入洞房；
> 十載靈胎生個子，倒騎白鹿上穹蒼。
>
> 穹蒼顥氣罡風健，吹得璇璣從左轉；
> 三辰萬象總森羅，三界仙官朝玉殿。
>
> 玉殿金階列眾仙，蟠桃高捧獻華筵；
> 仙酒仙花映仙果，長生不老憶千年。

此格在元曲中用之頗少。它的特點，不是句與句間的聯繫，而是曲與曲（或段與段）間的聯繫，跨度較大，不像上述諸格反映事物的緊湊。或稱此格爲「連環體」。

通過以上大量材料的分析，証明「頂針格」修辭法在元曲中表現的模式，如此複雜多樣，炫人眼目，決不是「一字遞承格」這個單一的模式所概括得了的。「頂針格」的模式所以能在元曲的百花園中，爭奇鬥艷，是元曲作家成功地繼承了歷史的遺產，同時又在新的形勢下，適應通俗文學大解放的需要，推陳出新，加以發展的結果。我們掌握了「頂針格」在元曲中的多種模式，對於我們研究元曲、鑒賞元曲、了解修辭學發展的規律，以至豐富我們今天的創作手法，都是很有幫助的。

（原載於《河北學刊》1992 年第 4 期）

關漢卿的修辭藝術

王學奇　王靜竹

　　關漢卿的戲曲作品，使用了大量的當時的成語、諺語、歇後語，還吸收了不少古代經典用語，化用了不少古詩詞語；不僅廣泛使用了漢民族的通俗、生動的俗語、方言、土話，還適當選用了少數民族語。限於篇幅，在這裏不能對關漢卿的語言藝術作全面的論述，本文僅從修辭學的角度，就其常用的、比較突出的修辭手段，舉述幾種，以見一斑：

一、譬喻

　　周‧墨翟說：「譬喻也者，舉物而以明之也。」〔註1〕漢‧王符說：「夫譬喻也者，生於直告之不明，故假物之然否以彰之。」〔註2〕這都是說，借觀念上的聯想，以此物喻彼物，以說明罕見的事物、難明的情理。當具體運用時，譬喻的表現形式，往往根據作品內容的需要又可分爲以下幾種：

　　一是明喻，又稱直喻。宋‧陳騤（huí 回）說：「直喻者，或言『猶』，或言『若』，或言『如』，或言『似』，灼然可見。」〔註3〕實則，不僅於此，還有用「般」、「比」等字者。例如：

　　　　你這般沙糖般話兒多曾吃。（《調風月》二〔五煞〕）

　　　　公人如狼似虎。（《蝴蝶夢》二〔鬥蝦蟆〕）

以上兩例，確如前文陳騤所言：其義「灼然可見」，勿庸詳釋。

〔註1〕見《墨子‧小取》（《百子全書‧雜家類》，1981 年浙江人民出版社版）。
〔註2〕見《潛夫論‧釋難》（《百子全書：儒家類》，1984 年浙江人民出版社版）
〔註3〕見《文學津梁‧文則》（有正書局石印本）。

二是暗喻，也叫暗比，或隱喻。陳騤說：「隱喻者，其文雖晦，其義可尋。」
〔註4〕例如：

> 他把我衣服扯住，情知咱冰炭不同爐。(《魯齋郎》三〔十二月〕)

> 不見浮雲世態紛紛繞，秋草人情日日疏，空教我淚洒遍湘江竹。

（同劇同折〔耍孩兒〕）

通過上舉兩例，和明喻相比：明喻——喻體和被喻體的關係，僅屬相類；暗
喻——喻體和被喻體的關係，乃是相等。前者的公式爲「彼如此」，後者的公
式爲「彼即此」，由「如」到「即」，說明暗喻已使兩物融爲一體，故較明喻
更爲親切感人。如例一，孔目張珪出家，銀匠李四仍留俗世，思想不相容，
徑稱「冰炭不同爐」；例二言世態多變，徑稱「浮雲」，言人情日疏，徑稱「秋
草」；這樣一點染，被喻的事物，就形象、生動多了。

三是借喻，謂借彼事以喻此事物也。借喻雖較暗喻更爲隱晦，但在關漢
卿的筆下，所借多習見熟聞的事物，入於目，達於耳，便了然於心，因而不
但不覺得隱晦，倒使人感到託物具寓意，透明度強。例如：

> 我想著香閨少女，但是嫩色嬌顏，都只愛朝雲暮雨，那個肯鳳
> 隻鸞單？(《望江亭》一〔混江龍〕)

例中借「朝雲暮雨」比喻男女歡會、借「鳳隻鸞單」比喻孤居獨處。

四是引喻，謂引彼以喻此也。亦即陳騤所說：「援取前言，以証其事」
〔註5〕，是也。例如：

> 你、你、你，做了個別霸王自刎虞姬；我、我、我，做了個進
> 西施歸湖范蠡。(《魯齋郎》二〔梁州第七〕)

此例是引史事比喻張桂及其妻子的遭遇。

二、對偶

對偶是指字句如何配置和排列的修辭法。在形式上它要求上下句字數相
同，語法類似，用字遣詞，互相對應。但由於上下句表達的思想傾向不同，
又有「正對」、「反對」之別：

所謂正對，是指上下句並列的兩種事物，「事異義同」〔註6〕。例如：

〔註4〕見《文學津梁・文則》（有正書局石印本）。
〔註5〕見《文學津梁・文則》（有正書局石印本）。
〔註6〕見《文心雕龍・麗辭》。

催人淚的是錦爛漫花枝橫繡闥，斷人腸的是別圍圍月色掛妝樓。(《竇娥冤》一〔混江龍〕)

顯而易見，例中並列的兩種事物，內容性質和範圍，都是一樣，可以互相發明和印証，可以增強劇中人物的思想感觸或處境的氣氛和色彩，能起相輔相成的作用。

所謂反對，是指上下句用意相反，「理殊趣合」〔註7〕。例如：

為善的受窮更命短，造惡的享富貴更壽延。(《竇娥冤》三〔滾繡球〕)

顯而易見，此例並列的是相反的事物，互相映襯，相得益彰，起的是相反相成的作用。

通過以上正反兩方面的例証，又由於漢字的方塊形特點，使這種修辭法，構成漢民族文學的獨有的形式美，正如劉勰所說，「造化賦形，支體必雙，神理為用，事不孤立」、「高下相須，自然成對」〔註8〕。故「對偶」這種形式，在我國傳統文學中極其發達。關漢卿就是在繼承前人的這種基礎上，結合雜劇特點，撰寫出大量的富有感染力的曲文。

三、排比

所謂排比，也是關於字句排列的修辭法之一，它和「對偶」法有些相似，但不盡同。它的特點，必須有三個以上結構相似的句子蟬聯在一起，而字數、對應的要求，卻不像「對偶」那樣嚴格。例如：

那裏有奔喪處哭倒長城？那裏有浣紗時甘投大水？那裏有上山來便化頑石？(《竇娥冤》二〔梁州第七〕)

例中孟姜女、浣紗女、望夫石三件民間傳說，內容雖各不同，但竇娥舉來在批評、諷刺她婆母對前夫的不貞這一點上聯貫起來了。

比較多的排比句，不是像前例為一個目的舉述幾個不同的故事，它所描繪的事物或現象，往往範圍相同，性質也相同。例如：

愁則愁興闌珊咽不下交歡酒，愁則愁眼昏騰扭不上同心扣，愁則愁意朦朧睡不穩芙蓉褥。(《竇娥冤》一〔寄生草〕)

〔註7〕見《文心雕龍・麗辭》。
〔註8〕見《文心雕龍・麗辭》。

還有的排比句，不僅各句反映的範圍、性相相同，各句的內容也都一樣。例如：

> 這紙湯瓶再不向紅爐頓，鐵煎盤再不使清油混，銅磨笴再不把頑石運。(《金線池》一〔寄生草〕)

這三句話都是重複一個內容，即杜蕊娘表示她自己再不和別人談情說愛，亦即不再作妓女的意思。「紙湯瓶」(紙做的湯瓶)、「鐵煎盤」(鐵製的煎盤)、「銅磨笴(ge 葛)」(石磨上的銅把手)，都是杜蕊娘自況，「紅爐」、「清油」、「頑石」都是比喻嫖客。「頓(意同燉)」、「混(摻合、沾附意)、」運(磨動、磨轉意)，均用作動詞，以之形容杜蕊娘和嫖客的往來。

更有的不但各排句的內容盡同，連對應的詞義也相同。例如：

> 誰無個老父？誰無個尊君？誰無個親爺？(《拜月亭》三〔二〕)

按「老父」、「尊君」、「親爺」，其義一也。

統觀以上的釋例，還証明排比句的效能，可以充實內容，增強聲勢，使文氣奔放，曲意暢達，能給讀者以雄渾、寬廣、深厚的美感。

四、反語見意

以「反語見意」(即以反話表達正意) 的修辭法，在關漢卿的雜劇中，也運用得很出色，其表達形式，變化多端，歸納起來，可以分為以下兩大類：

一是借助否定詞「不」字或「沒」字構成的反語。例如：

> 則被他拋殺您奶奶，教我空沒亂地把地面摑。(《蝴蝶夢》四〔沽美酒〕)

例中「沒亂」即「亂」，以反語見意，「沒」字只起加強語氣作用，不為義。有時在「沒亂」後面還常綴以程度副詞「殺」或「死」字，如云：「沒亂殺侄兒和嫂嫂」(《單刀會》一〔尾聲〕)。這說明侄兒和嫂嫂的煩亂程度之深。「殺」字有時也易以「死」字，如云：「救不活將咱沒亂死」(《蝴蝶夢》一〔天下樂〕)。「沒亂」，有時迭言之，又作「沒撩沒亂」或「迷留迷亂」，如云：「空教我乞留乞良，迷留迷亂，放聲啼哭」(《魯齋郎》一〔么篇〕)。按「迷留迷亂」即「沒撩沒亂」的轉音，是進一步加強語氣，極言其心煩慮亂、神魂顛倒之狀。

除以上「沒 A」兩字格的反語形式，還有幾種不同的三字格反語形式。例如：

> 薄設設衾共枕空舒設，冷清清不悤迭。(《拜月亭》三〔笑和尚〕)

俺孩兒落不得席捲椽抬，誰想有這一解？（《蝴蝶夢》四〔雙調
新水令〕）

想不想在今日，都了絕爽利，休盡我精細。（《調風月》二〔耍
孩兒〕）

以上前一例為「不AB」式，中例為「A不B」式，最後一例為「A不A」式。
其中各「不」字，亦均不為義。例一「不恁迭」即「恁迭」，乃「攛窨」之倒
文也，意為悵惘、怨恨。例二「落不得」猶「落得」，意謂所得的結果、達到
的地步。例三「想不想」猶「想」，既為反語，又重言之，是為進一步加強語
氣。「A不A」式這種三字格，還有一種特殊形式，即在否定詞「不」字前著
一襯詞「也」字，如云：「一個道你請吃，一個道婆先吃，這言語聽也難聽，
我可是氣也不氣！」（《竇娥冤》二〔賀新郎〕）更有的在「也」、「不」字之間
又嵌進了「那是」二字，如云「呸！我看你便羞也那是不羞！」（《陳母教子》
二〔牧羊關〕白）這樣，語氣就更增強了力量。

除以上三字格，還有四字以上的多字格。例如：

（正旦云：）險不絆倒我那！（《四春園》二〔四塊玉〕）

例中「險不絆倒」即幾乎絆倒之意，「不」字，是為了加強語氣。

二是通過反用其意而構成的反語，表達形式也很複雜，作用也很突出。
例如：

李克用，你做的好勾當！信著兩個丑生，每日飲酒，怎生將存
孝孩兒五裂了？（《哭存孝》四、白）

則願得辜恩負德，一個個蔭子封妻。（《調風月》二〔三煞〕）

以上各例，都是正話反說：例一所謂「好」，實指「車裂李存孝」；例二所謂
「蔭子封妻」，表面像是祝願小千戶永享富貴，實際是燕燕怨深恨極的反話，
在咒詛小千戶「吊客臨，喪門聚，反陰復陰」，惡有惡報。

反話正說的例子，也開卷可見。例如：

哎，兒也！咱兩個須今日離別，這冤家必定是前生業。（《五侯
宴》二〔梁州〕）

愛你個殺才沒去就，明知道雨歇雲收，還指望待天長地久。（《金
線池》二〔南呂‧一枝花〕）

以上例一「冤家」是王嫂對愛子的稱呼；例二「殺才」是對情人的昵稱。由
於各句皆反用其意，語氣就更有力量。作者為特別強調「愛之深，恨之切」

的激情，有時竟連用兩個、甚至三個詈詞。

不僅如此，關漢卿還最善於借反語表現他的諷刺天才。例如：

> （淨扮賽盧醫上，詩云：）行醫有斟酌，下藥依百草；死的醫
> 不活，活的醫死了。（《竇娥冤》一、白）

請看！明明是「死的醫不活，活的醫死了」的庸醫，偏偏尊之爲「賽盧醫」（賽過扁鵲的名醫），這不是奚落、挖苦又是什麼？類似這種正話反說的諷刺法，在關劇中還有很多。

五、借代

所謂借代，就是以此代彼。這種修辭法的產生，不在彼此間的相似（如同譬喻那樣），而在彼此間相關。關漢卿對這種修辭法，也揮洒自如，勇於創新，信手拈來，便成佳作。約而舉之，又可得細類 14 種：

一是借事物的特徵或標幟相代。例如：

> 老夫自幼修髯滿部，軍民識與不識，皆呼爲波厮錢大尹。（《謝
> 天香》一、白）

此例「修髯」爲「波厮」（即今伊朗）國人長相之特徵，故以代波斯人。

二是借事物的所在和所屬相代。例如：

> 又隨著車駕、車駕南遷甚的回？（《拜月亭》一〔混江龍〕）

> 我想那受官廳、讀書舍，誰不曾虎困龍蟄？（《拜月亭》三〔端
> 正好〕）

以上例一「車駕」，代指皇帝；例二「受官廳」代受官廳中之人（即指官宦），「讀書舍」代讀書舍中之人（即指學士）：前例指所在，後例指所屬。

三是指產品與制作者互代。例如：

> 幼習黃公智略多。（《五侯宴》三一句）

> 二來賢弟是一代文章（《謝天香》一〔錢盞兒〕白）

以上例一「黃公」代兵書，黃公即黃石公，又稱杞上老人，秦漢間人，著有《黃石公三略》三卷；例二「一代文章」代指一代文豪也。例一是借產品的制作者代產品，例二是借制作的產品代制作者。

四是借事物的顏色相代。例如：

> 自春來慘綠愁紅，芳心事事可可。（《謝天香》三、白）

這裏「綠」代葉，「紅」代花。

五是借事物制作的質料相代。例如：

> 我如今舉起霜毫，舒開繭紙，題成詩句。(《玉鏡台》四〔甜水令〕)

> 寸鐵在手，有萬夫不當之勇。(《五侯宴》四、白)

例一「霜毫」代毛筆，蓋「毫」乃細長而尖之毛也；例二「鐵」代武器。

六是借事物的工具或官能相代：例如：

> 惹起那五處兵刀。(《單刀會》一〔仙呂點絳唇〕)

> 便有那張儀口，蒯通舌，休那裏躲閃藏遮。(《單刀會》四〔攪箏琶〕)

以上例一「兵刀」代變亂；例二「口」、「舌」代辯才：前例指使用的工具，後例指人的官能。

七是借個別代一般。例如：

> 會武藝單單的執斧鉞。(《五侯宴》二〔尾聲〕)

「斧鉞」皆斧、泛指武器。

八是借一般代個別。例如：

> 半紙功名百戰身，轉頭高冢臥麒麟。(《哭存孝》二〔採茶歌〕)

「麒麟」本泛喻人中英傑，這裏具體指李存孝。

九是借具體代抽象。例如：

> 耳聽銀箭和更漏。(《西蜀夢》四〔叨叨令〕)

「銀箭」、「更漏」，皆古時計時器，這裏代指時間；唐・宋之問《壽陽王花燭圖》詩：「莫令銀箭曉，爲盡合歡杯。」

十是借抽象代具體。例如：

> 今日無甚事，方丈中閑坐。(《裴度還帶》二、白)

例中「方丈」代指當家和尚的寢室。

十一是借部分代全體。例如：

> 「妾身略識些撇、豎、點、劃。」(同劇三〔聖藥王〕白) 例中
> 「撇、豎、點、劃」代文字；「撇、豎、點、劃」乃文字結構的一部
> 分。

十二是借全體代部分。例如：

> 他道是種桃花，砍折竹枝，則説你重色輕君子。(《謝天香》一
> 〔醉扶歸〕)

以「色」代女色。

十三是借原因代結果。例如：

> 今日個俺可便偃武修文。（《哭存孝》二〔哭皇天〕）

這裏「偃」代「息」。按：「偃」謂放倒，「偃武」，謂放下武器也。有此「因」，才有息武之「果」。

十四是借結果代原因。例如：

> 未有甚汗馬差排，且權作行軍副元帥。（《單鞭奪槊》一〔賺煞〕）

以「汗馬」代征戰。

六、雙關

所謂雙關，是指語言文字的讀音或釋義，語涉雙關；故雙關又可分爲兩類：一是讀音上的雙關，即清‧李調元在《雨村詩話》（卷十三）中所謂「借字寓意」，是也。這又可分爲兩種：

異形異義同音（或音近）字雙關者，例如：

> （魯云：）你去説，魯子敬特來相訪。（童云：）你是紫荆，你和那松木在一答裏。（《單刀會》二〔滾綉球〕）

例中「紫荆」與子敬（魯肅之字）叶音，一指紫荆木，一指魯子敬。

同形同音異義字雙關者，例如：「誰想這牡丹花折入東君手，今日個分與章台路旁柳。」（《謝天香》四〔隔尾〕）按例中「柳」字，一指柳樹之「柳」，爲木名；一指柳永之「柳」，爲姓氏。

二是釋義上的雙關，既可以這樣解，也可以那樣解。例如：

> （正旦云：）我看了這金線池好傷感人也！（《金線池》三〔醉春風〕白）（接唱〔石榴花〕）恰便似藕絲兒分破鏡花明。

例中「藕絲兒分破鏡花明」，一面形容金線池好像鏡面上落下一根藕絲把池水劃成兩部分，一面又借景抒情，影射杜蕊娘和韓輔臣愛情破裂的苦惱。

七、倒裝

所謂倒裝，是指在語法結構上顛倒詞序位置的一種修辭法。關漢卿在具體運用這個方法時，表現形式也很複雜。其作用主要是爲叶韻或突出想要強調的部分。

爲叶韻而倒裝的例子，如：

> 便似一團兒偌成官定粉。（《調風月》一〔天下樂〕）

「便似一團兒偌成官定粉」，順言當爲「便似官定粉偌成一團兒」，倒裝取其「粉」字與上文「門」、「身」、下文「眞」、「人」叶韻。

為突出、強調某部分而倒裝的例子，如：

　　則聽的撲冬冬鼉皮鼓擂，韻悠悠鳳管笛吹。（《五侯宴》四〔商調集賢賓〕）

此例，順言當爲「鼉皮鼓撲冬冬擂，鳳管笛韻悠悠吹」；把形容詞狀語「撲冬冬」提到句首，都是爲了突出和強調；以便給讀者或聽眾以強烈的聲色美。

上述「叶韻」和「強調」兩種作用，並不是永遠平行的，常常互相配合，在一句話中交又使用，以發揮加倍的作用。例如「禍機藏，災星現」，這個倒裝語，不僅起著叶韻的作用，也起強調「禍機」和災星的作用。如「臂展猿猱，劍扯秋霜」（《單刀會》三〔玄〕），這個倒裝語，也不僅爲強調賓語「臂」和「劍」，它也起叶韻的作用，即取其「霜」字與上文「強」、「殃」、下文「藏」、「防」、「黨」相應。

有時在一句曲文中，爲強調、突出某個詞語的需要，不僅要顚倒語法結構，還得違反事理邏輯。例如：「也不是提魚穿柳歡心大，也不是鬼使神差。」（《蝴蝶夢》四〔殿前歡〕）這個例中的「提魚穿柳」，順言當爲「提穿柳魚」，今爲把賓語「魚」字提到前面，顚倒了語序，在事理邏輯上就講不通了。這種情況，並非關漢卿的新創造，古詩文中也常有，如杜甫《秋興》云：「紅豆啄殘鸚鵡粒，碧梧栖老鳳凰枝。」若順言之，當曰「鸚鵡啄殘紅豆粒，鳳凰栖老碧梧枝」。宋·胡仔《漁隱叢話》云：「以鸚鵡、鳳凰居下，紅豆、碧梧居上，錯綜言之也。」

還有，在關漢卿的作品中，從一個詞語的倒裝有時也發展到整句的倒裝。例如：

　　交我沒想沒思，兩心兩意，早晨古自一家一計。（《調風月》二〔醉春風〕）

此例，順言當爲「早晨古自一家一計，兩心兩意，交（教）我沒想沒思」。意思是說：「早晨彼此還說得來，爲什麼現在變心，眞叫我想不通！」順言雖符合思維本身的邏輯，但缺之一種強有力的魅力。

在作品中，所以產生如上述的倒裝法，就是爲了化平凡以爲新奇，提高藝術性，正如劉勰所說：「文反正爲乏，辭反正爲奇。效可之法，必顚倒文句，

上字而抑下，中辭而出外，回互不常，則新色耳。」〔註9〕

　　關漢卿爲了使作品具有更大的魅力，運用修辭手段時，常常把兩種以上的手法結合起來，交叉使用。他不僅能在同一辭格中使各式交叉使用；在不同的辭格中，也能巧妙地結合起來，有時在一句話中也出現過兩格三式。正因爲關漢卿能如此熟練掌握各種修辭手法善於變通，出神入化，就使關漢卿的藝術創作取得很高成就，並把整個元曲藝術帶到一個空前繁榮的時代。

（原載於《河北學刊》1989 年第 3 期）

〔註 9〕見《文心雕龍‧定勢》。

「老」、「道」、「腦」語助初探

王學奇

【內容提要】

對「老」、「道」、「腦」用作語助表示人體某一部分或其屬性的共同性以及三者在音韻上的聯繫，近幾十年來一直還沒有人作過認眞的、系統的研究。《金元戲曲方言考》、《詩詞曲語辭匯釋》、《元劇俗語方言釋例》都沒有把語助「老」、「道」、「腦」各目完全並列出來，作者都沒有認識到它們在用法上的共同性和在詞目上應享有平等地位；沒有認識到「老」、「道」、「腦」在音韻上同屬「蕭豪」韻可以互轉的關係。在用作語助表現人體某一部分或其屬性時，「老」字要比「道」、「腦」字出現的頻率多；「老」字作為語助，不僅在宋、金、元、明、清各代是最活躍的，在今天仍健康地活在人民口頭上。

「老」、「道」、「腦」這三個字是多義詞，各有各的範疇，但在用作語助粘附於一個詞的後面，表示人體的某一部分或其屬性時，用法則完全相同。這種不尋常的構詞性質，出現在古典戲曲中卻很普遍；因此引起我很大的興趣，願在這裏作一些初步探索，以就正於同道。

一、

何以見得「老」、「道」、「腦（惱）」這種特殊用法在古典戲曲中較為普遍呢？有大量例子可証：

（一）先以「老」字為例，如：

《西廂記》一本二折〔小梁州〕：「胡伶淥老不尋常，偷睛望，眼挫裏抹張郎。」

《太平樂府》卷九、高安道散套〔般涉調・哨遍〕《嗓淡行院》：「瞅黏的綠老更昏花。」

《雍熙樂府》卷四、散套〔村裏迓鼓〕：「六老兒睃趁的早，腳步兒趨趁的巧。」

《陽春白雪》後集卷二、王嘉甫散套〔八聲甘州〕：「窄弓弓撇道，溜刀刀睩老。」

《盛世新聲》小令〔十棒鼓〕：「雖然是醉得，醉得矑老花，所事通達。」

以上「淥老」、「綠老」、「六老」、「睩老」、「矑老」均指眼睛。按：「淥」、「綠」、「六」、「睩」、「矑」各字，其中「矑」是本字，其他概係同音假借。《廣韻・上平模韻》「矑，目童子也。」明・無名氏《墨娥小錄》卷十四云：「眼，六老。」清・焦循《劇說》引《知新錄》釋《西廂》疑義云：「淥老，謂眼也；亦作睩老，老是襯字。」俱可証。再如：

《西廂記》五本三折〔絡絲娘〕：「喬嘴臉，腌軀老，死身分，少不得有家難奔。」

戲文《宦門子弟錯立身》十二齣〔四國朝〕白：「莊家調判，難看區老。」

傳奇《繡襦記・襦護郎寒》：「今日裏身子嫖得窮了，結鬃帽兒壞了，白玉鉤兒斷了，琥珀珠兒撒了，紵絲襖兒當了，斜皮靴兒綻

了，絨毛襪子破了，五花馬兒殺了，獬叭狗死了，來興童兒賣了，

單單剩得個軀勞。」

以上「軀老」、「區老」、「軀勞」均指身體（如例一、三）或身段（如例二）。前引焦循《劇說》轉引《知新錄》釋《西廂》疑義時也說「身為軀老」。按：「軀老」是正寫，有大量例子，除《西廂》外，它如《救風塵》、《爭報恩》、《劉弘嫁婢》、《賽嬌客》、《海棠仙》等劇皆作「軀老」。「區」為「軀」的省體字，「勞」為「老」的同音假借字，偶一出現，非常例也。再如：

《太平樂府》卷九、高安道散套〔般涉調‧哨遍〕《嗓淡行院》：

「一個個青布裙緊緊兜著奄老。」

《慶朔堂》四〔雙調新水令〕：「腆著個慈大小的腌老，尋歹斗，

厮傒落。」

以上「奄老」、「腌老」均指肚子。或又作「庵老」，如：《墨娥小錄》卷十四云：「肚，庵老。」方諸生本《西廂記》五本三折亦注云：「肚為庵老。」按：「奄」，讀 yǎn（眼）；「腌」，依《元曲選》音釋，讀 yàn（雁），「庵」，讀 ān（安）：這在元‧周德清《中原音韻》中均屬「監咸」韻部，故能通轉。再如：

《玉壺春》二〔罵玉郎〕：「舒著一雙黑爪老，搦著一條黃桑棒。」

《兩世姻緣》一〔油葫蘆〕：「舒著雙黑爪老似通臂猿。」

《太平樂府》卷九、無名氏散套〔般涉調‧哨遍〕《拘刷行院》：

「摸魚爪老粗如扒齒。」

此皆以「爪老」稱「手」之例，類此在元曲中俯拾即是，不必多舉。前例《墨娥小錄》和《劇說》也都說明「手為爪老」。而近人吳梅《瞿安讀曲記‧仗義疏財》條則云：「爪老謂面也。」若以之驗証上例，則失之甚矣！試問，以例一、例二言之，「面」何能以「一雙」稱之？它又何能「把著一條黃桑棒」？又何能「似通臂猿」呢？以例三言之，「面」何能「摸魚」？又怎能以粗如扒齒狀其形貌呢？

其他還有所謂「頂老（頭顱）」（見《僧尼共犯》等劇）、「聽老（耳朵）」（見《雍熙樂府》卷六散套〔粉蝶兒〕）、「嗅老（鼻）」、「扣老（拳）」、「柴老（牙）」（以上見方諸生本《西廂》注）、「稍老（髮）」、「訓老（肩）」、「乳老（乳房）」、「齒老（牙）」（以上見李開先《詞謔》六）、「搖老（舌）」、「線老（肉）」（以上見《墨娥小錄》卷十四）、「角老（屁眼）」、「灣老（膁子）」（以

上見明·程萬里《六院匯選江湖方語》），等等。其中「柴老」即「齒老」，「柴」、「齒」爲雙聲字，「齒」是正寫，「柴」是借用。

若提到人的倔強時，則曰「艮（gěn）老」，如《四春園》二〔尾聲〕官人白：「問了一日人命事，我也不知怎麼了了，他把艮老又挾了，又領的張千接新官去了。」若提到人的愚蠢時，則曰「痴老」，如傳奇《邯鄲記·讒快》：「那般痴老，一萬里烟瘴怎生逃？」《六院匯選江湖方語》謂不知方情者曰「土老」。《墨娥小錄》卷十四謂焦燥爲「鮑老」，清·唐再豐《鵝幻匯編》卷十二謂做夢爲「混老」。總觀以上所謂倔強、愚蠢、不知方情、焦燥、做夢等屬於意識形態的東西，雖然都不是人們形體的物質部分，但卻是人體之一的「頭（腦袋）」的精神部分，即其內部屬性。例中也偶見有言人體之外部屬性的，如謂醜而不美者曰「古老」（此亦見於《六院匯選江湖方語》是也。

（二）次以「道」字爲例，如：

元刊本《薛仁貴》四〔太平令〕：「生得龐道整，身子兒詐，帶（戴）著朵像生花。」《連環計》三〔滾繡球〕：「油掠的鬢髻兒光，粉搽的臉道兒香。」

戲文《張協狀元》十六齣〔賽紅秋〕：「（淨：）想你好似……。（丑：）好似什麼？好似個新郎。（末：）什麼斂道！你好似一隻桌子。」

以上「龐道」、「臉道」、「斂道」俱指臉。「龐」和「臉」爲同義詞；「斂」、「臉」同音假借字。但曲中作「臉道」者多，假借「斂」字者少。不過「斂」借爲「臉」，不始自元，宋已見之，如張邦昌《墨莊漫錄》卷五引王金玉宮體十憶詩，其八云：「從來題目值千金，無事羞多始見心；乍向客前猶掩斂，不知已覺鈿窩深。」「猶掩斂」，即「猶掩臉」也。再如：

《陽春白雪》後集卷二、王嘉甫散套〔八聲甘州〕《鶯花伴侶》：「窄弓弓撇道，溜刀刀漾老。」

例中「撇道」，指「腳」而言。正如《墨娥小錄》卷十四所謂「足，撇道」是也。然《雍熙樂府》錄此曲則作「撇刀」。按「刀」與「道」同屬「蕭豪」韻，故借作「刀」。南宋·陳元靚《事林廣記續集》卷八又謂「腳」爲「拆道」。再如：

《董西廂》卷三〔仙呂調·戀香衾〕：「沈郎腰道，與絳綃兒厮稱。」

例中「腰道」，指的是「腰」，猶如「臉」稱「臉道」、「足」稱「撇道」也。

除此，還有所謂「旋道（眼）」和「淚道（淚）」者，前者見明‧汪雲程《圓社錦語》，後者如：

> 《北詞廣正譜》九〔般涉調〕《天寶遺事》：「坐也昏沉睡不安，兩行淚道積成斑。」

> 李開先《詞謔》二十八：「淚道也有千行噢！恰便似長江不斷流。」

按：淚，是從眼睛裏流出來的，它也是人體之一的眼的屬性。

（三）最後以「腦」或「惱」字為例，如：

> 《董西廂》卷二〔雙調‧文如錦〕：「生得眼腦甌摳，人材猛浪。」

> 《西廂記》一本四折〔駐馬聽〕：「害相思的饞眼腦，見他時須看個十分飽。」

> 《合汗衫》一〔天下樂〕白：「呸！那眼腦恰像個賊乜似的。」

> 《卓文君》楔子，白：「我一了說，你眼惱不好，果然不老實。」

「眼腦」就是「眼」，「腦」、「惱」為語助。與此構詞法相同的，還有所謂「臉腦」，例如：

> 《黑旋風》楔子，搽旦白：「呸！臉腦兒恰似個賊。」

> 《趙禮讓肥》二〔倘秀才〕：「我見他料綽口凹凸著面貌，眼嵌鼻瞘，撓著臉腦。」

> 《樂府群珠》卷三，劉廷信小令〔折桂令〕《憶別》：「他那裏鞍兒、馬兒、身子兒劣怯，我這裏眉兒、眼兒、臉腦兒乜斜。」

通過以上舉述的例証，可以歸納為兩點：

其一，充分証明了「老」、「道」、「腦」三個字用作語助，在表示人體的某一部分或其屬性時，用法是完全相同的。其所以相同，就是因為這三個字，不僅同屬「蕭豪」韻，而且「老」、「腦」同為上聲，「道」字雖係去聲，調也相近，故能互相通轉。

其二，「老」、「道」、「腦」出現的頻率不是平衡的。比較言之：語助「老」字出現次數最多，使用方面亦廣；「道」字次之；「腦」字更次之。

二、

根據上文列舉的釋例和小結，清楚說明在掌握大量語言資料的基礎上，借助音韻學知識把「老」、「道」、「腦」匯總一起加以比較、分析和研究，對

準確解釋它們的詞義及其相互間的關係，是很有必要的。否則，必將發生這樣或那樣的誤解。

就以明代而論，應該說距習用這類詞語的時代很接近，或甚至說有的就在同時。但有的作家對這類詞義的掌握，也不是很準確的。例如阮大鋮的《燕子箋·約試》一場，曲文寫道：「他天生眼腦，不是至誠人。」這句話的意思顯然是說：他天生的模樣就不像個很誠實的人。可見這裏用「眼腦」二字就不夠確切。這種情況，竟有時在一代語言大師手裏也不免失誤，如湯顯祖《牡丹亭·圓駕》云：「輕輕的把那撇道兒搭，長舌揸。」按「撇道」本指「腳」說，他卻誤解爲「嗓子」。因之，作者的同時代人王驥德也在《曲律》卷三《論訛字》中批評道：「湯海若（即湯顯祖）《還魂記》（即《牡丹亭》）末折：『把那撇道兒搭，長舌揸』，是以撇道認作賴子也；誤甚。」其所以致誤，就是由於未能把有關的詞語，以音韻爲綱貫串起來，加以綜合研究的結果。

時代在前進，認識在深入，科研在發展，現在再沒有人像明人湯顯祖那樣把「撇道」認作嗓子，也沒有人像明人程萬里那樣在《六院匯選江湖方語》中把「爪老」當作「婦人」的情況了，但近人吳梅先生卻又把「爪老」誤解作「面」。如果說這是屬於一種個別情況的偶然疏忽，問題還不算大，而嚴重的是：對「老」、「道」、「腦」用作語助表示人體某一部分或其屬性的共同性以及三者在音韻上的聯繫，近幾十年來一直還沒有人作過認眞的、系統的研究。例如：一九四八年出版的《金元戲曲方言考》，只列有「爪老」、「潦老」、「矑老」、「軀老」、「撇道」諸目，引例和釋文亦極簡單，而且沒有列出以「腦」字作語助的任何一目。當然也就無從指出它們在音韻上的關係了。一九五三年出版的《詩詞曲語辭匯釋》，列有「老」、「道」二目，把凡是以「老」或「道」字作語助的名詞，都集中在這兩目之中，顯示著科學的概括性，較《方言考》是一大進步，且釋例亦較爲詳備。但從今天看，搜羅仍欠全面，例如：舉有關「眼睛」的例子，只舉了「潦老」、「六老」，漏舉「綠老」、「睩老」、「矑老」；舉有關「肚子」的例子，只舉了「腌老」，漏舉「奄老」、「庵老」、「菴老」；舉有關「腳」的例子，只舉了「撇道」，漏舉「撇刀」、「拆道」，等等；而且以「腦」字爲語助的一目，仍然沒有列出來。一九五六年出版的《元劇俗語方言釋例》，雖補充了以「腦」字作語助的一目，且收例狹窄，其成就反不如早出的《語辭匯釋》高。總之，以上三書，成就雖各有不同，但有明顯的共同缺點：一是都沒有把語助「老」、「道」、「腦」各目完全並列出來，可見作

者都沒有認識到它們在用法上的共同性和在詞目上應享有平等的地位；二是都沒有認識到「老」、「道」、「腦」在音韻上同屬「蕭豪」韻可以互轉的關係。對於這些，我們繼起的同志，在今天有責任彌補前人的不足，把科研更向前推進一步。

三、

　　從以上正反兩方面的論述，充分証明：如果能把性質相同的類似「老」、「道」、「腦」這些詞，借助音韻學知識統帥起來，加以綜合研究，不但一下子可以解決一攬子詞義問題，收事半功倍之效，而且經過比較，相得益彰，詞義也必能搞得更準確一些。進一步說，把這種研究方法，作爲對一切同義詞的研究方向，明確提出來，也是必要的。

　　但必須指明語言的使用是很複雜的，對確定詞義來說，一點也不能脫離開具體的語言環境。例如《敬德不伏老》劇第三折尉遲恭白：「膂老尙嫌弓力軟，眼昏猶識陣雲愁。」按「膂（lǚ 呂）老」和「眼昏」相對應，從語法結構上看，「眼昏」是主、謂結合的短語，那麼「膂老」也應該是這樣的結構，否則，便對應不上了。因此，「膂老」之「老」顯然是形容詞性質，是「膂」的謂語，而不是「膂」的助詞。再如《陽春白雪》前集卷四、商左山小令〔潘妃曲〕：「金縷唐裙駕鴛結，偏趁些娘撇。」這裏的「撇」即「撇道」，爲叶韻把「道」字給省略了。如果把「撇」字作其他解釋，就不可思議了。還有時同是一詞，所指非一。例如《僧尼共犯》一〔那吒令〕：「頂老兒一樣光，刀麻兒一般大。」按「刀麻」指的是鞋腳，與之相對應的「頂老」自然是指人的「頭顱」。《梨園樂府》上、商政叔散套〔一枝花〕《嘆秀英》：「生把俺殃及做頂老，爲妓路劃地波波，忍恥包羞排場上坐。」「頂老」用在這裏，顯然是指歌姬一類人物，如還解作人頭之「頭」，就講不通了。《雍熙樂府》卷五，散套〔點絳唇〕《桃園景》：「全憑著頂老，恢運爲資本。」這句話中的「頂老」，既不指「頭」，亦非歌姬，而是指舊時妓院中的一種行當，猶今之烏龜、撈毛之類。凡此種種，例不勝舉。總之，只要從語言環境的實際出發，就不難分辨清複雜的問題。

　　還有，用作語助的「老」、「道」、「腦」各字，在表現人的某一部分或其屬性時，出現的頻率，如前所述，已不平衡，若論及其他方面的作用，懸殊更大。據筆者掌握到的資料，用「道」字作語助的，目前只能舉出「線道（肉）」、

「稟道（文書）」和「甬道（階級）」三例，用「腦」字作語助的，迄今尚未發現，而用「老」字作語助的，則矚目皆是，範圍非常之廣，例如：

就人物稱呼而言，謂官人爲「孤老」、父爲「孛老」、老婦爲「蒼老」、妓女爲「頂老」、軍人爲「攢老」、夫爲「蓋老」或「姑（孤）老」、妻爲「底老」、和尙爲「光老」、村人爲「和老」、娼婦爲「妲（dá達）老」、保兒爲「抱老」、讀書人爲「衿老」、做戲的爲「造屈老」、講戲文說唱的爲「牙老」、賊爲「邦老」、鬼爲「毀老」。

就飲食而言，謂米爲「擦老」或「漂老」、飯爲「氣老」、鹽爲「蘸老」「瓚老」或「濫老」、醋爲「哮老」、油爲「滑老」或「瞞老」、肉爲「線老」、酒爲「海老」、茶爲「渲老」、果爲「木老」或「水老」、麵（粉）爲「鮑老」，用茶則謂「訕老」。

就宮室、服飾而言，謂廟爲「毀老」、簪子爲「插老」、頭巾爲「泡老」。

就器物而言，謂枷爲「嵌老」、竹杖爲「扶老」、酒壺爲「磁老」、酒杯爲「盞老」。

就鳥獸而言，謂牛爲「駄老」、驢爲「果老」、鷄爲「鳴老」、蛇爲「纏老」。

就花木而言，謂柴爲「樵老」、花爲「英老」。

就地理而言，謂水爲「漱老」。

總括以上所舉，第一，使我們知道在用作語助表現人體某一部分或其屬性時，「老」字要比「道」字、「腦」字出現的頻率多；在「道」、「腦」二字足迹罕到或根本絕迹的地方，也都能看到作爲語助的「老」字積極活動的影子。第二，在我們匯總研究語助詞「老」、「道」、「腦」的作用時，必須格外審慎，嚴格劃清各自的界限，以避免混淆。

還有一點要指出，「老」字作爲語助，它不僅在宋、金、元、明、清各代是最活躍的，在語助「道」、「腦」早已死去的今天，語助「老」字仍健康地活在人民口頭上，例如溫州地區，尙有「啞老」、「丐老」、「皮匠老（鞋匠）」、「鼓板老（教師）」、「守門老（守門的）」等稱呼（見七九年第三期《方言》），於此可見它生命力的旺盛。

（原載於《天津教育學院學報》（社會科學版）1991 年第 3 期）

治曲一得

王學奇

（河北師範大學文學院，河北石家莊 050024）

摘　要

自上世紀 50 年代開始，筆者堅持治曲，迄今已 60 多年。在長期的實踐中，就如何治曲積累了一些心得。

關鍵詞：治曲；選題；資料；寫作策略；集中與堅持

中圖分類號：I207.37　文獻標識碼：A　文章編號：1000-5587（2013）04-0019-05

我出版了《元曲釋詞》、《宋金元明清曲辭通釋》以及即將出版的《曲辭通釋》，還有《關漢卿全集校注》、臧氏《元曲選》校注、《笠翁傳奇十種校注》等。此外還發表了近一百篇論文。謬蒙學術界青睞，普遍給予好評。因而有些同道認爲我對戲曲及其語義的研究方法必有可取之處，希望我寫出來，以爲後學參考。其實我的研究方法，好些都是從前輩那裏學來的。自上世紀 50 年代開始，堅持治曲，迄今已 60 多年，在這長期實踐過程中，如何治曲，我也有過一些想法，但這些想法，是否能屬於自己的創意，還是應該說是受到啓發從傳統方法引申出來，這個界限模糊不清，一時難以判明。我想現在且拋開這些，先讓我匯報一下我是如何走上治曲路，一路走來，又是如何想的和如何做的吧。

一、走上治曲路

我念小學時，就有點好高鶩遠，妄想將來能夠成名成家。上大學以後，就爲達到這個目的積極準備。當時我一面研究唐宋詩，一面創作新體詩。畢業了先後到中學和大學執教，忙於授課，一時無暇顧及，頗感彷徨。後改教文藝理論課，認爲機會來了，結合教學，先發表了幾篇論文，又和同事們合作，寫成《文藝學概論》，並和出版社簽訂了出版合同。這時我躊躇滿志，興趣盎然，一個未來詩人兼文藝理論家的稱號，便在我腦中生根，發芽。哪裏料到反右派運動一聲炮響，階級鬥爭的大棒，便劈頭蓋臉打了下來，我美麗的幻想，便被無情的現實擊得粉碎。因爲文藝理論是反映階級鬥爭最敏感的地方。爲了安全，最好躲開這塊是非之地。那麼，我將何去何從呢？難道圖一時的安全，就啥也不幹，渾渾噩噩，了此一生？我又不甘心。最後考慮到語言是沒有階級性的，兩眼便盯住了它。但欲研治好戲曲語言，必須借助比較厚實的基本功。例如邏輯學、訓詁學、音韻學、文字學、語法學、修辭學、校勘學以及古典文學，一項都不能缺。我反覆問自己：我對這些學科的基本知識，掌握的到底怎麼樣？經過認認眞眞地考量，我大著膽認爲可以一試。因爲隨著研究工作的需要和深入，我還可以補課，邊用邊學。有了決心和信心，便勇敢地走上治曲之路。

二、選定題目

研究戲曲語言，只是確定了治曲的大方向，在這個大方向下要搞的東西，

不可能一下子全面開花，必須具體到某一個專題或某一範圍，一個一個地搞，才便於動手。我本著這個思路，便從以下幾方面選定我的研究項目：

一是填補空白。首選是前人尚未做過但又是需要做的，例如臧晉叔選編的《元曲選》，此書對教學、科研和劇本改編都很重要，但自明代印行以來，近四百年，迄無全收全注本。還有元代大戲曲家關漢卿的作品，清初大喜劇家李漁的作品，也都沒有全收全注本。本人不揣鄙陋，便著手填補這塊空白，希望起個拋磚引玉的作用。

二是適應需要。為繼承和發揚我國優秀的古典戲曲遺產，必須先打通語言關，因此，就需要一部查閱戲曲詞義的比較詳明的專書。回顧解放前後，我們能看到的這類書有：1948 年出版過徐嘉瑞編寫的《金元戲曲方言考》，共收曲詞六百餘條；1956 年出版過一本朱居易編寫的《元劇俗語方言例釋》，共收詞一千餘條；1953 年出版過一本張相編寫的《詩詞曲語詞匯釋》，此書自單字以至短語，標目五百三十七，附目六百餘條，分條八百有餘。這幾本釋詞專著，均比較早出，雖成就不同，篳路藍縷之功，都不容抹殺，但內容貧乏，訛誤亦多，已不適合今日使用。我就選定命名為《元曲釋詞》的項目，準備比較廣泛的收集材料，縱橫比較，務求確解，以適應今日我國教育、科研、劇改的需要。不過這部著作啟動非時，動筆之初，轟轟烈烈的政治運動就已接二連三地一哄而起，影響我的正常運作，故這部著作，只能算是我的草創。後來因此又有《宋金元明清曲辭通釋》項目的提出。在這部著作中，依歷史次序，兼收宋、金、元、明、清五個朝代的戲曲語詞，打破斷代的局限性，以期更好地為讀者服務。

三、積累資料

搞的項目選定了，緊接著的工作就是積累資料。到哪裏去積累呢？我是這樣做的：

一、主要是先廣泛閱讀，無論是注家已經踏熟的戲曲領域的「鬧市區」（指被注家互相重複選注過的那些戲曲作品），或注家足迹尚未到達的「偏僻小巷」（指被注家冷落的眾多戲曲作品），我都全神貫注，進行地毯式挖掘和摘錄。即使如此，也不可能一次一網打盡。因為有些詞語隱藏較深，稍一疏忽，便從眼前溜掉。還有的被誤認了。故必須經過多次反覆閱讀，反覆挖掘，反覆領會，反覆辨認，才能奏效。特別是在搜集到手的詞語中，也並非一個詞語

就有一種寫法。有不少詞語，因爲古今字異讀、方言土語不同以及其他種種原因，一個含義相同的詞語，往往它在外貌上有形形色色的寫法，恰像一個演員妝扮成各種角色，如果把戲袍扒下，把臉上的臉譜洗去，其實就是一個人。例如：刺墶、刺闒、刺闒、喇墶、蹓遢、蹓躂、癢瘃、刺塔等八種寫法，其實就是不整潔的意思。只因爲這八種寫法，分散在不同的角落，便容易被人誤解，如借助「因聲求義」法，避免形體對視覺的迷惑，尋找詞與詞的實質性聯繫，並通過總合研究，便不難找到它們之間的血緣，原來眾多異彩紛呈的形象，不過是一個詞的化身。在拙作中，據我粗略統計：有十至十九種寫法的，約有三十個；二十種以上寫法的有兩個；三十種以上寫法的有一個。

二、在從古籍中尋找資料的同時，我也收集到相當數量的目前流行的方言俗語，例如：意謂胡亂攀扯的「胡遮剌」（見元・鄭廷玉《後庭花》）一詞，今河北石家莊、唐山等地方言中，仍流行此語。意謂不明事理作糊塗講的「葫蘆提」（見元・王實甫《西廂記》），今浙江一帶方言中有此語。天津方言則呼爲「葫蘆八提」、「葫蘆倒臟」，而意不變。再如「酪累」（見元・無名氏《村樂堂》），在元代是指用菜和麵粉攪拌在一起，再用鍋煮熟的一種麵食品，今山西等地方言中，也稱此類麵食品爲「酪累」。再如「探食」（見元・關漢卿《拜月亭》），意謂患病初愈，想吃點東西，今山西聞水縣方言中，仍有此語。等等，不勝列舉。用這些現在仍流行的方言俗語，來証明古語，便會使讀者感到親切，通俗易懂。又方言俗語多產生於某些地區社會底層的人民群眾中，富有人民性，喜聞樂見，極易爲廣大人民所接受。

三、語言是交流思想的工具，無所不在，無所不至。故戲曲語詞，絕不僅僅活躍在戲曲作品中，它的觸鬚也伸入到同時代的各種文體以及政治、經濟、軍事、法律及其他文化載體中，此其一。其二，歷史証明，語言的生命力極其頑強，又是不斷向前發展的。因此，戲曲語言的源頭，有很多可以上溯到有文字記載的遠古，還有不少可以下探到現當代以至未來。故研究戲曲語言，必須旁搜遠紹，橫掃當代，上下求索，貫串古今。基於以上認識，我遍覽了南戲、院本、諸宮調、元明清雜劇、傳奇、歷代散曲、話本小說以及凡是可供解釋詞語的典籍，上自周秦兩漢的群經、諸子、騷賦、詩文，下及唐詩、宋詞、書札、奏章、實錄、歷代筆記、近代有關著作和全部二十五史、《資治通鑒》等，都在摘錄、引用之列，以供我們準確地解釋戲曲詞語的含義。只有這樣匯通各種文體所用語言的相互影響，才能充分地理解社會意識

形態在戲曲語言中的反映，才能摸清戲曲語言的發展脈絡，從而確認某一戲曲詞義的時候，才能在橫豎坐標的交會點上給它個飽滿、確鑿的解釋。陸游有句名言「學詩在詩外」。如若不是這樣，如何能應付得了內容寬廣、難以窮盡的戲曲詞義？這就難怪有的詞書釋義，使讀者感到單薄，虛浮，或似是而非，或支離破碎，使人看不到明晰的全貌。「不識廬山眞面目，只緣身在此山中」，正此之謂也。

材料到手，必須分門別類，過錄到具有一定規格的活頁卡片上，同時要認眞校對，注明出處，以漢語拼音爲序，放在特製的大卡片櫃（我的卡片櫃收有約二十萬張卡片）中，以便保存和寫作時選用。

四、寫作策略

我的寫作策略，是兩條腿走路。如何走法，模式有二：其一是「輕重工業並舉」，這是從寫作規模上說的。其二是「專書校注與詞語通釋互動」，這是從語言內涵的認識上說的。

先說第一種模式，所謂輕重工業：輕工業，我指的是短篇論文；重工業，我指的是長篇書稿。「並舉」者，意言寫短文和寫大書兩者兼顧。寫短文，耗時少，見效快，能及時收到讀者的批評意見，不管說長道短，只要我們善於吸收，擇優而從，便成爲我們寫作能力的營養，使我們不斷進步。寫大書，耗時多，見效慢，但它是安身立命之作，是學術事業的根基，它能兼收並蓄，成爲資料寶庫。通過資料又能展示作者的寬廣視野。兩者相輔相成，是事半功倍、取得速勝的途徑。通過實踐，自認效果還可以。截止到現在，發表的論文，不下一百來篇，有不少篇得到好評。百萬字以上的大書，先後也出版了幾部，如《元曲釋詞》、《元曲選校注》、《宋金元明清曲辭通釋》、《笠翁傳奇十種校注》等，也都獲得佳譽，得到大獎。

再說第二種模式，所謂專書校注與詞語通釋：專書校注，我指的是《關漢卿全集校注》、《元曲選校注》、《笠翁傳奇十種校注》，還有未刊本《玉茗亭四夢》；語詞通釋，我指的是《宋金元明清曲辭通釋》和即將出版的《曲辭通釋》。「互動」者，意言交替進行也。校注專書階段，接觸到各個互不相屬的語詞，這時我對詞義尙屬感性認識，因囿於形貌，看不出內涵。還拿前文所舉「刺塌」爲例，當時對它只能從語文環境，猜個大概，道不出所以然來。一旦被輸送進我的語詞寶庫中，把資料匯總研究，進行分析、比較、歸

納，才知它和刺闒、刺闥、喇塌、邋遢、躘踵、癩瘔、刺塔，同是一個詞語的不同寫法。這時，才達到豁然貫通的理性認識。這樣把各個詞語匯總研究的結果，編成解釋詞語的專書，反轉來，它又可以做我校注下一部專書的指南。如此循環往復，每一循環，都能保証提高著作水平。《宋金元明清曲辭通釋》獲得國家第五屆辭書類一等獎，《笠翁傳奇十種校注》獲中國出版工作者協會古籍出版工作委員會二等獎，便都是証明。即將出版的《曲辭通釋》，它是《宋金元明清曲辭通釋》的增訂本，不用我評說，書的本身，自會作自我介紹。

五、集中與堅持

「集中」與「堅持」是我實現寫作計劃的動力。在我研究工作的全過程中，永遠伴隨著我。沒有它們，再好的寫作策略，也難實現。

所謂「集中」，主要是指專心致志，全力以赴。也就是說，把選定的項目作爲整個工作的中心，一切都要圍繞這個中心而動。一個時期，只能有一個中心，不可旁務。其次要選好資料，備齊資料，爭創精品，奪頭籌，所謂「集中優勢兵力，打殲滅戰」是也。

所謂「堅持」，就是持之以恒，把執著精神貫穿在工作全過程的始終。因爲要完成一個大項目，還要力圖盡善盡美，需要很長的時間，不能一蹴而就。在長期過程中，在主觀和客觀方面都有可能遇到這樣或那樣的困難。對我來說，首先是學術上疑難問題攔我去路。每當這個時候，我就拿起「在戰略上藐視敵人（指學術難題），在戰術上重視敵人」的思想武器。所謂藐視敵人，就是把真老虎當死老虎打；所謂重視敵人，就是把死老虎當真老虎打。就這樣我堅定了信心，日夜苦戰，闖過一道道難關。還有我搞《元曲釋詞》時，正值文化大革命熱火朝天，如火如荼，在「知識越多越反動」的口號叫囂下，誰要是讀書治學，誰就是犯罪，便橫遭口誅筆伐，輕則誣爲「走白專道路」，重則上綱上線，說是「抗拒改造，與人民爲敵」。這如何承受得了？但不能因噎廢食，勢不得已，乃轉入地下，在人看不見的暗處，偷偷摸摸地搞，像做賊一樣，東藏西躲。不幸有時被抓住把柄，我只好低頭認罪，表示悔改。但我心裏想到治學不易，更珍惜每一分鐘，轉過頭還照樣幹。這樣鋌而走險的生活，一直堅持到十一屆三中全會。

六、以我為中心，走自己的路

在這個問題上，我的意思是說，必須本著自己已經決定的治曲方向，進行的步驟，要想達到的目標，堅決地貫徹下去，毫不動搖，才能有所進步，有所成就。故在治曲過程中，不要受外界暫時的名利誘惑，如雜誌社或出版社向你約稿，要求你寫些與你本專業無關的稿子，但發表快，稿費高。再如某大型圖書的主編看得起你，邀請你寫一部分他們所規定的內容，但不憂愁出路。我雖然感謝邀請者的善意，但在我看來，這些都是我治曲路上的伏擊者，阻礙我的去路。幸我腦子尚屬清醒，未能利令智昏，始終沿著自己治曲的道路前進。《關漢卿全集校注》、《元曲選校注》、《笠翁傳奇十種校注》等，都是由我發動，並對出版社負責到底的，並非俯仰隨人，這就是我所謂的「以我為中心」，由於這樣，才能保証我自己走治曲的路。採取這樣的辦法，不管結撰釋詞性質的專書，還是校注性質的專書，便能互相補充，互相發明，進入精品之列。《關漢卿全集校注》，在 1993 年初，就曾入選建國以來 189 種優秀書目之中，如果不是這樣搞，沒有研究學術的整體計劃，東一榔頭西一棒槌，作品再多，不深不透，何談質量！

七、爭取做專家，不做雜家

所謂專家，是指在學術或技藝方面有專門研究或特長的人，所謂雜家，按通俗說法，是指那些什麼都懂一點，但都不深不透的人。兩相比較，各有優長。但我的選擇，是希望做個專家。理由是人生有限，人的聰明才智有限，而天地間萬事萬物所包含的道理，是不可限量的。如若追逐雜家，度德量力，實不敢望其項背，只能縮小範圍，做個小小專家。實際做專家，也是勉為其難，只是作為努力方向罷了。對此，我早有所感悟，曾寫過一首小詩，題為《放棄》：

> 每人每天都只有二十四小時，
> 多一分鐘，老天爺也不給。
> 人們的智慧，也沒多大差異。
> 幹出成績，主要靠個人努力。
> 人生有涯知無涯，
> 要想通一藝也不易。
> 不要妄想當雜家，

> 雜家知多見廣，可最怕人刨根問底。
>
> 專心致志高精尖，
>
> 必須勇於放棄。
>
> 放棄的越多，
>
> 越能集中時間和精力。
>
> 放棄也不是什麼都放棄，
>
> 放棄的是那些用不上的東西。
>
> 放棄的也不是一下子都放棄，
>
> 放棄也要分個輕重緩急。
>
> 高山頂上花最美，
>
> 要等志士去摘取。
>
> 朋友，莫再夸拾到籃裏都是菜，
>
> 該棄不棄，哪裏尋珍饈美味？

有人說，所謂「雜家」是指對多種學科均有一定研究，並達到融會貫通的人才，這恐怕是對這類學人的恭維話，不足爲訓。「雜」和「專」是對立的。「專」指單項學科，「雜」指多項學科。專務一項研究，達到融會貫通尚屬不易，若說對多項學科的研究，都能融會貫通，未免癡人說夢了。在我看來，務多項學科的，只能稱爲「雜學」，稱「家」則勉強。嚴格言之，所謂名符其實的「雜家」，實際是不存在的。在中國現代史中，就有個現成的例子。此人風流儒雅，出口成章，才華橫溢。詩歌、劇本等什麼都寫，歷史、文字也都有所研究，並且沾政治的光，赫赫有名。但若拿出單項來評比，恐怕哪一項也拿不到金牌。我很爲此人惋惜。如果他把精力、時間都集中到一處，奮鬥若干年，豈不大有貢獻於人民？我們應當從他身上得到教訓。

八、探索、探索、再探索

探索什麼呢？在這裏我指的是探索戲曲詞義的方法。治曲之初，我首先接受了張相所說的「以詩証詩，詞証詞，曲証曲……三者或二者互証」（見《詩詞曲語辭匯釋・敘言》）的方法，對一部分語詞，驗之還算適用。及接觸語詞漸多，我發現有些方言土語，多就土音而筆之一書，無義理可尋，如阿撲、合撲、合伏，再如扒推、机推、把推、爬推、爬椎。這兩組詞義如何解讀，就非「以曲証曲」的學說所能爲力了。於是我不能不另尋新路。通讀群書，

我看到清代乾、嘉間王念孫父子，他們探究古書文義，是從聲音以通訓詁，使我豁然開朗，如撥雲霧而見青天。但他們多用之於古籍，如《讀書雜誌》、《經義述聞》等。經我考慮結果，認爲亦可以移植到戲曲中來。遂在 1982 年，我便以《因聲求義是探索元曲詞義的方向》爲題，發表在《天津師大學報》上，後來得到張永綿教授的回應，他在一篇文章中寫道：「近年有同志提出『因聲求義』在元曲詞語研究中的運用問題，我認爲值得重視。」〔註 1〕當我看到這篇文章時，我在元曲詞語中，運用「因聲求義」的方法，已解決了很多懸而未解的詞義，不少少數民族語也得到解決。隨著元曲研究的深入，我接觸的新詞語，也越來越多，原來已掌握到手的解詞方法，還是不符使用。又進一步博覽群籍，披沙揀金，努力發掘解決詞義的資料，例如「門畫鷄兒」（見《羅李郎》三折〔金菊香〕，是怎麼回事呢？梁·宗檀《荆楚歲時記》三：「帖畫鷄於戶上，懸葦索於其上，插桃符其傍，百鬼畏之。」又同書五：「按董勛《問禮俗》曰：『正旦畫鷄於門，七夕帖人於帳。』」據此可知，在門上畫鷄以避鬼祟，是過去湖南湖北迷信的風俗之一。再如「您可休量小人不是馳名的好颩。」（見《獨角牛》三〔倘秀才〕）「颩」在這裏是什麼意思呢？宋·吳自牧《夢梁錄》卷二「角觝」條：「瓦市相撲者，乃路歧人聚集一等伴侶，以圖標首（猶今云冠軍）之資。先以女颩數對打套子，令人觀睹，然後以膂力者爭交。」據此可知，「颩」乃是宋元時相撲的女運動員。以上兩例，若不查閱資料，何以得知？還有法律述語「買休賣休」，遼金時軍制名稱「射糧軍」，等等，不根據專書查証，也是無法得知的。經過一再探索，所知漸多，不及備舉。1984 年初步做個總結，寫成《論如何探索元曲的詞義》一文，發表在學報〔註 2〕上，翌年便收到唐圭璋先生的鼓勵信。信云：「我拜讀您《論如何探索元曲的詞義》，非常翔盡，獲益非淺，甚佩您多年積學，多所發明。」唐先生和我是忘年交，他經常鼓勵我，我則以他爲長輩而尊敬之。他的贊語，我不會因爲他是大家而衝昏頭腦。因爲我做的是解釋語詞工作，這個工作的特點，是戰線寬廣，我如何去探索新的解詞法的空間，我也不知道還有多大，我只是一個勁地前進。前進中又有什麼新收穫，我也來不及給它個明確的說法，倒是最近（2012 年 9 月 7 日）有位署名葉鵬的在《語言文字報》上發表文章，在題目上就標明「縱橫比較，釋義準確」。在文章內還進一步寫道：「事

〔註 1〕張永綿，元曲語言研究述略〔J〕，浙江師範學院學報，1984（2）。
〔註 2〕王學奇，論如何探索元曲的詞義〔J〕，河北師院學報，1984（4）。

實証明，只有同時具備古典戲曲史和漢語詞匯史兩個領域研究能力的人，才能比較自由地駕馭戲曲語言的通釋工作。」〔註 3〕這是別人替我總結出這一條，我表示感謝，但我不敢接受他的過譽。總之，接觸戲曲語詞的面越來越廣，疑難的問題也隨時會不斷地發生，探索解決戲曲詞義，是我永遠不能結束的任務。比較更全面的經驗總結，只有留待後日了。

九、實事求是，正確認識自己

通過治曲，我讀過很多古今戲曲作品，其中不乏評論文章，有一些論文我總覺得對古人和前輩的學術成果的評價過於苛求，而對自己的又不適當地誇大，這不是科研工作者應有的實事求是的態度。我們應以歷史的眼光評論前人研究成果的得失，他們比我們出生早若干年，他們當年所處的社會地位、歷史環境以及科研所依賴的圖書資料，和今天都大不相同。就拿圖書資料來說：上世紀 60 年代在上海郊區出土的明成化年間刊印的《白兔記》；1975 年在廣東潮安縣發現的明代宣德年間的手抄本南戲《金釵記》；1979 年在江西臨川縣發現的湯顯祖家傳全集殘版（上刻有《還魂記》、《邯鄲夢》和詩、賦、尺牘等部分章節）；1980 年在東北遼陽圖書館發現的羅振玉所藏的明代手抄六卷本《新編樂府陽春白雪》等等，我們的前人都不及見到這些材料，在他們的著作中，如何能引証？歷史在前進，社會在發展，我們寫的東西，自以為內容充實，可是在我們的後人看來，一定也會指出我們著作中的缺漏（即我們不及見的材料）。後之視今，亦猶今之視昔。即使我們的研究成果，確比我們前輩略高一籌，也不應都算在我們的帳上。因為文化的發展，都是我們祖先世世代代用汗水和智慧積累成的。沒有他們給我們留下的遺產，我們的研究將無從下手，更談不上有今天這樣的成果。所以我們的文化成果，是古往今來全體人類創造的，我們個人的付出，所占的比重微乎其微，不過滄海之一粟，九牛之一毛耳。這一粟、一毛之功，如果「貨真價實」的話，也值得提倡。但那些浮躁之徒、圖謀「大塊假我以文章」的文抄公，必須抵制，因為他標誌著中國文化的危機。

〔註 3〕葉鵬，縱橫比較，釋義準確——簡評《宋金元明清曲辭通釋》〔N〕，語言文字報，2012-09-07。

Meditations on verse studies

WANG Xue-qi

（School of Chinese, Hebei Normal University, Shijiazhuang, Hebei
050024, China）

Abstract: This paper is a 60-year-long collection of meditations and achievements of the writer's on verse since 1950s.

Key words: studies on verse; topic; data; writing strategy; persistence

（原載於《河北師範大學學報（哲學社會科學版)》第 36 卷第 4 期，2013 年 7 月）

第二輯

評王季思先生的《西廂記》注釋

王學奇

　　王實甫的《西廂記》問世以後，影響很大。給它作注的，自明中葉以來，就不下幾十家。其中王季思先生的注本，在前人的基礎上去粗取精、去偽存眞，又引証了大量的材料，疏通証明，可以說是到目前爲止的一個比較完善的注本。它自 1944 年到 1978 年已經四版，修訂了四次。幾十年來，一直深受廣大讀者的歡迎，我個人從中也獲得不少教益。本書第三版出版的時候，霍松林先生曾撰文評論，指出若干缺點〔註1〕，那些意見，我基本上同意，不再重複。這裏另提出一些問題和王先生商榷。

一、

　　王季思先生的注釋，有些地方不夠準確，舉例如下：
　　（1）顚不剌的見了萬千，似這般可喜娘的龐兒罕曾見。（一本一折〔元和令〕）

王先生注云：「破不剌即破意，雜不剌即雜意。則顚不剌亦即顚意。加不剌，不過狀其顚、雜、破之甚耳。詞曲中凡言風、言顚，皆有風流意、放浪意。」這個解釋，對於所引的董詞「曲兒捻到風流處，教普天下顚不剌的浪兒每許」，還是適合的。因爲「顚不剌的浪兒」，與上句「風流」相應，可爲証明。但拿來解釋本例就不通了。「顚」在這裏，既非風流意，也無放浪意。據段氏《說文解字注・九篇上・頁部》：「顚，頂也。」《詩・秦風・東鄰》：「有馬白顚。」傳：「白顚，白顙也。」段玉裁云：「馬以顙爲頂也。」又《墨子・修身》：「華

―――――――――――――――――
〔註 1〕見霍松林《評新版〈西廂記〉的版本和注釋》，收在 1955 年《文學遺產增刊》一輯。

髮隳顛。」孫詒讓《閑詁》云：「隳顛，即禿頂也。」按「頂」字，段玉裁云：「引申爲凡在最上之稱。」故《廣雅》云：「頂，上也。」因此，我認爲「顛」在這裏，解作「頂」字，與曲意最合。助字「不剌」合讀與「頗」字音近。《正字通》云：「頗，甚也。」合而言之，則「顛不剌」實有絕頂之意，即謂絕美之人也。據此解釋曲文，便是：「上等美人見過萬千之多，但像鶯鶯這樣漂亮可愛者，實在少有！」這樣解釋，才符合實際情況。從修辭上講，上句「顛不剌」和下句「可喜娘的龐兒」緊相對應，顯然「顛不剌」是指「絕美」的意思，看不出與「風流」、「放浪」有任何關係。

（2）恰才向碧紗窗下畫了雙蛾，拂試了羅衣上粉香浮涴，則將指尖兒輕輕的貼了鈿窩。（二本三折〔新水令〕）

王先生據《元史・與服志》釋「鈿窩」云：「當即鈿窠，鈿嚙，衣上飾品。」按「鈿」，乃是婦女首飾，如一本一折〔上馬嬌〕曲云：「我見他宜嗔宜喜春風面，偏、宜貼翠花鈿。」《廣韻》：「鈿，金花」，即花勝也。「鈿窩」，是貼花鈿的位置。又宋・張邦昌《墨莊漫錄》卷五：「王金玉乃作宮體十憶詩，其八云：『從來題目值千金，無事羞多始見心；乍向客前猶掩斂（臉），不知已覺鈿窩深。』」《董西廂》卷六〔般涉調・沁園春〕：「不忍見，盈盈地粉淚，淹損鈿窩。」古今名劇合選本《桃園三訪》二〔么〕：「萬思量，千折挫，怕人的瞧破，強貼翠鈿窩。」皆可証明「鈿窩」非「鈿窠」。再者，即以本段曲文來說，由「畫雙蛾」，到「拂試粉香浮涴」，再到「貼鈿窩」，乃是描繪鶯鶯得救之後，在將要成親的興奮心情下，連續而來的三個遞進的動作。顯然，「貼鈿窩」（打扮頭面）在這裏是情節發展上很關鍵的一環。不然，下文紅娘所說：「覰俺姐姐這個臉兒吹彈得破，張生有福也呵！」就會使讀者感到突如其來，從邏輯上講不通了。

（3）沒查沒利謊傻科，你道我宜梳妝的臉兒吹彈得破。（二本三折〔新水令・么篇〕）

閔遇五云：「古注傻科，猶云小輩，宋時謂幹辦者曰傻科。」《南西廂》和《雍熙樂府》均作「傻儸」。王先生亦據《雍熙》改「傻科」爲「傻儸」，並承閔說，謂「傻儸本能幹之意，後即以稱幹辦者」。總之，不論作「傻科」或「傻儸」，均認定二字連續。但細按曲意，如照此解釋，以「能幹辦」稱紅娘，在當時情境下，恐不會出自鶯鶯之口。因爲鶯鶯貼好花勝之後，紅娘就（好意地）俏皮她一句：「覰俺姐姐這個臉兒吹彈得破，張生有福也呵！」鶯鶯這才

（滿懷高興地）回頂一句：「沒查沒利謊傻科，……」按「沒查沒利」，猶「賣查梨」，即弄虛頭、說謊話、憑空誇大之意。「謊傻科」之「科」，即科子，北人罵娼妓爲科，這裏借爲詈辭。明・張萱《疑耀》卷三云「今京師勾闌中諢語，謂紿（dài，欺誑）人者爲黃六。」清・翟灝《通俗編》謂市語虛奉承人爲「王六」。南音王黃不分，北音呼「六」作「溜」，「傻」乃「溜」聲的夳移。今魯東人猶謂「撒謊」曰「說溜」，亦「黃六」之遺意也。故「謊傻科」，意即撒謊說溜、假意奉承的科子。這樣解釋，才正合於相國小姐鶯鶯笑罵紅娘的口氣，並且上與「沒查沒利」連文，彌合無縫，順理成章。

（4）休波！省人情的奶奶忒慮過，恐怕張羅。（二本三折〔攪箏琶〕）
按舊俗，凡作客、應酬、交往或餽贈禮物，都叫做「人情」或「行人情」、「送人情」。婚喪不事舖張的，謂之「省人情」。在這裏，「省人情」（不做大宴，安排小酌），正反映了老夫人得救悔親、背信棄義的吝嗇相，因而也就難怪鶯鶯抱怨說：「他怕我是陪錢貨，兩當一便成合。據著他（張生）舉將除賊，也消得家緣過活，費了什一股那，便待要結絲蘿。」如按照王先生的注釋：「省人情，猶言懂世情也。……大約懂人情的母親，怕他張羅之故耳」，很自然就會使讀者感到老夫人處處爲人著想，是通情達理的，這不就顛倒了是非曲直嗎？且釋文中所謂「怕他張羅」之「他」，到底是指的誰呢？看來注者的意思是指張生，而從鶯鶯抱怨的話來看，顯然是指的老夫人。「費了什一股那？便待要結絲蘿（花費了什麼？就要草草成親）」，這話不正是針對老夫人「不做大宴，安排小酌」說的嗎？救命之恩既不思報，以堂堂相國夫人對女兒成親又如此草率，算得上什麼「懂世情」呢？

（5）老夫人轉關兒沒定奪，啞謎兒難猜破；黑閣落甜話兒將人和，
　　　請將來著人不快活。（二本三折〔喬牌兒〕）
明・王伯良曰：「黑閣落。」北人鄉語，謂屋角暗處，今猶以屋角爲閣落子。當然，「閣落」不一定指「屋角」，但謂「閣落」即「角落」，這個解釋，並不算錯。而王先生卻注曰：「閣落，助辭，與支剌、兀剌等辭同例」，並否定「閣落」爲實體詞。如依照這個解釋，「那黑閣落甜話兒將人和」，究應作何解呢？難道能說在黑支剌（或黑兀剌）用甜話將人哄嗎？從語法上講，「黑」在這裏顯然是形容詞，必有被它形容的指處所的實詞，這個實詞，就是「閣落」。如把「閣落」視爲「助辭」，則不僅「黑閣落甜話兒將人和」這句話叫人費解，所有類似的例子，如：

　　　　你在黑閣落裏欺你男兒。(《玉鏡台》四〔豆葉黃〕)

　　　　我左右無一個去處，天也！則索閣落裏韞櫝藏諸。(《荐福碑》
　　一〕鵲踏枝〕)

我請問：「欺你男兒」，是在何處？「韞櫝藏諸」，藏在那兒？恐怕都無法回答
了吧！顯然，只有把「閣落」解作實詞，才合乎邏輯。而且這兩例，「閣落」
下都有「裏」字，更証明「閣落」絕非「助辭」。按「閣落」或作「肐落」(見
《張協狀元》)、「紇絡」(見《西遊記》四十六回)、「哈喇」(見《金瓶梅》二
十一回)，音近義並同。今口語中仍應用，寫作「旮旯（gālá）」。

　　(6)打扮的身子兒詐，準備著雲雨會巫峽。(三本三折〔攪箏琶〕)
按此「詐」字，意爲美麗、漂亮。《董西廂》卷一〔般涉調・牆頭花〕：「不苦
詐打扮，不甚艷梳掠」，「詐」、「艷」互文爲意；元刊三十種本《薛仁貴・太
平令》：「生得龐道整身子兒詐」，「整」、「詐」互文爲意，皆可証。王伯良注：
「詐，喬也。」王先生又據《看錢奴》一〔六么序〕曲：「馬兒上紐捏著身子
兒詐，做出那般般樣勢，種種村沙」，釋「詐」字爲「矜持做作」，俱非是。
因爲《看錢奴》例，在「身子兒詐」之前，有修飾語「紐捏」，之後，又說他
「做出那般般樣勢，種種村沙」。按「紐捏」、「村沙」等，均爲貶詞，是狀貧
而暴富的賈仁的醜態的；而《西廂》語「身子兒詐」，是出自促進崔、張成親
的紅娘之口，完全是一片好意，一種美稱。故兩例不宜類比。況且以鶯鶯的
身分，又是去歡會情人，自然要盡量把外表打扮漂亮一些，以討張生的歡心；
而「矜持做作」，不過是小人得志的一種表現，以之看待鶯鶯，實屬不當。

　　(7)二三日水米不黏牙，因姐姐閉月羞花，眞假、這其間性兒難
　　　　按納，一地裏胡拿。(同上)
王先生注曰：「按納，蓋按拿之意。『眞假，這其間性兒難按納』，鶯鶯之性兒
眞假，難以捉摸也。」並引《雍熙樂府》卷四〔點絳唇贈麗人套〕：「俏風聲
委實難按納」，以爲用法相同爲証。吾意不然，「按納」猶「按捺」，「捺」，奴
葛切，手按也。「捺」、「納」同音借用，故「按捺」有壓制、忍耐之意。《董
西廂》卷三〔仙呂調・樂神令〕：「煩惱身心怎按納？」《貶夜郎》三〔醉高歌〕：
「按捺定心頭氣。」《灰闌記》三〔四門子〕：「似這等無明火難按納。」《樂
府群珠》卷四曾瑞卿小令〔紅綉鞋・風情〕：「緊按捺風聲滿南州。」俱可証。
從本例「一地裏胡拿（一味的胡鬧）」(指前折「末跪下揪住紅科」、「末跪哭
云」等情節)這句話，亦可証明張生難以抑制的心情。故「眞假、這其間性

兒難按納」，應解作：對鶯鶯的心思是眞是假還摸不透的時候，張生就按納不住，（胡鬧起來）。如把「按納」解作「捉摸」，上下文意，便搭配不攏了。至於《雍熙》所謂「俏風聲委實難按納」，有春色滿園關不住之意，亦非謂無從捉摸也。

　　（8）你跳過牆去，今夜這一弄兒助你兩個成親，我說與你，依著我
　　　者。（三本三折〔沉醉東風〕白）

王先生注曰：「一弄兒，閔遇五曰：『猶言一段。』是。」不知「是」在何處。我以爲「一弄兒」在這裏不是「一段」，而是「一片」、「一派」之意，是指下文：「你看那淡雲籠月華，似紅紙護銀蠟；柳絲花朵垂簾下，綠莎茵舖著綉榻」那一片風光說的。不然，這段寫景，便成了毫無意義的多餘的筆墨，所謂「似紅紙護銀蠟」、「綠莎茵舖著綉榻」這種滲著人們情感的描寫，也就難以理解了。再者，紅娘在本折一開始時就說：「今夜月明風清，好一派景致也呵！」前云「一派」，後云「一弄兒」，亦可爲証。故「今夜這一弄兒」，只有解作「今夜這一大片好風光」，才和前後情節有機地聯繫起來。王先生所引《漁樵記》三〔一煞〕：「一弄兒多豪俊，擺列著骨朵衙仗，水罐銀盆。」這裏「一弄兒多豪俊」，是說一片闊氣，亦非謂一段也。霍松林先生在評論王先生的注釋時，把《西廂記》例和《漁樵記》例，都說是「概括之詞，相當於『一切』或『一齊兒』」〔註2〕，亦非是。

二、

　　除上述釋義方面失當外，在溯源方面也存在些問題。例如：
　　（1）將棘圍守暖，把鐵硯磨穿。（一本一折〔混江龍〕）
　　王先生注「棘圍」道：「棘圍，謂進士試場。」這個注釋，是無可懷疑的。隨即又引《舊五代史·和凝傳》云：「是時進士多浮薄，喜爲喧嘩以動主司。主司每放榜，則圍之以棘。」〔註3〕顯然王先生的意思，是在告訴人們「棘圍」之制始於五代，而不知唐高祖李淵時就有「棘圍」之舉了。如唐·杜佑《通典·選舉》云：「唐武德以來，禮部閱試之日，皆嚴設兵衛，栫棘圍之，以防假濫。」武德，就是唐高祖的年號。

〔註2〕見霍松林《評新版〈西廂記〉的版本和注釋》，收在 1955 年《文學遺產增刊》
　　　一輯。
〔註3〕今查中華新版《新五代史》，「喧嘩」作「諠譁」，「榜」作「牓」。

（2）稔色人兒，可意冤家，怕人知道，看時節淚眼偷瞧。（一本四
折〔甜水令〕）

王先生注云：「冤家、此亦反語以稱所愛。」並引《道山清話》曰：「彭汝礪
娶宋氏，有姿色，承受恐不及，臨卒，書宿世冤家四字。」按彭汝礪，北宋
鄱陽人。實則，「冤家」這種稱呼，已始於唐。如唐‧無名氏《醉公子》詞：
「門外猧（wō，一種供人玩樂的小狗）兒吠『知是蕭郎至，剗袜下香階，冤
家今夜醉』，是也。若正用其意，於唐之變文亦見之，例如：《目連緣起》變
文：「冥官獄卒，休嗔惡業，冤家解脫。」《頻婆娑羅王後宮彩女功德意供養
塔生天因緣變文》：「政爾不久，怨家來至。」「怨家」猶「冤家」。可見「冤
家」正反兩義，皆早於五代。

（3）既是恁的，休唬了我渾家，請入臥房裏去，俺自有退兵之策。
（二本一折〔青哥兒〕）

按「渾家」有二義：一指妻；二指全家人。在此處，王先生注曰：「渾家，謂
妻也。」這完全正確。王先生並引《恒言錄》云：「稱妻曰渾家，見鄭文寶〈南
唐近事〉。」又引《稱謂錄》云：「亦曰渾舍，見昌黎詩。」借以明用渾家、
渾舍稱妻之淵源所自，亦不容置疑。但據《南唐書》卷七《史虛自傳》：「風
雨揭卻屋，渾家醉不知」，以明「渾家」為指一家人之始，則與事實不合。唐‧
戎昱《苦哉行》五首之四：「身為最小女，偏得渾家憐。」敦煌變文《舜子至
孝變文》：「若用我銀錢者，出來報官，渾家不殘性命。」皆証明此用法唐已
有之。

（4）病雜沈疴，斷然難活。則被你送了人呵，當什麼嘍囉。（二本
三折〔折桂令〕）

王先生注「嘍囉」，引淩濛初的話說：「……〈摭言〉載沈亞之嘗客遊，為小
輩所戲〔註4〕，曰：『某改令，書、俗各兩句：伐木丁丁，鳥鳴嚶嚶；東行西
行，遇飯遇羹。』亞之答曰：『如切如磋，如琢如磨，欺客打婦，不當嘍囉。』
觀此，其為方言也久矣。」又據胡震亨《唐詩談叢》引鄭五《題中書堂》詩
云：「側坡蛆蜦蜦，蟻子竟來拖，一朝白雨中，無鈍無傁儸。」按沈亞之、鄭
五皆唐人。故從這兩段徵引，顯而易見，王先生以為「嘍囉」一詞的使用始
於唐代。其實南朝梁元帝《風人辭》有云：「城頭網雀，嘍羅人著。」《南齋
書》卷五十四《顧歡傳》云：「蹲夷之儀，婁羅之辯。」《北史》卷二十四《王

〔註4〕《全唐詩》第 879 卷：「戲作試。」

昕傳》亦云：「嘗有鮮卑聚語，崔昂戲謂昕曰『頗解此不？』昕曰：『嘍囉嘍囉，實自難解；吋唱染干，似道我輩。』」按「僂羅」、「嘍羅」、「婁羅」，皆「嘍囉」的異寫，則知「嘍囉」一詞，至遲在南北朝已通行了。

（5）這的是俺娘的機變，非干是妾身脫空。（二本四折〔東原樂〕）
王先生注「脫空」爲「說謊」，接著就引《五代史補》、《朱子全書·大學》、《齊東野語》等書而斷言曰：「蓋五代以來，已有此語。」我以爲它至晚還可以上推到唐朝，如《舊唐書·代宗紀》云：「太僕寺佛堂有小脫空金剛。」也許王先生以爲「小脫空金剛」，是指廟裏供的偶像，詞義與此無關。其實不然，須知偶像之所以名「脫空」，就因爲它有外殼而中空。今謂「脫空」爲「說謊」，正是從這個意義引申而來。

（6）淨云：「與了一個富家，也不枉了，卻與了這個窮酸餓醋。偏我不如他！我仁者能仁、身裏出身的根腳，又是親上做親，況兼他父命。」紅云：「他到不如你？噤聲！」（五本三折、白）
王先生注曰：「噤聲，詞止之辭。」並引《五代史·楊邠傳》：「陛下但禁聲，有臣在，聞者爲之戰栗。」〔註5〕也是在告訴讀者，「噤聲」亦作「禁聲」，五代已用之。而不知也作「噤口」，早通用於漢代了。例如：《史記·晁錯傳》云：「臣恐天下之士，噤口不敢復言。」同書《日者傳》亦云：「悵然噤口不能言。」

（原戴於《語文研究》1983 年第 1 期）
（《古籍點校疑誤彙錄》轉載，國務院古籍整理出版規劃小組編印）

〔註 5〕據中華新版《新五代史·楊邠傳》，此段應這樣截錄：「邠遽曰：『陛下但禁聲，有臣在。』聞者爲之戰栗。」

再評王季思先生的《西廂記》注釋

王學奇

　　我在《語文研究》83 年第 1 期上發表了一篇《評王季思先生〈西廂記〉注釋》的文章，意有未盡，再提些問題，和王先生商榷。

一、有關詞義解釋方面的

　　（1）看他容分一臉，體露半襟，軃香袖以無言，垂羅裙而不語。（一
　　　　　　本三折〔金蕉葉〕白）

王先生在解放初依據上引暖紅室翻刻的凌蒙初本，注「容分一臉」曰：「按此段全用董詞，『一臉』董詞作『一捻』，當從。董詞又有『一捻兒年紀』語，一捻兒，狀其嬌小也。」一九七八年王先生的《西廂》新注本，校改如下：

　　　　　　看他容分一捻，體露半襟，軃香袖以無言，垂羅裙而不語。（同上）

王先生注「容分一捻」曰：「按此段白全用董詞，『一捻』原作『一臉』，茲據董詞改。董詞又有『一捻兒年紀』語，一捻兒，狀其嬌小也」。

　　看得很清楚，王先生前後的校注，如出一轍，均傾向於「一捻」，新版本把「一臉」改爲「一捻」，更是這種觀點的明確表示。但筆者對上述王先生的校注，則不敢苟同。第一，我以爲王實甫改董詞「一捻」爲「一臉」，無論從內容或文字角度說，都改得好，是對作品的進一步完善。因爲在古代，「面」與「臉」的含義大小不同。「面」，古文作「圓」，許愼《說文》云：「圓，顏前也」。段氏《說文解字注・九篇上・面部》云：「顏者，兩眉之前也。顏前者，謂自此面前，則爲目、爲鼻、爲目下、爲頰之間。」而「臉」字尙不見於《說文》。大約在公元六世紀以後才發現「臉」字。宋・丁度等撰《集韻》云：「臉，頰也。」「頰」者，《說文》謂「面旁」也。東漢・劉熙《釋名・釋形體》曰：

「頰，夾也，面旁稱也」。故在古文詩詞中，多有所謂「雙臉」、「兩臉」之稱，例如：唐・元稹《會眞記》：「常服悴容，不加新飾，垂鬟接黛，雙臉斷紅而已。」溫庭筠〔菩薩蠻〕詞：「鬢輕雙臉長。」宋・晏殊〔對陣子・春景〕詞：「笑從雙臉生。」晏幾道〔生查子〕詞：「輕勻兩臉花」。以後「臉」的意義雖然在擴大，有些引伸到和「面」的意義相當，但元曲中仍見有用「雙臉」的字眼，例如：《風光好》一〔金盞兒〕：「可知道秀才雙臉冷」。《太平樂府》卷七、喬吉散套〔新水令・傍闔麗〕：「闌干行又羞，雙臉烘霞。」《輟耕錄》卷十七「哨遍」條載〔耍孩兒〕云：「漸消磨雙臉春。」甚至到明代還有用「雙臉」的，如《流星馬》三〔紫花兒序〕：「風篩破雙臉春。」由此可見，王實甫改董詞「一捻」為「一臉」，顯然是從「雙臉」來的。作者王實甫考慮到在崔、張夜會的場合中，張生從旁觀看，只能看到鶯鶯的一側，故描繪曰：「容分一臉，體露半襟。」這是很符合實際情況的。就修辭上說，「容分一臉」與「體露半襟」，正相對應：「容（指面）」對「體」，「分」對「露」，「一臉」對「半襟」，整飭得體，恰到好處。如把「一臉」改成「一捻」，則不但不能反映張生從旁觀看鶯鶯的實際情況，且「一捻」之「捻」與「半襟」之「襟」，也對應不上了。第二，王先生斷言「一捻兒，狀其嬌小也。」我看也不能這樣解釋。因為如這樣解釋「一臉」（即王先生所說的「一捻」），那和「一臉」正處在對應地位的「半襟」，就不好解釋了。故我以為「一臉」就是一頰之意，不再包含「美」意，因為在這段道白之前，有「比我那初見時的龐兒越整」（〔金蕉葉〕）語，之後又有「見娉婷，比著那月裏嫦娥也不恁般撐」〔調笑令〕等語。其寫鶯鶯之美已經夠了，如把「一臉」（即王先生說的「一捻」），還要釋之曰：「狀其嬌小」，豈不是畫蛇添足了嗎？再者，「一捻」的本義是一搯，例如：「腰肢一捻輕」（《梧桐葉》〔普三天樂〕），就是用的本義，極狀其腰之細也。此外則隨文而異，例如：「春山一捻細微塵」（《黃粱夢》一〔金盞兒〕），此「一捻」，極言其量之少也；「顯一捻兒風流處」（《對玉梳》三〔二煞〕），此「一捻兒」為少許之意，與《黃粱夢》例意近而又微有區別：「而今剪一捻頭髮在此」（《張協狀元》），「一捻頭髮」，謂一撮（zuǒ）頭髮也；「我一捻兒年紀」（《海神廟王魁負桂英》〔折桂令〕），此「一捻兒」蓋極喻其年輕也。用意如此之多，就是還沒見到以「一捻」這個字眼形容貌之嬌小的。看來，王先生在釋文引董詞「一捻兒年紀」以為佐証，也不夠恰當，難以令人同意。

（2）不爭鳴鑼擊鼓，驚死小姐，也可惜了。（二本楔子、白）

王先生注云：「不爭，助辭。蓋無緊要，不必計較之意。用於句首，與若是意同。……用於句尾，則猶云不要緊。」這段解釋，「用於句首」以下的兩層意思是對的，但也存在問題：一是「蓋無緊要，不必計較之意」這句話，與下文「用於句尾，則猶云不要緊」的意思相重複，似應刪去。如不刪，前後意思疊床架屋，徒增讀者的混亂。二是把「不爭」釋爲助詞，則是判定詞性上的明顯錯誤。因爲助詞的作用多表示結構關係和說話的語氣，而這裏的「不爭」則是關聯詞語的一種表現形式。凡使用關聯詞語，都必須具備前後兩個分句。前一個分句，提出假設的情況，後一個分句提出將要產生的後果。「不爭鳴鑼擊鼓，驚死小姐」，便是假設複句的前一個分句，用於句首的「不爭」二字與「若是」意同，它和「也可惜了」這後一分句中的「也」字正相呼應。《西廂記》中類似這種用法還有，例如：

> 不爭你握雨攜雲，常使我提心在口。（四本二折〔越調鬥鵪鶉〕）

> 不爭和張解元參辰卯酉，便是與崔相國出乖弄丑。（同本同折〔絡絲娘〕）

> 不爭不成合，一答裏路上難廝見。（五本三折、白）

例一「不爭」與「使」字相呼應，例二「不爭」與「便」字相呼應，例三「不爭」與「難」字相呼應，並可証，故在這裏，在詞性上，解「不爭」爲關聯詞語才是正確的。

（3）瞥一瞥古都都翻了海波，滉一滉廝琅琅推動山岩（二本楔子〔一〕）

王先生注云：「古都都、廝琅琅、赤力力、忽刺刺，此等副狀詞，皆僅記其聲，蓋當時聲口如此。」這樣解釋，若謹就王先生所舉的《西廂》等例言之則可，但不能如此武斷地一概而論。因爲「古都都」不謹記其聲，亦狀其貌也。例如：「古突突霧氣濃」（《柳毅傳書》二〔越調鬥鵪鶉〕），是狀霧氣連續上升貌；「骨突突鮮血模糊」（《破天陣》二〔二煞〕），是狀鮮血不斷騰湧貌；「山前面有骨都都白雲」（《西遊記》第十二回），是形容白雲湧起的樣子；「骨都都紅生臉上」（同上書第五十九回），是形容臉上泛起紅暈的樣子。按古、骨音同，都都、突突疊韻，皆通用。

（4）到得那裏，手挽著垂楊，滴流撲跳過牆去。（三本二折〔煞尾〕白）

王先生注云：「滴流撲，亦作滴溜撲，狀拋擲之辭，滴溜蓋丟之衍音。」這個解釋，不禁使人要問：「滴溜撲」到底是副狀語呢？還是用作動詞「丟」呢？如說「滴溜」是「丟」的衍音，那「撲」字又該作何解呢？再者，張生過牆是他自己跳過去的。如說「拋擲」，顯然意味著有外人相助，但這種「踰牆相從」的勾當，只能偷偷摸摸地背著人幹，怎能約人前來呢？看來，王先生的解釋，概念混亂，實難自圓其說。筆者認爲：「滴流撲」的詞性，僅屬副狀語，三字連爲一整體，不能支解，它是形容動詞「跳」的。很明顯，曲文的意思是說，張生如何「跳過牆去」的，他是「滴流撲跳過牆去」的，可見「滴流撲」就是形容「跳」的動作迅速的樣子。若依此解，不僅《西廂》例可以豁然貫通，就是王先生在注中所舉的旁証，如「滴溜撲摔個一字交」（《黑旋風》一折）、「我敢滴溜撲將腦袋兒摔在階直下」（《昊天塔》二折）、「滴溜撲墜落征鞍」（《單鞭奪槊》四折），皆可迎刃而解。

　　（5）收拾了憂愁，準備著撐達。（三本三折〔折桂令〕）

按劇情內容，張生久盼佳期不遂，煩悶憂愁，一旦將償夙願，自然要轉憂爲喜，所以紅娘才唱道：「收拾了憂愁，準備著撐達。」這裏「撐達」與「憂愁」反襯爲文，顯然「撐達」，即痛快、歡樂的意思。但王先生不加分析地同意王伯良的舊注，謂「撐達」爲「解事之意」，並斷言其說爲「近是」。實則非是。王先生所引的旁証，如《誤入桃源》一〔青哥兒〕：「人物不撐達，服色盡奢華。」這是隱士劉晨、阮肇責罵那些作官的長相不漂亮，衣著反而華麗。這裏「撐達」、「奢華」互文爲意，顯然也不是「解事」的意思。所引《揚州夢》三〔梁州第七〕：「性格穩重，禮數撐達。」這裏「撐達」與「穩重」互文，意爲周到，雖意近「解事」，卻不完全相同。所引《紅梨花》一〔金盞兒〕：「這秀才忒撐達，將我問根牙」，這個「撐達」才是「解事」之意，但又不合於《西廂》例。由此可見，王先生似乎沒有明辯「撐達」的各自不同的含義，因而抹煞了一詞多義的現象。

　　（6）「怒時節把一個書生來跌窨，歡時節將一個侍妾來臨。」（三本
　　　　四折〔紫花兒序〕）

王先生注曰：「跌窨，王伯良以爲即顛窨，甚是。解見二本第三折。」究竟「跌窨」在這裏的用意，是否如王伯良所說的即「顛窨」呢？我看不是這樣。請看二本三折〔甜水令〕的例子：

　　　　星眼朦朧，檀口嗟咨，顛窨不過，這席面暢好是烏合。

王伯良注「顛窨」曰：「顛，頓足也。窨，怨悶而忍氣也。蓋失意之甚，顛弄其足而窨氣自忍之謂。」這個解釋，自然是不錯的，但若拿它來套上文所舉的「跌窨」，未免牽強。當然，從聲韻上講，「顛窨」、「跌窨」音近可通假，但從語法上講，則情況各自不同。「顛窨」在它所在的語言環境裏是處於主動句地位。因為老夫人悔親，鶯鶯大失所望，才表現為「顛窨」（頓足窨氣），顯然，「顛窨」這種活動是出自鶯鶯本身。而「跌窨」在它所在的語言環境裏是處於被動句地位。「怒時節把一個書生來跌窨」，這是紅娘責備鶯鶯的話，意思的說：「鶯鶯發怒的時候就把張生來喝斥」。顯然，「跌窨」（怒斥）是鶯鶯施之於張生的，張生完全處於被動的地位，張生不可能自己來喝斥自己。由此可見，「顛窨」、「跌窨」在語法結構上所處的地位不同，意義自然有別。若從本例上下句來看，上句「跌窨」和下句「逼臨」在語法上所處的地位恰好相當。「跌窨」（喝斥）的對象是張生，「逼臨」（催逼）的對象是紅娘，起因都是來自鶯鶯。只有這樣解釋，才能把上下句的對應關係疏通明白。如照王先生的說法去解釋，就無法自圓其說，合於語法修辭的邏輯了。

（7）笑你個風魔的翰林，無處問佳音，向簡帖兒上討窨。

「討窨」二字，究應作何解呢？查明代注家王伯良、陳眉公、閔遇五等都沒有給它作過注。王先生釋曰：「討窨，疑訴窨之誤。」我想，古書流傳，「魯魚亥豕」是常有的事。王先生的懷疑態度是值得肯定的。但在準確性上，容有未安。我以為疑「討」字為「訴」字之誤，不如說是「討」字之誤，更有說服力。因為「討窨」（要答覆）正與「無處問佳音」相呼應，並且「討」與「計」字，在字形上只一「點」之誤，很易漏書或漏刻，比之「訴」字兒筆之差也合理多了。

二、有關語詞溯源方面的

（1）黑閣落甜話兒將人和。（二本三折〔喬牌兒〕）

王先生注云：「和，哄騙也。」這個解釋是無疑問的。接著就列舉了《來生債》、《周孝子尋親記》、《誠齋樂府‧悟真如》等劇中的「和哄」連文為証，而斷言「哄字長讀，遂成和哄，連用既久，和遂亦含哄意矣。」這顯然是說，「和」的「哄騙」意，產生於「哄」字的長讀，這是不能令人置信的。因為在複音詞「和哄」產生以前，「和」字早就有哄騙的含義。例如敦煌變文《降魔變文》卷一：「瞿縣幻術難為比，美語甜舌和斷人」，所謂「斷人」，即騙煞人也。冉

往上推，還可以從六朝找到例証。如《南史・梁本紀上》:「先是，俗語謂密相欺變者爲和欺。於是蟲兒、法珍等曰:『今日敗於桓和』，可謂和欺矣。」「和欺」連文，「和」的欺騙意更顯然了。由此可見，「和」當哄騙講，遠在南北朝時代就已成爲事實了。這種情況充分說明：古漢語詞匯多單音節，後來在語言發展過程中，由於「和」與「哄」，詞義相同，才逐漸合而爲一，形成雙音節的複合詞。

（2）紅娘取銀十兩來，就與他盤纏。（五本一折〔三篇么〕）

王先生注「盤纏」曰:「此詞宋元活本雜劇中常見，謂日常費用也，大都指路費而言。」實則，此詞不僅見之於宋元話本和雜劇，亦見於宋詩和史書，例南宋・蕭德藻《樵夫》詩:「一擔乾柴古渡頭，盤纏一日頗優遊；歸來磵底磨刀斧，又作全家明日謀。」宋・馬端臨《文獻通考》卷四「田賦」四:「長興元年，見錢每貫七文，秆草每束一文盤纏。」按「長興」乃後唐明宗年號，是知「盤纏」一詞，已通用於五代，更不逮趙宋矣。

（3）門迎著駟馬車，户列入椒圖，娶了個四德三從宰相女，平生願足。（五本四折〔沽美酒〕）

王先生注「椒圖」引《菽園雜記》云:「龍生九子不成龍，各有所好；贔屓，鴟吻之類也。椒圖形如螺螄，性好閉，故列於門上。又引閔遇五的話說:「椒圖惟官署得用。」按《菽園雜記》，爲明人陸容所作，閔遇五亦明人，皆晚於元。其實這樣記載，早見於晉，如張華《博物志》云:「椒圖形如螺螄，性好閉，故立於門上。」

（原戴於《天津教育學院學報》1985年第3期）

（《古籍點校疑誤彙錄》轉載，國務院古籍整理出版規劃小組編印）

讀王季思先生的《〈詐妮子調風月〉寫定本說明》

王學奇　王靜竹

　　關漢卿的雜劇《詐妮子調風月》是很有特色的劇本，曾先後被改編爲蒲州梆子、河北梆子、京劇和電視劇，可見很受群眾歡迎。但《詐妮子調風月》賓白極少，劇情脈絡不易通曉，爲改編得更好一些，須先把原作的本事和語言搞清楚。王季思先生的《〈詐妮子調風月〉寫定本說明》一文，正適應了這種需要。我們研讀了這篇文章之後，獲益不少：一是覺得這個劇本經過王先生的扒梳和補綴，關目確較以前清晰多了；二是若干難懂的詞語，經過王先生的解釋提高了認識並獲得不少啓發；三是感到王先生治學態度謹嚴，對自己認爲無把握的疑難語句，即注云：「不知何意」，「疑有錯誤」，「疑是」，「可能是」，區別情況，設詞下字，注意掌握分寸。特別是關於燕燕最後結局的說明，有讀者表示不同意見，寫信給他，他就把信附於文後發表出來，表示接受；同時又對讀者意見不深刻之處提出自己的看法（見《玉輪軒曲論》，中華書局，1980 年）。這種實事求是的態度，足爲學界楷模。但王先生這篇文章看來也並非完美無缺，無論本事的疏通，或文字的點、校、注方面都還存在一些問題。限於篇幅，茲僅就點、校、注當中的主要問題，提出一些不成熟的看法，和王先生商榷。

一、標點問題

　　（1）知得有情人不曾來問，肯便待要成眷姻。（第一折〔元和令〕）把「問肯」二字分開，非是。正確的斷法應是：「知得有情人不曾來問肯，便待要成眷姻。」按「問肯」是宋元時定婚前的一種禮俗。「問」是求親，前文

〔村裏迓鼓〕所謂「一家生女，百家求問」是也。如女方同意婚事喝下男方送來的酒，就叫「肯酒」也叫「許親酒」。元劇中反映這種婚俗的例証很多，如：《裴度還帶》四〔川撥棹〕：「他道招狀元為婿君，不邀媒，不問肯，擎絲鞭，捧玉樽。」《風月所舉問汝陽記》王曄小令〔折桂令・答〕：「一個將百十引江茶問肯，一個將數十聯詩句求親。」《樂府群玉》卷五高克禮小令〔黃薔薇過慶元貞〕：「玉納子藤箱問肯，便待要錦帳羅幃就親。」等皆是。

　　（2）你要我饒你，咱再對星月賭一個誓。（第三折〔梨花兒〕）

這個斷句，亦非是。從劇情上看，賭誓，是燕燕迫使小千戶表示愛情誠意的，不宜用包括你我雙方的「咱」字。「咱」字應斷在上句，作語尾助詞用：「你要我饒你咱，再對星月賭一個誓。」証以下文〔梨花兒序〕曲所言：「你把遙天指定，指定那淡月疏星，再說一個海誓山盟，我便收撮了火性，舖撒了人情。」可見「你」、「我」界線之清。

　　（3）我說波，娘七代先靈！（第三折〔調笑令〕）

依上下文氣，此句八個字不應中斷，應連讀到底，才顯示出燕燕堅決抵制去給小千戶說親的憤慨情緒。這句話，和「道我能言快語說合成」那句話，正是槍來劍去，對老夫人的有力回擊。而這句話中的關鍵詞則是詈辭「波娘」，猶今粗語「他媽的」。所以，「波娘」二字是拆開不得的。在元劇中，還有《漁樵記》三〔醉春風〕：「我與你便花白麼娘那小賤人。」《生金閣》二〔么篇〕：「渾身的害麼娘碗大血疔瘡。」《紫雲庭》一〔醉中天〕：「兀得不好栲末娘七代先靈！」等句。按波、麼、末，有聲無義，均前附於「娘」字，作為襯字，起加強語氣的作用。

二、校勘問題

　　校勘方面，有誤校、無須校和以今代古的問題。

　　誤校的例子，如：

　　（1）虛教做實假做真。（第一折〔油葫蘆〕）

元刊本此句作「虛變做實假做真」。王先生把「變」校改為「教」，非。蓋「教做」不如「變做」意義明確。北本、徐本均從原字句，是。

　　（2）翠筠月朗龍蛇亂。（第一折〔么〕）

按元刊本「亂」本作「胤」，「胤」與「印」叶音，「印」、「映」音近，元曲中通用。周德清《中原音韻》引《陽春白雪》小令〔水仙子〕：「橫斜疏影窗前

印。」今傳本《陽春白雪》收此令，「印」作「映」，故據以校改「映」字爲宜。「映」，意爲照耀。「龍蛇」，指木星，代指星宿。「龍蛇映」，即星光輝映的意思。王先生校改爲「亂」，意既不確，衡諸曲譜亦失韻。

（3）嫌輕狂惡行人。（第一折〔後庭花〕）

元刊本此句作「嫌輕狂惡盡人」。「惡盡人」，意謂「把人都得罪了」，上與「嫌輕狂」三字，意頗吻合。王先生把「盡」校改爲「行」，所謂「惡行人」，在這裏殊費解。故隋本、北本、徐本均不改原字句，是。

（4）獨自向銀蟾低，只道孤鴻伴影，幾時吃四馬攢蹄？（第二折〔二煞〕）

元刊本「低」作「底」，「銀蟾底」，即指月下。劇情是說在小千戶另結新歡之後，燕燕悲痛欲絕，獨自在月下，對月傷嘆婚期無望。而王先生反把「底」字改爲「低」，使人不可理解，失之。

（5）臉上承淚屬無其數。（第四折〔掛玉鈎〕）

元刊本「承」作「肇」，「其」作「里」。王先生校改「肇」爲「承」是正確的，校改「里」爲「其」，恐非。徐本校改爲「重」，是。其校記云：「『無重數』，曲中習見語。」並引關劇古名家本《救風塵》第四折：「說到無重數，論報應全無」；明鈔本《五侯宴》第一折：「我可以受禁持，吃打罵敢無重數」爲佐証。按「里」、「重」二字形近易致誤，誤爲「其」字的可能性不大。

（6）這一場其身不正，怎當那廝大四至鋪排，小夫人名稱？（第三折〔么〕）

按元刊本「其」作「了」，「了身不正」猶「處事不正」，是燕燕對未結婚即失身於小千戶的荒唐行爲的自責。這樣解釋，與劇情發展是完全合拍的。又「了」字在元曲中作「處」或「處理」講的，亦不乏其例，如《玉鏡台》四〔折桂令〕白：「倘罰水，墨烏面皮，教我怎了？」《智勇定齊》楔、白：「這張蒲琴好，果然無處討，若還彈不響，看你怎麼了？」「怎了」、「怎麼了」，都是怎處、怎辦之意。王先生校改爲「其」，費解；而且唱辭出自燕燕之口，人稱代詞「其」究竟是指誰呢？

勿須校的例子，如：

（7）欺侮我是半良不賤身軀。（第二折〔耍孩兒〕）

「欺侮」，元刊本作「欺負」，王先生校改爲「欺侮」。其實兩者的含義都很明顯，而且「侮」、「負」二字亦無形近致誤的可能。這種改動似無必要。

（8）你展污咱身己。（第二折〔江兒水〕）

此「己」字元刊本作「起」，但並非孤証，他如《紫雲庭》三〔快活三〕：「不覺我這身起是多來大。」《樂府新聲》卷下無名氏〔四換頭〕：「負心天識，酩子裏輸了身起」等皆是。另又作「奇」，如《桃花女》三〔醉高歌〕：「坐車兒倒背我這身奇。」《海神廟王魁負桂英·折桂令》：「我一捻兒年紀，耽閣了我身奇。」又同劇〔川撥棹〕：「陪酒陪身陪了我身奇」等。還有的作「身肌」，如《雍熙樂府》卷六散套《題酒席遇佳人》：「他生的不長不短俏身肌。」《詞林摘艷》卷三孫季昌散套〔粉蝶兒·怨別〕：「打熬出悶憂中日月，憔悴了花朵兒身肌。」按：身起、身己、身奇、身肌都是指的身體。起、己、奇、肌，均爲「體」字的音轉，方言土語，依聲定字，無義理可循。王先生校改「起」爲「己」，似不必。

此外，王先生校改中以今代古的地方很多，如：1）改「交」爲「教」，「教滿耳根都做了燒云。」（第一折〔混江龍〕），類此全劇共有十六個「教」字，元刊本均作「交」。「交」、「教」在元劇中是通用的。2）改「則」「子」爲「只」，「別個不中，只你去。」（第一折、白），「天果報無差移，只爭個來早來遲。」（第二折〔哨遍〕），類此全劇共有十三個「只」字，元刊本作「則」或作「子」。按：「則」、「子」、「只」乃係一聲之轉，元之通假字也。3）改「末」爲「麼」，「燕燕敢道麼？」（第一折〔天下樂〕白），「燕燕己身有甚麼孝順？」（第一折〔鵲踏枝〕）「怎麼你不老誠？」（第一折〔么〕白）「少甚麼能言快語官媒証。」（第三折桃紅〕），以上各例中的「麼」字，元刊本俱作「末」。「末」、「麼」在元曲中同音通假（元曲中也有作「麼」的）。同樣性質的問題還有把「伏侍」校改爲「服侍」，把「沒是哏」校改爲「沒事狠」，把「直錢」校改爲「值錢」，把「無那」校改爲「無奈」等。「伏」與「服」、「是」與「事」、「直」與「值」、「那」與「奈」，也都是古之通假字。

王先生如此校改，自有其用意在。《定本說明》寫於 1958 年，1959 年王先生在《西廂記》的前言中更明確表述他的觀點：「原著裏有些現在已不大通行的字，如『他每』的『每』、『妳妳』的『妳』、『禍滅身』的『禍』、『忒稔色』的『忒』，都改用今天通行的『們』、『奶』、『禍』、『太』等字。」王先生爲了普及的目的，改用現在的通行字，是可以理解的，但沒注意到問題的另一面，即這樣作的結果，勢必抹煞了古籍中通假字的複雜現象，使讀者無從獲得古漢語知識，其實元曲中最難解的並不是這些通假字，而是爲數眾多的方言土語。所以我們認爲最好還是尊重歷史用語的習慣，不必都以今代古，

只要把通假字的關係注解明白就行了。這樣既不致妨礙理解，又可以使讀者了解一些古漢語知識，有助於進一步學習。

三、注釋問題

注釋方面的問題，主要表現在誤注、釋義不明確或欠妥當以及漏注。

誤注的例子，如：

（1）把兔鶻解開，紐叩（扣）相離。（第二折〔十二月〕）

按：「兔鶻」一詞，元曲中多見。它是遼、金時代的一種束帶。宋·洪皓《松漠紀聞·補遺》：「契丹重骨咄犀，……天祚（年間）以此作兔鶻（原注：中國謂之腰條皮）插垂頭者。」《金史·輿服志下》：「金人之常服四：帶、巾、盤領衣、烏皮靴。其束帶曰吐鶻。」又云：「吐鶻（即兔鶻），玉為上，金次之，犀、象、骨角又次之。」可見在當時是一種很講究的束帶。今一般稱之為「腰硬子」，即一種比較寬的腰帶。河北省安國縣仍有「下穿衩褲，上繫兔胡」之語。王先生注曰：「兔鶻原是一種白色的獵鷹，因為它的貴重，也用以稱玉帶。」恐非是。

（2）（這手帕）剪了（做）靴檐，染了（做）鞋面，（捗了）做鋪持。
（第二折〔上小樓〕）

按：鋪持，北語呼碎布片為「鋪襯」，用來補破衣服或打隔褙做鞋底用的。北京前門外珠市口舊稱「鋪陳市」，就是此類物品的收售集散地。鋪持，或作鋪遲，如《殺狗勸夫》二〔五煞〕：「將一領破布衫捗做了鋪遲。」或作鋪尺，如《任風子》三〔普天樂〕，「這手帕做布捻，好做鋪尺。」鋪持、鋪遲、鋪尺、鋪襯、鋪陳等，音近義並同。王先生注曰：「鋪持有人說是鋪鞋底的布，就上下文看，是說得通的。」這是對北方話的誤解。

（3）獨自向銀蟾低（底），只道是孤鴻伴影，幾時吃四馬攢蹄？（第二折〔二煞〕）

何謂「四馬攢蹄」？王先生注曰：「不知何意。」接著又說：「可能是指金、元時貴婦人乘坐的四馬香車。」按：「四馬攢蹄」的本義，乃是指拉車的馬將四蹄收攏在一起，表現為走不動的樣子。而本例則含有「酒足飯飽，吃得痛快」之意。燕燕說：「幾時吃四馬攢蹄」，就是說什麼時候與小千戶開懷暢飲，酒足飯飽呢？燕燕這樣講，實際是她對婚期無望的悲嘆。只有這樣解釋，「四馬攢蹄」才能和「吃」字搭配得攏，和上文「獨自」、「孤鴻伴影」的自傷情

緒相表裏。如解作「四馬香車」，它前面的「吃」字就費解了。今滿族方言，仍有把吃得過飽，幾乎走不動道，形容爲「吃得四馬攢蹄」的（吳蕭森《試述「四馬攢蹄」》，《社會科學戰線》81 年第 3 期），亦可爲証。

（4）這一場其身不正，怎當那廝大四至鋪排，小夫人名稱。（第三折〔么〕）

按：大四至，在這裏是有氣派、很像樣的意思。大四至鋪排，即謂氣派大、很像樣的排場。此語元曲中又作「大廝並」，如《玉鏡台》二〔菩薩梁州〕：「更有場大廝並，月夜高燒絳蠟燈，只愁那煩攏非輕。」又作「大廝八」，如《貨郎旦》二〔鴛鴦尾煞〕：「暢道你父親此地身亡，你是必牢記著這日頭，大廝八做個周年，分什麼前和後。」又作「大四八」，如《雍熙樂府》卷八散套〔一枝花‧咏春〕：「一個大四八忙牽金勒馬，一個悄聲兒回護著輪車。」上舉「大廝並」、「大廝八」、「大四八」等，與「大四至」音近義同，均可証。王季思先生注云：「『大四至』見《元典章‧兵部一》，大約是當時萬戶、千戶等世襲軍官的共同稱號。」顯係對原文的誤解。查《元典章》卷三十四「禁軍齊飲（當爲斂）錢物」條，有一道批文，說的是一個姓張的管軍百戶，狀告樞密院五衛萬戶府的千戶、百戶，十年之間，自軍中非法科斂二十萬錠鈔。聖旨認爲：「雖是大四至說呵，這裏頭實底也有也者。」這話顯然是說張管軍雖說的有些誇張，其中還是有些眞實性的，這與本劇的用意正同。

（5）俺那廝做事一減行，這妮子更敢有四星。把體面妝沉，把頭梢自領。（第三折〔鬼三台〕）

頭梢自領，這裏是點頭接受，即指鶯鶯許婚的意思，這與上文〔外旦許了〕是一致的。與此相類似的例子，如《玉鏡台》二〔賀新郎〕：「待尋條妙計無蹤影。老姑娘手把著頭稍自領，索什麼囑咐叮嚀，似取水垂轆轤，用酒打猩猩。」再如《四春園》二〔鬼三台〕：「走將來便把那頭梢自領，贓仗要分明，不索你便折証。」兩例中的「頭稍（梢）自領」，意並同此，均可証。王先生則注云：「把頭梢自領，意說自己要先下手，爭取主動。」這樣解釋，與上述曲意的連貫性就被割裂了。因爲「把體面妝沉，把頭梢自領」兩句話，都是承上句「這妮子更敢有四星」而言的，都是燕燕對鶯鶯的咒罵，罵她「是一個不識羞伴等」，怎麼能把「頭梢自領」當成燕燕自己的決策呢？

（6）先教人掩撲了我幾夜恩情，來這裏被他罵得我百節酸疼。（第三折〔天淨沙〕）

按：掩撲，亦作撲揞、撲掩，並即博掩意；「博」為博賽，「掩」為意錢，「博掩」就是一種賭博。《後漢書·王符傳》：「或以游博持掩為事。」注云：「博謂六博，掩謂意錢也。」同書《梁冀傳》：「少為蹴鞠意錢之戲。」注云：「即擲錢也。」《纂文》：「撲掩，俗謂之射數，或云射意也。」可見「撲掩」就是擲錢以射正反面之數而博勝負，故擲錢也就是射數、射意。以上是「撲掩」的本義，引申之，則含有猜測、捉摸、占有等義。本例即用其引申義。「先教人掩撲了」，就是先教人猜測到的意思。猜測到什麼呢？即指鶯鶯猜測到燕燕對去與小千戶的「幾夜恩情」的夫妻關係。因而下文，「被他（鶯鶯）罵得我（燕燕）百節酸疼」這句話才落到實處。王先生卻注云：「掩撲了意即輸去了。」這是難以講得通的。

釋義不明確或欠妥當的例子，如：

（7）……來這裏被他罵得我百節酸疼，我便似剗牆賊蝎螫噤聲。（第三折〔天淨沙〕）

王先生注云：「『剗牆賊蝎螫噤聲』，當時成語，意說剗牆賊給蝎子螫了也只好悶聲忍痛。」這種解法是不錯的，但因為沒和劇中人物聯繫起來，容易使人感到莫知所指。如果進一步點明這句話是燕燕自比，就能和上文的意思貫通起來，便於讀者理解作品。

（8）大剛來「主人有福牙推勝」，不似這風月媒人背廳。

王先生注云：「『主人有福牙推勝』，當時成語。牙推是宋元時醫生的通稱。」這樣注釋，並沒有把這句話的完整含義講出來。我們認為這句話應補注說：主人因為有福病被治好了，雖不是醫術高明，但醫生也會因而走運（勝，即走運意）。只有這樣解釋，才和下句「不似這風月媒人背廳（意為不像給鶯鶯作媒的燕燕倒霉）」構成鮮明的對照，加深讀者對內容的理解。

漏注的例子，如：

（9）過今春，先教我不繫腰裙，便是半籤箕頭錢撲個復純。（第一折〔尾〕）

例中的「頭錢」和「復純」都應該注。按：「頭錢」，即用作賭具的錢。賭法為：攤若干錢在手掌上，向外籤出，看有幾個正面、幾個背面，以定輸贏，那錢即謂之頭錢。「復純」，是指擲成一色的頭錢，也叫「渾純」。如果說「頭錢」從辭書中還容易找到解釋的話，那「復純」就非注不可，因為目前的辭書中還查不到它。

（10）今年見吊客臨，喪門聚，反陰復陰，半載其餘。（第四折〔掛
　　　玉鈎〕）

按：反陰復陰，即「反吟伏吟」，卦名。舊時星相家認爲占得此卦對婚姻不利。
王伯良說：「反吟伏吟，見沈括《筆談·六壬論》。又《命書》:『年頭爲伏吟，
對宮爲反吟』；云：『伏吟反吟，涕淚淫淫』。術家占婚姻遇此，雖成，亦有遲
留之恨。」（參見《元曲釋詞》（一））這是燕燕對鶯鶯與小千戶的婚姻的詛咒
語，含有迷信思想，不注釋是不易理解的。

（原載於《天津師大學報》1986 年第 4 期）

評《新校元刊雜劇三十種》

王學奇

摘　要

　　《元刊雜劇三十種》是現存惟一的元代刻本，20 世紀以來比較著名的校勘本有徐沁君的《新校元刊雜劇三十種》，其校勘系統，校記翔實，校注中能補足角色，理順情節，並能多方取証，分辨是非，令人折服。失誤處在於注釋中不乏以今代古現象，也有漏校、誤校和誤解處。

　　關鍵詞：徐沁君；校勘；《元刊雜劇三十種》

　　《元刊雜劇三十種》是現存惟一的元代刻本，全書收劇 30 種，見於臧刻《元曲選》的有 13 種，見於趙琦美脈望館抄校本雜劇的有 3 種（即《博望燒屯》、《單刀赴會》、《遇上皇》）〔註1〕，其餘 14 種均爲孤本。這 30 種雜劇除《替殺妻》、《焚兒救母》較爲遜色外，其餘都是上乘作品，且沒有經過明人的改動，保留了元雜劇的原始面貌，欲準確了解元代作家及其雜劇藝術，《元刊雜劇三十種》便成爲最重要的文獻資料。但這部書所收各劇，版式字體均不相同，楔子、折數、每折所用宮調，也均未標明，曲文賓白，牽連混淆，而且刻字非常草率拙劣，錯字、漏字嚴重，字迹漫漶不清，版子又有斷爛之處，簡直不能卒讀。後世校勘家雖做了不少有益的工作，但彼此理解程度不同，角度各異，校的結果，出入很多，還未取得共識。20 世紀以來，系統地校勘全書，比較著名的，有鄭騫在 1962 年由台灣世界書局出版的《校訂元刊雜劇三十種》〔註2〕，還有徐沁君在 1980 年由中華書局出版的《新校元刊雜劇三十種》。徐校本校記翔實，多所發明，出版以後，受到學術界普遍的歡迎。我想就這部書的成功及失誤之處，略述己見。

一、徐校本的主要成就

（一）補足角色，理順情節，使之符合人物身份

　　例如：《關大王單刀會》第一折〔混江龍〕白，在（駕云）之下，原無〔正末云〕三字，如果是這樣，則下面的「咱合與他漢上九州，想當日曹操本來取咱東吳，生被那弟兄每攔住」一段說白，就要被誤爲〔駕云〕（孫權說）的了。這顯然不合歷史事實，也不符合人物身份。孫權作爲一國之主，爭城爭地不暇，豈甘心把土地、人民拱手於人。周瑜在世時，就曾幾番用計，奪取荊州，魯肅繼周瑜之後，也未放鬆討要荊州，便是証明。顯係這段說白，不會出自孫權之口，必另有其人，而被遺漏了。遺漏了誰呢？徐沁君在這裏補上〔正末云〕（喬國老說），就理順了故事情節。這樣一增補，也照應了前文。因在本折一開始，駕（孫權）、外末（魯肅）、正末（喬國老）相繼上場，喬國老就曾向孫權表示：「陛下萬歲！萬歲！據微臣愚見，那荊州不可取！」否則，便前後矛盾了。再如：同劇同折〔隨煞尾〕曲最後原有〔云了〕二字，

〔註 1〕明·趙琦美，脈望館抄校本古今雜劇〔M〕，古本戲曲叢刊四集，北京：商務印書館，1958。
〔註 2〕鄭騫，校訂元刊雜劇三十種〔M〕，台灣：台灣世界書局，1962。

究竟是誰〔云了〕呢？這裏也必有遺漏，不補上具體角色，便是一筆糊塗帳。徐沁君在〔云了〕之前又補上「外末」二字，寫作〔外末云了〕，才知是魯肅所說。這樣補，並非以意為之，而是根據趙琦美本第一折末尾，魯肅對部將黃文講的一段話：「黃文，你見喬公說關公如此威風，未可深信。我這江下，有一賢士，複姓司馬，名徽字德操。此人與關公有一面之交，就請司馬先生為伴客，就問關公平昔智勇謀略，酒中德性如何。黃文，就跟著我去司馬庵中相訪一遭去。」再如：《諸宮調風月紫雲亭》劇中的女藝人韓楚蘭飾演「正旦」，韓楚蘭之母飾演「卜兒」。她們雖是母女，但追求不同。女兒要的是美滿婚姻，「雙宿雙飛過一生」，母親要的是叫女兒拼命給她掙錢。但在元刊本中，多處在〔卜云了〕之後，漏刻「正旦」這個角色，因而其下的賓白和唱詞，究竟出自何人之口，便易造成誤會。如第一折〔混江龍〕曲中在〔卜兒云了〕之下，有賓白「娘呵」二字，依照事理，「卜兒」根本不會呼自己為「娘」，顯係這裏漏刻了〔正旦云〕三個字，徐先生補上之後，緊接著又在〔正旦云〕後面補一〔（正旦）唱〕字，只有這樣，下面的曲文「我看不的你這般粗枝大葉，聽不的你那裏野調山聲」，與上文正旦批評卜兒的曲詞「並無那唇甜句美，一劃地崎險艱難，衡撲得些掭人髓、敲人腦、剝人皮、釘人腿得回頭硬」，便前後照應，理順了故事情節，分清了人物身份。本劇各折還有多處經徐先生補上〔正旦唱〕或〔正旦云〕之後，提高了劇本的可讀性。再如《岳孔目借鐵拐李還魂》劇第一折〔天下樂〕曲文後面的賓白中有這樣一段話：「（張千出來，云：）是誰放了這先生？〔外末云：〕是老夫放了。〔張千云：〕這老子好無禮！我與哥哥說去。」在這段賓白中，原無〔外末云〕和〔張千云〕，如不補上，張千出來時的問話，便成為無的放矢，只有自稱老夫的韓魏公（外末）出來作答，才順理成章。徐先生這樣拾遺補缺，也是有根據的。因為前文已明白交待過：「老夫不是別人，韓魏公便是。」又說：「私行到岳壽門首，吊著一個先生，我放了。」下文：「這老子好無禮，我與哥哥說去。」氣勢洶洶，正是岳孔目手下衙役張千的口氣。故在這兩句之前，又補上〔張千云〕三字。這樣一補，這段對話人物的身份和口氣便都躍然紙上了。

（二）分辨是非，多方取証，令人折服

例如：《諸宮調風月紫雲亭》劇中之「亭」字，原作「庭」，究竟那個字對呢？徐先生廣為取証，最終校改為「亭」。校記這樣寫到：「按：曹本《錄鬼簿》卷上石君寶劇目作『亭』，大一閣抄本《錄鬼簿》作『寺』，『寺』字係

『亭』字形誤，觀於賈仲明補挽詞作『亭』，可証。又說集本、孟本、曹本《錄鬼簿》戴善甫劇目有《紫雲亭》，《樂府新聲》卷中張小山〔賣花聲〕《偶題》曲：『夜香誰立紫雲亭？』均作『亭』，可爲旁証。」再如《馬丹陽三度任風子》第一折〔那吒令〕曲：「旱路上有田。」「田」原作「錢」字，究竟哪個字對呢？徐先生據趙本、孟本「旱地上有田」校改爲「田」，臧刻《元曲選》本作「囊橐裏有錢」，不從。徐先生復按：臧本鄭廷玉《看錢奴》第二折〔倘秀才〕白：「我如今旱路上有田，水路上有船，人頭上有錢。」〔註3〕無名氏《漁樵記》第二折〔朝天子〕白：「旱地上田，水路上船，人頭上錢。」第四折〔折桂令〕：「我如今旱地上也無田，水路裏也無船。」由以上的引証，知「旱路（地）有田」，乃當時普遍習用的成語，故肯定「田」字對，殆無疑義。再如《關大王單刀會》第三折〔堯民歌〕曲：「俺哥哥稱君道寡作蜀王。」「稱君」原作「你吉」，實屬費解。盧本改「吉」作「只」，「你」字未動。按：「你只道寡」，意仍不通。徐先生認爲「你吉」乃「稱君」二字之形誤，並舉金仁傑《追韓信》第四折，項羽敗死時說：「道寡稱君事不成。」楊梓《豫讓吞炭》第二折〔尾聲〕：「道寡稱孤事不成。」此外又引趙本《單刀會》本句亦作「俺哥哥稱孤道寡世無雙。」按：「稱君」、「稱孤」義同。徐先生如此多方取証，既疏通了曲意，又符合當時習用的成語，自然與盧校不可同日而語了。再如《尉遲恭三奪槊》第四折〔正宮·端正好〕：「扶持俺這唐世界文武官員。」「世界」二字，原作「十在」，難以解讀。隋本收本劇，二字仍照錄〔註4〕。盧本改「十」爲「世」，意仍不通〔註5〕，因此一直困惑著學人。徐先生校「十在」爲「世界」，曲意便豁然貫通。按「世界」二字，曲中習見，徐先生舉出大量例証：《董解元西廂記》卷二〔甘草子〕：「是則是英雄臨陣披重鎧，倚仗著他家有手策，欲反唐朝世界。」關漢卿《哭存孝》第一折白：「扶立乾坤唐世界。」馬致遠《黃粱夢》第二折〔醋葫蘆·么篇〕：「隋江山生扭做唐世界。」陳以仁《存孝打虎》第一折〔那吒令〕：「扶唐朝世界，若非公大才。」無名氏《隔江鬥智》第四折〔收尾〕：「他本是漢皇帝宗親支派，少不得將吳魏並做了劉家世界。」又舉出講史小說《五代史平話·梁史平話（卷上）》：「若是太平時節，天生幾個好人扶持世界。」眞是鐵証如山，翻不得案了。

〔註3〕明·臧晉叔，元曲選〔M〕，北京：中華書局，1961。
〔註4〕隋樹森，元曲選外編〔M〕，北京：中華書局 1961。
〔註5〕盧前，元人雜劇全集〔M〕，上海雜誌公司，1935～1936 年陸續出版。

（三）校注結合，優勢互補，發掘深透

許多校勘家，只校不注，徐先生於必要處又輔以注，使校注互相發明，燭幽啓微，於深透理解曲義更爲便當。這是徐校本的一大特點，也是他的成功之處。例如《閨怨佳人拜月亭》第三折〔倘秀才〕：「那一個耶娘不間諜？」其中「諜」字原作「疊」，鄭本、隋本、吳本〔註6〕、北本〔註7〕、文本均未改。文本並注云：「間疊，阻礙、作梗。」按「疊」，乃「諜」之假借字也，不改固可，但徐先生認爲「諜」有刺探義，又有多言義，與「問」字聯成復合詞，就更能深一步理解「間諜」的含義，故徐先生在校記中謂此解法「於義爲長」。他並舉《董解元西廂記》卷四〔牆頭花〕：「莫不是張珙曾聲揚？莫不是別人曾間諜？」又卷七〔南呂宮·一枝花纏〕：「這畜生腸肚惡，全不合神道。著言廝間諜、忒奸狡。」又卷八〔黃鐘宮·第二〕：「幸自夫妻恁美滿，被旁人廝間諜，兩口兒合是成間別。」並引本書凌景珽注：「間諜，這裏作『離間』解釋。」此外還舉蘭楚芳散套〔黃鐘·願成雙〕：「好姻緣，惡間諜，七條弦斷數十載，九曲腸拴千萬結，六幅裙攙三四摺。」如此廣爲取証，校注結合，互相發明，便把「挑撥離間」的含義鮮明地合盤托出了。再如《馬丹陽三度任風子》第二折〔倘秀才〕白：「（正末做意兒，下科。）」「意兒」兩字原空缺，鄭本未補〔註8〕。徐先生根據元刊本《老生兒》第一折〔青歌兒〕白，有「做意兒了」動作，又根據《閨怨佳人拜月亭》第一折〔天下樂〕白：「（正旦做意了。）」「做意」即「做意兒」，補足了「做意兒」三字，又注云：「作意兒，即表情示意。」這樣一補，並加注釋，曲意朗然可見。再如《趙氏孤兒》第一折〔鵲踏枝〕：「枉了掃烟塵，立功勛。」「塵」原作「坌」，改爲「塵」，根據何在呢？《敦煌變文集》卷三《燕子賦》：「正見雀兒臥地，面色恰如坌土。」王重民校記云：「按：『坌』即『塵』字，唐人或寫作『尘』、『坌』等字形，爲會意字。」徐先生並據此進而指出，今「塵」字簡化爲「尘」，即從此出。本劇第三折〔新水令〕曲：「我子見踐征坌飛過小溪橋。」臧本正作「塵」，並可証。再如《渚宮調風月紫雲亭》第二折〔隔尾〕：「比俺娘那熬煎增十倍。」「增」，原作「爭」，「倍」，原作「培」。盧本、隋本、鄭本「培」均改作「倍」，「爭」字俱未改。究竟原刻「爭」對，還是改爲「增」對？徐先生認爲：爭，

〔註6〕吳曉鈴，關漢卿戲曲集〔M〕，北京：中國戲劇出版社，1958。
〔註7〕北大中文系編校小組，關漢卿戲曲集〔M〕，北京：人民文學出版社，1976。
〔註8〕鄭騫，校訂元刊雜劇三十種〔M〕，台灣：台灣世界書局，1962。

猶差也。本曲明言老孤比之俺娘，其所受之熬煎更「增十倍」，絕非更「差十倍」。証明保留「爭」實不對。徐先生還援引《陳母教子》第三折〔中呂·粉蝶兒〕：「人都說孟母三移，今日個陳婆婆更增十倍。」《西廂記》第四本第三折〔上小樓〕：「我諗知這幾日相思滋味，卻元來比離別情更增十倍。」以此作爲旁証，坐實「增」字對，不容置疑。

　　類似上述的精彩論証，全書俯拾即是。就以這裏所摘引的個別片段，就足以表明徐先生吃透元刊各劇，針對問題，徵引資料。上下求索，左右逢源，言之鑿鑿，令人嘆服。我們後起之人，應該學習和繼承前輩的這種不託空言，讓材料講話的實事求是的治學精神。校注結合，互相補充，更有助於讀者對劇作深入的理解，尤當作爲好經驗接受下來，進一步發揚之。

二、徐校本的主要失誤

　　我們對古籍的理解和如何整理，隨著文化的發展都在逐步深化。徐先生《新校元刊雜劇三十種》已出版二十多年了，如前文所說，有過歷史功績，但出現的問題也不少，主要表現有以下各點：

（一）以今代古

　　在校勘方面，哪裏該改動，哪裏不該改動，應該有個界定。一般說來，須要動的，是錯訛、漏衍、顛倒或前後文字不一致的地方，不應改動的是通假字。但徐先生正是在通假字方面有多處犯了以今代古的毛病。例如：「見如今抱黃蘆肢體做灰塵」（《晉文公火燒介子推》第四折〔聖藥王〕）、「見有侵境界小國偏邦」（《東窗事犯》第一折〔賺煞〕）、「見如今新天子守取蟠龍亢」（《霍光鬼諫》第一折〔寄生草〕）、「怕無布絹將見錢上長街向鋪戶截」（《死生交范張鷄黍》第二折〔二煞〕）、「見放著個天摧地塌，國破家亡」（《嚴子陵垂釣七里灘》第一折〔六么序·么篇〕）、「見如今，獄訟彰」（《輔成王周公攝政》第二折〔上小樓〕）、「第二來見佐著當今皇帝」（同前劇第三折〔小桃紅〕）、「見如今鬼神嫌街坊怪」（《小張屠焚兒救母》第三折〔二煞〕），以上各例「見」字，徐校本皆改爲「現」。再如：「做女的從心兒放乘」（《散家財天賜老生兒》第一折〔那吒令〕）、「從有些燕友鶯朋」（《諸宮調風月紫雲亭》第三折〔鬥鵪鶉〕）、「從然面搽紅粉」（《張千替殺妻》第二折〔滾綉球〕），以上各例「從」字，徐校本皆改爲「縱」。再如：「我那動腳囉過的何方去」（《諸宮調風月紫

雲亭》第二折〔牧羊關〕）、「望瑤階可捕忙那步」（《薛仁貴衣錦還鄉》第一折〔混江龍〕）、「我與你火速那身起，那步下階基」（《諸葛亮博望燒屯》第一折〔醉中天〕）、「我這酒腸寬宋玉才那動腳」（《張千替殺妻》第二折〔滾綉球〕），以上各例「那」字，徐校本皆改爲「挪」。再如：「既是我謀反，那裏積草屯糧」（《東窗事犯》第一折〔天下樂〕白）、「我那裏不尋你」（同前劇楔子〔仙呂·賞花時〕），以上各例「那」字，徐校本皆改爲「哪」。再如：「唱道我祝付你個程嬰」（《趙氏孤兒》第三折〔鴛鴦煞〕）、「祝付了還重祝付」（《張鼎智勘魔合羅》第一折〔賺煞〕）、「不索我多祝付你千言萬言」（《岳孔目借鐵拐李還魂》第二折〔倘秀才〕），以上各例「祝付」，徐校本皆改爲「囑付」。再如：「因此上陪與這萬丈黃金架海梁」（《死生交范張鷄黍》第四折〔九煞〕）、「不曾見浪包婁養漢倒陪錢」（《張千替殺妻》第一折〔賺煞〕）、「只爲折陪口含錢」（《看錢奴買冤家債主》第四折〔收尾〕）、「未酬勞先早陪了壺瓶」（《泰華山陳摶高臥》第一折〔後庭花〕），以上各例中「陪」字，徐校本皆改爲「賠」。其他在徐校本中把「耶」改爲「爺」，把「勾」改爲「夠」，把「怕不大」改爲「怕不待」，把使令詞「交」改爲「教」，等等，難以盡舉。徐先生用現代漢語中通行的字改換古代習用的字，可能是爲便於今天的讀者，殊不知通假字的出現，是語言文字在歷史發展中形成的。其中有些是後起字，在前代是沒有的。陳垣《校勘學舉例》卷二第二十六條講道：「『賠』字後起，元時賠償之『賠』，均假作『陪』或『倍』。」可見亂改是不符合歷史事實的。即便兩字同時存在，也要看主流，尊重原刻，不要強求一致。王季思先生在1959年寫的一篇《西廂記·前言》中曾說：原著裏有些現在已不大通行的字，如「他每」的「每」、「忒稔色」的「忒」，都改用今天通行的「們」、「太」，這說明也犯過「以今代古」的毛病〔註9〕，後經人指出，王先生又糾正過來。我反覆考慮過，整理古籍，猶如修復古建築。修復古建築，現在有句口號，也是要求，叫做「修舊如舊」，同樣道理，整理古籍，也應該要求「整古如古」，還它個歷史面目，不能把古代作品改成現代作品或四不像的樣子。

（二）漏校

前文曾言，校注結合，方便讀者，成爲徐校本一大亮點，但漏校之處也不少。例如「灒了柴漿水飯」（《看錢奴買冤家債主》第一折〔寄生草〕），「柴」

〔註9〕王季思，《詐妮子調風月》寫定本說明，戲劇論叢，1958（2）。

字不通，臧氏《元曲選》本正作「些」，顯係形近致誤。再如「五刑之書整理」（《好酒趙元遇上皇》第三折〔耍孩兒〕），「之」字不妥，《孤本元明雜劇》，本正作「文」，亦顯見形近致誤。再如「他子索封侯拜爵，稱臣上表，列土分茅」（《輔成王周公攝政》第二折〔普天樂〕），「列」字顯係「裂」字之誤。再如「內藏著君子氣，外顯著磣人威」（《諸葛亮博望燒屯》第一折〔金盞兒〕，「磣人威」，明刊本作「滲人威」，「磣」顯係「滲」字之誤。再如「好沒監量，出家兒怎受閑魔障」（《泰華山陳摶高臥》第四折〔駐馬聽〕），「監量」二字費解，臧氏《元曲選》作「酌量」，則比較通俗易懂，正可拿來比勘。再如「我暗使人喚的個穩婆婆與小梅準脈來」（《散家財天賜老生兒》第一折〔仙呂‧點降唇〕白），「穩婆婆」，不習見，應為「穩婆」，衍一「婆」字。其下〔混江龍〕曲第一句「喚的個穩婆評脈」，便是証明；臧氏《元曲選》本作「我便教人請穩婆去」，亦可証。再如「共人瞞著心說咒搶」（同前劇第二折〔倘秀才〕），「咒搶」，意不明，臧氏《元曲選》本作「咒誓」（賭咒發誓），意較合。《敦煌變文集‧目連緣起變文》：「汝若今朝不信，我設咒誓。」又元侯克中散套：「說來的咒誓終朝應，虧心神鬼還靈聖。」皆其証。再如「是他忒不合，忒騁過（《漢高祖濯足氣英布》第一折〔油葫蘆〕），「騁過」，生僻不好解，臧氏《元曲選》本作「放潑」，義近，可參考。再如「你這裏怕不千般兒啜摩，卻將我一時間漫過」（同前劇第一折〔賺煞〕），「啜摩」不習見，臧氏《元曲選》本作「揣摩」。一作「啜摩」，一作「揣摩」，可証「啜摩」是「揣摩」的異寫。再如「我恰才又定手向前緊取覆」（《趙氏孤兒》四〔迎仙客〕），「取覆」，意為稟告，請求答覆。《警世通言‧崔衙內白鷂招親》：「衙內道：『領爹尊旨。則是兒有一事，欲取覆慈父。』」是其証。臧氏《元曲選》本作「趨伏」，義亦可通。再如「多養著不粘錢的狗彘雞豚」（《死生交范張雞黍》第一折〔賺煞〕），「不粘錢」，臧氏《元曲選》本作「不值錢」，兩相對照，便明白易曉。再如「他在陽間，觸污大羅神仙」（《岳孔目借鐵拐李還魂》楔子、白），「觸污」，臧氏《元曲選》本作「褻瀆」，意更明確〔註10〕。以上所舉各條，都應當校，徐校本都漏掉了。在角色方面，也有漏校的，例如：「（夫人一折了）（末一折了）」（《閨怨佳人拜月亭》第三折白），按：「末」應校為「孤」，徐校本未予改動，僅在「末」字前加一「正」字，非是。因作為末角的蔣世隆在第二折已被王瑞蓮之父王鎮（飾孤者）拋在荒村野店，故在第三折已無末角的戲了。

〔註10〕明‧臧晉叔，元曲選〔M〕，北京：中華書局，1961。

（三）誤校

　　誤校的地方，徐校本亦屢見不鮮。例如「早朝聽到的靜鞭三下響，識甚斟量」（《泰華山陳摶高臥》第四折〔攪箏琶〕），徐先生校云：「『斟』原作『酬』。據臧本改。」今查臧本曲文則作：「猛聽得淨鞭三下響，又待要顛倒衣裳。」無「斟量」二字，何以云「據臧本改」？又酬字，與「酬」字筆形更近，陳本、息本〔註11〕、黃本均作「酬量」，這是對的。徐先生反而對諸家之說「疑非是」。今我查鄭本，亦作「酬量」。顯然徐先生是誤校了。再如「我慢慢的過兩郎，他遙遙的映秉牆，哭啼啼口內訴衷腸」（《張鼎智勘魔合羅》第三折〔醋葫蘆·么篇〕），「映秉牆」之「秉」字，徐先生臆改為「東」字，並校云：「參看石君寶《紫雲亭》第四折「轉過東牆」條，以為佐証，並說「秉」為「東」之形誤字。實則大謬不然。按：兩劇描寫的環境不同，氣氛各異。《魔合羅》劇寫的是犯婦劉玉娘是在臨近問案子的地方，那裏的秉牆，常常用來公布對罪犯的判決，氣氛森嚴，所以劉玉娘才對著秉牆哭訴衷腸。《紫雲亭》第四折「轉過東牆」那段曲文，寫的是在花園情侶攜手並肩、踏草尋芳的情景，故不能以此例彼，一概而論。再如「薛仁貴箭發無偏曲，手段不尋俗，張士貴拽硬射親卻不大故」（《薛仁貴衣錦還鄉》第一折〔醉扶歸〕），「射親」之「親」字，左旁模糊不清，徐校本疑是「規」字。按「規」字在這裏難以索解，不敢苟同。鄭本校為「親」，有據可從。按：《劉知遠諸宮調》十二〔越調·尾〕：「強人眼辨世中稀，彥威手親天下少，五千合不分勝敗。」又賈仲明《對玉梳》第一折〔上馬嬌〕：「你那眼又親，手又準。」可証「親」、「辨」、「準」三字義同。又「薛仁貴箭發無偏曲，張士貴拽硬射親不大故」兩句，反襯為文，正反映兩人射箭偏、準不同的功力。再如「翠筠月朗龍蛇胤」（《詐妮子調風月》第一折〔寄生草·么篇〕），「胤」字不可解，徐校本改「胤」為「印」，亦難疏通上下文。還有「龍蛇」何所指？徐校本也沒講出來。筆者認為：「胤」改「印」非是，應改為「映」。「映」謂照耀也。「龍蛇」指木星。「龍蛇映」，就是星星照耀的意思。《左傳·襄公二十八年》：「蛇乘龍。」杜預注：「龍，歲星，木也。木為青龍。」這裏是以「龍蛇」（木星）泛指星宿。「翠筠（綠竹）月朗龍蛇映」全句是形容書齋外面，有綠竹掩映，星月照耀，多麼一個幽靜的所在，所以前文「（正旦云）這書院好。」如照徐先生所校，前後曲意，便莫知所云了。

〔註11〕明·息機子，雜劇選〔M〕，古本戲曲叢刊四集，北京：商務印書館，1958。

（四）誤解

其主要者，例如：「把兔胡解開。」（《詐妮子調風月》第二折〔十二月〕）
「兔胡」是什麼？徐校本襲用王季思定本的說法，謂「兔鶻原是一種白色獵
鷹，因爲它的貴重，也用以稱玉帶。」其實這是誤解。《金史・輿服志下》：「金
人之常服四：帶、巾、盤領衣、烏皮鞋，其束帶曰吐鶻。」又云：「吐鶻，玉
爲上，金次之，犀象骨角又次之。」按：兔胡、兔鶻、吐鶻，音義並同，乃
一詞之異寫。看來，兔鶻本是金人的一種束帶，並不是「一種白色獵鷹」。這
種束帶質量最好的是用玉裝飾的，故稱「玉兔鶻」，也並非因爲它（白色獵鷹）
的貴重，也用以稱玉帶。金人在北方居住很久，至今在河北安國縣方言中，
尚保存著「下穿褲衩，上繫兔鶻」的說法，俱是明証。再如：「這手帕剪了做
靴檐，染了做鞋面，攉了做鋪持。」（同前劇第二折〔上小樓〕）其中「鋪持」
作何解呢？北語呼碎布片爲「鋪襯」或「鋪陳」，用來做補釘或打隔帛做鞋幫
或鞋底用的。爲適應這種需要，過去小攤販，曾有專經營這類買賣的，北京
前門外珠市口舊時曾名「鋪陳市」，表明這是收售此類物品的集散地。鋪持，
亦作「鋪尺」（見臧本《元曲選・任風子》）、「鋪遲」（見臧本《元曲選・殺狗
勸夫》），音近義並同。徐校本卻把「鋪持」說是「鋪鞋底的布」，也是沿襲了
王季思定本說明的錯誤。再如：「先交人俺撲了我幾夜恩情」（同前劇第三折
〔天淨沙〕），徐校本改「俺撲」爲「掩撲」，可從。但「掩撲」爲何意呢？徐
校本又沿襲了王季思定本說明的說法，謂「掩撲」是當時一種賭博。「掩撲了」
意即輸了。如照此解法，則「掩撲了我幾夜恩情」，顯然是說「輸去了我幾
夜夫妻恩情」，這叫什麼話呢？且這種解法也太簡略，沒有說明「掩撲」何以
是一種「賭博」。按：「掩撲」也就是「博掩」，其說由來已久。《後漢書・王
符傳》：「或以游博持掩爲事。」注云：「博謂六博，掩謂意錢也。」同書《梁
冀傳》：「冀少爲蹴鞠意錢之戲。」意錢，即擲錢也。唐・釋玄應《一切經音
義》卷十二引何承天《纂文》云：「掩撲、掩跳，錢戲也。俗謂之射數，或云
射意也。」可見「撲掩」就是擲錢以射正反面之數而博勝負，故擲錢也就是
射數、射意。此爲「撲掩」的本義。引申之，則含有猜測、捉摸、占有等義。
本例即用其引申義。「先交人掩撲了」，就是先教人猜測到的意思。猜測到什
麼呢？即指鶯鶯猜測到燕燕過去與小千戶的「幾夜恩情」的夫妻性生活。因
而下文，「被他（鶯鶯）罵得我（燕燕自指）百節酸疼」，這句話才落到實處。
所以說「掩撲」含有猜測等義，那種謂「掩撲」爲「輸去」之意，實是無根

據的臆說，在這裏是講不通的。再如：「肚嵐耽，吃得惹（偌）來胖。」（《李
太白貶夜郎》第一折〔六么序・么篇〕）「嵐耽」是何意呢？徐校本引陶穀《清
異錄》卷三：「諺曰：『闌單帶，疊垜衫，肥人也覺瘦岩岩。』闌單，破裂也；
疊垜，補衲蓋掩之多。」接著斷言「闌單」與「嵐耽」音義相同，一詞異寫。
這種聯繫，看似以音統形，因聲求義，實質則非。因爲事實上也有很多例子，
音同未必義同，本劇即其一例。曲意明言「肚嵐耽，吃得惹（偌）來胖」，顯
係「嵐耽」即肥胖之意，與「闌單」毫不相涉，它與「淪敦著大肚」（《董解
元西廂記》卷二〔仙呂調・咳咳令〕）之「淪敦」、「肥㑯唘胖容儀」（無名氏
散套〔粉蝶兒〕《力士泣楊妃》之「㑯唘」，倒是音近義同。今現代漢語中仍
保存這種說法，天津呼作「粗個淪敦」是也。如把「嵐耽」解作「破裂」，豈
不滑天下之大稽，令人捧腹！

　　總觀上文，徐校本的成功之處是多方面的，出現的問題也不少。兩者相
較，總的說來，成就還是主要的。自徐校本出版以來，後進學者和廣大戲曲
愛好者都受益不少，一直到現在仍起著這樣的作用。我反覆研讀這部書，寫
了這篇評論，其目的就是希望繼起的科研人員，繼承、發揚前輩學者博覽群
書、融會貫通、言必有據、求眞務實的治學精神，同時要善於糾正和補充前
輩的失誤之處，推陳出新，開拓進取，使這門學問日新月異。事實証明，科
研的不斷發展，就是依靠我們後輩，把前輩學者達到的終點，作爲我們的起
點，像接力賽跑一樣，沿著跑道繼續飛奔。但必須認清，如前文所言，《元刊
雜劇三十種》漏字錯字嚴重，字跡漫漶難辨，版子又有斷爛之處，過去校勘
家苦於這種情況，見仁見智，各有不同，有不少問題，還未能取得共識，因
此要想準確無誤地校好這部書，還是個艱巨的任務。任重道遠，切不可等閑
視之。必須在戰略上藐視它，在戰術上重視它，經過不斷的努力，在將來的
某一天，肯定會有更比較完善的校本問世。

（原載於《河北師範大學學報》2004 年第 5 期）

評《詩詞曲語辭匯釋》

王學奇

摘　要

　　張相的《詩詞曲語辭匯釋》廣泛搜集了唐至明代詩詞曲中的特殊習用語，旁徵博引，精當釋義，且以史爲序排比詩詞曲的例証，由詩到詞至曲的繼承及其演變軌迹一目了然，對詞匯發展史的研究也大有啓發。此書自 1953 年出版以來重印多次，深受學界歡迎，但對一些詞如「次第」、「大走」等的釋義，對「包彈」、「薄幸」等義項的詮釋，對「方頭不劣」、「遮莫」等語義的溯源等還存有失誤和不足，應引起注意。

　　關鍵詞：張相；《詩詞曲語辭匯釋》；貢獻；失誤與不足

　　張相的《詩詞曲語辭匯釋》（以下簡稱《匯釋》），總計單字以至短語，標目 537，附目 600 多，分條 800 有餘，全書共 50 多萬字。自 1953 年由中華書局出版以來，迄今已歷半個多世紀，其間重印過多次，台灣也影印過兩次，說明這部書深受學術界和廣大讀者的歡迎。其影響所以如此之大，據我分析，不外以下幾點：一是它廣泛收集了唐、宋、金、元、明人的詩詞曲中一直未有專書解讀的特殊習用語；二是以史為序，排比了詩詞曲的例証，不言而喻，由詩到詞、由詞到曲的繼承及其演變的軌迹，便可一目了然，這對於研究近代詞匯史的發展，大有啓發；三是結合大量例証，旁徵博引，析理細密，釋義精當，確實幫助了廣大讀者理解詩詞曲中的難點，收到實效。在半個世紀以前，這部書對學術界作出如此的貢獻，實在了不起！

　　上世紀 50 年代中期，我從文藝學轉向於戲曲語詞的研究，首先就選擇了這部書做我的主要參考書。幾十年來，我與《匯釋》相終始，使我從中學到很多東西，由於認識不斷深化，同時對《匯釋》的失誤和不足，亦逐漸有所發現，以下就淺見所及，提出幾點，以就正於專家。

一、釋義問題

　　《匯釋》，顧名思義，給每個詞語以精確的解釋，乃本書的第一要務。但「疏釋之事，自古為難」，況詩詞曲中多方言俗語，正如張相所說不特「非雅詁舊義所能賅，亦非八家派古文所習見」，欲求確解，更是難上加難。因之張相在大量的精彩疏解中，亦雜有不少失誤和不當之處。如：

　　「次第」一詞，解法不一。元・王實甫《西廂記》三本一折〔煞尾〕賓白中這樣寫道：「（末云：）小娘子將簡帖兒去了，不是小生說口，則是一道會親的符篆。他明日回話，必有個次第。且放下心，須索好音來也。」這裏的「次第」作何解呢？張相解作「情形」。「必有個次第」，張相謂「必可得到情形」（1979 年 10 月重慶第 3 版《匯釋》本 516 頁，以下引文出自此書者只標頁碼）這種說法，實難苟同。因為例中已經明言，張生給鶯鶯的簡帖兒是會親的符篆，殷切盼望鶯鶯「莫負月華明，且憐花影重」（見本折〔勝葫蘆・么篇〕白），以償其夙願。對此結果，張生很有自信，故在下折〔小梁州・么篇〕賓白中他又說：「我這封書去，必定成事。」意即必定達到會親的目的。後來果然如願以償，得到鶯鶯的覆信：「待月西廂下，迎風戶半開。隔牆花影動，疑是玉人來。」詩的意思是叫張生在月亮上來之時，借花影遮身跳過牆

去，鶯鶯開門等待。這就是張生夢寐以求的愛情將終成正果。所謂「必有個次第」，意即必有個結果也。解作「情形」，豈不費解！再如：

打當，張相在《匯釋》六舉元·關漢卿《拜月亭》二〔梁州第七〕：「怕不大傾心吐膽，盡筋截（竭）力，把個牙推請，則怕小處盡是打當。」隨即而釋之曰：「打當，猶言打算，意言使用心機也。」（第 831 頁）這裏對「打當」的解釋，亦非是。按：「打當」之「當」，應爲「鐺」的假借字。所謂「鐺」，即舊時鄉野草藥郎中走街串巷時手中所擊的一種金屬響器，以招攬顧主。《元典章·刑部十九·禁毒藥》：「凡有村野說謊聚眾，打當行醫，不通經書，不著科目之人盡行斷禁。」所以《拜月亭》劇也說：「則怕小處盡是打當。」意即只怕偏僻村野都是些醫術不高明的醫生。再如：

「大走」一詞，古義謂快步奔跑。《爾雅·釋宮》：「大路謂之奔。」宋·邢昺疏：「大路曰奔，奔，大走也。」張相舉元·無名氏《爭報恩》四〔側磚兒〕：「我這裏急慌忙那身起，大走向他根底。」又舉元·武漢臣《生金閣》二〔紫花兒序〕：「小丫鬟忙來呼喚，道衙內共我商量。豈敢行唐，大走向庭前去問當。」觀此兩劇，前者言「急慌忙那身起」，後者言「忙來呼喚」，又云「豈敢行唐（遲緩）」，都說明急迫得很，不容怠慢，所以「大走向他根底」，意即奔跑到他跟前，「大走向庭前」，意即奔跑到庭前。張相在《匯釋》六則解曰：「大走，猶云大步行走也。」（第 844 頁）此乃望文生訓。殊不知大步行走，絕不等於快步奔跑。再如：

「大小」一詞，在運用中多偏用其義，或取其「大」，或取其「小」，要視上下文語氣而定。王實甫《西廂記》四本三折〔收尾〕：「這人間煩惱填胸臆，量這些大小車兒如何載得起？」揣其語氣，這裏的「大小」，顯然側重在「小」，極言煩惱之多，小車兒不勝負載也。明·閔遇五注《西廂》曰：「今俗言器物之小者，曰能有許多大小。」王季思注《西廂》曰：「大小義視語氣而定，如邵康節云：『程明道兄弟大小聰明』，是稱其大；此處『大小車兒如何載得起』，便嫌其小矣。」再聯繫宋人李清照〔武陵春〕詞：「只恐雙溪蚱蜢舟，載不動許多愁」。亦是言小舟（蚱蜢舟）難載許多愁的意思。以上並可証。而張相舉此例於《匯釋》四卻解之曰：「此猶云偌大車兒。」（第 487 頁）意思豈不恰好相反？再如：

「淡厮」一詞，張相舉明·賈仲明《蕭淑蘭》一〔醉中天〕白：「（梅香云：）姐姐，這秀才好淡厮麼！」張相《匯釋》五釋曰：「淡厮，詈辭，亦沒意思義。」

（第 599 頁）按：「淡㕣」謂爲罵辭，猶可，若解爲「沒意思」，未免不夠切合。
聯繫上下文來看，蕭淑蘭作爲一個封建時代的女性，以一片赤誠心，大膽向
張士英求愛，而張則顧慮重重，擺出一副道貌岸然的面孔，絲毫不顧少女的
情面，竟斷然拒絕，眞是冷酷無情，這豈是一句輕描淡寫的「沒意思」可以
解釋得通。再聯繫元・戴善夫《風光好》劇中的陶谷對秦弱蘭擺道學先生的
架子，秦弱蘭就罵他是「㕣著柄冰霜臉兒人前又狠」，兩相印証，謂「淡㕣」
爲冷酷無情，才是梅香罵張士英的本意。徐嘉瑞在其《金元戲曲方言考》中，
舉本例亦釋「淡㕣」爲「冷酷，可惡」，是其旁証。再如：

　　「當行」一詞，多作行家、內行講，即對某種技藝熟練或學識精通之意。
但也不可一概而論，例如《盆兒鬼》二〔滿庭芳〕：「誰著你燒窰人不賣當行
貨，倒學那打劫的嘍㕣。」其中「當行」二字，應作何解呢？我認爲應解作「本
行」。其理由是：《盆兒鬼》劇是寫汴梁人楊國用問卜於賈半仙，賈半仙說他
有百日血光之災。楊遂出外借經商避禍，三個月獲利 10 倍，歸將抵家，因未
滿百日，離汴梁 40 里投宿客店。店主趙某以燒瓦罐爲業，其妻名叫撇枝秀，
夫妻皆非良善，見客商楊某攜巨資，遂起謀財害命之心，劫而殺之，燒灰和
土，做成瓦罐。嗣後夫妻二人心下不安而神魂顛倒，在店內時見冤魂出現，
復夢窰神震怒欲擒二人加誅。例言「誰著你燒窰人不賣當行貨，倒學那打劫
的嘍㕣」云云，便是窰神對盆罐趙的責備。燒窰人即指盆罐趙，因其所燒的
瓦盆攙用了楊國用的骨灰，實同打劫而來，故云「不賣當行貨」，意即不賣本
行貨也。復按：「當」作「本」講，源遠流長。例如唐・李白《少年行》詩：
「遮莫姻親連帝城，不如當身自簪纓。」《秋胡戲妻》一〔後庭花〕：「送的他
上邊庭，離當村。」《牡丹亭》三十五〔出隊子〕白：「（生拜介：）巡山使者，
當山土地，顯聖顯聖。」以上「當身」即本身、「當村」即本村、「當山」即
本山。凡此特殊義法，不同於上古，亦不同於現代，皆其証。張相在《匯釋》
六中舉此例，竟不加分析地斷言：「凡云當行或行家，均爲內行之義。」（第
834 頁）豈不謬哉。再如：

　　「球樓」一詞，見《燕青博魚》二〔醉扶歸〕：「（楊衙內云：）把這兩個
筐子，要做什麼？左右，與我踹碎了！（正末唱：）呀、呀、呀，他把我個
竹眼籠的球樓蹬折了四五根。」「球樓」何義？近人任中敏在《曲譜》中解云：
「球樓，乃圓籔。」驗之上下文，前云筐子，後云「球樓」，其說是也。張相
則以門窗釋之，謂「此竹眼籠之門，形如窗者也」（第 854 頁）。竊按：燕青

博魚，攜帶筐簍，合情人理，怎能扛著門窗上街？再說門窗並非容器，所博之魚，放置何處？張相所釋，實爲費解。究其所以致誤，在於他不懂「門窗」與「竹籠」，雖同號「球樓」，但異物殊用，故不能等同耳。再如：

撒唔，多見於元明諸曲。如王實甫《西廂記》三本四折〔調笑令〕：「似這般干相思的好撒唔！」陸仲良散套〔一枝花〕《悔怨》：「如今腆著臉百事兒妝憨，低著頭凡事兒撒吞。」無名氏散套〔一枝花〕《盼望》：「怎當老虔婆撒裖，小猱兒妝呆。」以上三例，例一，王季思釋云：「『似這般乾相思的好撒唔』，極言（張）生之乾相思爲痴心也。」二、三兩例，「妝憨」與「撒吞」，「妝呆」與「撒裖」，俱互文爲義。可見「撒吨」、「撒唔」，也都是形容疾呆的樣子。字書亦多作痴呆解。如：《篇海類編・身體類・口部》：「唔，痴貌。」《字匯・口部》：「唔，吞上聲，痴貌。」皆可証。而張相《匯釋》四引明・閔遇五《五劇箋疑》云：「撒唔，猶云扯淡也。」（第 568 頁）人云亦云，人錯也跟著錯，豈不受牽連之冤哉！再如：

「叔待」一詞，見於高文秀《黑旋風》三〔雙調新水令〕白：「叔待！叔待！你家裏有人麼？」又云：「叔待！你爲什麼打我那？」同折〔落梅風〕曲又云：「叔待！呆廝不曾湯著你。」同折〔得勝令〕白：「叔待，我先進來了也。叔待！你家裏怎生這般黑洞洞的？」張相在《匯釋》一中舉過這些例子之後，接著就解釋說：「凡云叔待，猶元叔呵。」（第 30 頁）顯然，在這裏也把「待」誤解爲助詞。按：「待」作爲多義詞，解作助詞「呵」的例子是有的，如王曄《桃花女》劇楔子：「（卜兒做叫科，云：）石留住待！」但不能一概而論。「待」字在元曲中亦多作「大」，如「敢待」作「敢大」，「怕不待」作「怕不大」。故「叔待」，意即「叔大」，「大叔」之倒文也。脈望館古名家本《勘頭巾》「叔待」作「叔叔」，不見助詞痕迹。明清以後，用語趨向規範，徑作「大叔」。如明・王世貞《鳴鳳記》四：「此間已是嚴府了，把門大叔在麼？」清・無名氏《金蘭誼》二十二：「這裏已是監門首了，不免叫一聲，大叔！大叔！」以上皆可証。再如：

「誰家」一詞，隨文而異，有好幾種解釋。在《匯釋》三中舉《西遊記》三本十二齣〔麻郎兒・幺〕白：「（哪吒上，云：）那賤人見我麼？（鬼母云：）誰家一個黃口孺子，焉敢罵我？」此乃哪吒和鬼母對罵之例，對罵的程度，彼此相當。顯然可見，「誰家」二字，在這裏應解作「哪裏」。「誰家一個黃口孺子」，意即哪裏來的　個乳臭未乾的毛孩子！如依照張相把「誰家」解

作「什麼東西」（第 377 頁），則「誰家一個黃口孺子」這句話，豈不成了「什麼東西一個黃口孺子」嗎？按：「黃口孺子」已是詈詞，「誰家（什麼東西）」也解作詈詞，如此加重反擊，在雙方態度上就不對等了。揆諸情理，似嫌不妥，且在修辭學上，亦犯疊床架屋之病，恐曲家楊景賢不會出此敗筆也。再如：

「小可如」一詞，有時用爲比較之詞，意爲不如、比不上；有時用爲疑問詞，有「難道如」的意思；有時也用爲自謙之詞。元・無名氏《馮玉蘭》三〔金菊香〕：「我這裏低頭不語眼偷瞧。（金御史云：）兀的不是有人說話也？（正旦唱：）小可如昨夜停舟那一遭，莫不是狠賊徒把咱尋見了？你直待斷盡根苗，俺的命恁般薄！」這裏的「小可如」不是比較詞，也不是疑問詞，而是自謙之詞，義同「小可」，它與上文「我」字，下文「咱」字、「俺」字前後呼應，便是顯証。張相於《匯釋》四把「小可如」解爲疑問詞，並謂「與下句莫不是相應」（第 559 頁）。按：「莫不是」亦疑問詞，如此觀之，接連兩個反問詞，其文理將何以疏通呢？再如：

「折証」，例見《西廂記》二本二折〔朝天子〕：「才子多情，佳人薄幸，兀的不担閣了人性命。（末云：）你姐姐果有信行？（紅：）誰無一個信行，誰無一個志誠，恁兩個今夜親折証。」此「折証」，意爲對質、折辯。「親折証」，謂是否有信行，你兩個人可以親自對証、折辯也。王季思注《西廂》亦謂「折証」爲「質証、對証」。張相在《匯釋》六舉此例卻把「折証」作爲「正本」條的副目而釋之曰：「折者折本，証者掙本……您今夜親自清算可耳。」（第 836 頁）眞乃風馬牛不相及也。再如：

「著莫」爲多義詞，《西廂記》二本三折〔殿前歡〕：「他不想結姻緣想什麼？到如今難著莫。」這裏「著莫」二字，用爲動詞，意爲捉摸、猜測。「難著莫」，難猜測也。意言張生馳書白馬將軍解普救寺之圍，若不是想和鶯鶯結親圖什麼呢？有此懸念，故曰「難著莫」。張相於《匯釋》五舉此例，卻把「著莫」解爲「著落」（第 730 頁）。衡諸曲意，實不相合。若依張解，則「難著莫」解作「難著落」，這如何講得通呢？

二、義項問題

研究詞義，力爭其全，以方便讀者，並從而推進訓詁學的發展，這是我們語言科學工作者的又一重要任務。張相在《匯釋・序》中也表明：凡「字

面生澀而義晦，及字面普通而義別者，則皆在探討之列，意在囊括眾義」。在此宗旨下，張先生發前人所未發者確實很多，但細檢之，也有不少並未達到囊括眾義之目的。例如：

包彈，張相在《匯釋》五釋曰：「包彈，猶云批評也。」（第 708 頁）但此解只限用於動詞。若「包彈」和否定詞「沒」、「無」或與之相反的「有」字連用時，則用作名詞，意指缺點、錯誤、破綻，則被張相忽略了。例如：董解元《西廂記諸宮調》卷一〔仙呂調・賞花時〕：「德行文章沒包彈。」鄭廷玉《金鳳釵》二〔迎仙客〕：「寫染得無褒彈。」（褒彈，音義同包彈）鄒山《雙星圖》二十一〔掉玉望鄉・掉角兒序〕：「這其中大有包彈。」對此，張相未加具體分析，都囫圇一起，把兩義並為一義，非是。

薄幸，張相在《匯釋》六釋曰：「猶云薄情也。」又曰：「婦女所歡之昵稱。」（第 813～814 頁）然不止此二義，亦可作「薄命」講，如白樸《東牆記》二〔四煞〕：「他是個異鄉背景飄零客，我便是孤枕獨眠董秀英，都薄幸。一個在東牆下煩惱，一個在錦帳裏傷情。」這說明這一對年幼訂婚的男女主人公，都因命運不濟被分割在兩處，未曾及時成親，招致一個煩惱、一個傷情。這裏若把「薄幸」二字解作薄情或昵稱，都難以疏通曲意。此外，還可解作「輕薄子弟」或「流氓壞蛋」。例如楊潮觀《吟風閣雜劇・感天台神女露筋》〔二犯江兒水〕：「艱難共守，也須防薄幸相遭偶。」此劇是寫姑嫂二人結伴夜行，擬投宿人家，又恐遭不測。故「也須防薄幸相遭偶」，意即也須防意外碰到壞人戲弄和凌辱。很遺憾，這兩解都被遺漏了。再如：

赤緊，張相在《匯釋》四釋㈠：「猶云當眞也，實在也。」（第 527 頁）其實並非只此一解，還可以補充兩解：其一，謂無奈，意既無可奈何，表示事與願違的意思。如石君寶《秋胡戲妻》二〔滾繡球〕：「怕不待要請太醫……赤緊的當村里都是些打當的牙槌。」再如無名氏《智降秦叔寶》三〔十二月〕：「我怕不明投唐主，赤緊的家小難為。」其二，意謂緊要的、要緊的。如無名氏《合同文字》三〔滿庭芳〕：「你道俺親伯父因何致怒，赤緊的後姚婆先賺了我文書。」清・尤侗《鈞天樂》二十七〔榴花泣〕白：「惟科名一途，尤為吃緊。」吃緊，「赤緊」的異寫。《品字箋》：「恒言要緊，謂之吃緊。」再如：

倒大，張相在《匯釋》四釋曰：「猶云絕大也。」並引毛西河論《西廂》定本注云：「倒大，絕大也。」（第 486 頁）按：「絕大」乃是甚詞，表示程度，含有十分、非常、多麼等義。《西廂記》二本楔子〔二〕：「我將不志誠的言詞

賺，倘或紕繆，倒大羞慚。」是其例也。但「倒大」不止此一解，還用作轉折詞，猶「卻」，猶「倒」，猶「反而」。如湯顯祖《牡丹亭》十三〔桂花瑣南枝·前腔〕：「茂陵劉郎秋風客，倒大來做了皇帝。」「倒大來做了皇帝」，意即反而做了皇帝。這一解並不少見，可惜被漏掉了。再如：

根腳，張相在《匯釋》六釋曰：「出身之義。」（第 771 頁）這種解法很籠統。其實，家世、成分、資歷等都與出身意思相近，但應視其所處的語言環境，施以比較確切的解法。如張相所舉《西廂記》五本三折白：「我仁者能仁、身裏出身的根腳。」此「根腳」便宜解作「身世」，如解作「出身」，這句話豈不成了「我仁者能仁、身裏出身的出身」？再者一句話裏出現兩個「出身」，也不符合修辭學貴在變化的要求。張相所舉劉時中散套〔端正好〕《上高監司》二：「那問他無根腳，只要肯出頭顱，扛扶著便補。」此「根腳」最宜解作「資歷」。「那問他無根腳」，意即哪管他有沒有資歷。這裏如以「出身」或「身世」解之，文意便疏通不下去。除此以外，「根腳」還有兩解，均被《匯釋》漏掉：其一，「根腳」即指「根」，是「根腳」的本義。如無名氏《抱妝盒》二〔紅芍藥〕：「御園中百花鬥爭開，另巍巍將根腳兒培栽。」其二，「根腳」意指同族親戚。如關漢卿《拜月亭》三〔呆骨朵〕：「這般者，俺父母多宗派，您昆仲無枝葉。從今後休從俺爺娘家根腳排，只做俺兒夫家親眷者。」「根腳」與「親眷」互文為義，根腳，猶親眷也。張相舉此例，亦解作「出身」，顯係不當。再如：

後，張相在《匯釋》三釋曰：「猶呵或啊也。」又繼而補充曰：「後字為語氣間歇之用。」並舉大量例証以証明之（見第 333 頁）。但僅僅歸結為語助詞這一個義項，顯然是不夠的，應知「後」字也用以表時間。例如：《拜月亭》一〔金盞兒〕：「怕不問時，權作弟兄，問著後，道做夫妻。」《西廂記》四本三折〔一煞〕：「我為什麼懶上車兒內，來時甚急，去後何遲？」兩例「後」字皆與「時」字互文為義，並可証。「後」也用作稱謂詞，如無名氏《村樂堂》二〔烏夜啼〕白：「我有些怕後。」「怕後」，怕老婆也。再如：

可煞，張相在《匯釋》四釋曰：「猶云可是也，疑問辭。」（第 543 頁）並舉大量宋人詞以為証，但不見金元人曲例，其實董解元《西廂記諸宮調》也繼承了這種用法，如卷七〔仙呂調·滿江紅〕云：「呼至簾前，夫人親問道：『張郎在客可煞苦辛？』」意言張生出門在外是否辛苦也。按：「可煞」不僅如上述作疑問詞用，亦用作甚詞，表程度，有真是、極端、非常、十分等義。

例如：宋・無名氏《小孫屠》十四〔南曲・刷子序〕：「心中自忖，怨親娘可煞孤命。」金・無名氏《劉知遠諸宮調》十一〔仙呂調・戀香衾・尾〕：「李洪義撞到頭直上。雙眉踢竪，便是收秋虎獬絡絲娘；兩眼爭圓，恰似初夏握翻採桑子。見知遠可煞怒。」關漢卿《望江亭》一〔賺煞・尾〕白：「誰想今日成合了我姪兒白士中這門親事，我心中可煞喜也。」並可証。再如：

門對，一作「對門」，張相在《匯釋》六釋曰：「夫妻配合之義。」（第835頁）按：「夫妻配合」，意即配偶，作名詞用。但不僅僅用作名詞，引申之亦可用作動詞，如關漢卿《裴度還帶》四〔喬牌兒〕：「幾曾見酩子裏兩對門？」意言幾時曾見平白無故地兩家結親？這和前義迥然不同，此其一。其二，「門對」或「對門」又係「門當戶對」的省詞，例如：王曄《桃花女》三〔中呂粉蝶兒〕：「別人家聘女求妻，也索是兩家門對。」無名氏《娶小喬》一白：「止有小喬，未曾婚對，老夫務要尋個對門，方才成親。」所謂「門當戶對」，是指男女雙方家庭的社會政治地位和經濟條件相當。無名氏《女姑姑》一〔尾聲〕：「有一日車乘駟馬，或是官封五霸，你才與那卓王孫，能彀做一個對門家。」這主要是從社會政治地位來考慮婚配的。無名氏《渭塘奇遇》一〔後庭花〕：「你道他有莊田廣有銀，有宅子華屋新，有妝奩錦繡裀，有梅香使數人，好和他做對門。」這主要是從經濟條件來考慮婚配的。再如：

年時，張相在《匯釋》六釋曰：「猶云當年或那時也。」（第790頁）這意思就是說在時間上指的是過去，但不止此一義，還有一義是指年頭、年景或年成。例如：無名氏《貨郎旦》四〔梁州第七〕：「正遇著美遨遊融和的天氣，更兼著沒煩惱豐稔的年時。」「豐稔的年時」，意即豐收的年成。小說《初刻拍案驚奇》卷三十三：「不則一日，到了山西潞州高平縣下馬村那邊，正是豐稔年時，諸般買賣好做。」義同上。再如：

叵耐，又作叵奈、叵耐、頗奈。張相在《匯釋》二釋曰：「叵耐一辭，叵為不可之切音，耐，即奈也。本為不可奈何之義，引申之而成為詈辭，一如今所云可惡。其字本作頗奈或叵奈，頗亦不可之切音也。」又云：「因奈、耐字通，故遂作叵耐。」（第289頁）所說均是。但「叵耐」之義，並非「可惡」一項，《匯釋》還遺漏以下三義：其一，叵耐，還有無賴、惡棍之義，猶俗云「潑賴」。明・無名氏《哪吒三變》三〔調笑令〕：「罵你這頗奈（奈），我跟前逞狂乖。」清・張照《升平寶筏》十六〔青哥兒〕：「堪恨那無知無知叵耐。」又清・葉堂（懷庭）《納書楹曲譜》載《西天取經》（即《升平寶筏》）劇作「潑

賴」，並可証。其二，又有怎奈、豈奈之義。如劉君錫《來生債》一〔六么序・么篇〕：「誰待殷勤，頗奈錢親！錢聚如兄，錢散如奔。」此「頗奈」，意即怎奈、豈奈，蓋極言錢之可貴也。其三，還有挫折之義。如無名氏《衣襖車》四〔中呂粉蝶兒〕：「也是我運拙時乖，誰承望一場頗奈？」意言時運不好，誰料想到遭遇這場挫折呢？再如：

其程，一作「期程」，倒作「程期」。張相在《匯釋》三釋曰：「其程，估計時間之辭。」（第399頁）義項也不止此。再補上兩解，方成完璧：其一，有時特指路程，乃空間觀念。如李漁《奈何天》十二〔尾聲〕：「趲程期，休留滯。」「趲程期」，趕路程也。其二，有時也引申作前程、希望講。如石君寶《曲江池》楔子白：「若但因循懶惰，一年春盡一年春，有什麼程期在那裏。」「有什麼程期在那裏」，意言有什麼前程和盼頭也。再如：

體面，張相在《匯釋》六釋曰：「體面，規矩之義。」（第781頁）除此，還可以補充三義：其一，謂「情面」。如喬吉《金錢記》四〔水仙子〕：「（正末云：）小官欲要不成這門親事，則怕破了丈人體面。」孔尚任《桃花扇》二十〔錦上花〕白：「罷！罷！還到史閣部轅門，央他的老骽（體）面，替俺解救罷。」其二，謂容貌。如馬致遠散套〔青杏子〕《姻緣》：「體面妖嬈，精神抖擻。」此「體面」與「精神」反襯為文，意言容貌亮麗，精神煥發。其三，謂風度。如蘭楚芳散套〔粉蝶兒〕《驕馬金鞭》：「你看他那穩穩重重那些兒體面，你看他那安安詳詳謙遜詞言，笑一笑鶯聲囀，不由人不愛憐，恰似一個謫降下的玉天仙。」這裏的「體面」只宜作「風度」講，若易以他解，便失確切。再如：

問，張相在《匯釋》五釋曰：「猶向也。」（第621頁）。按：「問」為多義詞，僅歸結為介詞「向」，非是。殊不知有時亦用作動詞「求」，例如：宋・辛棄疾〔水龍吟〕《登建康賞心亭》詞：「求田問舍，怕應羞見，劉郎才氣。」清・碧蕉軒主人《不了緣》四〔點絳唇〕白：「看來，世上的人，問的是名，求的是利。」兩例皆「問」「求」互文為義。此其一。其二，「問」也作審訊、審判講。例如關漢卿《望江亭》四〔錦上花・么篇〕：「將衙內問成雜犯。」「問成」，審判成也。雜犯，指死罪以下的罪名。關漢卿《蝴蝶夢》三〔倘秀才〕白：「罪已問定也，赦不的了。」「問定」，審定（結案了）也。其三，問，意猶「管」、猶「論」。例如：無名氏《博望燒屯》四〔迎仙客〕白：「不問你藏在何處，我這哥哥便得知道。」「不問」，謂不管或不論也。賈仲明（一作武

漢臣）《玉壺春》三〔迎仙客〕：「問什麼撞著喪門？管什麼逢著吊客？」「問」「管」互文為義，更是顯証。其四，「問」，意猶「請」。例如董解元《西廂記諸宮調》卷六〔大石調・驀山溪〕：「張生是日，叉手前來告：『有事敢相煩，問庫司兄不錯。』」「問庫司兄不錯」，意即請庫司兄明白鑒察也。其五，「問」用作使令詞，意猶「令」、猶「教」、猶「讓」、猶「著」。例如關漢卿《謝天香》四〔哨遍〕：「不問我舞旋，只著我歌謳。」「問」「著」互文為義。其六，「問」，古與「聞」通用。聞，意指音信、消息。例如清・楊潮觀《吟風閣雜劇・韓文公雪擁藍關》〔南黃針・點絳唇〕白：「我倉忙逃竄，家問不通。」「家問」，謂家中音信或消息也：《說文通訓定聲・屯部》：「問，假借為聞。」其七，「問」亦有問候、慰問之意。例如《吟風閣雜劇・信陵君義葬金釵》〔刮鼓令・前腔〕白：「我與他，生無通問之情。」意言活著的時候，我和他沒有問候、慰問的情誼。凡以上 7 解，皆為《匯釋》所遺漏。再如：

學，張相在《匯釋》五釋曰：「猶說也。」（第 620 頁）除此還有數解漏收。其一，學，由「說」還可以引申為「轉述」、「學舌」的意思。例如：《劉知遠諸宮調》三〔南呂宮・一枝花〕：「四叔，你也休見罪，凡百事息言，莫學與洪信、洪義。」「莫學與洪信、洪義」，意言不要轉告給洪信、洪義。此亦見之小說，如《古今小說・滕大尹鬼斷家私》：「倪善述聽到這裏，便回家學與母親知道。」「學與母親知道」，意即轉述給母親知曉。其二，「學」也有「似、像、如」的意思。如李文蔚《圯橋進履》三〔滾綉球〕：「（韓信云：）軍師論六韜呵怎生？（正末唱：）論六韜我學那定山河、保乾坤、伐無道的姜呂望。（韓信云：）論機見可學誰也？（正末唱：）論機見呵，我似那齊孫臏報冤仇，在馬陵川夜擒了那一員虎將。（韓信云：）論敢勇可學誰也？（正末唱：）論敢勇呵，我似那楚伍員伏盜跖、赴臨潼、舉金鼎、欺文武、保諸侯、逞英豪，狀貌堂堂。」以上都是韓信以「學」字發問，正末（張良）用「似」字作答，可見「學」猶「似」也。還有南朝梁・鮑泉《奉和湘東王春日》詩：「新扇如新月，新蓋學新云。」顏之推《和陽納言聽鳴蟬篇》：「單吟如傳簫，群噪學調笙。」兩「學」字又皆與如字互文，是「學」猶「如」也。其三，亦用作比擬詞。如無名氏《替殺妻》三〔石榴花〕：「俺本是提刀屠翻做了知心交，論仁義有誰學？」同劇同折〔耍孩兒〕：「指望咱弟兄信如陳雷膠漆有誰學？」無名氏散套〔南呂一枝花〕《輕盈壓翠鸞》：「柳枝兒怎比纖腰，玉朵兒難學玉容，月牙兒剛比鞋弓。」三例「學」字皆是「比」的意思。第

三例，學、比互文爲義，更是顯証。其四，意謂描繪、圖畫。如湯顯祖《紫釵記》三〔綿搭絮・前腔〕：「學鳥圖花，點綴釵頭金步搖。」學、圖互文爲義，是「學」猶圖也。其五，意謂模仿、效法。王念孫《廣雅・釋詁三下》：「學，效也。」如蘇門嘯侶（李玉）《永團圓》三〔破齊陣〕白：「欲學馬援、馬超建少功業。」同劇十六〔瓦盆兒〕：「妻呵，你休學爹行輩，棄貧傷義。」李漁《愼鸞交》十三〔山坡羊・前腔〕：「東家有淚洒不到西家院，只好滴向空階學細雨綿。」皆其証。且其用法，早見於上古，如《墨子・貴義》：「貧家而學富家之衣食多用，則速亡必矣。」「學富家」，效法富家也。其六，用作副詞，意猶「才」也，表示時間過去不久。如劉禹錫《送國子令狐博士赴興元覲省》詩：「相門才子高陽旗，學省清資五品官。」《全唐詩》「學」作「才」。「學省」，才省也。再如：

伊，張相在《匯釋》六釋曰：「第二人稱之辭，猶云君或你，與普通用如他字者異。」（第 758 頁）但不知「伊」也用作第一人稱（我）。例如：無名氏《醉寫赤壁賦》一白：「我想爲人半世清貧，十載苦志，學得胸中有物，爲朝廷顯官。」又云：「想俺秀才每學就文章，扶持聖主，方顯大丈夫之志也。」接唱〔仙呂點絳唇〕：「想伊每十載寒窗，平生指望，登春榜。」這是蘇軾赴王安石晚宴時吐露的胸懷。前云「我想」，又云「俺秀才每」，後云「伊每」，顯然「伊」與「我」、「俺」同是蘇軾自指。無名氏《怒斬關平》四〔雁兒落〕：「則您這眾將軍來勸伊，想當日四海皆兄弟有馬孟起、趙子龍，有黃漢升少張車騎。（黃忠云：）看三位兄弟面，怎生饒了關平者。（正末云：）休道是您勸我。」接唱〔掛玉鈎〕：「便跳出七代先靈勸不得。」前云「勸伊」，後云「勸我」，亦証明「伊」即我也。再如：

則個，張相在《匯釋》三釋曰：「則個，表示動作進行之語助辭，近於『著』或『者』。」（第 373 頁）但不知還用作襯字，在句中只起聲調作用，無實際意義。例如無名氏小令〔兩頭蠻〕《四季閨怨》：「堪憐堪愛，倚定門兒手托則個腮，好傷則個懷，一似那行了他不見則個來，盼多則個才。」又云：「守空則個房，一似那行了他不見則個郎；好恓則個惶，忙把明香禱告上蒼。」又云：「自偪則個偬，一似那行了他不見則個游；怕登則個樓，月兒灣灣照九洲。」又云：「訴與則個誰，好傷則個悲，一似那行了他不見則個回；受孤則個恓，去了朱顏喚不回。」（見明・張祿輯《詞林摘艷》卷一）如把上舉曲文中各「則個」字刪掉，則文通字順，毫不損曲意。

三、溯源問題

　　《匯釋》以詩、詞、曲爲例，詞條排列次序大體由詩而詞而曲，表示語義的傳承關係，這是本書的特點，也是本書的優點。但詞語的起源，各有歷史背景，出現情況，或遲或早，參差不齊，極爲複雜，有的詞的源頭，可以追溯到很古，故欲求詞義的確解，必須上下求索，明其源流。如果把詩詞曲所列各例作爲整體來看，從全書中很少看到徵引唐以前的文獻資料以爲佐証，這又是美中不足的地方。例如：

　　方頭不劣，張相在《匯釋》六釋曰：「爲倔強不馴之義。不劣亦作不律，亦倒之而爲不劣方頭，亦省之而爲不律頭。」隨後就舉了幾個元曲中的書証，最後又歸結說：「要之，皆爲倔強不馴義也。」（第 862 頁）這個解釋，自然不錯，但沒有指明語助詞「不劣」的作用，「方頭」用義的來源更沒有往上推。其實，「方頭」一詞，在唐詩中就有，如陸龜蒙《有懷》詩云：「方頭不會王門事，塵土空緇白紵衣。」故宋・趙令時《侯鯖錄》卷八引陸龜蒙此詩曰：「亦有此出處矣。」再追一步，觀《太平御覽》卷七七三：「袁子正書曰：『申屠剛諫光武，以頭軔車輪，此方頭也。』」按：申屠剛諫光武事，見《後漢書・申屠剛傳》，或即此語之濫觴乎？再如：

　　判，張相在《匯釋》五釋曰：「割舍之辭，亦甘願之辭。自宋以後多用拚字、拌字，而唐人則多用判字。」（第 641 頁）這種說法，只是就唐、宋用例比較而言，還不能說唐代是最早使用「判」字的源頭。「判」字的源頭，一直可以追溯到上古。如《吳越春秋・勾踐伐吳外傳》：「一士判死兮而當百夫。」「判死」，意即拚死（甘願去死）也。再如：

　　遮莫（折莫、折末、折麼、折摸、者莫、者麼、者磨、者末），張相在《匯釋》一釋曰：「猶云盡教也。」「猶云不論或不問也。」「猶云假如也。」「猶云什麼也。」「猶云莫要也。」（第 135〜140 頁）這 5 種解釋，不能囊括眾義，這且不管，就其源頭而講，在《匯釋》的全部論証中，都局限在唐以後的詩詞曲中，一條也沒有向唐以前溯本追源。其實「遮莫」一詞，早見於晉・干寶《搜神記》，其書卷十八云：「我天生才智，反以爲妖，以犬試我，遮莫千試萬慮，其能爲患乎？」其中「遮莫」即「盡教」義也。此語今仍習用，如今人葉葉《九秋》詩：「飄零遮莫與君同，寂寞關山行李中。」可見其源遠流長矣。

　　由此可証，解釋同語，若能把遠祖找到，驗明血緣，有根有據，說的話才理直氣壯。還有，若不滿足於釋義只示讀者以「當然」，而欲明其「所以然」，也必須借助於對詞語的溯本追源工作。例如：

　　三不知，張相在《匯釋》四釋曰：「突然不料之義。」（第 569 頁）這是個簡單的答案，只告訴人以「當然」，而未明其「所以然」，會使人莫名其妙。要徹底弄懂這個詞義，就必須尋根。原來「三不知」的本義是指對一件事的開端、中間、結尾都不知悉。語出《左傳・哀公二十七年》：「荀文子曰：『君子之謀也，始、衷、終皆舉之而後入焉，今我三不知而入之，不亦難乎？』」明・姚福《青溪暇筆》本此亦云：「俗謂忙遽曰三不知，即始、中、終三者皆不能知也。」引申爲突然、不料。清・姚元之《竹葉亭雜記》卷七：「俗說『三不知』，意料不到之辭也。」再如：

　　三不歸，張相在《匯釋》四釋曰：「無著落之義。」（第 569 頁）究竟何以稱「無著落」爲「三不歸」，張相亦一筆帶過，沒有道出「所以然」來。按：「三歸」之說不一，最早見於《論語・八佾》。《論語集注》說：「三歸」是台名。《史記・禮書》云：「周衰，禮廢樂壞，大小相逾，管仲之家，兼備三歸。」包咸注曰：「三歸，娶三姓女也。婦人謂嫁曰歸。」意思就是說管仲娶了三姓的女子。「三不歸」意即一個家室也沒娶得，因引申爲無著落也。後亦通謂功不成不歸、名不立不歸、利不就不歸爲「三不歸」，此亦「無著落」之所本也。再如：

　　慕古，張相在《匯釋》五釋曰：「糊塗之義。」（第 717 頁）也未明其「所以然」。按：「慕古」，一作「暮古」，乃背時、不達權變之義。《漢書・食貨志上》：「（王莽）動欲慕古，不度時宜。」《後漢書・鍾皓傳》：「好學慕古，有退讓意。」元・李冶《敬齋古今注》卷五云：「今人以不達權變者爲慕古，蓋謂古而不今也。」通過以上尋根覓迹，一脈傳來，則金元諸曲中「慕古」之所以作糊塗義者，可以豁然貫通矣。

　　追本溯源，對於解詞釋義，不僅有上述作用，還可以匡謬正誤。澄清過去一些錯誤的說法。例如：

　　包彈，宋・王楙《野客叢書》解釋說：「包拯爲臺官，嚴毅不恕，朝列有過，必須彈擊，故言事曰沒包彈。」張相表示不同意王楙的說法，在《匯釋》五舉劉克莊《溪庵》「包彈靡靡蕭蕭制，指摘深深款款詩」而釋曰：「玩此詩，包彈與指摘作對，似乎包彈二字平用，俱爲動辭。以視《野客叢書》所云包

拯為臺官，嚴毅不恕，朝列有過，必須彈擊者，則其義異矣。疑包彈為當時之熟語，遇有批評指摘義時用之，或未必與包拯有關。」但他反對的不徹底，故接著又說：「抑或此同之起源，與包拯有關，及沿用既熟，則並包字義而亦使用如彈字義歟？」（第 708～709 頁）語在疑似之間，說明他沒有有力的根據反對王懋的說法。其實，「包彈」一詞在唐代就已出現了。如《義山雜纂》卷上「不達時宜」條下有云；「筵上包彈品味。」又在「強會」條下云：「見他文字駁彈。」又張鷟《朝野僉載》卷四云：「小人在位，君子駁彈。」（按：駁、駮乃包的異體字）根據這幾條唐代資料，則不僅可以一掃張相的疑團，王懋把「包彈」和「包拯」牽扯的謬說，也不攻自破了。若再往上追，在六朝文字中，還可以找到「包彈」的影子。如《三國志·魏書·曹爽傳》注引《魏略》曰：「其在臺閣，數有所彈駁。」又同書《杜恕傳》注引《魏略》曰：「康既無才敏，因在冗官，博讀書傳，後遂有所彈駁。」彈駁，駁彈之倒文也，形異而義同。據此可証「包彈」源遠流長。若淺嘗輒止，便易為謬說所誤。再如：

不剌，張相在《匯釋》六釋曰：「語尾助詞。」其說是也。接著又盲目地引明人閔遇五《五劇箋疑》云：「不剌，北方語助詞」（第 744 頁）。難道僅僅是流行在北方的語助詞嗎？張相未加深究。實際南方也用為語助詞，如杭州人范康《竹葉舟》楔子白：「你穿著這破不剌的舊衣。」江西臨川人湯顯祖《南柯記》二十六〔煞尾〕：「成就這悄不剌小檀郎，快活煞了我。」杭州人洪昇《長生殿》三十八〔四轉〕：「直弄得伶俐的官家顛不剌，懵不剌，撇不下心兒上。」再者，也不僅限於華北、滿蒙一帶，遠在新疆克拉瑪依地區，也普遍使用「不剌」為語助。據我調查，他們說「鹹」為「鹹不剌的」，說「淡」為「淡不剌的」等皆是。而且「不剌」也絕不是在元代土生土長的，它的遠祖，可以追溯到上古。《詩·大雅·桑柔》：「捋采其劉。」毛傳：「劉，爆爍而希也。」鄭玄箋：「及已捋採之，則葉爆爍而疏。」爆爍，亦作「暴樂」。《爾雅·釋詁》：「毗劉，暴樂也。」郭璞注：「謂樹葉缺落，蔭蔬暴樂。」郝懿行義疏：「暴樂之為言，猶剝落也。」可見「不剌」是由爆爍、暴落以至剝落一脈相承，音轉而來。若不下此工夫，是不易澄清謬說，得其確解的。再如：

爭，張相在《匯釋》二釋曰：「猶怎也。自來謂宋人用怎字，唐人只用爭字。」（第 248 頁）他這個結論可能受了明人徐渭《南詞敘錄》的影響。《敘錄》曰：「唐無怎字，借爭為怎。」事實果然如此嗎？非也。請看唐人用「怎」

字之例，如：敦煌變文《維摩詰經講經文》：「如空中鳥迹更無別，怎生得受菩提記？」又云：「唯承仏（佛）果理全虧，怎生得受菩提記？」又云：「昨朝今日事全殊，怎生得受菩提記？」又云：「正位方中絕因果，怎生得受菩提記？」又云：「聖賢彌勒一雷同，怎生得受菩提記？」又云：「莫分莫別是玄河，怎生得受菩提記？」又唐・呂岩《絕句》詩：「不問黃芽肘後方，妙道通微怎生說？」南唐・李璟〔帝台春〕詞：「拚則而今已拚了，忘則怎生便忘得？」宋人用「爭」之例，如歐陽修〔青玉案〕詞：「買花載酒長安市，又爭似家山見桃李？」柳永〔採蓮令〕詞：「千嬌面，盈盈佇立，無言有淚，斷腸爭忍回顧？」又〔八聲甘州〕詞：「爭知我倚闌杆處，正恁凝愁。」司馬光〔西江月〕詞：「相見爭如不見，有情還似無情。」王詵〔燭影搖紅〕詞：「幾回得見，見了還休，爭如不見。」晁元禮〔綠頭鴨〕詞：「陰晴天氣，又爭知共凝。」張元幹〔蘭陵王〕詞：「曾馳道同載，上林攜手，燈夜初過早共約，又爭信飄泊。」不通過實踐，深入到作品中去，往往易被權威之言所蒙蔽，學人不可不慎也。

四、其他問題

《匯釋》的失誤，沒有搞通劇情，張冠李戴的笑話也有，例如元刊本《三奪槊》二〔賀新郎〕：「見齊王、元吉都來到，半晌不迭手腳，我強強地曲脊低腰。」是誰「見齊王、元吉都來到」呢？張相於《匯釋》二注曰：「按劇情尉遲恭正在病中，言勉強起身迎接，措手不及作完全之敬禮也。」（第198～199頁）其實，並非尉遲恭正在病中，而是秦叔寶正在病中。此劇第一折劉文靜飾正末，第二折秦叔寶飾正末，第三、四折才是尉遲恭飾正末。第二折一開始賓白中就交待清楚：「正末扮秦叔寶上了。」劇的內容是寫秦叔寶患病，齊王、元吉來看望他，叔寶表示，因病不能再上戰場拼殺，故在下文又表示說：「好羞見程咬金知心友，尉遲恭老故交。」又在下文中追述往日和尉遲恭交戰的情景：「當日我和胡敬德（即尉遲恭）兩個初相見，正在美良川廝撞著，俺兩個比並一個好弱低高。」「那將軍（尉遲恭）剗馬騎，單鞭搭，論英雄，果勇趹。」通過這些描述，昭然可見，絕非如張相所說是「尉遲恭正在病中」也。

斷句失誤之處也不少，例如元：刊本《三奪槊》二〔鮑老兒〕：「那凶頑狠劣，奸滑狡幸，則待篡位奪權。」鄭騫《校訂元刊雜劇三十種》本、徐沁君《新校元刊雜劇三十種》本、隋樹森《元曲選外編》本均作如是斷句，文

通字順，切合義理。張相《匯釋》二舉此例，卻作了如下斷句：「那凶頑狠劣奸滑狡，幸則待篡位奪權。」（第268頁）當斷不斷，而把句子拉長，讀之拗口。又把「幸」字斷歸下句，割裂了「狡幸」這個詞語。按：「狡幸」乃熟語，隨處可見。如《桃花女》三〔石榴花〕：「你暢好是下的，使這般狡幸心機。」是其旁証。再如元刊本《替殺妻》二〔尾聲〕：「我與你有恩念哥哥掙了本。」鄭騫《校訂元刊雜劇三十種》本、徐沁君《新校元刊雜劇三十種》本、隋樹森《元曲選外編》本，均作如是斷句，未把「恩念」二字分開，這是對的。按：恩念，意謂恩德、恩惠、恩情，是習用已久的熟語，戲曲小說中多見之。如：《瀟湘雨》一〔金盞兒〕白：「得一官半職，回來改換家門，則是休忘了我的恩念。」《荐福碑》二〔滾綉球〕白：「感謝哥哥，此恩念異日必當重報。」《虎頭牌》一〔醉中天〕白：「你如今崢嶸發達呵，你休忘了俺兩口的恩念。」《清平山堂話本・剗頸鴛鴦會》：「一個全不念先夫之恩念，一個那曾題亡室之遺容。」《水滸傳》第四回：「提轄思念，殺身難報」。以上俱可証。張相在《匯釋》六舉《替殺妻》例，卻把「恩念」二字割裂開，斷成這個樣子：「我與你有恩，念哥哥掙了本。」（第836頁）這怎麼講得通？

此外，有關體例、校刊、引文出處、文字錯訛等方面，亦多有可議之處，限於篇幅，只好收筆了。

通過對《匯釋》的研究，總的意見，有以下三點：

（一）如前文所言，我們雖已指出《匯釋》若干失誤和不足之處，但和它的成績比，仍是次要的。特別是它比較系統地研究近代漢語詞匯，這還是第一次，具有開創的歷史意義。應該說，在當時它標誌著這方面學術研究的頂峰。幾十年來，對於近代漢語特殊語詞的探討，起了有力的推動作用。在它的影響和啓迪下，帶動起一批後起的學子沿著這條路繼續前進。這個功績，是不可估量的。

（二）科學文化事業，是屬於全人類的事業，在一定的歷史階段，每個人所做的工作，不管或多或少，都只是其中的一部分。因此必須承認，今天我們指出《匯釋》的缺失或有所補正，都不可能完全是個人能力所能勝任，而是半個多世紀整個語言科學文化的積累和發展的結果，若干年後也必會有人對我們今天的研究成果提出批評和補救的意見。後之視今，亦猶今之視昔，這是科學發展的規律，永遠如此。若貪天之力，以為己力，是沒有科學頭腦的表現。

　　（三）我們研究前人的科學成果，不應滿足於指出它的優缺點，主要目的，是要通過研究，學習前人的治學精神、治學方法以及成功之處，同時也要對前人疏失、缺漏有所改進，以充實和完善我們的研究方法，把科學研究從前人抵達的終點向前推進，提高到一個新水平。

（原載於《河北師範大學學報》2006 年第 1 期）

第三輯

《元曲選校注》前言

　　《元曲選》，一名《元人百種曲》，是明代著名戲曲家臧晉叔編選的元雜劇選集（其中闌入少數明人作品）。劇本選錄的既富且精，又大多經過臧氏的加工整理，科白完整，並附有音注。在現今一百五六十種元雜劇中，有很多優秀作品主要是依靠《元曲選》這部書得到保存和廣泛的傳播。臧晉叔的這種功績，不僅被歷史所證明，就是他同時代的著名戲曲理論家，也給予充分的肯定。例如王驥德說：「近吳興臧博士晉叔校刻元劇，上下部共百種，自有雜劇以來，選刻之富無逾此。」還說：「其百種之中，諸上乘從來膾炙人口者，已十備七八」。（見《曲律・雜論卅九下》）徐復祚也說：「晉叔不聞有所構撰，然其刻元人雜劇多至百種，一一自刪定，功亦不在沈（璟）先生下矣。」（見徐氏《曲律》）

　　正因爲如此，在過去相當長時期內，《元曲選》不僅是廣大戲曲工作者、教育工作者賴以取材的寶庫，就是元曲研究專家，也多以此爲主要依據。應該說，《元曲選》在過去已經發揮了相當重要的作用。時至今日，全民族的文化已普遍提高，元曲的研究工作日益普及和深入，國際間的學術交流也越來越頻繁。在此情況下，《元曲選》的舊版本，顯然已不適應當前形勢的需要。因爲舊版的《元曲選》，還是豎排繁體字，斷句還是舊式句讀（dòu 逗），又由於《元曲選》經過長期的流傳和輾轉翻印，文字上魯魚亥豕的情況，逐漸增多，特別是元曲的方言俚語，很多不易理解，有的甚至完全不可思議，而《元曲選》幾百年來卻從未有過全注本。在一百種劇本中，前人注釋過的不足三分之一，從而阻礙了廣大元曲愛好者的閱讀，影響了研究工作的進一步開展和民族文化的弘揚。爲此，從 1981 年起，我們草擬計劃，組織人力開始對《元曲選》這部古籍，進行全面整理，經過十年努力，終於告成。

我們進行的工作，包括以下七個方面：

（一）改豎排為橫排，改繁體為簡體

全書版式一律改豎排為橫排，並按照國家頒布的「簡化字總表」，把繁體字徑改為目前通行的簡化體，統一了異體字。這樣，在生理上既適合目力；在文字上又便於一般讀者閱讀，以達到擴大元曲流行的範圍。

（二）改舊式句讀為新式標點

所謂「句」是指一句話的意思說盡之處，書面上用圈（句號）標記；所謂「讀」是指一句話的意思未盡而須停頓的地方書面上用點（讀號）標記。辨明「句讀」，對於理解文意，去疑解惑，非常重要。故古代教育就很重視「句讀」。小孩子一入學，就要求從句讀開始。韓愈《師說》云：「彼童子之師，授之書而習其句讀者也。」又云：「句讀之不知，惑之不解。」但《元曲選》的原刻本，「句」、「讀」皆無，後來的排印本，雖加上句號，仍無讀號。句號一圈到底，只起斷句作用，難以揭示複雜的曲意。而新式標點，不只有句號、逗號，還有問號、感嘆號、破折號等等，這樣，它不但能說明曲意，還能表達感情。例如：

> 紅娘問張生：「因甚的便病的這般了？」張答：「都因你行——
> 怕說的謊——因小侍長上來，當夜書房一氣一個死。」（《西廂記》
> 三本四折〔天淨沙〕）

例中破折號裏的插句「怕說的謊」，就是表明用反詰語作有力的解釋，以明紅娘所言不是欺騙。而清人毛西河《西廂》本卻將此句斷作：「你行怕說的謊，都因小姐上來，當夜回書房，一氣一個死。」這樣斷句，不但失掉原文的感情和神韻，而且連語意也含混不清。

遺憾的是：目前出版的《元曲選》，仍是舊版本，只有「句」，沒有「讀」，這如何能使一般讀者正確理解曲文的含義。為減少對曲文的誤解，這種情況再也不容繼續下去，勢須改用新式標點符號，才便於科研工作者使用，才能把元曲這份寶貴遺產普及到廣大的讀者中去，才能去粗取精，古為今用。故改用新式標點符號，實為整理古籍的首要工作。

（三）按人物上下場次將賓白劃分段落

《元曲選》的舊版本，只有「折」與「折」之分，賓白連排到底，囫圇一物，眉目不清。這次我們整理時，依照劇中人物的上下場次，把賓白分成

段落，以幫助讀者可以清晰地看出劇中人物的活動及劇情發展的脈絡。同時我們還在某些劇本中選用了一些插圖，以增強讀者的感性認識。

（四）我們根據的底本、校本和採取的校勘原則：

我們是根據雕蟲館校定的明萬曆博古堂刻本，並參照中華書局鉛字排印本作爲底本；同時採用《古本戲曲叢刊》第四輯所收的元刊本和明代各刊本作爲校本；近年出版的有影響的校本作爲參考校本。前賢有未盡或失誤處，則補正之。可以說這是一個全新的本子。

我們所以根據雕蟲館校定的博古堂刻本，是因爲它是編選者臧晉叔本人的校定本；它是最早的本子，後來的影印本和排印本皆源於此。但它也並非完整無缺，例如：「窗」字，博古堂刻本作「窻」；「紙」字，博古堂刻本作「帋」；「怪」字，博古堂刻本作「恠」；「履」字，博古堂刻本作「屨」；「鐵」字，博古堂刻本作「銕」；又「坐」字，博古堂本誤刻爲「生」；「曾」字，博古堂本誤刻爲「會」；「春」字，博古堂本誤刻爲「眷」；「澆」字，博古堂本誤刻爲「燒」；「折」字，博古堂本誤刻爲「斬」；如此等等，後來的中華書局排印本皆已改正。但中華本在改正的同時，又出現了不少把簡化字改爲繁體字的問題，例如博古堂刻本「烟」字，中華本改爲「煙」；博古堂刻本「托」字，中華本改爲「託」；博古堂刻本「携」字，中華本改爲「攜」；博古堂刻本「庄」字，中華本改爲「莊」；博古堂刻本「踪」字，中華本改爲「蹤」；等等。在過去通行繁體字的時候，這也許是爲了規範化，但已不符合今天簡化漢字的要求。在這些地方，我們仍從博古堂刻本。

我們校勘時具體採用的元、明刊本有：

《元刊雜劇三十種》本（簡稱元刊本）；

《古雜劇》本（即顧曲齋本）；

《雜劇選》本（即息機子本）；如收在《脈望館古今雜劇》中，則稱《脈望館雜劇選》本，以示區別；

《古名家雜劇》本（即陳與郊本）；如收在《脈望館古今雜劇》中，則稱《脈望館古名家雜劇》本，以示區別；

《元明雜劇》本（即繼志齋本）；

《陽春奏》本（即尊生館本）；

《柳枝集》本（即孟稱舜本）；

《酹江集》本（即孟稱舜本）；

脈望館抄本。

為統一體例，校本概用書名，只有明抄本，沒有專書，只題脈望館抄本。

參考校本，主要的有：

王季烈《孤本元明雜劇》本；

盧冀野《元人雜劇全集》本；

吳曉鈴等《關漢卿戲曲集》本；

北大中文系編校小組《關漢卿戲劇集》本；

徐沁君《新校元刊雜劇三十種》本；

王季思等《中國戲曲選》本。

除此以外，凡一鱗半爪可資借鑒者，皆在採摘之列。例如《兩世姻緣》三折〔小桃紅〕：「俺主人酒杯嫌殺春風凹。」按：「春風凹」義不通，據明·李開先《詞謔》校勘記〔381〕條云：「『春風凹』，陸（貽典）本作『春風面』。」類此情況，散見《元曲選校注》全書，這裏從略不贅舉。

我們校勘的原則，一是避免煩瑣，二是突出四個尊重。所謂避免煩瑣，就是說，如果沒有必要，我們不羅列各校本的異文。無原則地見異文必錄，不但於理解《元曲選》的詞義無補，反而會分散讀者的注意力，抓不住重點；所謂四個尊重：一是尊重底本，如字義可通，一般均不按校本改動；二是尊重古今用字的不同習慣，例如：關於人稱多數，今天習用「們」，元人習用「每」；關於禽卵的叫法，今人習用「蛋」，元人習用「彈」；關於配偶的稱謂，今人習稱「夫妻」，元人習稱「妻夫」，等等，決不以今代古。三是尊重元曲中的通假字，例如：借「題」為「提」，借「元」為「原」，借「交」為「教」，借「辯」為「辨」，借「見」為「現」，借「箱」為「廂」，借「竦」為「聳」，借「世」為「誓」，借「班」為「斑」，借「歐」為「毆」等，均不作改動。四是尊重元曲中的方言土語，例如：金元人習稱身體，就有身起、身奇、身已、身己、身肌五種寫法；形容臉上的皺紋，就有忔皺、乞皺、合皺、扢皺、乞惆、吃皺六種寫法；形容彎曲、曲折之詞，就有曲律、曲呂、屈律、乞留曲律、乞留曲呂、乞量曲律、乞留屈磔、溪流曲律八種寫法；形容用尖刻的話譏刺人，就有鵰、簽、欠、塹、倩、咁、尖、巉、譗、咭十種寫法；還有一個詞多至二十多種寫法的。寫法雖如此紛繁，亦不強求一致，蓋方言土語無定字，取音不取形故也。

我們要著重校勘的，是這些地方：

　　一是文字上有錯誤的地方，例如：《救風塵》一折、白：「我一心待娶他。」
按：「娶」字誤作「妻」，據《脈望館古名家雜劇》本改；《東堂老》二折〔煞
尾〕：「早閃的你在十二瑤臺獨自行。」按：「你」字原誤作「我」，據《脈望
館雜劇選》本改；《玉壺春》三折〔中呂粉蝶兒〕：「教小生如何忍耐。」按：
「耐」字原誤作「奈」，據《雜劇選》本改；《黑旋風》一折〔哨遍〕：「則我
這兩隻手可敢便直鈎缺丁。」按：「鈎」字原誤作「釣」，據脈望館抄本改；《伍
員吹簫》一折、白：「外扮芊建抱芊勝上；云：某乃楚國公子芊建是也。」按
「芊」字原誤作「芊」，據《史記・楚世家》：「六曰季連，芊姓，楚其後也」
改；《來生債》一折〔混江龍〕：「我為甚一生瀟散，不戀那一文錢？」按：「文」
字原誤作「生」，據曲意改；《兒女團圓》二折〔南呂一枝花〕：「天那！幾時
能勾鬧炒炒萱堂戲彩？」按：「萱」字原誤作「喧」，據曲意改。

　　二是有脫字的地方，例如：《謝天香》四折、白：「（張千云：）理會的。
（做叫科，云：）謝夫人，相公前廳待客，請夫人哩！」按：「（做叫科，云）」
原脫，據《脈望館古名家雜劇》本補；《救風塵》二折〔金菊香〕：「我當初作
念你的言詞，今日都應口。」按：「當初」二字原脫，據《脈望館古名家雜劇》
本補，以應下文「今日」；《黑旋風》三折、白：「（白衙內云：）什麼人叫冤
屈？張千，與我拿將過來！（張千云：）理會的。當面！」按：「理會的」三
字原脫，據脈望館抄本補；《救風塵》一折〔元和令〕：「做丈夫的便做不的子
弟，他終不解其意。」按：「他終不解其意」六字原缺，據《脈望館古名家雜
劇》本補；《冤家債主》二折〔么篇〕白：「老人家不要絮聒，等我澆奠。（做
奠酒科。）」按：「科」字原脫，據脈望館抄本補；《凍蘇秦》楔子、白：「父
親呼喚俺兩個有何吩咐？」按：「俺」字原脫，據曲意補；《金線池》三折〔普
天樂〕白：「待我行個令，行的便吃酒，行不的罰飲金線池裏涼水」。按：「飲」
字原脫，據曲意補；《碧桃花》四折〔步步嬌〕白：「（張道南作驚科，云：）
好是奇怪！碧桃小姐怎生活了來？」按：「云」字原脫，據曲意補。

　　三是有衍文的地方，例如：《劉行首》三折〔滿庭芳〕白：「（林員外云：）
這先生倒會老婆舌頭。」按：「會」字下原有「管」字，據《古名家雜劇》本
刪；《玉鏡台》一折〔賺煞尾〕白：「也不是我引賊過門胡亂猜。」按：「我」
字下原有「把」字，「把引賊過門」義不通，「把」字衍，據曲意刪；《連環計》
三折〔滾繡球〕白：「（正末云：）稟太師，此事已有成議。」按：「正末」下
原有「科」字，衍，據曲意刪；《救風塵》一折〔鵲踏枝〕白：「但來兩三遭，

問那廝要錢，他便道：這弟子敲鐝兒哩。」按：「問」字前原有「不」字，衍，據曲意刪。

四是文字顛倒的地方，例如：《風光好》三折〔滾繡球〕：「向月明中獨立黃昏。」按：「月明」原倒作「明月」，據《脈望館古名家雜劇》本、《陽春奏》本改；《單鞭奪槊》楔子〔仙呂端正好〕：「事急也那權作三日。」按：「也那權」原倒作「也權那」，「也那」爲雙音語氣襯詞，拆開非是，據脈望館抄本、《古名家雜劇》本改；《連環計》四折〔水仙子〕白：「兼掌中書知制誥。」按：「知制誥」原倒作「知誥制」，據唐、宋法定的官稱改；《兒女團圓》二折、白：「我往這後門裏去，卻又肯分的撞見那老院公。」按：「肯分的撞見那」原倒作「撞見那肯分的」，義不通，據曲意改；「凍蘇秦」二折〔朝天子〕：「你常好是坐兒不覺立兒飢」，此句原作「立兒不覺坐兒飢」，「坐」、「立」二字顛倒，據曲意改，蓋「坐兒不覺立兒飢」爲當時俗諺，意謂坐著的人不知站著的人飢餓，比喻不通過實踐，對事理就不認識；《冤家債主》二折〔醋葫蘆〕：「請法師喚太醫疾快走，將俺那養家兒搭救。」按：「俺那」二字原倒作「那俺」，據曲意改正後，便文通字順了。

五是文字前後不一致的地方，例如：《救風塵》四折〔雙調新水令〕白：「（外旦云：）姐姐，周舍咬碎我的休書也。」按：「咬碎」二字原作「咬了」，據上下文改；《魯齋郎》四折、白：「包待制著俺雲台觀追薦父母去，可早來到也。」按：「父母」原作「父親」，據上下文改；《瀟湘雨》三折〔古水仙子〕：「他、他、他，干支剌送的人活地獄。」按：「他、他、他」三字原作「可、可、可」，據上文和《古雜劇》本改。

六是校本詞義明顯有助理解的地方，例如：《殺狗勸夫》二折〔倘秀才〕：「你兩人撮捧著，喫的醉如泥。」按：「撮捧」，脈望館抄本作「幫扶」；《燕青博魚》一折〔尾聲〕：「拓動我這長梢把。」按：脈望館抄本、《酹江集》本「拓動」均作「搠動」；《合同文字》二折〔滾繡球〕：「認了伯父、伯娘呵，您孩兒便索抽身。」按：《雜劇選》本「抽身」作「回程」；《黑旋風》二折〔油葫蘆〕：「他那裏必丟不搭說。」按：脈望館抄本「必丟不搭」作「叨叨絮絮」；《城南柳》三折〔梁州第七〕：「夢魂兒則想江堧。」按：《脈望館古名家雜劇》本、《古雜劇》本、《柳枝集》本，「江堧」均作「江邊」；《單鞭奪槊》四折〔煞尾〕：「急離披走十數里遠。」按：脈望館鈔本、《古名家雜劇》本，「急離披」均作「落荒」；《魔合羅》三折〔逍遙樂〕：「正行中舉目參詳。」按：《元刊雜

劇三十種》本「參詳」作「端詳」；同劇四折〔中呂粉蝶兒〕：「你教我怎研窮，難決斷。」按《元刊雜劇三十種》本「研窮」作「推詳」；《氣英布》一折〔天下樂〕：「卻叫咱案不住心上火。」按：《元刊雜劇三十種》本「案」作「按」，等等。遇這類情況，一概不作改動，只出校語，相互對比，既說明各本文字不同，藉助校語又可幫助讀者理解原文的含義。

以上凡有所增刪或改動之處，基本上都作了校記。特別是參考前輩或時賢的重要校勘成果，尤注意把出處交待清楚，以示不敢掠美和馬虎從事。我們的校勘和校記，堅持實事求是的原則，重證據，避空談；對引用別人的新成果，也不是搬來就用，而是經過反覆推敲，仔細比勘，斟酌損益，擇善而從，或附以自己的研究意見。

同時需要說明的，我們是把校記和注釋所標的數碼，統一在一個序列中，使之一元化。之所以如此：一是為節約篇幅，便於解決問題，有些條目需要校注結合；二是校勘本身也起一定的注釋作用；三是為讀者翻檢方便。情況既然如此，若把校記和注釋分割成兩個序列，彼此不相聯繫，在實用上對讀者是不方便的。

（五）我們注釋的要求和要點

一是注音：對某些已非今日習用的生僻字、古今異讀字或當時的兩讀字，概用目前通行的漢語拼音法標注之，先注漢語拼音，後注漢字直音，例如：饘（zhān 沾）粥、江堧（ruán 軟陽平）、櫛（zhì 質，舊讀 jié 節）比、谿（xī 西，又讀 qī 欺）、赨（chì 赤）等，凡與音韻有關的文字，悉根據元人周德清的《中原音韻》。間亦參考《元曲選‧音釋》，例如：《望江亭》第三折裏「燹」字，不見字書，《元曲選‧音釋》注云：「燹，鉆上聲。」《殺狗勸夫》第二折裏的「躄」字不見字書，《元曲選‧音釋》注云：「躄，音彎。」《謝天香》第三折的「躘」字，《元曲選‧音釋》注云：「躘，戀平聲。」

《元曲選‧音釋》，如前所言，是臧晉叔《元曲選》的組成部分。在明代，臧氏為使南人唱北曲時盡量保留元人的韻味，對一些容易讀錯的字，注以正確的讀音。但其中錯訛較多，例如：《漢宮秋》第二折「音釋」：「僄音標。」但正文中有「臕」無「僄」，「僄」當為「臕」之誤；《金錢記》第一折「音釋」：「綻，雖訕切。」「雖」當為「錐」之誤；《鴛鴦被》第二折「音釋」：「楞，虛登切。」「虛」當為「盧」之誤，等等。但此問題，過去一直未引起學術界的重視。我們這次雖對「音釋」進行了系統的探討，提出些疑問，但對這部

分錯訛，限於時間，也未能逐一改正。現在只把其中應簡化的繁體字改換成簡化字。部分異體字和繁體字容易混淆的地方，為清楚起見，依然照抄繁體字（括弧內相應地注明簡化字），例如：邨（村）音村、紥（扎）音扎、嵓（岩）音岩、顋（腮）與腮同、盌（碗）與碗同、猨（猿）與猿同、璽（茧）與繭（茧）同、甦（蘇）與蘇（苏）同、勛（勛）與勳（勛）同、鏇（旋）旋去聲，等等，不過這類情況，在《元曲選》全書中所佔比重極小。詳見書後的附錄《〈元曲選·音釋〉探微》。

二是釋義，要點如下：

（1）為幫助廣大讀者閱讀，釋義力求簡明、扼要、深入淺出、通俗易懂。

（2）釋義務於關鍵處或難解處著力，以便收「一字之下，全句貫通」的效果。

（3）為充實和提高注釋質量，參考了各家說法，截長補短，互相補充；尤注意吸收學術界的訓詁新成果，或提出自己的獨特見解，務求在訓釋方面有所發展和突破。

（4）有些詞語，源遠流長，為窮源竟委，旁搜遠紹，廣引群書，並結合社會調查，力求在古代文獻資料和現代活的方言土語中，了解詞義的演變過程，從而求得確解。

（5）本書除大部分有時代特色的單詞、短語外，還有不少比較冷僻的成語典故、諺語、歇後語，如阿擻、獎奉、遷次、接離、馬肝、三眠、塌房、抬起、頭撞、渲房、雲液、著絆、抓攬、敬意的、模稜手、同樂院、出口入耳、裏言不出外言不入、狄梁公能斷虎等前人沒有接觸過或解決不好的問題，我們都陸續作了比較適當的解決。如把這類資料匯集起來，相當可觀，可以補拙作《元曲釋詞》的不足。

（6）曲文中凡遇到借用或化用前人的文句，或筆者在釋文中的引證，都具體注明出處，以備讀者查核，例如：《謝天香》四折：「春風得意馬蹄疾，一日看盡長安花。」語見唐·孟郊《登科後》詩；《風光好》一折：「我醉欲眠君且去，明朝有意抱琴來。」語見李白《山中與幽人對酌》詩；同劇三折：「裙拖六尺湘江水，鬢挽巫山一段雲。」語見唐·李群玉《同鄭相並歌姬小飲戲贈》詩；《倩女幽魂》四折：「千里關山勞夢魂。」語見宋·秦觀〔鷓鴣天〕詞；《瀟湘雨》一折：「一江春水向東流。」語見南唐·李煜〔虞美人〕詞；《金錢記》二折：「侯門深似海」，係化用唐·崔郊《贈去婢》詩：「侯門

一入深如海，從此蕭郎是路人」；《劉行首》二折：「值春宵一刻千金」，係模擬蘇軾《春宵》詩：「春宵一刻值千金」，而略有變化；《風光好》四折：「樂莫樂兮新相知，悲莫悲兮生別離」，係倒用屈原《九歌‧少司命》句；《玉鏡台》二折：「析薪如何，匪斧弗克；娶妻如何，匪媒不得」，分見於《詩‧齊風‧南山》和《詩‧幽風‧伐柯》；其他借用或化用經、史、子、集等書的，開卷可見，不暇贅舉。

（7）元曲有些俚語，因無定字，隨義書寫，無義理可尋，往往百思不得一解。遇此情況，我們本著「知之為知之，不知為不知」的態度，如對「天錢」、「墨路」等，皆注明「不詳，待考」字樣，表示我們願意向專家和廣大讀者請教的誠意，以俟來日補充。

（8）這個注本，依照中華書局排印本分裝四卷，各卷劇本排列次序亦悉照中華本不變；凡各卷裏的同詞、同解各條，一般不重出，或後出者見本卷前某劇某折某注，務求精簡，避免重覆。

（六）作家介紹

全書一百種劇本的作者，除無名氏外，臧晉叔注出三十八位，實際有四十二位，即：馬致遠、喬孟符、關漢卿、張國賓、吳昌齡、秦簡夫、李文蔚、楊顯之、石君寶、鄭廷玉、劉君錫、白仁甫、武漢臣、李直夫、楊文奎、岳伯川、戴善夫、李壽卿、孫仲章、高文秀、鄭德輝、王仲文、朱凱、王實甫、宮大用、王曄、范子安、張壽卿、賈仲明、李行道、尚仲賢、谷子敬、李唐賓、曾瑞卿、楊景賢、王子一、孟漢卿、石子章、紀君祥、康進之、李致遠、李好古。我們對這些作家，都根據各自的具體情況，作了詳略不同的介紹。在介紹上述作家的同時，我們發現臧晉叔在作品署名上的失誤，例如：雜劇《昊天塔》，《錄鬼簿》列於朱凱名下；《桃花女》，《錄鬼簿》列於王曄名下；《誶范叔》，《錄鬼簿》列於高文秀名下；《氣英布》，《錄鬼簿》列於尚仲賢名下；《度柳翠》，《錄鬼簿》列於李壽卿名下；《看錢奴》，《錄鬼簿》列於鄭廷玉名下；《來生債》，《錄鬼簿》列於劉君錫名下；《梧桐葉》，《錄鬼簿續編》列於李唐賓名下；而臧氏皆不注撰者。再如：《玉壺春》，《錄鬼簿續編》繫於賈仲明名下，臧氏卻誤署武漢臣；《留鞋記》，《錄鬼簿續編》和《太和正音譜》皆繫於無名氏名下，臧氏卻誤署曾瑞卿；《羅李郎》，《錄鬼簿續編》和《太和正音譜》皆繫於無名氏名下，臧氏卻誤署張國賓；《生金閣》，《錄鬼簿續編》繫於無名氏名下，臧氏卻誤署武漢臣；《還牢末》，《太和正音譜》繫於無名氏

名下，臧氏卻誤署李致遠。所有這些，我們都作了考訂，予以糾正。此外，在《脈望館雜劇選》中，我們還發現《忍字記》的作者，標題上署的是鄭廷玉，但在該劇首頁的夾縫處墨筆寫道：「于谷峰先生查元人孟壽卿作。」按：于谷峰不詳為何許人，各本《錄鬼簿》亦不見孟壽卿之名。類此情況，我們在引證古籍介紹作家時，皆有所記錄和分析。此雖屬隻言片語，或可供進一步研討元曲作家時的參考。當然不能否認，有一些作品，由於年代久遠，過去記錄有矛盾，著作權誰屬，今天很難確定，例如：《尉遲恭單鞭奪槊》，《古名家雜劇》本、《元曲選》本均題尚仲賢撰，而脈望館抄本則題關漢卿撰，今人邵曾祺又主張將它「暫定為佚名作者的作品」（見《元明北雜劇總目考略》），等等。遇到這類情況，我們的處理方法：一是根據我們的研究，提出我們的認定意見；二是客觀介紹各種不同的說法，供專家和廣大讀者和我們共同作進一步的考證。

但搞清有分歧看法的部分作品的作者，是非常必要的。因為要正確理解作品的內容，就必須首先了解作者的生平、思想及其風格。蓋文如其人，欲知其文，先知其人，正如王昶《湖海詩傳序》所說：「以詩證史，有裨於知人論世也。」

這裏需要附帶說明的是：關於元曲作家，在《太和正音譜·古今群英樂府格勢》一節中，朱權把薛昂夫、馬昂夫、馬九皋（實為一人）、曾瑞、曾瑞卿、曾褐夫（實為一人）皆誤為三人，把吳仁卿、吳克齋（實為一人）、劉時中、劉逋齋（實為一人）、徐子芳、徐容齋（實為一人）、趙明道、趙明遠（實為一人）、王敬甫、王愛山（實為一人）、杲元啓、景元啓（實為一人）皆誤為二人。但臧氏在《元曲選》卷首「涵虛子論曲」中照錄原文，未加考辨，又把錯誤沿襲下來。對此，我們在注釋時也分別給予了辨正和說明。

（七）作品述評

我們比較系統地介紹了各個劇本的全名、簡名、著錄、版本和本事來源以及劇作的評價和影響等。對劇作的評價，尤注意根據歷史上公認的說法，客觀地加以評價。有些作品，如《䚻梅香》和《牆頭馬上》，其得失長短，前人見仁見智，各有不同，我們都作了如實的介紹。我們還注意到從橫的角度，比較了《漢宮秋》與《梧桐雨》、《梧桐雨》與《牆頭馬上》的藝術成就，《救風塵》與《老生兒》的完美結構；又從縱的角度，比較了《梧桐雨》與清人洪升的《長生殿》、《漢宮秋》與明人王元壽的《紫台怨》的不同的創作手法

和藝術效果。如此縱橫交錯，互相比照，交映成輝，就可以多角度、多層次地增強讀者對元曲藝術美的立體感。在評介作品的同時，我們還注意到元劇塑造的大批的栩栩如生的人物，例如：《看錢奴》、《來生債》、《冤家債主》、《忍字記》等劇所寫的吝嗇鬼，發言吐語，各有特點；同是寫繼母大賢，《蝴蝶夢》中的王母與《救孝子》中的楊母，痛切陳辭，風貌各異；同是寫兩世姻緣，《兩世姻緣》中的玉簫女與《碧桃花》中的碧桃，生生死死，各具情致；刻畫李逵粗中有細的性格，《黑旋風》與《李逵負荊》可相媲美；描繪人神戀愛的神話劇，《柳毅傳書》與《張生煮海》堪稱雙璧；寫歷史人物則悲涼慨慷，《趙氏孤兒》與《伍員吹簫》是其代表；寫道貌岸然的偽君子，《風光好》出盡了陶谷的醜態。由於題材廣泛，所出現的各種各樣的人物，筆難盡述。在反映勸善懲惡、家庭糾紛方面，著稱的還有挽救敗家子弟揚州奴的《東堂老》，規勸丈夫、使同胞兄弟歸於和好的有《殺狗勸夫》，警戒世人要吸取娶妓女教訓的有《酷寒亭》與《貨郎旦》，譴責負心漢的有《瀟湘雨》，聲討權豪勢要殘害良民的有《蝴蝶夢》與《魯齋郎》，反映家產糾紛與繼承問題的有《合同文字》、《兒女團圓》、《灰闌記》、《老生兒》，等等，真是百花園中，萬紫千紅，爭奇鬥艷，美不勝收。元雜劇作為一代絕唱，對明清以來的戲劇，曾產生過重大影響。明清不少作品，都是從隳括元雜劇的情節而來，例如：明人改編的《金鎖記》以後及來的京劇、秦腔等劇種的《六月雪》，均出自《竇娥冤》；明人改編的《八義記》、《搜孤救孤》，均出自《趙氏孤兒》；明代的《桃符記》出自《後庭花》；明代的《玉環記》出自《兩世姻緣》，等等，不勝列舉。然其效果，多不免東施效顰之譏。造詣高超的元雜劇，不僅在明清兩代發生過如此重大的影響，直到現在，如《竇娥冤》、《望江亭》、《趙氏孤兒》、《陳州放糧》（脫胎於《陳州糶米》）以及折子戲《桑園會》（脫胎於《秋胡戲妻》）、《五台會兄》（脫胎於《昊天塔》）、《贈綈袍》（脫胎於《誶范叔》）等，仍活躍在舞台或銀幕上，為廣大觀眾所稱賞。據王國維《宋元戲曲考》記載，在十八、十九世紀，元雜劇不下三十種已被譯成英、法、德、俄等國文字，這說明元雜劇在國際上也影響深遠。王國維並指出：「關漢卿之《竇娥冤》，紀君祥之《趙氏孤兒》，即列之於世界大悲劇中，亦無愧色也。」所有以上這些，我們在作品評述中，都分別有比較詳細的論述。當然，不容諱言，元雜劇在藝術手法上，也有缺欠，如《灰闌記》、《留鞋記》、《神奴兒》、《生金閣》等劇，演包待制開封府公案故事，賓白大半雷同；再如《漁樵記》、《王粲登樓》、

《舉案齊眉》、《凍蘇秦》等劇中的朱買臣等人，都是受別人明辱暗助，銳意進取，終至貴顯的；在這些地方，不只各劇賓白同一板印，即曲文命意遣詞，亦幾如合掌。在內容上，由於歷史的局限性，《元曲選》中也有不少宣揚因果報應以及神仙道化等消極的東西。對這些，我們在評介中，也沒有放過，以提醒今天讀者的注意。不過，對《岳陽樓》、《城南柳》、《劉行首》、《度柳翠》等神仙道化劇，我們也不是簡單的否定，透過神仙道化的消極思想，有時也能看到作者對黑暗現實的批判和詛咒。例如《任風子》，一方面宣揚了道教中全真教的教義，同時也體現了當時知識份子由於對現實的不滿而消極遁世的思想傾向。

總括以上，本書從標點到校注，從文字到內容，從作家介紹到作品述評，我們都是圍繞一個目的，即給讀者提供一個比較完善的本子，使它既能幫助廣大讀者讀懂作品，又能對元曲研究者有所啓發，起個拋磚引玉的作用。但《元曲選》的內容包羅非常廣泛，點、校、注等工程浩大，而我們的才力又有限，功底不厚，經驗不足，疏漏、錯誤之處，在所難免，甚望海內外專家及廣大讀者不吝指教。

一九九一年一月於天津

《全元雜劇》校注發凡

旨意

一、自元雜劇產生以來，到現在已七百多年，迄未將全部元雜劇匯爲一書，「七七事變」前，盧前先生曾擬編《元人雜劇全集》，只出了八冊，以抗日戰爭起來，未能競其功。建國後，隋樹森先生，在明人臧晉叔編選的《元曲選》之外，又依據近幾十年陸續發現的元雜劇的刻本和抄本而把《元曲選》沒有收入的整本元雜劇六十二種匯爲《元曲選外編》。隋先生在「編校說明」中說他「編印這部書的企圖，是想使讀者得到《元曲選》和本書，就等於擁有現存全部整本的元人雜劇」。這對研究者在資料的使用上，確是提供了很大的方便，功德無量。但合以上兩書觀之，還並不能說完全反映了現存元雜劇的全貌，加之兩書的斷句還是舊式的句讀，校勘亦多有可議之處，尤其無注，是最大的缺點。爲適應全民族文化提高的需要，爲適應進一步促進科研和教學的需要，爲適應日益頻繁的國際學術交流的需要，本人接受國務院古籍整理小組的委託，擬對現存的全部元雜劇重新加以爬梳整理，進行編次、標點、校勘、注釋，匯爲《全元雜劇》，以饗讀者。

篇目

二、《全元雜劇》之境要，即在一個「全」字。因此拙編《全元雜劇》，將不僅包括《元曲選》和《元曲選外編》的全部整本雜劇；而且還包括趙景深先生的《元人雜劇鉤沉》，即他從明、清曲選、曲譜中收集的元雜劇殘文；另外還包括《孤本元明雜劇》中介於元明之際的缺名作者的雜劇。但在《元

曲選》、《元曲選外編》中的明人作品，如劉君錫的《來生債》，楊文奎的《兒女團圓》，谷子敬的《城南柳》，李唐賓的《梧桐葉》，王子一的《誤入桃源》，賈仲明的《玉壺春》、《金安壽》、《對玉梳》、《蕭淑蘭》、《升仙夢》等，將被剔除。對趙景深先生鉤稽的殘折，也不是全部照搬，其中如劉兌的《月下老定世間配偶》等，亦將被剔除，另遇新的發現可再加補充，如白樸的殘折《韓翠顰御水流紅葉》——不僅《盛世新聲》、《雍熙樂府》、《詞林摘艷》收有〔柳青娘〕、〔道和〕、〔酒旗兒〕三曲，而且《太和正音譜》、《北詞廣正譜》亦收有此三曲，這正可補進來，互相參照，以發明曲意。元、明之際有些缺名作者的雜劇，難以確認屬元或屬明，但從這期間雜劇的體制、宮調、用語、修辭手段和創作風格等方面尚看不出與確屬元代的各雜劇有多少區別（《孤本元明雜劇》書前的「提要」，也暗示了這一點），近年研究元雜劇的專家便把《孤本元明雜劇》中不少作品，更明確地列於出自元、明之際的作家，故本書也就一併收入。除此，筆者根據《古本戲曲叢刊》四集《脈望館古今劇》抄校本，又增補了《伍子胥鞭伏柳盜跖》一種。此外，就一個作家的作品而論，我們也著眼於一個「全」字，例如馬致遠的整本雜劇，近人多以《漢宮秋》、《陳摶高臥》、《青衫淚》、《薦福碑》、《岳陽樓》、《任風子》、《黃粱夢》等七種為其所作，皆不列《踏雪尋梅》。其實，各本《錄鬼簿》，在馬致遠名下，皆列有此劇名，《古本戲曲叢刊》四集「脈望館古今雜劇」中亦載有此劇，並署名馬致遠撰，理應收入，不能以題目、正名不全同（《任風子》等劇亦然）為理由而排除在馬劇之外。

　　三、本書收元代有名氏作家五十六人的作品，計整本一百一十種，殘折三十三種，共一百四十種；元無名氏作品，計整本三十六種，殘折十一種，共四十七種；元明間缺名作品，計整本八十一種。以上共計二百七十一種（附錄者不計）。由於內容分量很大，書稿將釐為二十二卷。編次以作家為經，雜劇為緯。作家先後排列次序，依鍾嗣成《錄鬼簿》為準。為平衡每卷容納的篇數，個別作家排列次序，容許有小的變動，無名氏作家的作品，以《太和正音譜》、《錄鬼簿續編》著錄次序為準。

標點

　　四、標點是整理古籍的第一關。不先通過這一關，下面的校勘、注釋工作，就難以順利進行。為能體現曲文中複雜的思想感情，我們採用新式標點代

替舊時的句讀。即使如此，準確無誤地標點古籍，亦實非易實。在字裏行間，何處應著逗號、句號、頓號、分號或冒號，必須反覆推敲，再三斟酌，一點也馬虎不得。斷句的正確與否，往往能使曲文表現爲不同或相反的意思。例如《調風月》三折〔梨花兒〕白：「你要我饒你咱，再對星月賭一個誓。」這話分明是燕燕迫使小千戶表示愛情誠意的。再聯繫下文〔梨花兒序〕曲所言：「你把遙天指定，指定那淡月疏星，再說一個海誓山盟，我便收撮了火性，鋪撒了人情。」「你」（指小千戶），「我」（燕燕自指）界限，這裏劃分得非常明確，更顯見「再對星月賭一個誓」這句話，是專對小千戶講的，絕不包括燕燕。而有的論文作者卻把上文作了如下的斷句：「你要我饒你，咱再對星月賭一個誓。」這樣一斷，對星月賭誓這個行動，豈不把燕燕也包括進去了？這顯然違反了曲文的原意。因此在斷句時，必須先從整體弄懂曲文的旨意，注意上下文的照應、劇中人物講話時所站的立場和口氣。論文的作者，在這裏忽略了這些，才把「咱」字當作人稱代詞，誤入下句。再舉個例，《調風月》一折〔元和令〕：「知得有情人不曾來問肯，便待要成眷姻。」對此，有不少學者，均在「問」字斷句而使「肯」字屬下句，從而變成這個樣子：「知得有情人不曾來問，肯便待要成眷姻。」這顯然也斷錯了。按「問肯」是宋元時定婚前的一種禮俗。「問」是求親之意，即同折〔村裏迓鼓〕所謂「一家生女，百家求問」是也。如女方同意婚事就喝下男方送來的酒，這就叫「肯酒」，也叫「許親酒」。元劇中反映這種婚俗的例子很多，如：《裴度還帶》四折〔川撥棹〕：「他道招狀元爲婿君，不邀媒，不問肯，擎絲鞭，捧玉樽。」再如《西廂記》五本三折〔越調鬥鵪鶉〕：「又不曾執羔雁邀媒，獻諸帛問肯。」又如土曄小令〔折桂令〕《答》：「一個將百十引江茶問肯，一個將數十聯詩句求親。」又如高克禮小令〔黃薔薇過慶元貞〕：「玉納子藤箱問肯，便待要錦帳羅幃就親。」上述諸例皆是。由此可見，搞好斷句，不僅要對曲文弄懂吃透，還要掌握文字、訓詁、音韻以及歷史風尚等多方面知識。否則，名家尚不免失誤，我們更不可等閒視之。

校勘

　　五、元雜劇中本來就存在些錯別字、怪字，後來由於傳抄和刻印的錯誤，又增加了不少錯別字和不規範的自造的簡化字以及脫字、衍文、顛倒等情況，爲減少閱讀上的困難，爲給學術界提供一個較完善的本子，實有必要參照各種校本和我們自己的研究意見而進行一次認眞的校勘。

六、校勘的底本，我們採用臧晉叔的《元曲選》本、隋樹森的《元曲選外編》本、王季烈的《孤本元明雜劇》本、趙景深的《元人雜劇鈎沉》本。我們以《古本戲曲叢刊》第四集所收元明各刊本和抄本作爲主要校本，並旁參其他有關的散曲、史書、雜著及其他有關資料。近人有影響的校本，如台灣鄭騫的《元刊雜劇三十種》、徐沁君的《新校元刊雜劇三十種》、盧前的《元人雜劇全集》、吳曉鈴的《關漢卿戲曲集》等，都準備參閱、借鑒。

七、校勘的原則：一是避免煩瑣，如果沒有必要，不羅列各本的異文。二是尊重底本，尊重語言的發展規律，尊重古代的通假字，尊重方言土語的多樣寫法。凡底本字義可通的，一般均不按校本改動。那種以今代古的反歷史作法，如改「每」爲「們」，改「忒」爲「太」等，一定要避免；我們要改動的主要限於確屬訛誤、顛倒、衍脫的地方，其無可推測者，切不可擅改。三是校注結合，因爲校勘本身也起一定的注釋作用，有時校了，還需要注，如分割開來，就不便讀者翻檢，且浪費篇幅，造成不必要的經濟損失，所以我們把「校」和「注」都統一在一個序列中。四是通過校勘，統一全書的書寫體例，例如《元曲選‧漢宮秋》二折：（番王引部落上，云：），《孤本元明雜劇‧東籬賞菊》二折：（淨扮外郎上）（云：），遇到這類情況，都要求統一於《元曲選》本。《元曲選外編‧緋衣夢》一折：「（沖末扮王員外同嬷嬷上：）萬事分己定，浮生空自忙。」此例在「同嬷嬷上」下，缺一「云」字，應補足如下：（沖末扮王員外同嬷嬷上，云：）總之，均以《元曲選》本爲準。其他還有把曲文搞錯了地方的，要恢復原貌，如《東堂老》三折〔蔓青菜〕曲，在「則俺這小乞兒家羹湯少些醬醋」句下，接著還有「還不放下，則吃你那大食（店）燒羊去」一段文字，《元曲選》本卻誤入下段的賓白中，如此等等，都要根據校本改正過來。

八、關於校記，凡更動或經刪補的地方，一般都作校記；抄本或刻本有空缺或字跡殘損的地方，或有可疑之處，又無據可補可改者，可在校記中，加注可添補的或疑誤字樣；特別是參考前賢的重要校勘成果，更要交待清楚，以示不敢掠美。重證據，避空談，要求每一條校記，都有根有據，落到實處。

注釋

九、注音釋義是整理古籍最見功力也是最重要的一環。缺少這部分工作，它所起的作用，就大爲減色。因此要特別搞好注釋。注釋中的首要問題就是

注音。但元雜劇中有不少怪字，如嘍、捼、燌、跭、躗、鋤、駾等等，皆不見字書，這給注音釋義造成困難，但如利用《元曲選》中的「音釋」，也可以解決一些。例如「燌」字，《望江亭・音釋》注云：「燌，鑽上聲。」「躗」字，《殺狗勸夫・音釋》注云：「躗，音彎」。「跭」字，《生金閣・音釋》注云：「跭，音莊。」凌濛初注《西廂》，疑「跭」為「撞」的俗體，疑得有理，故從俗體的角度，去看待這些怪字，也不難解決一些。另外，還可以從這些怪字所聯繫的詞兒去考索，例如「捼」字可能就是「歪腳」之「歪」的俗體，讀作上聲。如此等等，不暇細舉。總之要迎難而上，多渠道想辦法解決之。至於字書上有而今日已不習用的生僻字、古今異讀字、當時的兩讀字，都用目前通行的漢語拼音法標注之。先注拚音，後注直音，沒有直音的，只注拼音，但四聲的調號，務須寫清，避免混淆。

　　十、釋義的要求，約有以下幾點：第一、要求注文深入淺出，雅俗共賞，有話則長，無話則短。第二、著重圍繞關鍵性詞語，從各個側面注深注透，以便收一字謎底之破而達到全句貫通的目的。第三、引文多少，視需要而定，於釋義有用的、多引不嫌冗長；於釋義無用的，少引亦感拖沓。總之，要不蔓不枝，乾淨俐落。第四、根據漢語詞匯源遠流長的特點，在詮釋某些詞語時，要做到旁搜遠紹，廣引群書，上下求索，考鏡源流，力求從古代文獻資料和現代活的方言土語中了解詞義的演變過程，從而求得確解。特別要提醒注意的是，在這部書稿中，為突出我們重視方言學的特點、應廣泛聯繫現代活的方言，這要比從遠古探索語源，應看得更為重要。第五、為提高注釋質量，要求廣泛參考訓詁學各家的新成果。但不能搬來就用，而要經過反覆檢驗，去偽存真，去粗取精，使之緊緊結合到要注釋的詞語上來。對此，尤當注重自力更生，主要依靠我們自己掌握的第一手資料和提出的新觀點，務使訓釋不斷有所發展和突破。第六、元雜劇中使用的詞語，涉及面非常廣，有關於歷史政治方面的，有關於典章制度方面的，有關於宗教神話方面的，有關於民族習尚方面的，有關於戲曲術語、成語、諺語、歇後語方面的。有關於方言土語、江湖行話、外來語方面的。要準確解釋好上述不同類型的詞語，就須通過不同的方法，例如：要了解反映徵兵制度的「正軍」、「貼戶」、「射糧軍」，就得查遼、金、元各史有關《兵志》；要了解古代神話中動物的詞語「椒圖」，就得查晉代張華的《博物志》等書；要了解古代離家遠行選擇吉日的一種習俗的詞語「搖裝」，就得查明人姜準的《歧海瑣談》。要解決方言土

語和外來語的用意，情況就更複雜一些。因為方言土語，本無定字，各就土音而筆之於書，例如形容仰面跌倒的詞，就有仰剌叉、仰剌擦、養剌叉、仰不剌叉等寫法。外來語因翻譯不同，也有多種寫法，蒙語「酒」，漢譯就有打剌孫、打剌蘇、打剌酥、打辣酥、打蠟酥、答剌孫、答剌蘇等八種。蒙語「馬」就有抹鄰、抹倫、母驎、母鱗四種譯法。再加上古代字異寫以及其他原因，漢語的一字一詞，發展到元代，各種寫法，紛至迭呈，令人眼花撩亂。這種情況，就無法從漢字的字形，探尋它們的含意，而必須藉助音韻學知識，以音統形，就音求義，因之「因聲求義」這種方法便成為我們最重要的釋詞法之一。第七、引證圖書資料，如子目、卷次等必須詳為注明，統一寫法。如引史書，應寫作：《左傳‧隱公元年》、《史記‧項羽本紀》；如引筆記雜著，應寫作宋‧孟元老《東京夢華錄》卷一「餅店」條，宋‧孫光憲《北夢瑣言》卷四；如引詩，應寫作：唐‧駱賓王《在獄詠蟬》；如引詞，應寫作：宋‧辛棄疾〔水龍吟〕《登健康賞心亭》；如引雜劇，應寫作：元‧李直夫《虎頭牌》一折〔天下樂〕；如引傳奇，應寫作：明‧湯顯祖《牡丹亭》十齣〔醉扶歸〕；如引小說，應寫作：清‧曹雪芹《紅樓夢》三十回，等等。

　　十一、注釋的目的，就是要幫助讀者解決難懂的詞義，但類似下述的情況，一定要避免，例如有的注家注「恭儉溫良」（見《西廂記》一本二折）時，只引《論語‧學而篇》：「夫子溫良恭儉讓以得之。」注「賢賢易色」（見《西廂記》四本一折）時，也只引了《論語‧學而篇》。兩者都僅僅注明了出處，這雖然可取，但究竟何謂「恭儉溫良」，何謂「賢賢易色」，俱無解釋。還有的注家在注「無語淚闌干」（見《西廂記》二本一折）時，只引了宋‧孫先憲〔臨江仙〕詞：「貪情無語，延佇倚闌干。」這樣的引證，不但於理解「闌干」無補，也算不上對源流的追溯。因為「闌干」二字，早在魏晉時代就已出現，如左思的《吳都賦》：「珠琲闌干」，即其一例。此注使「闌干」一詞沒有獲得任何解決，反又增加了需要弄懂「延佇」詞義的問題。「看不懂的沒有注，看懂了的卻有注」、「不注倒明白，注了反糊塗」，這是讀者對某些注本的抱怨。因此注者必須細緻從事，切實幫助讀者解決問題。「人生也有涯，而知也無涯」，自然注家也不是什麼都懂，但要求實事求是，不懂就是不懂，不要裝懂，也不要繞開問題。對自己還未弄懂或不甚董的詞義，也要提出來，注以「不詳，待考」，並藉以向讀者請教。

作家

十二、由於元雜劇是一種通俗文學，又由於作者多屬下層知識份子，過去統治階級囿於成見，多把寫劇和演劇看作低賤事業，作家也被人看不起。因而作者多不見經傳，缺乏完整的生平記載，這給我們了解劇作家造成困難。目前可參考的文獻資料，主要有鍾嗣成的《錄鬼簿》、賈仲明的《錄鬼簿續編》、朱權的《太和正音譜》，近人有孫楷第的《元曲家考略》、趙景深和張福元輯的《方志著錄元明清曲家傳略》，還有馮沅君和日本的吉川幸次郎關於元曲家的研究等。其他如元明詩人、近代筆記雜著以及元曲作品本身涉及到作家的片言隻語，皆應在搜求、參考之列。但使用資料時，也要反覆核實，因為其中有些內容亦非篤論。例如《元曲家考略》，作者從當時文獻資料中鉤稽出前人未發現的許多新資料，考證廣博，對《錄鬼簿》諸書確補充不少，值得讚揚，但也有牽強附會的嫌疑。例如說王實甫是元代大臣王結之父，治縣有聲，擢拜陝西行台監察御史，如果真有此赫赫官爵，何以《錄鬼簿》隻字未提？在《關漢卿行年考》中，孫氏對關漢卿卒年的推定，亦有破綻之處，有待於繼續討論。還有些作品誰屬的爭議問題，亦當力求澄清。澄清不了的，要作全面客觀的介紹，切勿輕下結論。最後還要概括指出作家的創作風格及其成就和影響等。

作品

十三、每一種雜劇的全名、簡名、異名、著錄、版本、本事等，都要源源本本盡可能介紹清楚，這樣搞，不僅能幫助讀者認識劇本的全貌，而且也有助於我們的校點、注釋工作。這方面可資參考的材料，主要有《曲海總目提要》、《孤本元明雜劇》書前的故事「提要」，趙景深主編、邵曾祺編著的《元明北雜劇總目考略》，以及羅錦堂的《現存元人雜劇本事考》等。元雜劇上承唐詩、宋詞，在中國文學史上，又呈現一個新的高峰，琳琅滿目，美不勝收，不僅目前在國內還有深遠的影響，置之世界文化寶庫，也堪稱光彩奪目的瑰寶，故評價作品的藝術成就，自然是本節的重點。但品評其高低優劣，前人就存在「見仁見智」的問題，我們將根據歷史上公認的比較權威的說法，客觀地、公正地予以剖析和介紹。我們自己如有獨到的看法，亦可附麗驥尾，但要十分審慎。關於這方面的參考書，主要有元、明、清以來各家的戲曲理論著作，如《錄鬼簿》、《正音譜》、《曲論》、《曲律》、《曲話》、《劇話》、《劇

說》等（見《中國古典戲曲理論集成》），近人的著作，可參考王國維《宋元戲曲考》、《吳梅戲曲論文集》、鄭振鐸《插圖本中國文學史》、《中國俗文學史》等。其他一鱗半爪足資參考者，亦應入參閱、吸收之列。在選材問題上，固當採取「泰山不讓土壤」、「河海不擇細流」的觀點，但切忌「拾到藍裏便是菜」的傾向而必須「爬羅剔抉」、嚴格把關。

（原載於《渤海學刊》1992 年第 1 期）

《宋金元明清曲辭通釋》概述

王學奇　王靜竹

提　要

　　本文介紹了《宋金元明清曲辭通釋》的主要內容：首先，指明把歷代戲曲詞語作爲一脈相承的整體來審視，避免過去只收元曲詞語的局限性。從歷史的高度，縱觀語言的演進變化，不僅能準確地理解戲曲詞語的內涵，提高戲曲辭書的質量，而且還給近代漢語研究者，提供大量第一手資料。其次，該書收詞還給讀者耳目一新的感覺。其三，由於歷史的發展，方俗之不同，以及其他種種原因，漢語中的一字一詞，往往有多種寫法，歷代相沿，愈演愈繁，該書對此全面搜集，匯綜一起，以音統形，就音析義，因而獲得確解，糾正了前人書中不少謬誤。

　　關鍵詞：《宋金元明清曲辭通釋》特點

1980 年曾由中國社會科學出版社陸續出版過四卷本的《元曲釋詞》（以下簡稱《釋詞》）。《釋詞》是在一連串整風、反右、文化大革命特殊歷史背景下，個人處境極爲狼狽，歷經二十多年，才得以完成的。其間所付出的勞動，所受到的種種迫害，可想而知。不料書稿被推薦到出版社，一轉手之間，竟被奪走大部分版權。痛定思痛，實不甘心，乃決意重新編寫《宋金元明清曲辭通釋》（以下作《通釋》）這部書，以取而代之。

計劃編寫《通釋》，始於上世紀 80 年代中期，那時正忙著校注臧晉叔的《元曲選》，對於《通釋》只能做些準備工作，全力以赴轉到《通釋》寫作上來，是在《元曲選校注》交稿之後。回想自 1991 年到 1998 年這八年的寫作生活，眞是夜以繼日，手不停揮，反覆修改，嘔心瀝血，付出了難以估量的艱鉅的勞動。但逢天回地轉，大時代和個人處境都早變了。我們是光明正大地寫了八年，心情舒暢地寫了八年，滿懷信心地寫了八年。書成，粗估一下，共收詞目（包括主、附詞目）1 萬多條，字數約在 350 萬以上。全書的內容，可以概括爲以下幾個特點。

一、

時代在前進，文化在發展，國內外戲曲研究者也都在積極探索新的課題。但原有解釋戲曲詞語一類的有關諸書，因所收詞語僅限於元代，帶有很大的局限性，均不能適應新形勢的需要。《通釋》爲解決這個問題，兼收宋、金、元、明、清歷代的戲曲詞語，將其集爲一書，這就爲廣大戲曲愛好者及專業研究者拓寬前進的道路，提供了方便；也爲向世界弘揚祖國燦爛的文化準備了條件。不僅如此，把歷代戲曲詞語作爲一個整體來審視，避免斷代的局限，從歷代發展的角度縱觀語言的演進變化，既可以揭示語言的發展規律，亦有助於編寫近代戲曲發展史的思考。《通釋》當此時刻應運而出，其所顯示的作用，不能不說是其一大特點。

二、

讓材料講話，是《通釋》的另一特點。對詞語的解釋，我們並不滿足於簡單的答案，而是旁徵博引，上下求索，廣爲取證。因而它已不僅僅是解釋戲曲詞語的專書，還給近代漢語研究者提供了大量的有用材料。在這些材料中，有不少詞語，經過歷史演變，清晰地勾勒出階段性發展的輪廓。這對如

何構想編寫一部近代漢語發展史，不能不說是一種有益的啓發和參考。例如「囑咐」一詞，在宋金時代寫作「祝付」：宋・無名氏《張協狀元》四十二〔馬鞍兒〕：「聽得丁寧祝付，小心伏事恩家。」金・無名氏《劉知遠諸宮調》十一〔高平調・賀新郎〕：「知遠再三祝付，牢收此物。」當時詩詞散文亦然，俱可證。到元明兩代，雖仍有寫作「祝付」的，但此詞形已不能完全涵蓋全局，已呈衰弱的趨勢。白樸的《梧桐雨》、馬致遠的《薦福碑》，各種版本皆作「囑咐」而不作「祝付」。高明《元本琵琶記》五〔尾犯序・前腔〕：「空祝付，知他記否空自語惺惺。」此雖作「祝付」，但到明末毛晉校刻的《六十種曲》中的《琵琶記》就改作「囑咐」了。明人梅鼎祚《玉合記》十七〔急板令〕賓白中「我還有幾句話祝付你」，不過是迴光返照。一入清代，便再也尋它不見，而「囑咐」則獨霸了天下。再如「遺漏」一詞，本爲「失火」的隱語。宋・吳自牧《夢梁錄》卷十：「遇有撲救，百司官吏，俱整隊伍，急行奔馳駐紥遺漏地方，聽行調遣。」元・張國賓《合汗衫》二〔絡絲娘・么篇〕：「我聽的張員外家遺漏火發。」元・無名氏散套〔般涉調耍孩兒・拘刷行院〕：「恰便似又遭遺漏。」皆是。但就在元明之際已悄悄在演變著：《元史・刑法志四》：「有司不時點視，凡救火之具不備者，罪之，諸遺火延燒係官房舍，杖七十七。」這裏已不作「遺漏」，而作「遺火」。明馮夢龍《東周列國志》第二十五回：「忽有人報：『城中火起！』獻公曰：『此必民間漏火，不久撲滅耳。』」這裏亦已不作「遺漏」，而作「漏火」。「遺火」、「漏火」既都和「火」字掛上了鉤，進而完全剝掉「遺漏」的外衣，而以「失火」的本來面目登場了。例如明・李梅實《精忠旗》十七：「民家失火。」清・楊潮觀《汲長孺矯詔發倉》〔南仙呂入雙調・步步嬌〕：「河東失火千家。」自此爲始，「失火」隨處可見。入清以後，它便完完全全控制了舞台。再如「彈」字，今謂「彈」爲「槍彈」之「彈」，但在宋元時習稱禽卵爲「彈」。宋・周密《武林舊事》卷六「蒸作從食」條，所記宋代臨安市的點心，其中有「鵝彈」一色。這是以「鵝蛋」作「鵝彈」。又《齊東野語》卷十六「文莊公滑稽」條：「其法乃以鳧彈，黃白各聚一器。」這是以「鴨蛋」作「鳧彈」。元明戲曲中，如關漢卿的雜劇《金線池》、《緋衣夢》、《陳母教子》，無名氏的《百花亭》，查德卿的小令《寄生草》，元明之際無名氏的雜劇《破風詩》等，亦皆以「彈」作「蛋」。形容球形或圓形的東西，亦皆習用「彈」而不用「蛋」。宋・無名氏《張協狀元》二：「筑球打彈謾徒勞。」元明間無名氏《女姑姑》

四〔紅繡鞋〕：「我如今脫殼化金蟬，肯學蜣螂推糞彈？」這是以「打球」作「打彈」，「糞蛋」作「糞彈」。可見到了明代，在相當時期內「彈」字仍處於主導地位，「蛋」字尚未能取而代之。故明‧李實《蜀語》曰：「禽卵曰彈，彈字見《大明會典》：『上林苑雞、鵝、鴨彈若干。』皆用彈字，言卵形如彈也。俗用蛋字非。」但「蛋」字經過較量，終於在明代作品中奪得一席之地：明‧周履靖《錦箋記》四：「雄雞生蛋。」明‧無名氏《群仙祝壽》二：「他將雞蛋重重疊起。」到清代「蛋」字便終於獲得完全的勝利。

通過以上各例，可以看出它們都有個過渡階段。其過程或長或短，過渡形式或同或異，但必須承認這個客觀事實。一下子由此到彼是根本不可能的。

三、

力圖創新，也是本書的一個主要特點。首先從詞目上就可以看出來。例如主目中的蹔跟、樺老、講倒、狼撲、猛子、腦曫子、拍扒、熱樂、師師濟濟、一頭蹉等。附目如暴劣（見犇劣）、劕刺（見吵戚）、鬼敗口（見鬼擘口）、館待（見管待）、捅鏝（見統鏝）、吐門戶（見吐架子）、拖戴（見拖帶）、仵作（見忤作）、歇須（見些須），等等，決不下全目的百分之八，都是同類性質的辭書中所見不到的。

在已出有關各書中，「雖有此目，卻無此解的例子也很多。例如「花面」一詞，明孟稱舜《鴛鴦冢嬌紅記》七〔窣地錦襠‧前腔〕：「三春好景最無過，花面丫鬟十八多，常來花下覓情哥。」「花面」究為何義？清‧褚人獲《堅瓠集》六集卷四「丫頭」條引《留青日札》云：「花面者，未開臉也。」唐‧劉禹錫《寄贈小樊》詩：「花面丫頭十三四，春來綽約向人時。終須買取名香草，處處將行步步隨。」宋‧晁補之《調笑‧春草》詞：「劉郎初見小樊時，花面丫頭年未笄。」又《永遇樂‧贈雍宅璨奴》詞：「青娥皓齒，雲鬟花面，見了綺羅無數。」義並同上。蓋舊時少女臨嫁才開臉，「未開臉」即不整容、不修飾也，故曰「花面」。此義在已出各辭書中皆無跡可尋。

有些多義詞除已出各書所列的義項外，還可以再找出幾個義項來。限於篇幅，不能一一舉例，茲僅以「是」字為例，以見一斑。

（1）元‧鄭廷玉《忍字記》楔子：「我平日之日，一文也不使，半文也不用，若使一貫錢呵，便是挑我身上肉一般。」明‧沈君謨《一合相‧破磯》〔刮地風〕：「朱明帝的兵將，個個好是天神。」清‧無名氏《尼姑思凡》〔新

水令‧接前〕：「夜深沉，獨自臥；起來時，獨自坐。有誰人孤恓似我，是這等削髮緣何？」三「是」字皆用同「似」字。「是」、「似」乃一音之轉。

（2）清‧無名氏《雙瑞記》十九〔香柳娘‧前腔〕：「三害之中，去得一兩害，也還可以苟存，若再一二年不得除去是（呵），四鄉盡成齏粉矣。」又二十一〔泣顏回〕：「老母不要埋怨了。狗徒這會兒的心是（呵），不知飛在那裏哩。」兩「是」字皆用作語助詞，相當於今之「呵」字。

（3）元‧鄭光祖《三戰呂布》一：「（關羽云）家住蒲州是解良。」意即家住蒲州解良也。句中「是」字，用作襯字，只表音節，沒有實義。

（4）元白樸《牆頭馬上》四〔鬥鵪鶉〕：「（裴舍云）小姐，你是個讀書聰明的人，豈不聞子甚宜其妻，父母不悅，出；子不宜其妻，父母曰：『是善事我。』則行夫婦之禮焉。」「是善事我」，謂她（指兒媳）侍奉得我（指公婆）很好。元‧無名氏《藍采和》二：「王把色，是聽的麼？誰人在門首唱叫？」「是聽的麼？」意謂（王把色）你聽見了嗎？以上二例，皆以「是」字用作人稱代詞。

以上事實，證明了古籍中還蘊藏著大量的前所未見的詞義，有待於我們花大氣力深入發掘，用以豐富和刷新我們的科研著作。如果想不通過艱鉅的勞動而走捷徑，照抄已出各書中現成的材料，陳陳相因，則永遠也達不到推陳出新的目的。

四、

鑒於古今字異寫、方俗不同以及其他種種原因，一詞往往有多種寫法。歷代相沿，愈演愈繁。宋元以來，戲曲作家又把大量的人民口頭語帶進作品中。五彩繽紛，眩人眼目。面對這種複雜表象，欲準確解釋戲曲詞語的含義，就不能不藉助音韻學原理，以音統形，就音析義。爲此，在釋義前，就必須先把形異音同或音近的詞語，盡可能全部挖掘出來，匯集一起，然後才有可能從語音上探索詞義的內部聯繫，以求得確解。《通釋》廣泛使用了這種解詞法，而且收效比較顯著，便自然形成本書的一大特點。

例如「唓嗻（chēzhē）」一詞，從已經發現的不同寫法就有十一種，除「唓嗻」外，還有唓遮、嚛唓、奢遮、偖�（sházhé）、扎煞、查沙、奓（zhà）沙、髽（zhā）髿、渣沙、蠆蠤（zhē zhé）。這十一種不同寫法，實爲一詞的變化。它們或變換形體，或讀音相近，或字同而倒用，而其義則均可解爲甚辭。明徐渭《南詞敘錄》：「唓嗻，能而大也。」「能而大」，也是個甚辭。明王伯良

注《西廂》，謂「瘦得來哱喇」，是形容他瘦得很。其他如元・高文秀（明抄本）《黑旋風雙獻功》二〔後庭花〕：「那廝常好是特奲奲。」元・張彥文散套《一枝花》：「指望永同歡悅，劣冤家水性隨邪，陡恁哱喇。」元・無名氏散套《集賢賓》：「他生的玉容傾國又傾城，俊的喇哱俏的疼。」清・張源《櫻桃宴》一〔寄生草〕：「此女日後有異樣奢遮的功績。」清・遺民外史《虎口餘生》三〔南畫眉序〕：「相貌傃僻。」以上奲奲、哱遮、喇哱、奢遮、傃僻，皆屬害、非同尋常之義。還有扎煞、查沙、奓沙、渣沙、鬐影等，義並同上。但徐嘉瑞先生在《金元戲曲方言考》中，只就上面所舉的十一種寫法中，列出「哱喇」一目，析爲「厲害」、「喧嚇」、「凶惡」三義。朱居易先生在《元劇俗語方言例釋》中，就以上十一種寫法，舉出三種，分列爲「哱喇」與「查沙、扎煞」兩目，前者解爲「厲害」，後者釋爲「張開、伸開」。陸澹安先生在《戲曲詞語匯釋》中，就以上十一種寫法，舉出「哱喇」、「查沙」、「扎煞」、「奓沙」、「渣沙」五種，析爲三義：釋「哱喇」爲氣概、能幹、厲害；釋「扎煞」等爲張開；釋「渣沙」爲豎起。顯然，這幾位前輩對「哱喇」的不同寫法的認識漸有進展，但終因未能以音統形，就音析義，還不能把所有寫法都找出來，集中到一起，而且就他們所舉出的幾種，也還是分立門戶，說法互有出入。如此去解決詞義，是欠科學的。

把一個詞的多種寫法都搜尋到一處，不是輕而易舉的事。因爲那些詞語分散在各個不同的角落，面目又形形色色，必須不怕辛苦，跋涉在古籍的荒野和深谷中，睜大眼睛，從血緣上辨認出他們的出身，讓他們認祖歸宗，回到一個大家庭中來。這種搜尋工作，有時要反覆多次，不是一朝一夕可以奏效。搜尋時一不留神，還會從你眼前溜掉，再去捕捉，就很困難。但不管困難如何大，半步也不能退卻。因爲它是準確解決好詞義的前提，是語義學研究的基礎和起點，必須充分重視。經過我們長期不懈的努力，本書中有大部分詞語的不同寫法，都搜尋有四五種或八九種之多，有些在十幾種以上。「腌臢」的不同寫法達十九種，「大古」達二十種，「生各支」多達三十六種。即使如此，也不能說是一網打盡了。

五、

我國是以漢族爲主體的多民族國家。在歷史上漢族和四境的少數民族通過戰手或其他形式的接觸，從未間斷過，因此漢語和少數民族語，就一直在

互相滲透、互相吸收和融合著。所以唐・司空圖《河湟有感》詩云：「一自蕭
關起戰塵，河湟隔斷異鄉春。漢兒盡做胡兒語，卻向城頭罵漢人。」及至宋
金元明清，民族矛盾異常尖銳，是個大動盪時代。宋金南北對峙達一百多年。
其後蒙古入主中原，又經歷百餘年。朱元璋創立明朝，天下雖復歸漢族，然
西北邊境的民族矛盾，始終未得平息。明亡，滿族入主中原，又達二百餘年，
在這七八百年之間，異民族雜居，遍地皆是，少數民族語對漢語的影響，至
為深遠。明・王世貞《曲藻序》云：「大江南北，漸染胡語，時時採入。」所
謂「時時採入」，即指戲曲作家在作品中不斷採用少數民族語。採用最多的，
當推朱有燉的《桃源景》、黃元吉的《流星馬》、湯顯祖的《牡丹亭》。為打破
少數民族語言關，迫使我們在撰寫這部書時，不能不注意這個非解決不可的
問題。因而大量的少數民族語，在本書中得到解釋，便成為本書的一個突出
特點。但欲準確解釋少數民族語，必須言必有據，審慎對待，不能臆測。否
則，便易出錯誤，例如宋・無名氏《宦門子弟錯立身》四〔桂枝香・同上〕：
「休得收拾，疾忙前去，莫遲疑。你莫胡言語，我和你也棘赤。」錢南揚在
《永樂大典戲文三種校注》中注「也棘赤」云：「『也棘』，猶云『一起去』，『赤』
為動詞祈使式收尾。」其實，「也棘赤」是個整體，不容分割。它和「約而赤」、
「額而去」並音近義同，都是「去」的意思。《華夷譯語・人事門》、《韃靼譯
語・人事門》皆譯「去」為「約而赤」。《武備志》收《蘇門防禦考》載（蒙
古）譯語，則云：「去，額而去。」俱可證。再如元・高文秀《黑旋風》楔子：
「若見了你呵，跳上馬牙不約而赤便走。」例中「牙不約而赤」是個蒙語。《華
夷譯語・人事門》謂「行」為「牙不」，謂「去」為「約而赤」，「牙不約而赤」
乃是「行去」的重言。徐嘉瑞在《金元戲曲方言考》中卻把「牙不約而赤」
閹割為「不約而赤」，並釋作「打馬聲」。更在同書的《補遺》中加上一個補
注：「今昆明語為皮而赤，形容鞋聲，如『皮而赤皮而赤』的走過來。」誤甚。

六、

　　本書的最後一個特點，便是與各種不同的觀點，進行廣泛接觸，不主張
迴避。但這種交鋒，不是靠空喊，而是請材料出面，是即是，非即非，一時
做不出結論的，就暫存疑，供廣大讀者思考。如果大雅方家根據材料得出結
論，而有裨於真理的發揚，我們將感謝不盡。

（原載於《辭書研究》2003 年第 2 期）

《宋金元明清曲辭通釋》跋

　　在我們編著《宋金元明清曲辭通釋》（以下簡稱《通釋》）以前，本世紀80年代曾由中國社會科學出版社陸續出版過四卷本的《元曲釋詞》（以下簡稱《釋詞》）。《釋詞》的編者，是50年代「反右」以後，在靜竹同志的積極支持和配合下，偷偷摸摸開始的。那時，我既被加冕爲「右派」，學銜、工資便一古腦都被剝奪，同時也被趕下講台，把我發配到圖書館工作，但我並沒有因此灰心喪志，而是利用了這個機會，廣覽群書，積累了相當多的資料。後又經歷了史無前例的「十年大浩劫」，腥風血雨，月無寧日，讀書求知都是罪過，研究工作，更加困難。我冒著揪鬥查抄的風險，仍然於隱蔽中盡量繼續我的工作。這樣，前後共經過20年的風風雨雨，終於在1975年完成《釋詞》的初稿。在初稿的基礎上，又不斷地充實改寫，精益求精。「四人幫」揪出後，得到一向關心我們著作的老師的推薦，萬想不到書稿被推薦到出版社，他便藉口出版社也要他掛名，爲了出書，迫於無奈，只好答應。結果把我的署名放在後面，另一眞正作者王靜竹同志被徹底掃地出門。這以後又屢屢受到造謠誣蔑，不一而足。就這樣我們多年拚著性命搞出來的科研成果，眼睜睜遭此攄奪。痛定思痛，實在咽不下這口氣，乃決心重新編寫《通釋》這部書，以取而代之，也是對自己20多年辛苦耕耘的一種紀念。

　　計劃編寫《通釋》，始於80年代中期，先是零星地、有重點地通過論文形式對若干詞語進行了深入的鑽研。全力以赴轉到《通釋》系統的寫作上來，是在《元曲選校注》交稿之後。回想自1991年到1998年這八年的寫作生活，眞是夜以繼日，手不停揮，反覆推敲，嘔心瀝血。因爲這八年的工作，完全是在光天化日下進行的，沒有受到任何干擾，勞動質量和效果，也就遠較寫

作《釋詞》時要好的多。特別值得一提的，在最後定稿階段，經馮瑞生先生審讀全稿，以其淵博的學識和豐富的編書經驗，給我們提了很多寶貴意見，還給我們補上了不少材料，這對於完善本書的體例，充實本書的內容，確切的解釋詞義，都起了積極作用，給本書增光不少，在這裏我們深表感謝。

如果把《通釋》和《釋詞》做一比較的話，我們可以這樣概括地說：《釋詞》是我們搞戲曲以來的第一部著作。和今日相比，那時積累不多，認識不深，經驗不足，只能算是草創。出版後，雖屢獲好評，但我們深知，缺漏、失誤之處還很不少，有待於修訂。《通釋》是我們吸取了《釋詞》、《關漢卿全集校注》、《元曲選校注》幾部書的成功的經驗或失敗的教訓，是我們利用了近半個世紀積累起來的資料，是我們經受了學術界的鼓勵和批評的錘煉，是我們對戲曲詞義的認識不斷深化之後而寫成的。當然，不能憑此就說它已經盡善盡美，但可以肯定地說，它確能補《釋詞》的缺漏，正《釋詞》的失誤，起個修訂作用，此其一。《釋詞》收詞的範圍，僅限於元代，帶有很大的局限性，就今天來說，已不適應戲曲研究者拓寬領域的需要，也不適應國際學術交流、廣爲弘揚祖國文化的需要。《通釋》兼收宋、金、元、明、清以來的戲曲詞語，正好彌補《釋詞》的不足，而且還可以避免斷代的局限，從歷史的高度，縱觀語言的發展變化，揭示語言的演變規律，此其二。包括主、附詞目在內，《釋詞》共收詞 5000 多條，全書字數約爲 180 萬。《通釋》共收詞 10000 多條，全書字數約在 350 萬字以上，兩者皆爲《釋詞》的兩倍。又由於在釋文中旁徵博引，上下求索，廣爲取證，材料豐富系統，它已不僅僅是治曲的專書，還給近代漢語研究者提供了大量的有用資料。其中不少詞語，經過歷史不斷的演變，還爲我們清晰地勾勒出階段性發展的輪廓，例如，從「祝付」到「囑咐」，從「遺漏」到「失火」，從「彈」到「蛋」，都不是突然地由此到彼，而是有其發展演化的過程。這對如何構想編寫近代漢語發展史，不能不說是一種有益的啓發和參考。此其三。

除此以外，《通釋》還力圖創新，無論就所收錄的詞目或釋義的引文，都有大量的從古籍中挖掘出的令人視覺一新的東西。僅就詞目而言，不見於他書的，就有數百條，約佔全部的百分之八。在多義詞中更有不少詞義，爲他書所未收，若集中起來，亦相當可觀。鑒於要更好地準確解決多種寫法的詞義，《通釋》把埋藏在各個角落的不同寫法找出來，讓他們認祖歸宗，回到一個大家庭中，尤爲語言科學研究不可缺少的一環。不難發現，在《通釋》所

收的大部分詞語中，常有四五種或八九種不同的寫法。有不少還在十種以上。「腌臢」的不同寫法高達 19 種，「大古」高達 20 種，「生各支」更高達 36 種。所有這些，也都是《釋詞》遠不能比擬的。

　　以上只是就前後兩部拙作的成就比較而言，並不意味著《通釋》完美無缺，我們誠懇地希望得到同道的批評。我們知道，探索戲曲詞義的工作，是無窮無盡的。我們還有很多東西沒有弄懂，等待我們去解決。我們雖然老之已至，但情有獨鍾，將樂於繼續在寂寞中，在這塊荒蕪的土地上，開拓，開拓，再開拓。

王學奇　王靜竹　1998 年 7 月於天津

《曲詞通釋》後記

王學奇　王靜竹

（河北師範大學文學院；河北石家莊 050024）

摘　要

　　王學奇、王靜竹著《曲詞通釋》，2012 年由中國社會科學出版社出版了。這部通釋是在我們以往的《宋金元明清曲詞通釋》（文中簡稱語文版《通釋》，獲得了第五屆國家辭書類一等獎）的基礎上形成的增訂本。本次增訂，主要內容如下：一、增寫了新詞條，補充了釋例、釋文。新詞條共增 1500 條左右。二、增加新義項 120 多。三、在同詞異寫中，又增加若干新條目。四、在考證詞語源流方面，亦多增益。五、統一體例，便於查證。六、調整位置：主目和附目、詞序排列、義項位次等的調換。增訂後的特點：一、是材料多、規模大。二、收新詞、釋新義。三、密切結合曲文環境，探索詞的含義。四、借鑒高郵王氏的研究法，綜合研究義同異寫詞語。五、探討詞語的來龍去脈，例如「踏鞽」。六、解釋少數民族語。七、集思廣益，吸納不同觀點。

　　關鍵詞：《曲詞通釋》；釋文；同詞異寫；發掘新義

一、

　　這部《曲詞通釋》，是拙著《宋金元明清曲詞通釋》（以下簡稱語文版《通釋》）〔註1〕的增訂本。爲簡明醒目，改爲現稱。之所以要增訂，一是因爲語文版《通釋》出版後，曾獲第五屆國家辭書類一等獎，購買者踴躍，並爲國內外各大名校所收藏，現已脫銷，急待再版；二是因爲經過畢生的積累，翻撿起卡片櫃來，尚有一些不習見的材料，棄之可惜，趁我們精神尚佳，也願意及時貢獻出來，爲廣大讀者服務。

二、

　　增訂了哪些內容呢？簡括言之，如下：

　　第一，增寫了新詞條，補充了釋例、釋文。新詞條共增 1500 條左右，即：A 字頭的 17 條，B 字頭的 112 條，C 字頭的 110 條，D 字頭的 113 條，E 字頭的 18 條，F 字頭的 67 條，G 字頭的 92 條，H 字頭的 118 條，J 字頭的 110 條，K 字頭的 63 條，L 字頭的 72 條，M 字頭的 70 條，N 字頭的 31 條，P 字頭的 33 條，Q 字頭的 66 條，R 字頭的 21 條，S 字頭的 72 條，T 字頭的 63 條，W 字頭的 53 條，X 字頭的 60 條，Y 字頭的 82 條，Z 字頭的 73 條。如連附目計入，共 2000 多條。字數共 90 多萬。此外，還在一千多處，補充了釋例和釋文。凡釋例斷檔之處得到補充，則宋、金、元、明、清各例，依時序排列，凡釋文薄弱之處得到了相應的補充，便能讓讀者從多方面取證中準確把握詞義。這部分所補材料，粗略估計，也有 10 萬字，兩者相加當不下 100 萬字。

　　第二，發掘新義，增加新義項 120 多個。比較突出的例子，如「學」字條，從原來 4 解增加到 9 解；「人家」條，從原來 6 解增加到 11 解；「去」字條，從原來 10 解增加到 16 解；「能」字條，從原來 16 解增加到 27 解；「可」字條，從原來 26 解增加到 30 解；「是」字條，從原來 17 解增加到 36 解。這些新義項的發掘，在一般人看來，也許不算什麼，但在語言學家眼中，卻很重視。他們說：「這些新義項的發現無異於新發現的恆星、行星，絕不是轉瞬即逝的流星，因爲這些新詞語，具有永恆的價值。」[1]

〔註1〕《曲詞通釋》，王學奇、王靜竹著，中國社會科學出版社 2012 年版；語文版《通釋》，是指語文出版社 2002 年出版的《宋金元明清曲詞通釋》。

　　第三，在同詞異寫中，又增加若干新條目，如：「逼匝」條又增加了「逼扎」、「逼札」，「剝啄」條又增加了「剝琢」，「不打緊」條又增加了「不帶緊」，「殺」條又增加了「查」，「傳留」條又增加了「留傳」，「打抽豐」條又增加了「打抽風」，「大古」條又增加了「大股」，「擔閣」條又增加了「擔各」，「刁」條又增加了「刁頓」，「風範」條又增加了「豐範」，「扢皺」條又增加了「閣皺」，「好沒生」條又增加了「好沒出」，「剪」條又增加了「剪縷」，「拘刷」條又增加了「刷拘」，「口快」條又增加了「口忙」，「抹鄰」條又增加了「牧林」，「濃」條又增加了「膿」，「撲花」條又增加了「不花」，「乞身」條又增加了「乞骸」，「千張」條又增加了「千章」，「所算」條又增加了「所圖」，「滕六」條又增加了「騰六」，「焐」條又增加了「熰」，「掀騰」條又增加了「軒騰」，「笑嘻嘻」條又增加了「笑希希」，「迅風」條又增加了「速風」，「邀截」條又增加了「截腰」，「吱嗻」條又增加了「支遮」，等等，共 200 多。以上所增異形詞，都是從「百花園」中採摘時被丟掉的，這次被找回來，重聚一處，益顯百花齊放，姹紫嫣紅開遍，置身其中，眞使人有「不到園林，怎知春色如許」的美感。

　　第四，在考證詞語源流方面，亦多增益。例如形容淚若泉湧的「扒堆」這個詞語，原謂始於元代，其實在唐代即已出現。唐・高敖曹詩：「相送重相送，相送至橋頭。培堆兩眼淚，難按滿胸愁。」[2]（卷二五八）按：「扒堆」、「培堆」乃同一詞語的異寫，以口耳相傳，遂致音訛字異。再如比喻暴露原形或破綻的「露馬腳」這個成語，《漢語大詞典》（以下簡稱《大詞典》）雖收了，但爲追溯它的起源，或謂起於朱元璋馬皇后大腳，說見明・徐禎卿《剪勝野聞》，這自然不値一駁，因元人無名氏《陳州糶米》第三折和施惠《幽閨記》第二二出都已出現「露馬腳」一詞。再往上推，北宋《續傳燈錄》卷二十云：「風情事起，卷簾益彰，佛手難藏，驢腳自露。」這最後一句話，或可爲「露馬腳」所本。再如「胡姑姑假姨姨」連文互訓，胡，猶假也。「胡姑姑假姨姨」，意言姑姑、姨姨都是胡編亂造的假冒的親戚。《大詞典》雖收此語，但不詳「胡姑姑」早就獨自爲詞。宋元話本小說《清平山堂話本・簡貼和尚》下面小括號內注云「亦名胡姑姑，又名錯下書」，便是證明。「假姨姨」後起，依附「胡姑姑」後面，使「胡姑姑假姨姨」成爲一個複合詞，可以視爲戲曲語言的發展。

　　第五，統一體例。如「安厝」第三個釋例，原是這樣寫的：清・李漁《意中緣・救美》，今改爲《意中緣》二二【神仗兒】白。再如「奚落」（二）第

五個釋例，原是這樣寫的：清‧李漁《憤鸞交‧品花》，今改爲《憤鸞交》四【孝南歌】白。再如「老成」（二）釋例，原是這樣寫的：清‧李漁《憐香伴‧閨合》，今改爲《憐香伴》七【皂羅袍‧前腔】白。再如「夾棍」第五個釋例。原是這樣寫的：清‧李漁《憐香伴‧搜挾》，今改爲《憐香伴》二九【仙侶過曲‧小蓬萊】白。以上寫法，雖不算錯，但爲便於讀者查證，把折（出）數、曲牌、賓白都寫清楚，就能節省查證的時間。

第六，調整位置，意即調換位置。這包括以下幾種情況：一是主目和附目的調換，例如「出脫　出跳　出退」。原來是這樣寫的：「出跳　出退　出脫」。經過考慮，改成現在以「出脫」爲主目的樣子。二是詞序排列，因讀音或筆畫問題，把排錯的位置，再改正過來，如「約而赤」，初稿把它安插在「願隨鞭鐙」之後，「月局」之前，今移至「么花十八」之後，「約而兀赤」之前。再如「鮑（bào）老」，初稿把它安插在「苞苴」之後，「保舉」之前，今移至「豹虎標」之後，「暴」之前。再如「鶻鴒」初稿把它安插在「胡訕」之後，「胡床」之前，今移至「猢猻」之後，「糊突」之前。再如「倔強」，初稿把它安插在「絕戶」之後，「趄」之前，今移至「臉」之後，「軍政司」之前。三是義項位次的調換，如「一地裏」，（一）（二）兩項互換了位置，因爲（二）是本義，改爲（一）移到前面，（一）是引申義，改爲（二）移到後面。再如「學」，義項（四）（謂模仿、效法）移至義項（二）（謂像、似）之前，因爲（二）是從（四）虛化而來。[3]

三、

語文版《通釋》，經過這一番擴充內容，刮垢磨光的修整功夫，使《曲詞通釋》內容進一步豐富多彩，面貌一新。我們期待《曲詞通釋》的出版，能給人以「更上一層樓」的觀感。分而言之，使原有的諸特點更加突出。

第一，書的第一個特點，就是材料多，規模大。語文版《通釋》原收詞條（包括附目）10000 多條，今又增補 2000 多條（包括附目），則新版《曲詞通釋》所收詞共 12000 多條，字數亦由 325 萬字，上升到 430 至 450 萬字。這是一部專業詞書，收詞範圍比不上綜合詞書範圍廣，而且是個人著述，遇到不少困難，達到這個規模，殊非易事。

第二，曲詞研究，要求創新再創新，也是本書重要的特點。以往對語文版《通釋》所收的不見於《大詞典》的新詞，我們估計約佔全書的 8%，未免

過於保守，同時多義詞中的一些尚不見於已出各大詞書的新義，也未計入。
倒是湖北大學李開教授給我做了糾正。他在一篇評論文章內寫道：「《通釋》（指
語文版《通釋》）B 字母下收的詞至『半』字頭有 105 條（加括號的詞，爲《漢
語大詞典》未收詞目……）：八刀、八字、八音、八座、八陽經、八面威，（八
水三川）、八答麻鞋、巴巴、（巴的，《漢大》僅收『巴得』）、巴結、巴鏝、巴
臂、巴不得、（扒頭）、（扒堆）、扒扠、（芭棚）、撥白、撥禾、《撥短梯》、撥
短籌、把與、把色、把如、把勢、把定、（把法）、把持、把柄、把猾、（把撒）、
把臂、（把都兒）、耙、罷手、罷業、劃、白、白打、白苧、白身、白相、白
面、（白甚）、白屋、（白賴）、（白撞）、白玉樓、白地里、白茫茫、（白泠泠）、
（白刺擦）、白森森、白頭蹀躞、百葉、百年、百戲、百枝枝、百衲衣、擺布、
擺設、敗興、敗缺、（敗脫）、拜門、拜鬥、拜掃、拜堂、拜覆、（扳今吊）、
班子、班頭、班房、班部、搬鬥、搬弄、搬唆、（搬遞）、搬調、投演、板闥、
板障、板僵、半道、半弓、半米、半洲、（半折，見下文）、半抄、半垓、半
星、半晌、半掐、（半鑒）、半路、（半槽）、半霎、（半器）、半壁、半開門、
半合兒、半籌不納。在以上 105 條中，《漢語大詞典》未收入有 21 條，幾近
20%……這是不小的數字，以此概算，王著要有 20%左右的條目可補進《漢語
大詞典》。即使主條完全相同，還有若干近同或不同形態的相關條目可供選
收。例如主條目『半折』，《漢語大詞典》已收，但實際上兩書釋義完全不同。
相關條目『半折』《漢語大詞典》雖收，但釋義的角度也不同。相關條目的『半
扎』、『半札』則未收。」[4]查證一下，情況確是如此，但都被我們忽視了。

　　依照李開教授的方法，我們補寫了 T 字母下所收的 63 條詞目：他日、（他
方言語）、（塔鼓）、（踏著吉地行）、台吉、台盞、抬手、（抬營）、太公、太醫、
（太平宴）、談羨、檀口、探爪、堂頭和尚、塘報、韜鈴、桃夭、桃葉渡、桃
花浪、淘漉、（忒刺）、（騰忔里）、（提塘）、提心在口、提鈴喝號、天孫、（添
助）、條直、迢遞、調羹、跳丸、（帖各皮）、鐵貓、（鐵兒谷）、（鐵煎盤）、鐵
鷂子、（鐵立兒獵）、通風、通關、通事、通腳、彤管、頭風、頭雞、頭路、
投下、透露、突兀、突厥、禿髮、塗鴉、塗炭、屠龍、土庫、土雨、吐蕃、（吐
魯渾）、（拖犯）、妥帖、（脫的）、脫略、（脫穎）。在以上加括號的詞目共 16
個，不見《大詞典》，約佔 25%（其中某些附目，如「他方說」、「堂頭闍黎」、
「騰屹里」、「騰克里」、「喝號提鈴」、「鐵茅」、「鐵銚盤」、「脫地」等十幾個
附目，尚不計算在內）。其他所補寫的各字母中的新詞目，被《大詞典》拒之

門外的，其比例，大體不相上下。總之，只要打開《曲詞通釋》，處處都可以看到生面孔的詞目，它們像春草一樣破土而出，生機盎然。

第三，密切結合曲文環境，探索詞的含義，更是本書的重點。經過這次增訂工作，對詞義觸幽發微，推陳出新，從好多詞的傳統意義中又獲得不少新的含義。據我們粗略的估計，在本書的多義詞中，有四個義項的詞，發現75 個；有五個義項的詞，發現 38 個；有六個義項的詞，發現 30 個；有七個義項的詞，發現 22 個；有八個義項的詞，發現 8 個；有九個義項的詞，發現9 個；有十個義項的詞，發現 3 個；有十一個義項的詞，發現 7 個；有十二個義項的詞，發現 4 個。等而上之，還有十四個、十五個、十六個、十七個、十八個、十九個、二十個等等義項者。其中有些義項大幅度增加，如前文所言。「能」字，從原來 16 個義項增加到 27 個；「可」字，從原來 26 個義項增加到 30 個；「是」字，從原來 17 個義項增加到 36 個。以上的統計，通過語文版《通釋》和社科版《曲詞通釋》一對比，便一目了然了。眾所周知，隨著人類歷史日新月異的發展，隨著大自然的變化，隨著人們認識世界不斷地深化，詞義不僅將愈演愈繁，並有其自身發生發展及消亡的演化過程，還有的是曇花一現，或盛不衰，或轉瞬即逝，或長期隱身，或時隱時現，即使如此，只要我們緊密結合曲文環境，就能把深藏的含義給挖出來。黎錦熙先生在論證語法問題時，有句名言：「在句有品，離句無品。」在這裏，我們也不妨說：「在句有義，離句無義。」因為離開句子的詞義是無法想像的。大量的多義詞就是證明。

第四，由於古今異寫，方俗殊異以及其他種種原因，漢語中的一個詞語，往往有多種不同的寫法，因此把義同異寫的詞語都找到一起作綜合研究，是本書的另一個重要特點。經過我們多年多輪次的搜索、追尋、挖掘，數量相當可觀。據我們統計，全書有五個不同寫法的，約 128 個；有六種不同寫法的，約有 66 個；有七種不同寫法的，約有 49 個；有八種不同寫法的，約有37 個；有九種不同寫法的，約有 16 個；有十種不同寫法的，約有 9 個；有十一種不同寫法的，約有 10 個。「這答」、「攛窨」，各有十二種寫法；「兀自」、「淅零零」、「嘴盧都」，各有十三種寫法；「磕擦」、「騺」、「淹煎」，各有十四種寫法；「一謎」有十六種寫法；「腌」有十九種寫法；「大古」有二十一種寫法；「生克支」有三十六種寫法。這些不同寫法，面貌形形色色，讀音又各不全同，就像離散多年的同胞兄弟，他們淪落在各個不同的角落，辨認出他們

的血緣關係很不容易。必須抱定耐心和細心，睜大兩眼，跋涉在古籍的荒山惡谷中左顧右盼，唯恐從眼角蹓掉。就是這樣，有時還不止一次擦肩而過。但也有時，到處去找沒找到，猛一回頭，卻在眼前，使我們有了「眾裏尋他千百度，驀然回首，那人卻在燈火闌珊處」的驚喜。

　　經驗告訴我們：尋找這些血脈相同而面貌各異的「兄弟」，使之重聚在一個大家庭時，必須始終把王念孫父子「義存於聲，聲近義通」的方法，借鑒到研究戲曲語言中來。只有通過聲紐、韻部、古今義的轉變，才能把音韻相關的詞語集合到一起，經之以聲，緯之以義，以窮其變化，而觀其匯通，最後才能達到解決形異義同（猶之通過血緣認親歸宗）的目的。這種「因聲求義」方法的優越性，不但能避免形體（通假字）等表面意象的迷惑，抓住詞與詞之間的實質性聯繫，而且通過綜合研究的同時，還可以比較準確地解決彼此相關的一連串問題，收到事半功倍的效果。

　　大量形異義用的詞語都證明，不藉助音韻學原理，以音統形，就音析義，而欲從形體上解決問題，是徒勞無功的，例如徐嘉瑞的《金元戲曲方言考》，全書幾乎全是一目一條，有許多音韻相關可以合併到一起，例如大古似、大古來、大綱咱、大綱來、大都來、大古里、太古里、待古里、特古里等，都各立門戶，彼此不相聯繫。正因為如此，這個詞語的其他寫法，如特骨的、特故的、大岡來、大古、待古等，也都流離失所，無家可歸，因而也就無從做綜合分析研究，全面掌握它們的含義。再如《方言考》舉了「阿撲」，卻漏掉「合撲」、「合伏」，而不知這三種不同的寫法，就是一個詞語的異寫，都是俯面撲地的意思。〔註2〕「合撲」一作「合伏」，「撲」變「伏」，是由重唇音變輕唇音（由雙唇音變唇齒音）。

　　第五，樹有根，水有源，詞語也有發生發展的歷史。因此探討詞語的來龍去脈，也是本書的特點。例如「踏鞴」條，《大詞典》只舉了元·高安道散套《哨遍·嗓淡行院》：「踏鞴的險不樁的頭破，翻跳的爭些兒跌的迸流」這一條例證，便無下文了。在《曲詞通釋》引《宋書·樂志十七》：「百戲有蹴球、踏鞴、藏挾……打彈丸之類。」這說明「踏鞴」這種遊戲早在南北朝就有了。再如「賣皮鷦鶉兒」，《大詞典》只舉了元·無名氏《陳州

〔註2〕章太炎《新方言·釋言》：「《說文》：『僕，頓也。』江南運河而東至於浙江，謂墜地俯首者為合僕，僕音如樸。」按：「樸」、「僕」同音，只調不同。又北語呼「合」為「哈」（hā）」，故「合撲」猶「阿撲」。

糶米》三【梁州第七】白:「俺家賣皮鵪鶉兒,老兒你在那裏住」這一條例證,也沒下文。在《曲詞通釋》則引宋‧孟元老《東京夢華錄》卷二「潘樓東南巷」條:「先至十字街,曰鵪兒市,向東曰東雞兒巷,向西曰西雞兒巷,皆妓館所居。」引這段話以明賣淫意所本。因鵪兒市為妓館所居,故以「賣皮鵪鶉兒」為賣淫之隱語。下文又引《老殘遊記》和周立波的《暴風驟雨》,以達到窮源竟尾的目的。再如使令詞「交」、「教」、「叫」的遞變順序,也有明晰的脈絡。先是作「交」,唐代已然,如變文《漢將王陵變》:「今夜且去,明夜還來,交王急須準備。」在元刊本雜劇中如《疏者下船》二【滿庭芳】:「能可交我無兒,怎肯交你先絕戶?」但到明清則多做「教」,如《元曲選‧楚昭公》三【滿庭芳】白:「則有的您兄弟一人相隨,可怎生又教我那一條路去,不知哥哥主著何意?」到了清代,「教」字雖繼續使用,但已不能大權獨攬,「叫」字悄然而起,如清‧李漁《憐鸞交》二【滿庭芳】白:「叫院子,今日是大老爺赴任之期,送行的筵席,齊備了麼?」以後經過往復奪權鬥爭,「叫」字才完全取代了「教」字,開闢了一個新時代。再有表人稱多數的「懣」、「們」、「每」等遞承順序。清‧翟灝《通俗編》卷三三「們」字條說:「北宋時先借『懣』字用之,南宋則借『們』,而元時則借為『每(mén)』。」這個說法,大致對,不完全對。根據大量戲曲論證及其他材料,應該說:「兩宋主要皆用「懣」字,如宋‧周煇《清波雜誌》卷一「元祐大昏」條:「欽聖云:『更休與他懣宰執理會。』再如宋‧徐夢莘《三朝北盟匯編》:「范瓊大呼曰:『自家懣只是少個主人。』」金‧董解元《西廂記諸宮調》卷二:「賊陣裏兒郎懣眼不札。」皆其證。宋‧無名氏《張協狀元》一、白:「賢門(們)雅靜。仔細說教聽。」此是南宋用「們」之例,但很少見。及至到了元明清時代,是用「每」字的全盛時期,無可與之匹敵。及至末葉,「每」字的地盤便逐漸被潛伏已久,準備翻身的「們」字所蠶食。清初洪昇的《長生殿》雖全篇皆用「每」字,效忠到最後。但孔尚任等曲家,卻不聽那一套,《桃花扇》終篇皆用「們」字,蔡應龍的《紫玉記》也用「們」字,如第七出【千寶禪‧前腔】中也講道:「你門(們)別後,各尋歸路便了。」其他如從「遺漏」到「失火」,從「祝付」到「囑咐」,從「彈」到「蛋」,從「隔壁」到「間壁」,都是經過往復爭奪,才得以演變的。明瞭這些演變,不僅有助於對戲曲語言規律的研究,且對近代漢語史的編寫,也提供了有益的參考。

　　第六，我國是以漢族爲主體的多民族國家，各少數民族與漢族通過戰爭、貿易、婚姻等多方面接觸，語言便隨之相互滲透、互相介入、互相轉化，因此，少數民族語便成爲本書不可或缺的組成部分。少數民族語和漢語的關係在歷史上從未間斷過，特別在宋、金、遼、元、明、清大動蕩、大交流時代，少數民族語在中原大地，無所不在。唐‧司空圖《河湟有感》詩云：「一自蕭關起戰塵，河湟隔斷數年春。漢兒盡做胡兒語，卻向城頭罵漢人。」元‧杜善夫《從軍》詩云：「吳疆連晉境，漢族雜番兵。」明‧蔣一葵《長安客話》卷五「古漁陽」條引都人白某《過薊州》詩云：「人煙多戍卒，市語雜番聲。」明代曲作家王世貞《曲藻序》云：「大江南北，漸染胡語，時時採入。」所謂時時採入，即指曲作家在作品中不斷採用少數民族語。採用最多的要數明代朱有燉的《桃源景》、明代湯顯祖的《牡丹亭》、明代黃元吉的《流星馬》等。爲打破少數民族語言關，就迫使我們在撰寫這部書稿時，不能不注意這個非解決不可的問題。爲準確解讀各少數民族語，我們參考不少專業書。言必有據，審慎對待，是我們解讀少數民族語的準則。若以臆測，便容易發生誤解。在前輩和時賢的著作中，我們發現不少這樣的情況，歸納起來，有如下幾種：一是望文生義。如「卯兒姑」，蒙語謂扣頭。《華夷譯語‧人事門》呼「扣頭」爲「木兒沽」。《韃靼譯語‧人事門》呼「扣頭」爲「木兒古」。按：卯兒姑、木兒沽、木兒古，字異音近義同。而劉一禾在明劇《燕子箋》中則注云：「卯兒姑，指士兵，以每日應卯（點名）故稱。」[5] (P114) 這純粹是望文生義。二是腰斬。如「禿禿茶食」（見元‧楊顯之《酷寒亭》三），本是元代回族的一種水煮麵食品。字亦作「禿禿麻食」。元‧和斯輝《飲膳正要》云：「禿禿麻食，係手撇麵，補中益氣。」而朱居易竟把「禿禿茶食」，從中腰斬、分屍兩處。把「禿禿」和「兀兀禿禿」拼湊在一起，解爲「不冷不熱」，而另一半「茶食」的命運就不管不顧了。[6] (P57) 三是砍頭。如「啞剌步」（見元‧無名氏《黃花峪》一），它本和「約而赤」字義音近同是「去」的意思。《華夷譯語‧人事門》、《韃靼譯語‧人事門》均呼「去」爲「約而赤」，並可證。陸澹安卻把「啞剌步」頭一個「啞」字丟掉，留下「剌步」，誤解爲「跋步」，[7] 影響所及，《大詞典》亦奉爲圭臬而沿用之，而對「啞」字卻丟在一邊。四是張冠李戴，如「也棘赤」（見宋‧無名氏《宦門子弟錯立身》四【桂枝香‧同上】），它也和「約而赤」字異音近而義同。錢南揚卻注云：「『也棘』，猶云『一起去』，『赤』爲動詞祈使式收尾。」[8] (P230) 這是仕肢解了「也棘赤」這個整體之後，

又把漢語的構詞法硬往少數民族語上套，而不知兩種語言各自有不同的語法規律。尤有甚者，元・高文秀《黑旋風》楔子白：「若見了你呵，跳上馬牙不約而赤便走。」例中「牙不約而赤」是個蒙語。《華夷譯語・人事門》謂「行」曰「牙不」，謂「去」爲「約而赤」，「牙不約而赤」乃是「行去」的重言。徐嘉瑞在《金元戲曲方言考》中卻把「牙不約而赤」閹割爲「不約而赤」，並解爲「打馬聲」[9] (P7、432)。更在同書的《補遺》中加上一個補注：「今昆明語爲『皮而赤』，形容鞋聲，如皮而赤皮而赤的走過來。」若照徐氏的解釋，則「跳上馬牙不約而赤便走」，豈不成了「跳上馬的牙齒皮而赤皮而赤的走過來」，這豈不令人捧腹？

第七，主張不同觀點的交鋒，是本書最後一個特點。古人說：「智者千慮，亦有一失。」這指明我們科研工作者，誰也不敢說我們的工作萬無一失。因此要有效地推動戲曲語言工作，就要靠集思廣益，靠不同觀點的交鋒。但交鋒不是意氣用事，不是空喊，而是靠材料講話，擺事實，講道理，實事求是，是就是是，非就是非，對問題不對人。本書即將付印，我們深感「人生有涯，而知也無涯」，有些問題，我們還解決得不夠理想，希望本書出版後，能得到大雅方家以及廣大讀者的指正，我們將感謝不盡。

最後要感謝在增訂本書的全過程中馮瑞生先生給我們的很多幫助。

（原載於《燕趙學術》2013 年春之卷）

參考文獻

〔1〕李行建，馮瑞生，發拙曲辭的光輝〔N〕，中國教育報，2002-3-27（7）。

〔2〕（宋）李昉等編，《太平廣記》（卷二五八）〔M〕，北京：團結出版社，1994。

〔3〕李申，《宋金元明清曲詞通釋》簡評〔J〕，東南大學學報，2006（3）。

〔4〕李開，戲曲詞語的歷史畫卷——讀《宋金元明清曲詞通釋》〔J〕，湖北大學學報，2004（4）。

〔5〕（明）阮大鋮，《燕子箋》二三出注〔M〕，上海：上海古籍出版社，1985。

〔6〕朱居易，元劇俗語方言例釋〔M〕，北京：商務印書館，1957。

〔7〕陸澹安，戲曲詞語匯釋〔M〕，上海：上海古籍出版社，1981。

〔8〕錢南揚，永樂大典戲文三種校注〔M〕，北京：中華書局，1979。

〔9〕徐嘉瑞，金元戲曲方言考〔M〕，北京：商務印書館，1948。

湯顯祖與《臨川四夢》序

解題

　　湯顯祖，字義仍，號海若，又號海若居士，一名若士，晚年號繭翁，自署清遠道人。江西臨川人，平生共寫過五種劇本，最初寫的是《紫簫記》，因遭非議，中途輟筆，後經改造和補充，更名《紫釵記》。離職後又寫有《牡丹亭》、《南柯記》、《邯鄲記》三種。故歷來校注湯劇，只列《紫釵記》、《牡丹亭》、《南柯記》、《邯鄲記》四種，不把《紫簫記》計入。這四種劇本的故事情節，均因與夢幻有關，又因作者是臨川人，故後世通稱「臨川四夢」。這次校注，各劇之前，增補了「作者題詞」。《紫簫記》原文，只校不注，列在書後，作爲附錄，以供參考。

湯顯祖生活的時代

　　湯顯祖生於明世宗嘉靖二十九年（公元 1550 年），卒於明神宗萬曆四十四年（公元 1616 年），享年六十七歲。這個時間段，適逢十六世紀，是個不尋常的時代。在西方，掀起了文藝復興大變革運動，在東方，中國的封建統治搖搖欲墜，新興資本主義欲代之而起。在文化上，西方出了個大戲劇家莎士比亞，在中國也出了個堪與莎翁媲美的湯顯祖。他們同是從統治階級內部分裂出來的進步思想家、文化先驅者。湯顯祖出身於中小地主家庭。高祖和祖父都是藏書家。祖父湯懋昭篤信道教，父親湯尚賢崇尚儒教，是個「爲文高古，舉行端方」的儒者。正由於這個條件，湯顯祖從小就受到良好的教育。

他自己也說：「家君恆督我以儒檢，大父輒要我以仙遊。」（語見《和大父遊城西魏夫人壇故址詩·序》）但他生非其時，他的一生，是社會矛盾叢生的動亂時代，既處於貧雇農與地主階級矛盾日深，又處於新興市民階層與腐朽的封建統治勢不兩立的時代。當時政治腐敗，聚斂成風，上層統治階級乃至一般地主豪紳，驕奢淫逸，生活至為糜爛。一部《金瓶梅》便是整個統治階層生活的縮影。而廣大農村，貧雇農冒著酷暑嚴寒、雨淋雪打，終年勞動在野外，卻得不到最低限度的溫飽，生活無著，流離失所，不得已鋌而走險，起初還是小規模地分散地各自為戰，到明毅宗崇貞元年（公元 1628 年）便匯聚成以高迎祥為首的大規模的農民起義。這時距湯逝世，不過短短十二年；距崇貞十七年（公元 1644 年）李自成打進北京，逼崇貞帝上吊自殺，不過二十八年。在城市，明神宗二十七年（公元 1599 年），薊州爆發了數千商民驅逐稅監陳奉的鬥爭。兩年後，武昌市民為反抗陳奉的壓榨也舉行了暴動。蘇州紡織手工業者為反抗織造官員孫隆也是此伏彼起，鬥爭不斷。可以說，在中國廣袤的大地上，這種鬥爭，無時或休，無地或休，因而就不能不反映到哲學鬥爭上來。最著名的便是泰州學派代表人物李贄等人對程朱理學的批判。程朱理學胡說什麼「存天理，滅人慾」（語見《朱子語類》卷十二）；還胡說什麼「餓死事小，失節事大」（語見《二程遺書》）。這類滅絕人性，反對寡婦再嫁的封建說教，遭到體無完膚駁斥。在泰州學派看來「日用飲食男女生活之私即是自然之理」。在文藝領域，則有前後七子復古反復古的鬥爭。同時還有「情」與「理」的交鋒。湯顯祖的一生，就是在上述形形色色矛盾鬥爭交織的漩渦中乘風破浪成為巨人的。他十三歲時，即師從泰州學派創始人王艮的再傳弟子羅汝芳學習。以後又與當地名流結社唱和，互相切磋。到十四歲便進了學，二十一歲中舉，以一孝廉而名揚天下。但以剛正不阿，拒絕了權相張居正施以「啖以巍甲」（見《明史》卷二三〇《湯顯祖傳》）的結納，以致幾次春試都被刷掉。直至三十四歲（公元 1583 年），張居正死後第二年，才考中進士。接著又拒絕了執政申時行、張四維的招致。這時他謀求到南京去做太常寺博士，寧願失去考取庶吉士（明、清官名）的機會；以後又歷任南京詹事府主博、南京禮部祠祭司主事。不過這都是閒差，沒有什麼實權，也不幹什麼實事。《紫釵記》就是趁這個閒暇期間把八年前的半成品《紫簫記》改寫成功。這時湯顯祖正三十八歲（公元 1582 年）。當時，南京雖為留都，但這裏沒有一套完整的中央官僚機構，其中一部分官員是受到排擠，才安插

到這裏來的。因此南京便逐漸形成反政府的輿論的地方，並進而形成以顧憲成為首的反對派東林黨的中心。湯顯祖嫉惡如仇的不妥協精神，反封建、求解放的思想日益堅定，並和東林黨的重要人物，如顧憲成、高攀龍、鄒元標、可上人等，都先後成了好友。湯顯祖四十二歲時（公元 1591 年）上《輔臣科臣疏》，這道奏折不但彈劾了申時行及其爪牙對全國大災荒的失職，對皇帝的昏庸也做了非議。這還了得，於是被貶到廣東雷州半島徐聞縣掛個典史的虛職。這倒使湯顯祖有機會漫遊很多地方，接觸到民間生活，開拓了胸襟，覺得思想更為充實了。三年後（公元 1593 年），湯顯祖又升為浙江遂昌知縣。在遂昌任上，為反對礦稅，作《感事》詩云：「中涓鑿空山河盡，聖主求金日夜勞。賴是年來稀駿骨，黃金應與築台高。」諷喻矛頭直指聖主，真是豁出去了；這時湯四十四歲。在遂昌五年，備受百姓愛戴。到四十九歲，棄職歸臨川，作《牡丹亭》。五十一歲作《南柯記》。五十二歲作《邯鄲記》，於是年以「浮躁」被正式免職，自此，過著鄉村的退隱生活，直至公元 1616 年 7 月29 日逝世。

四夢的成就

《紫釵記》係《紫簫記》的改本，共五十三齣，成書於萬曆十五年（公元 1587 年），湯時年三十八歲，在南京工作時所作。取材於唐·蔣防《霍小玉傳》小玉與李益的愛情故事。劇寫詩人李益流落長安，元宵節拾得霍小玉所失玉釵，托媒鮑四娘而成親。後李益考取狀元，當朝權要盧太尉欲招李為婿，益不從。盧盛怒之下，藉機派益到玉門關作參軍，離間李益與小玉的夫妻關係。這時小玉家貧生活困難，不得不出售紫玉釵，適為盧太尉所得，乃向李益偽稱小玉已死。黃衫客聞此不平之事，仗義相助，促成李益和小玉相會，各道出思念之情，真相大白，和好如初，使盧太尉的陰謀未得逞，並受到懲處。此劇基本保留了傳奇小說的主要人物和基本情節，但內容有所豐富並有新的發展。劇本把霍小玉對愛的痴情寫得淋漓盡致，沁人心脾。特別是當霍小玉聽到訛傳李益招贅到盧府時，病體支離的小玉，仍然不惜家財，千方百計去追尋李益消息，甚至把當初的定情物紫玉釵換來的百萬金錢拋撒滿地（見第四十七齣）。以表明她的「情乃無價，錢有何用」的俠義心腸。湯之劇作與蔣之傳奇小說最大的不同，是把悲劇改寫成團圓劇。其所以稱作夢者，請聽聽第四十九齣【黃鶯兒】曲云：「（旦：）……四姨，咱夢來，見一人似

劍俠非常遇，著黃衣。分明遞與，一輛小鞋兒。(鮑：)鞋者，諧也，李郎必重諧連理。」此劇昆曲常演《折柳陽關》，京劇《霍小玉》(亦名《黃衫客》)，閩劇《紫玉釵》均有悲劇結局。川劇有《紫燕釵》。

《牡丹亭》亦名《還魂記》，共五十五齣，成書於萬曆二十六年(公元1598年)，湯顯祖棄官歸臨川後所作，湯年時四十九歲。劇寫杜麗娘追求愛情的故事。取材於《杜麗娘慕色還魂》話本。它給《牡丹亭》提供了基本的故事情節。在《驚夢》、《尋夢》和《鬧殤》各齣賓白中還保留了話本的若干原句。另外還參考了《太平廣記》中有關於李仲文、馮孝將兒女事以及收拷談生事。通觀全局，作者在舊有故事的輪廓上，又充實了很多現實生活和非現實生活。劇本一開始，寫福建南安郡杜寶太守的女兒杜麗娘久處深閨，被父母拘管甚嚴。因從塾師陳最良教授《詩經》首篇《關雎》得到啓發，婢女春香私自帶她去遊園，看到大自然風景：「朝飛暮旋，雨絲風片，煙波畫船」，不禁衝口而出：「一生愛好是天然。」「不到園林，怎知春色如許」；回來困倦，不覺入夢。夢中與一少年柳夢梅在牡丹亭畔幽會。從此以後，爲相思所苦，寫眞留記，傷情而死。三年後，柳夢梅去臨安赴試，路過梅花觀埋葬杜麗娘的地方，這時眷戀柳夢梅的杜麗娘的幽魂，一靈不散，又與柳夢梅歡會，並得再生，二人遂結爲夫婦。但麗娘之父非但不承認他們的結合，還對柳夢梅進行吊打。經杜麗娘一再堅持，再加以柳夢梅被朝廷點中狀元，由皇帝主婚，杜寶方接受了女兒和女婿。全劇五十五齣，最關鍵的一齣就是《驚夢》，杜麗娘因遊園而倦夢，因倦夢而與柳生相遇，由此便演繹出爲柳生而死，爲柳生而生的一系列故事。它與《尋夢》同是本劇的精華所在。清·李漁《閒情偶寄·詞曲部》說：「湯若士《還魂》一劇，世以配享元人，宜也。問其精華所在，則以《驚夢》、《尋夢》二折對。」在這兩折中，作者以無法抑制的激情，描寫她「一生愛好是天然」的信念。描寫她走出「錦屏」，發出「不到園林，怎知春色如許」的感嘆；從而對封建統治者把婦女禁錮在「錦屏」之中，提出了強烈的抗議，並且喊出了「這般花花草草由人戀，生生死死隨人願，便酸酸楚楚無人怨」。如此這般追求自由解放的心聲，如霹靂一般，簡直要把整個封建堡壘震得粉碎。

明清時《牡丹亭》一再印行，廣泛流布，家喻戶曉。今昆劇尙能演十多出。常演者，有《春香鬧學》、《遊園驚夢》、《尋夢》、《拾畫叫畫》等，其中《遊園驚夢》屢至海外演出，京劇亦演《春香鬧學》、《遊園驚夢》。後又拍成電影，影響更大了。

《南柯記》共四十四出，成書於萬曆二十八年（公元 1600 年），比《牡丹亭》成書晚兩年，湯時年五十一歲，劇寫淳于棼夢入槐安國的故事。取材於唐·李公佐《南柯太守傳》。劇情略謂：淳于棼於夢境中到了大槐安國，被招為駙馬，任南柯太守二十餘年，甚有政績。後檀蘿國入侵，金枝公主受驚而亡。回朝後，拜為左丞相，拉攏王親貴戚，威勢日盛，甚至驕縱弄權，右丞相向國王奏明此情況，淳于棼被遣回鄉。至此夢醒，餘酒尚溫。及尋視所謂大槐安國不過是庭前大槐樹洞裏的一群螞蟻。湯顯祖通過對淳于棼墮落的描寫，寄寓了明代黑暗現實的批評。他在《寄鄒梅宇》的信中說：「二夢記殊覺恍惚，令人悵然。」他在《南柯夢記·題詞》中也說：「一往之情，則為所攝。」就是指淳于棼的一片「真情」，在宦海浮沉之中，為「貴極祿位，權傾國都」的「矯情」所攝，終於出致了淳于棼的徹底墮落。湯顯祖在《南柯記》中鞭撻這種「矯情」，矛頭也正指向權相張居正「剛而有欲」和執政申時行「柔而有欲」（語見《論輔臣科臣疏》）的表現。《南柯記》這個劇本，在祈彪佳《日記》和褚人獲《堅瓠四集》均有記載。今昆劇尚能演出《花報》、《瑤台》等折子戲。最近由著名演員施夏明（飾淳于棼）和單雯（飾瑤芳公主）在天津演出了全本昆曲《南柯夢》，受到觀眾的好評。

《邯鄲記》共三十齣，成書於萬曆二十九年（公元 1601 年），是在歸鄉三年後被正式解職後所作。湯時年五十二歲。劇寫盧生入夢後的故事，取材於唐·李泌《枕中記》。故事略謂：呂洞賓在邯鄲旅店，以磁枕使盧生入睡。盧生夢與高門崔氏女結婚，藉行賄考取狀元。以河功與邊功為朝廷建立了功業，受到提拔，出將入相，榮華已極，卻因官場傾軋，歷盡宦海風險；讒臣宇文融被誅後，得封國公，備受皇帝恩寵。一門皆富貴，奢侈荒淫，無所不極，終染病而亡，死後醒來，黃粱尚未蒸熟，才知是一場夢幻。實際，這種頓悟人生如夢的消極思想，並非湯顯祖晚年思想的寫照。在他「頭白未銷吳楚氣」（語見《七夕醉答東君二首》），「恩仇未盡心難死」（語見《送劉大甫謁趙玄仲膠西》詩）等詩句，即可看出他「烈士暮年，壯心不已」的反腐敗政治的豪氣。所以取材《枕中記》不過是藉用這個軀殼，所表現的生活內容卻有很大不同。這個藉開元盛世為背景的故事，不啻是反映晚明官場的一部《官場現形記》。湯顯祖通過盧生這個人物的生活經歷，對明代封建社會的誠信榮譽、富貴尊榮的虛偽和荒謬，做了無情的揭露。黃榜招賢，盧生高中狀元，看似「天上文星」，實際乃是由崔氏在暗箱調度的結果。盧生進京，四處晉謁

權貴，再利用金錢「相幫引進」。盧生榮歸，崔氏受封誥。原來誥命夫人的榮譽，也是盧生趁掌制誥之便「偷寫下夫人誥命一通」，朦朧進呈，藉騙術得來的，以及其他種種描述，湯顯祖都採用了「正言若反」的譏諷筆法，摘掉了「開元盛世」的虛假光環。筆鋒所至，真是入木三分；當時評家認為《邯鄲》、《南柯》二夢，「布格既新，遣詞復俊。其掇拾本色，參錯麗語，境往神來，巧妙湊合，又視元人別一蹊徑。」（見明‧王驥德《曲律》）《漁磯漫步》、《草堂詩集》皆記有《邯鄲》演出。今昆劇尚能演《掃花三醉》、《番兒》、《雲陽法場》、《仙圓》等單折。

總觀以上四劇，其情節及其所反映的思想內容，雖各有差異，卻在不同方面表現了對現實生活的看法和理解，對封建統治亦表現了不同形式的抗爭。藝術成就，雖各有千秋，也都受到讀者不同程度的歡迎。清‧昭槤《嘯亭雜錄》謂：「湯若士『四夢』，其詞雋秀，膾炙人口久矣。」總合多數人評議，都認為《牡丹亭》的思想、藝術，最為突出。明‧馮夢龍改本《風流夢》小引云：「若士先生千古逸才，所著『四夢』，《牡丹亭》最勝。」清‧梁廷枏《曲話》云：「玉茗四夢，《牡丹亭》最佳，《邯鄲》次之，《南柯》又次之，《紫釵》則強弩之末耳。」《牡丹亭》之所以最勝，是在於它具有激動人心的藝術力量，是在於作者通過他所創造的杜麗娘這個光輝形象，忠實地反映了那個時代青年婦女的苦悶。並為了獲得情愛，杜麗娘孤身奮戰，勇往直前，從生到死，又以死到生，用火一般的激情破除種種阻力，最後終於取得勝利。湯顯祖在「題詞」中寫道：「如麗娘者，乃可謂之有情人耳。情不知所起，一往而深。生者可以死，死可以生。生而不可以死，死而不可復生者，皆非情之至地」。若杜麗娘者，為愛，生死不渝，達到了「情」的極致。這在古今中外藝術作品中，是絕無僅有的。故《牡丹亭》一問世，立刻轟動，引起廣泛的熱烈反應，特別是廣大女青年的反應。

明‧沈德符《顧曲雜言‧填詞名手》：「《牡丹亭》夢一齣，家傳戶誦，幾令《西廂》減價。」

婁江女子俞二娘，讀了《牡丹亭》，有感於杜麗娘的遭遇，斷腸而死（引自蔣瑞藻《小說考證》卷四）。

杭州女伶商小伶，因婚姻不能自主，「鬱鬱成疾」，某日演《牡丹亭》，唱到《尋夢》中「待打並香魂一片，陰雨梅天，守得個梅根相見」時，熱淚盈眶，隨聲撲地而死。（見焦循《劇說》轉引的《娥術堂閒筆》）

馮小青看了《牡丹亭》作《絕句》云：「冷雨幽窗不可聽，挑燈閒看《牡丹亭》。人間亦有痴於我，豈獨傷心是小青。」（轉引自徐朔方校注本《牡丹亭》）

《紅樓夢》中的林黛玉「走到梨香院牆角外，只聽見牆內笛韻悠揚，歌聲婉轉，黛玉便知是那十二個女孩子演習戲文……偶然兩句吹到耳朵內：

「原來姹紫嫣紅開遍，似這般，都付與斷井頹垣。」黛玉聽了，倒也十分感慨纏綿，便止住步側耳細聽，又唱道是：

「良辰美景奈何天，賞心樂事誰家院。」聽了這兩句，不覺點頭自嘆，心下自思：「原來戲上也有好文章，可惜世人只知看戲，未必能領略其中的趣味。」想畢，又後悔不該胡想，耽誤了聽曲子。再聽時，恰唱到：

「則為你如花眷美，似水流年……」黛玉聽了這兩句，不覺心動神搖。又聽道：

「你在幽閨自憐」等句，亦發如醉如痴，站立不住，便一蹲身坐在一塊山子石上，細嚼「如花美眷，似水流年」八個字的滋味。忽又想起前日見古人詩中有「水流花謝兩無情」之句；再詞中又有「流水落花春去也，天上人間」之句；又兼方才所見《西廂記》中「花落水流紅，閒愁萬種」之句；都一時想起來，湊聚在一起。仔細忖度，不覺心痛神痴，眼中落淚。」（詳見《紅樓夢》第二十三回）

《紅樓夢》中這段文字，有力地評價了《牡丹亭》及其主人翁在反封建禮教鬥爭中所起的十分積極的作用。在封建末期成功地塑造出杜麗娘的典型，這是對中國文學史極大的貢獻。

（王學奇 2013 年於天津紅橋區寓所國學齋）

喜劇大師李漁和他的傳奇創作
——《笠翁傳奇十種校注》序

（代序）

傳奇原爲消愁設，費盡杖頭歌一闋；

何事將錢買哭聲，反令變喜成嗚咽。

惟我塡詞不賣愁，一夫不笑是吾憂；

舉世盡成彌勒佛，度人禿筆始堪投。

這首詩，可以看做是李漁創作主張的宣言。他要求觀眾歡笑，把「笑」作爲創作喜劇的手段。實際他是個憤世嫉俗者，滿腹牢騷皆寓於笑聲中。所以他自己也說：「嬉笑詼諧之處，包含絕大文章。」又說「寓哭於笑」。這話聽來，何等沉痛！所以李漁的創作絕非表面文章，它集中反映了社會的各種複雜矛盾，基本上肯定了眞善美，批判、鞭撻了假醜惡。他的肯定或批判，都是通過鮮活的形象，藉助人物活動和情節的發展表現出來，故富有魅力，使人受教育於不知不覺中。李漁在清代是較早的著名劇作家，他對當時和後世的戲曲影響都很大。吳梅《中國戲劇概論》卷下《清總論》說：「清人戲曲，大抵順、康之間，以駿公、西堂、又陵、紅友爲能，而最著者，厥爲笠翁。翁所撰述，雖涉俳諧，而排場生動，實爲一朝之冠。繼之者，獨有雲亭、昉思而已。」雲亭，即《桃花扇》作者孔尚任，昉思，即《長生殿》作者洪昇。如此一位作家，不但應對其作品給予認眞校注，對其身世及作品的成就和影響也應輔以實事求是的分析，以供讀者參考。爲敘述方便，姑分以下四個小題：一、李漁其人，二、傳奇十種，三、總的評價，四、深遠影響。

一、李漁其人

李漁（公元 1611～1680 年），字笠鴻，號笠翁。初名仙侶，字謫凡，號天徒。作品中使用的別號，有伊園主人、湖上笠翁、隨庵主人、笠道人、覺道人、覺世稗官；另外新亭客樵、回道人、情隱道人、情痴反正道人亦是他的筆名。宗譜尊稱他為「佳九公」。文壇亦有稱他為「李十郎」者。本浙江蘭溪人，生於江蘇如皋縣（今江蘇省東部，長江北岸）。他生當明清之際，明亡時（公元 1644 年），他已三十多歲了。入清後，又活了近四十年。因而他主要的創作成就，是在入清以後。

他的祖父和父親，均從醫為業，故早年生活是比較優裕的。到崇禎十年（公元 1637 年）父親去世，家道便中落下來，又兼屢試不第，情緒上便不無感慨。曾作詩云：「才亦猶人命不遭，詞場還我舊詩豪。」卻又不甘示弱，故詩又云：「姓名千古劉蕡在，比擬登科似覺高。」這時他已三十歲，生活無著，不久又碰上了明清易代，戰火紛飛，日子就更不好過。他牢騷滿腹，自稱「窮骨」。在《笠翁詩集》卷五十中說：「我儕窮骨天生成。」在《一家言》中說：「予生也賤，又罹奇窮。」在京時日，還額其寓廬曰：「賤者居」。（見吳梅《顧曲塵談・談曲》）由此可見，李漁當時處境的窮困和落魄。

入清後，李漁即不再應舉。他雖曾當過短期的政府幕僚，但很快就辭職不幹了。從順治八年（公元 1651 年）到十八年（公元 1661 年），他主要都是在杭州度過的。當時他一面以賣賦為生，一面積極創作劇本。膾炙人口的《風箏誤》、《憐香伴》、《奈何天》、《玉搔頭》、《意中緣》、《蜃中樓》等劇本，都是在這期間寫成的。杭州十年，可以說是他創作力最旺盛的時期，他也因之而名氣大噪。

順治十八年以後，他移居南京，並以南京為根據地四處演出和進行活動。他開了個芥子園書店，刻書賣文。而他此時的生活消費主要還是依靠以姬妾為骨幹的家庭戲班到各地演出所得的報酬。他的戲班和劇作，很受歡迎，在社會上產生了巨大影響。一時顯宦名流爭與之結交，紛紛和他唱和，請他演戲。這樣的遊蕩生活，又過了十六七年。其間都到過那些地方呢？據他在《喬復生王再來二集合傳》中說：「予數年以來，遊燕，適楚，之秦，之晉，之閩，泛江之左右，浙之東西。」在《復柯岸初掌科書》中說：「漁二十年間，遊秦，遊楚，遊閩，遊豫，遊江之東西，遊山之左右，遊西秦西抵絕塞（遠赴蘭州），遊嶺南而至天表。」而他至少還到過北京三次。可以

說他幾乎走遍了全國。在漫遊期間，筆耕不輟，先後又寫成《比目魚》、《凰求鳳》、《慎鸞交》、《巧團圓》等劇本及《閒情偶寄》（笠翁戲曲理論主要集中於此）等書。這時他在經濟上已今非昔比，早摘掉「窮鬼」的帽子，由寫劇、演劇一變而成鉅富。

康熙十六年（公元 1677 年），六十七歲的笠翁老又移居杭州。回杭州以後，由於在層園大興土木，經濟又一度告窘，於是向朋友廣為求援，以擺脫困境（見李漁《上都門故人述舊狀書》）。真是福無雙降，禍不單行，此後他又由窮而病，發展到貧病交迫的地步。最後「一病經年，不能出遊，坐臥斗室，屏絕人事」（見王安節、沈因伯編《芥子園畫譜》李漁序）。到康熙十九年正月十三（即公元 1680 年二月某日）一代著名的大戲劇家就在杭州住所告別了他的親人、好友以及熱愛他的讀者和觀眾。死後即被葬於杭州方家峪外蓮花峰九曜山之陽。錢塘令梁允值題其碣曰：「湖上笠翁之墓。」嘉慶末年，邑人趙寬夫又將其重加修葺。

回顧李漁的一生，成就是巨大的，也是多方面的。首先他給我們留下了傳奇十種。這十種傳奇，無論就數量還是就質量說，在中國戲曲史上都是首屈一指，沒有人可與之相比。與此同時，他還是傑出的戲劇理論家、組織戲班演出的實踐家。集創作、理論、實踐於一人，在中國戲劇史上是沒有第二人，就是世界戲劇史上，也屬極為罕見。

李漁除上述的貢獻外，還寫有小說作品，如《連城璧》、《無聲戲》、《十二樓》及其他雜著等。李漁是個極聰明又極勤奮的人，涉及的領域很廣。故近人林語堂在其《生活的藝術》一文中，讚揚說「他是個戲劇作家、音樂家、享樂家、服裝設計家、美容專家兼業餘發明家；真所謂多才多藝了」。

二、傳奇十種

李漁的創作有十幾種之多，現在留下的只有十種，通稱為《笠翁十種曲》。這十種是：《憐香伴》、《風箏誤》、《蜃中樓》、《意中緣》、《凰求鳳》、《奈何天》、《比目魚》、《玉搔頭》、《巧團圓》、《慎鸞交》。這十種曲，一向備受稱揚。李調元在《雨村曲話》中說：「李漁音律獨擅，近時盛行其《笠翁十種曲》。」在《雨村詩話》中說：「其所著《十種曲》，如景星卿雲，爭先睹之為快。」毛先舒在《巽書》卷七《寄李笠翁書》中說：「足下履幾遍九州，而墨舞筆歌，驅染千古。」楊恩壽《詞餘叢話》說李劇「究之位置腳色之工，開合排場之

妙，科白打諢之宛轉入神，不獨時賢罕與頡頏，即元明人亦所不及，宜其享
重名也。」也有詆毀李漁、進行人身攻擊的，但不為有識之士認同。例如：
蔣瑞藻《小說考證》續編卷二引《納川叢話》曰：「李笠翁十種曲，實傳奇中
之錚錚者，後人多輕視之，最不可曉。詆笠翁尤甚者為袁隨園。然隨園之為
人，與笠翁亦不過五十步、百步之分耳。」鄒弢《三借廬筆談》卷十《議李》
曰：「李笠翁《十種曲》風行海內，遂享大名。其餘韻學，亦頗潛心，而常熟
王東漵應奎，與李不相得，極口詆毀，目之為鄙夫。」可見某些人並非是就
劇作本身去評價笠翁，當然不足為訓。那麼笠翁的十種曲，究竟寫了些什麼，
又怎樣寫的，以下便依次略述其本事並參以筆者的分析。

（一）《憐香伴》

《新傳奇品》亦作《美人香》，是《笠翁十種曲》的首篇，共三十六出。
劇寫揚州秀才范介夫愛妻崔箋雲與山陰老孝廉曹個臣之女曹語花巧遇於雨花
庵庵堂，兩人一見如故，以詩相和，遂引為知己，結為姐妹，希望終生相守。
為達此目的，並願同嫁一夫，不分嫡庶。崔箋雲於是倩媒向曹個臣說親，不
料事被泄露，無賴之徒周公夢於事前到曹個臣那裏說了壞話，曹個臣大怒，
不但親事未成，范介夫反受誣陷，功名被褫奪，儒巾被剝掉。此後曹語花為
父所阻，亦與崔箋雲天各一方，音信無聞。語花思念成病，醫藥無效。范介
夫也更名改姓，喚做石堅，外逃避禍。後來崔箋雲打探得曹語花下落，乃隱
瞞身份，藉曹個臣為女兒招考詩伴之機，乃冒險潛入曹府，應考成功，並被
曹父認作義女。兩女重逢，格外歡喜，語花的病霍然而愈。這時，石堅亦高
中進士，可巧曹父為其房師，但不知石堅就是當年被他褫奪功名的范介夫。
曹見石才華出眾，一心想把女兒嫁給他，乃央原來給范介夫做媒的張三益為
媒，落實了婚事。待范介夫出使琉球歸國後，便先和語花成親，隨之崔箋雲
亦向曹父說破婚事原委，曹父在無可奈何下，只得應允。崔、曹二女終於圓
了同嫁一夫、不分妻妾的夢。

此劇始終以崔、曹、范的悲歡離合為線索，情節波瀾起伏、懸念時生，
是個很好看、很吸引人的故事。特別是兩女甘心情願同嫁一夫、不分妻妾、
完全平等的友好關係的構想，在中國古代作品中是很難見到的，因而也是新
奇的。情節銳意創新，不落陳套，給人以新鮮感。但此劇並非全是虛構，據
虞巍序曰：「笠翁攜家避地，窮途欲哭，余勉主館粲，因得從伯鸞廡下，竊窺
伯鸞，見其妻妾和喈，皆幸得御夫子，雖長貧賤，無怨。不作《白頭吟》，另

具紅拂眼，是兩賢不但相憐，而直相與憐李郎者也。」觀此數語，則《憐香伴》似爲李漁家妻妾和睦相處的寫照。孫楷第《李笠翁與十二樓》亦曰：「虞序謂笠翁直以自寓，蓋近於事矣。」今人陳寅恪考證，謂此劇乃是寫當時之事，並分析了「憐」、「香」、「伴」三字，說是與錢謙益、柳如是事有關（說見《柳如是別傳》第四章）。一說：劇中崔、曹爲同性戀關係，是以作者的家姬喬復生、韓再生爲原型的。特一並引來，供讀者參考。

（二）《風箏誤》

共三十齣。作者以一只風箏爲線索，引起全劇一系列衝突。劇中韓世勳德才兼優，爲其父好友戚天衰撫養長大，戚本人的兒子戚友先嗜酒貪色，不成氣候。戚與同里詹烈侯係同榜弟兄，最相契厚。詹烈侯奉命出征，家有二女，尚未婚配，遂托付戚天衰照顧。這二女，長名愛娟，貌醜頑劣；次名淑娟，貌美端莊。在一個清明時節，先是戚友先放風箏斷了線，爲淑娟所得，見風箏上有題詩，隨即和了一首。戚家討回風箏後，韓世勳見到和詩，十分讚賞，又另作一只風箏，並題詩其上，冒戚友先之名，故意令風箏斷線落入詹家。但此風箏偏偏爲愛娟所得。於是愛娟遂冒淑娟之名，約友先夜間相會。韓（代友先）如約前往，見到的卻是愛娟。韓見此女面目奇醜，舉動粗俗，大驚失色，忙狼狽而逃。原來戚天衰爲不負好友重託，先爲己子友先聘定愛娟，後又爲韓聘定淑娟。韓誤以淑娟即愛娟，入贅詹府之夜，憂心有餘悸，誓不與新娘共枕。在最後《釋疑》一場，更掀起陣陣波瀾，情節變幻莫測。直至最後眞相大白，韓才興高采烈地和一位絕代佳人，完成美滿的婚姻。

通觀全劇，作者把一連串偶然發生的事點染得翻空出奇，觀眾在大覺意外之餘，又感到合情合理，有現實生活的基礎。故《總評》曰：「是劇結構離奇，熔鑄工煉，掃除一切窠臼，向從來作者搜尋不到處，另闢一境，可謂奇之極、新之至矣！然其所謂奇者，皆理之極平；新者，皆事之常有。」全劇緊緊抓住一個「誤」字，認「誤」爲「眞」，認「眞」作「誤」，不僅爆出許多令人捧腹的笑料，還深惡痛絕地批判了冒名頂替、弄虛作假的歪風。因之此劇一出，廣受好評，和《憐香伴》一起被譽爲李漁創作的雙璧。石鯨《柬李笠翁》曰：「《憐香》、《風箏》諸大刻，弟坐臥其中旬日矣。丹鉛匝密，評讚如鱗，每食必借以下酒。」黃驤文序《意中緣》曰：「凡遇芳筵雅集，多唱吾友李笠翁傳奇，如《憐香伴》、《風箏誤》諸曲。」孫治《李氏五種序》曰：「余往觀優，見有《憐香伴》者，雅爲擊節。已又得《風箏誤》本，讀而善

之。」因之此劇當年傳演甚盛。其中《驚醜》、《前親》、《逼婚》、《後親》、《茶圓》各齣，至今仍常演不衰。

（三）《蜃中樓》

共三十齣。據《李漁年譜》，其問世時間當在順治十八年（公元 1661 年）《比目魚》成書之前。故事敘述的是洞庭龍王女兒舜華與東海龍王女兒瓊蓮姐妹倆的婚姻故事。某天，姐妹倆遊蜃樓，望見海邊閒行的柳毅，舜華遂與之訂盟。瓊蓮也許嫁給柳毅的朋友張羽。後來舜華被迫嫁給涇河小龍，她誓死不從，被罰在涇河岸上牧羊。張羽爲救舜華代柳毅冒險傳書。同時又用毛女所贈法寶煎煮大海，使龍王不得安生，終於迫使龍王許婚，使二人得遂所願，成爲夫婦。

這是一部富於浪漫色彩的神話劇，是根據元雜劇《柳毅傳書》和《張生煮海》等舊作改編而成。但在笠翁的筆下，《蜃中樓》絕不是前兩劇簡單的捏合。對照一下，可以看出：後者增加了柳毅和舜華事先面訂婚約的《雙訂》，還增加了錢塘君將舜華許嫁涇河小龍的《許諾》、《怒遣》。增加這幾齣戲，人物關係就變得複雜了，矛盾也變得更尖銳了，這就爲在傳書、煮海活動中，刻畫人物性格和展示人物內心世界，提供了更廣闊的空間，從而柳毅、舜華兩人性格被刻畫得更豐滿、更完美了。總之，《蜃中樓》較之原兩作，可以說是把元人摹寫未盡之情，刻畫不全之態，更充分地表達出來了。它的創意何在呢？正如《總評》所說：意在「可以砥淫柔暴，敦友誼而堅盟言」。用今天的話來說：它表達了願天下有情人皆成眷屬的思想，歌頌了見義勇爲的朋友義氣，批判了夫權和封建的包辦婚姻。正因爲如此，此劇被視爲笠翁傑作之一。其中《聽卜》、《訓女》、《結蜃》、《雙訂》等齣，成爲舊時舞台經常上演的崑劇劇目。

（四）《意中緣》

共三十齣。成書於在杭州期間。據《李漁年譜》說：「《李氏五種》未見……按單本出版順序，當爲《憐香伴》、《風箏誤》、《意中緣》、《玉搔頭》、《奈何天》。」本劇寫的是兩對男女主人公，即楊雲友和董其昌、林天素和陳繼儒的愛情故事。故事的開始，是說楊雲友、林天素都僑居在杭州西湖。楊能僞製著名書畫家董其昌的書畫，林能僞制陳繼儒的書畫。兩人的墨跡，都達到以假亂眞的程度。她們不僅才華出眾，而且膽識過人。兩人在追求愛情過程中，

歷經風險，變幻莫測。楊雲友曾被人誘騙，上了賊船，但她鎮定自若，將計就計，灌醉了騙子，保全了自己。林天素也曾被山賊捉去，形勢危殆，但她不露形跡，飛符召將，在交戰中乘機逃脫。如果她們不是如此機智勇敢，或自救的招數被賊徒識破，後果很難設想。類似偶然發生的變故，時時襲來，誰也不能預言將來的結局。所賴好事多磨，最後楊和董、林和陳都各自成雙，得到了美滿的結合。

據傳此劇所演的故事，實有原型作基礎。黃媛介序曰：「三十年前，有林天素、楊雲友其人者，亦擔簦（dēng，擔簦，謂奔走、跋涉）女士也。先後寓湖上，藉丹青博錢刀，好事者，時踵其門。即董玄宰宗伯、陳仲醇征君亦回車過之，讚服不去口，求為捉刀人而不得……笠翁先生性好奇服，雅善填詞，聞其已事，手腕栩栩欲動，謂邯鄲寧偶廝養，新婦必配參軍，鼓憐才之熱腸，信鍾情之冷眼、招四人芳魂靈氣，而各使之唱隨焉。奮筆綿章，平增院本家一段風流新話，使才子佳人良願遂於身後。」這說明楊和董、林和陳的結合，生前並未達到目的，而是在身後，由熱心腸的曲家李漁作紅娘給捏合到一起的，故劇名曰《意中緣》。故單錦珩《李漁年譜》引《名媛詩緯》曰：「楊慧林，字雲友，號林下風。杭州人，工畫山水。湖上李漁所編《意中緣》傳奇，蓋為慧林而作也。」又引《香東漫筆》曰：「成岫，字雲友，錢塘人，略涉書傳，手談齒句，斗茗彈絲，並皆精妙。愛雲間董宗伯書畫，刻意臨模，每一著筆，輒能亂真。戊子春，宗伯留湖上，見雲友所仿書畫甚夥，自不能辨。後得征士汪然明言其詳，即為蹇修（媒妁），結褵於不係園。時雲友二十二矣。歸董後，琴瑟靜好，譜入《意中緣》傳奇。」劇中汪然明，據《李漁年譜》說：「或曰《意中緣》內之江懷一，即然明也。」以上皆證明《意中緣》故事確有所本，但經笠翁大手筆一點染，便成佳作，傾倒士林。故《意中緣》范驤文序曰：「梨園子弟，凡聲容雋逸、舉止便雅者，輒能歌《意中緣》，為董、陳二公復開生面。」楊雲友、董其昌的風流韻事，後來還曾被改編為京劇《丹青引》上演過。

（五）《凰求鳳》

一名《鴛鴦賺》，共三十二齣。據《李漁年譜》，此劇當脫稿於康熙四年（公元 1665 年）或五年初。劇名《凰求鳳》，顧名思義，它將傳統的男主動追求女，一變而為女主動追求男，便引起讀者或觀眾的好奇心，想了解個究竟。全劇故事就是這樣異峰突起的。金陵名士呂哉生，以儒為業，才貌雙全，

正爲下一步進考而閉門苦讀。不少院子裏的妓女，慕名而來，要與他過夜，但都被拒之門外，只與艷而能文的名姬許仙儔一人來往，並向許表示要娶一個名門佳麗爲妻，以許爲側室。許乃爲呂四處奔走，物色正室。結果尋得良家女曹婉淑。可巧這時官宦家女子喬夢蘭亦慕呂之才華，擬使呂入贅喬門。消息傳出，許爲自身利益，便力促呂、曹結婚。喬聞知此事，亦立即授意媒嫗何大媽如此如此，用反間計離間許仙儔與呂哉生的關係，企圖破壞這椿婚姻。其實，喬哪裏是許的對手，許將計就計，翻轉過來，用個掉包計，就破了喬的反間計。爲爭取一個男人，婦女間的爭奪戰，針鋒相對，各不相讓，十分激烈！經過這一番愈演愈烈的大爭奪，都認識到再爭下去，誰都不會是贏家，許仙儔、曹婉淑、喬夢蘭終於各退一步，互相妥協，三人都嫁給了呂哉生。

這個劇情同於作者小說《連城璧》第九回《寡婦設計贅新郎，眾美齊心奪才子》。與《古本戲曲叢刊》第五集中的《三鳳緣》傳奇事亦相近。按一夫多妻制本不合理，但木已成舟，互相妥協、和平共處的辦法，還是較好的選擇。故杜浚序《凰求鳳》云：「且夫三婦始而參差，終歸一致者，何也？豈非由其起見，俱從愛惜呂生一人故耶？眞愛呂生，自不得不各蠲私忿，理勢固然哉！」序中也談到李漁寫此劇的用意：「生人之大患有三：一曰淫，一曰妒，一曰詐。淫者不顧身而遑顧名；妒者不容己而遑容人；詐者不恤死而遑恤生？吾友笠道人深憂之，以爲此非莊語所之入，法拂所能奪也。必也以竹肉爲針砭，以俳優爲直諒，則機圓而用捷矣，其惟傳奇乎？於是《凰求鳳》之書又出焉。」

（六）《奈何天》

一名《齊福記》，共三十齣。據《李漁年譜》，此劇當脫稿於順治十六年（公元 1659 年）。劇情與作者小說《連城璧》第五回《美婦同遭花燭冤，村郎偏享溫柔福》相同。內容寫的是闕里侯，綽號闕不全，長相猥瑣醜陋，五官四肢均有殘疾，又加口臭、體臭、腳臭，但富可敵國。他依靠財大氣粗，初娶鄒女，繼娶何女，但皆嫌他奇醜無比，不願與之同居。後又娶周女，周氏上吊自殺。媒婆用調包計，以吳氏女代周。吳以死威脅，闕亦只得任其靜居。從此，鄒、何、吳三婦齊聚靜室，同受災厄。被凌辱的婦女，不免同聲感嘆：「天意眞不可解，總是無可奈何之事，就把『奈何天』三字，做了靜室之名罷！」劇名《奈何天》亦由此而定。後來闕里侯接受忠僕勸告：焚燒債

券，廣結善緣，急國家之難，籌餉助邊。朝廷嘉其忠義，封闕爲尙義君，並頒下封誥。同時玉皇大帝亦爲之改形美容，從此，闕不全由一個醜陋弱智的村郎，一變而爲明達事理的美男子，不但有錢，而且有勢，儀表堂堂。這時妻妾們亦轉憂爲喜，吵吵嚷嚷，都走出靜室來爭奪封誥，結束了這場寓悲於喜的鬧劇。

通觀全劇，充分反映了婦女「紅顏薄命」的悲慘命運以及「有錢能使鬼推磨」的不合理現象。實際這都是作者借題發揮，以宣泄他憤世嫉俗的不平之氣。《新曲苑・曲海揚波》引浴血生評李漁云：「笠翁殆亦憤世者也，觀其書中借題發揮處，層見迭出。」「使持之示余，今之披翎掛珠，蹬靴帶頂者，定如當棒擊，腦眩欲崩。」信哉斯言也！

（七）《比目魚》

共三十二齣。據《李漁年譜》，此劇脫稿於順治十八年（公元 1661 年）。「比目魚」何謂也？舊謂這種魚，只有一目，須兩兩相併，才能遊行。古代常用以比喻互不相離的情侶。本劇講述的就是一對情侶生死相依的愛情故事，因以爲劇名。事見作者小說《連城璧》第一回《譚楚玉戲裏偷情，劉藐姑曲終死節》。故事說書生譚楚玉因鍾情於玉筍班的女伶劉藐姑，乃投身於戲班中去學戲，以圖接近劉藐姑。譚楚玉進戲班後，初學淨角，經過一番運作，改爲生角。生、旦配戲，一來二去，感情進一步得到發展，便弄假成眞。後來劉藐姑的母親爲發筆大財，乃逼女兒與她的舊相好錢萬貫爲妾，擬上演一場「今日作夫妻，明日爲丈母」的醜劇，但藐姑誓死不從，乃於晏公廟會上搬演《荊釵記》戲文時與書生譚楚玉雙雙投水自盡。不意水下神明使之變成一對比目魚，相伴游去。後被姓莫的漁翁網將上岸，又現人形。莫漁翁及知他們是義夫節婦，乃幫助他們完了婚姻，又資助譚生去赴試，求取功名。後譚生果高中得官。當譚赴汀州府就任司李（即司理，獄官）時，莫漁翁又假託神道，授以治民剿賊的策略。但在結局《駭聚》這場戲中，譚的救命恩人，竟被譚誤會爲叛臣而對其進行審問。劇情高潮迭起，情節屢變，懸念不斷，使觀眾感覺變幻莫測。直至案情大白後，才知是誤會。通觀全劇，譚、劉相愛，一往情深，爲愛生可同死，又爲愛死又同生，殆有甚於杜麗娘、柳夢梅也，故王淑端序云：「譚楚玉、劉藐姑初以目成，繼以目語，而終以目比，目之足以生死人如此其甚也！」但此劇在最後莫漁翁又勸譚及早從熱鬧中收鑼罷鼓。這種以「山林寂寞終之」的收場觀，又未免使人感到消極。不過，這

也表明了作者對當時社會的不滿。故《比目魚》序曰：「笠翁以神道設教，歸之慕容介，其實皆自道也。」

（八）「《玉搔頭》

一名《萬年歡》。仙霓社「傳」字輩藝人演出時，又曾改名爲《正德遊龍傳》，共三十齣。據《李漁年譜》，謂該劇成於順治十二年（公元 1655 年）冬。內容寫的是皇帝與一位妓女的愛情故事。少年風流皇帝明武宗，微服出宮，更名改姓，到了太原府，訪得老鴇周二娘家有女劉倩倩，生得如花似玉，標致異常，甚爲滿意，遂與劉倩倩訂百歲之盟。分別時，互贈信物。武宗賜予劉寶釵一對，明珠二十顆。倩倩贈與武宗玉搔頭。不料武宗在歸途中，不愼將玉搔頭遺失，可巧被一名閨秀女子范淑芳拾得。當武宗回宮後，派內侍去宣召劉倩倩，倩倩不知武宗就是當朝皇帝，又不見信物玉搔頭，怕是假冒，死不奉詔，並避禍出走。後武宗畫影圖形，派人四處去找，尋她不著。卻遇到范淑芳，看長相與所畫影像相似，遂被選入宮來。倩倩經老鴇周二娘，千里跋涉，歷盡坎坷，最後才終於被送入宮，與范女同被封爲貴妃。

本劇也不全是虛構，亦有所本。據蔣瑞藻《小說考證》卷八《玉搔頭第一百四十八》引《今事廬隨筆》曰：「予舊見揚州某宅，藏有《玉搔頭》傳奇稿本，中敘明武宗南巡，在揚州閱兵諸事，歷歷如繪，皆爲正史所不備者。詎但一朝樂府已哉！其記武宗簪花戎服，與《陔餘叢考》所引者相同，誠曲中之史也。」《玉搔頭序》則曰：「《玉搔頭》者，隨庵主人李笠翁所作。其事則武宗西狩，載在太倉王長公《逸史》中……乙未（公元 1655 年）冬，笠翁過蕭齋，酒酣耳熱，偶及此，笠翁即掀髯聳袂，不數日譜成之。」由此可見，下筆萬言，倚馬可待，笠翁眞可謂奇才也！故《序》又美之曰：「觀其調御律呂，區畫宮商，集《花間》、《草堂》於毫間，坐鄭虔（德）輝、喬夢符於紙上，有風有刺，駸駸乎金元之遺響矣。」以上只是就作品的藝術成就而言，若論完全出以平等態度寫一個皇帝和一個妓女相愛，且表現得有情有義，有血有肉，實不多見。宋徽宗溜出皇宮私會李師師，也是皇帝戀妓女，表現得也很感人，不過那是逢場作戲，恐未足以和本劇中的明武宗相比並也。著名戲曲家吳梅對此劇相當重視，他評價說：「（笠翁）十五種中，自以《風箏誤》爲最，《玉搔頭》次之，《愼鸞交》翁雖自負，未免傷俗。」（見《中國戲曲概論》卷下《清人傳奇》）

（九）《巧團圓》

一名《夢中樓》，共三十三齣，故事本於作者小說《十二樓》中的《生我樓》。寫作時間，大致和《愼鸞交》同時。寫的是宋朝末年湖廣鄖陽府竹山縣有個鄉間財主姓尹名厚，徽號被稱作尹小樓的故事。其妻亦係莊農之女。生個孩子，起名樓生，三四歲時出去玩耍沒有回家，想是落於虎口。夫妻倆痛不欲生。爲尋繼子，乃僞裝窮人，破衣拉撒，帽簷上插一草標，表示賣身。這時遇一秀才，名叫姚克承，出外謀生，正好相遇，姚憐其年老孤貧，便買作養父。其實姚正是尹失去的親兒，在外淪落多年，不知父母是誰，深感無父無母的缺憾，也正想有雙父母。兩相需要，立刻成交。成交後便相攜乘船回尹家。時值社會動亂，途經漢口，姚捨船上岸去找曾和他訂過婚約的鄰居曹氏女，不料已被亂兵擄去，不知去向。幾經曲折，到仙桃鎮看到亂兵那裏正在出賣婦女，但都被盛在口袋裏，看不到老少美醜。先買到的竟是一位鬢髮斑白的老婦，姚無可奈何，想來想去，就把她認作養母，殊不知她正是他的親生母，也是在丈夫出外賣身時，在動亂中被亂兵擄走的。姚尋找未婚妻沒有找到，正在無奈之際，也是天幸，終於在最後買到了一個青春少女，少女袖中還藏著一根硬邦邦的玉尺，這玉尺正是他以前給曹氏女的訂婚信物。回家以後，尹小樓夫妻散而復聚，又有了兒子、兒媳婦，非常高興。不久，從彼此言談話語中，老夫妻不免生疑，又驗證了兒子的一枚獨卵，證明姚正是他們失去的親骨肉。失散多年，又巧得團聚，眞是大喜過望，因名此劇爲《巧團圓》。

可以說，在幾個親眷散而復聚的歷險過程中，自始至終都貫穿著同情心。奇人、奇事、奇遇，眞是千古難逢！但卻又是「至性使然，人情必有」。故樗道人爲《巧團圓》作序曰：「笠翁之著述愈出愈奇，笠翁之心思愈變而愈巧。讀至《巧團圓》一劇，而事之奇觀止矣。筆筆性靈，言言精髓，吐人不能吐之句，用人不敢用之字，摹人欲摹而摹不出之情，繪人爭繪而繪不工之態。」又曰：「是劇於倫常日用之間，忽現變化離奇之相。無後者鬻身爲父，失慈者購嫗作母，鑿空至此，可謂牛鬼蛇神之至矣。及至看到收場，悉是至性使然，人情必有，初非奇幻，特飲食日用之波瀾耳。」劇後總評亦曰：「是劇一出，其稿本先剞劂（jī juē）而傳，遠近同人無不服予之先見。賣身爲父，購婦爲母，奇莫奇於此矣！」

（十）《愼鸞交》

共三十六齣。據郭傳芳序，此劇成書當在清康熙六年（公元 1667 年）。劇名《愼鸞交》，顧名思義，顯然劇的主旨是說婚姻問題應謹愼從事。本劇首寫吳中名士侯雋，正與好事者評定花案（意即將吳中名妓，依照公議，評定等次）於蘇州虎丘，適華中郎（秀）送父官西川節度歸來到了蘇州，邀同遊宴。花案評定結果，名妓王又嬙奪冠，鄧惠娟次之。鄧與侯甚昵，以身許之。嬙則漠然，獨對華有意，華亦傾心於嬙，礙於禮教，以詩訂盟，約定十年後迎娶。侯鄧急於成婚，以貧不得如願，華解囊助之。於是侯把鄧安頓於尼庵中，與秀同赴禮部試。華中狀元，侯中榜眼。華堅守與嬙的前約，侯則喜新厭舊，又娶內監二女，並寫信斷絕了與鄧的婚姻關係。通過這兩對一正一反的實例，作者進一步闡述擇偶要謹愼從事的主張。作者藉王又嬙的嘴講道：「我輩擇婿，全要具一付冷眼，看他舉動如何。若還一見綢繆，就要指天誓日，相訂終身。這樣的男子，定然有始無終，情義不能相繼。」這裏所謂「看他舉動如何」，就是要從對方的言談行動中，體察他的思想情操，在互相了解的基礎上選擇配偶，才會避免始亂終棄的悲劇。鄧惠娟憑一時情熱，倉促與侯成婚，結果好景不長。若不是華中郎及時設計對侯加以諷喻和批評，鄧的婚姻就難以挽救。看來，一見鍾情的愛情觀，在李漁看來，是不可靠的。《曲海總目提要》也說：「作者以嬙不輕許，其交甚固；娟輕許，其交幾折，故曰《愼鸞交》。」互相深入了解，雖是男女雙方的事，但在以男性為中心的社會裏，婦女處於劣勢，如對男方不作深入的了解，往往要吃大虧。重覆過去崔鶯鶯被拋棄時的悲嘆：「棄置今何道，當時且自親。」

三、總的評價

讀過以上十種傳奇劇本，眞是如入寶山，流光異彩，俱收眼底。感受的太多，想提出個人的看法也不少，限於作為「序言」用的一篇短文，只能掛一漏萬，有選擇地申述以下各點：

（一）題材新奇，令人一新耳目

每一篇的內容，都不尋常。以下我只選擇幾個例子，首先說說《憐香伴》。《憐香伴》中的崔箋雲、曹語花、范介夫的兩女嫁一男，不分妻妾，沒有猜忌，只有和好，這已經是很少有的了。最出人意外、為世俗所不解的，是崔、曹、范三人一體的大結合，是崔箋雲女士導演的。崔、范本已結婚，夫妻關

係，情深義厚。崔、曹相遇，初結爲姐妹，繼拜爲來世夫妻，最後又想今生今世就實現長久相依，辦法只有讓曹也嫁給范介夫。這個辦法，也是崔箋雲想出來的。經曹同意，又是崔箋雲派人到曹府說親。說親不成，各奔東西，聯繫斷了。又是崔主動探聽得曹的下落，藉投考女校書之名，只身潛入曹府。先促成范與曹結婚。在曹、范相偎相親之際，崔卻被冷落一旁，無怪下人嘲笑崔說：「沒志氣，沒志氣，失了便宜又壞例。只見賣老婆的貼枕頭，不見賣丈夫的當使婢。我家大娘沒正經，好好一個丈夫與別人享用。」

還有男歡女戀的現象，經常是男的尋花問柳，追歡買笑。但在《鳳求鳳》劇中，卻翻出新的花樣。一改傳統的男嫖女，而變爲女嫖男。劇中不少婦女們，特別是妓院的姐妹，她們景慕書生呂哉生一表人才、才華出眾，都想方設法和他貼皮挨肉，陪他過夜。爲達此目的，無所顧忌，各逞招數：有的放下身段，有的自帶貢禮，有的討了薦書，有的備了車子，紛至沓來，擋也擋不住。呂生的園丁說：「他（呂生）一向閉門謝客，原是要躲避婦人。誰想良家的女子便躲得脫，那些娼家姊妹是遣不去的冤魂。你越躲，他越來，倒弄得其門如市，又做下個新奇不過的例子，叫做倒嫖。」

《比目魚》劇中，作爲生身母的劉絳仙抱著「驟增家事千金，拼失親人一口」的邪念，爲獲得千金聘禮，硬逼女兒劉藐姑嫁與他的老情人錢萬貫，上演一齣「今日作嬌妻，明天作岳母」雙肩挑的醜劇。應該說，這也是世間少有的奇事、丑事，無怪下場詩這樣諷喻：「但聞姊妹同歸，不見娘兒並嫁。阿婿就是阿爹，一身兼充二大。」《巧團圓》劇中的「賣身爲父、購婦爲母」更是奇人奇事了。

如上例證，不遑列舉。作者創意圖新的精神，令人欽佩。作者自己亦以此自詡，他在《與陳學山少宰書》中說：「鴻文大篇，非吾敢道；若詩詞歌曲以及稗官野史，則實在微長。不效美婦一顰，不拾名流一唾，當世耳目爲我一新。使數十年無一湖上笠翁，不知爲世人減幾許談鋒，增多少瞌睡？」但所謂新奇，決非《齊諧》、《志怪》、《南華》荒誕之所謂新也。作者在《戒荒唐》一文中說：「凡作傳奇，只當求耳目之前，不當索諸聞見之外。」又在《窺詞管見》中說：「詢諸耳目，則爲習見習聞，考諸詩詞，實爲罕聽罕睹，以此爲新，方是詞內之新。」也就是說作者從身邊人、眼前事、口頭語中善於挖掘第一手素材，從生活眞實上升到藝術眞實。即使是「鬻身爲父、購嫗作母」的奇聞，在生活中亦有原型可本。據王世禎《香祖筆記》記載：「順治間，京

師有賣水人趙遜者，未有室。同輩醵（jù）金，謀爲娶婦。一日於市中買一婦人歸。去其帕，則髮毿毿白，居然嫗也。遜曰：『嫗長我且倍，何敢犯非禮，請母事之。』居數日，嫗感其忠厚，曰：『醵錢本欲娶得婦耳，今若此，反爲君累，且奈何？吾幸有藏珠一囊，紉衣中，當易金爲君娶婦，以報德。』越數日，於市中買一少女子，入門見嫗，相抱痛哭，則嫗之女也。蓋母子俱爲旗丁所擄而相失者，至是皆歸遜所，嫗即爲合卺成禮。嫗又自言洪洞人，家有二子，今尚有珠數顆，可鬻之爲歸計。乃攜婿及女俱歸。二子者固無恙。一家大喜過望。嫗乃三分其產，同居終其身，李笠翁演此事爲《奇團圓》。」

（二）塑造人物，繪聲繪色，刻畫入微

在作者塑造的眾多正面人物和反面人物中，最有特色的要數《憐香伴》中的周公夢，《風箏誤》中的詹愛娟、《奈何天》中的闕里侯。

周公夢是個眠花臥柳、呼幺喝六、不學無術、「十部經書九部生」的士林敗類。在好幾場戲中都寫到了他。就是這樣一個蠢貨，居然也想染指曹語花小姐，並因而惡意破壞了范介夫的親事，竟至使范被褫奪了功名，但他的結局怎樣呢？請看第二十九齣，挾夾帶進考場被搜檢的經過。

> （旦：）仔細搜檢。
>
> （眾吶喊，搜至臀後驚介：）怎麼，這個相公是有尾巴的？
>
> （淨：）那是個脫肛痔漏，疼得緊，動不得的。
>
> （眾搜出文介：）原來是卷文字。
>
> （喊介：）搜檢有弊。
>
> （末：）拿上來。
>
> （眾攤案上介）（末嗅介：）是那裏這等臭？
>
> （眾：）秉老爺，這卷文字是糞門裏搜出來的。
>
> （末掩鼻嘔唾介：）快拿下去，叫那舉子上來。
>
> （淨跪介）（末：）你畢竟文字不通，方才攜帶文字。我且問你，你那舉人是那裏來的？
>
> （淨：）舉人是文字中來的。
>
> （末：）文字是那裏來的？

（淨：）文字是肚裏做出來的。

（末：）還不直招！取夾棒過來。

（淨：）舉人怎麼夾得？

（末：）既不受夾，出個題目面考。

（淨慌介：）那個刑法當不起，寧可夾。

……

（丑、副淨上：）主人進科場，奴僕也風光。安排做大叔，服事狀元郎。

（丑：）自家嘉興石相公的管家便是。

（副淨：）自家揚州張相公的管家便是。我們相公都進場去了，須往貢院門前伺候迎接。

（丑：）呀！那是周公夢，怎麼枷在那裏？

（副淨：）我們認得他，他認不得我，向前去問他就是。老兄，為甚麼戴了這件傢伙？

（淨嘆介：）晦氣真個晦氣，舉人中得無味。割將卷面登科，搜出文章現世。費盡多少心機，抄得百篇制義。外將油紙包封，塞在糞門以內。只因吶喊聲喧，嚇出一枚小屁。這卷孽文章原要作怪成精，怎再經得因風帶勢。起初還不過露出一寸梅椿，我硬夾著不容他走漏春風消息。遇著那些搜檢的冤家，被他連根拔出了月中丹桂。軍牢拿去請功，認作木楔扇墜。展開穢氣滿堂，沖散一堂書吏。幾乎嘔煞試官，高唱《琵琶》兩句。道我腹中一無所有，滿肚的醃臢臭氣。十根簽丟下階來，五十板挖將肉去。暫時枷在場門，完了科場擬罪。

以上這一大段審問和供詞，真是把周公夢的骯髒而醜惡的靈魂，暴露無遺，筆鋒犀利，入木三分；同時也反映了科場通同作弊的腐敗。尤妙在范介夫不嘲而家僮代嘲。更妙在旁人未加追問，而周公夢自己全盤托出了令人作嘔的勾當。

詹愛娟，是詹武承長女，醜而寡恥。當她得到韓世勳戚友先之名投放的風箏誤落到她手內時，她也冒其妹詹淑娟之名，約他於當晚來舍幽會。韓（戚）

應約準時摸黑前來，先由下人引至小姐的繡房（見第十三齣）：

（淨：）小姐，放風箏的人來了。

（丑：）在那裏？

（淨）在這裏。（將生手付丑介：）你兩個在這裏坐著，待我去點燈來……（下。）

（丑扯生同坐介：）戚郎，戚郎！這兩日幾乎想殺我也！（摟生介。）

（生：）小姐，小生一個書生，得近千金之體，喜出望外。只是我兩人原以文字締交，不從色慾起見，望小姐從容些，恐傷雅道。

（丑：）寧可以後從容些，這一次倒從容不得。

（生：）小姐，小生後來一首拙作，可曾賜和麼？

（丑：）你那首拙作，我已經賜和過了。

（生驚介：）這等，小姐的佳篇，請念一念。

（丑：）我的佳篇一時忘了。

（生又驚介：）自己做的詩，只隔得半日，怎麼就忘了？還求記一記。

（丑：）一心想著你，把詩都忘了。待我想來。（想介）記著了。

（生：）請教。

（丑：）「雲淡風清近午天，傍花隨柳過前川；時人不識予心樂，將謂偷閒學少年。」

（生大驚介：）這是一首《千家詩》，怎麼說是小姐做的？

（丑慌介：）這……這……這果然是《千家詩》，我故意念來試你的學問的。你畢竟記得，這等是個真才子了。

（生：）小姐的真本，畢竟要領教。

（丑：）這是一刻千金的時節，那有工夫念詩？我和你且把正經事做完了，再念也不遲。（扯生上床，坐立住不走介。）

至此，無須再往下引，即此數行，就充分說明詹愛娟是個無知、無恥、慾火中燒、飢不可耐，想一口把韓世勳吞到肚子裏的爛貨。及至下人掌燈前來，

看清他醜陋的「廬山眞面目」，如何不把韓世勳嚇跑。不僅如此，在第二十六出〔風入松〕及賓白中還有如下的描寫：詹愛娟還和她的丈夫戚友先借觀賞荷花合謀創造機會，讓姐夫調戲小姨詹淑娟。當愛娟躲開現場，戚從潛藏處一躍而出，伸手就要摟抱淑娟，並說道：「小姐不須叫喊，這是令姐的美情，要我兩個成就姻緣，她故此出去迴避的。」這種行徑，竟出自親姐姐之手，簡直是禽獸不如了。

關里侯，又名闕素封，綽號闕不全。此人是又醜又殘又臭又髒。據他自己說，有人做一篇「像贊」，這樣形容他：

> 道我眼不叫做全瞎，微有白花；面不叫做全疤，但多黑影；手不叫做全禿，指甲寥寥；足不叫做全蹺，腳跟點點；鼻不全赤，依稀微有酒糟痕；髮不全黃，朦朧似有沉香色；口不全吃，急中言常帶雙聲；背不全駝，頸後肉但高三寸；更有一張歪不全之口，忽動忽靜，暗中似有人提；還餘兩道出不全之眉，或斷或聯，眼上如經樵采。（見《奈何天》第二齣）

以上這些：疤面、糟鼻、駝背、蹺足等等，關里侯一句也沒有反駁，都「當仁不讓」地確認了下來。還有他自己感覺不到，他身上還有三臭，在第四出戲中這樣寫道：

> （副淨：）你身上那許多氣息，可有甚麼法子遮掩得住麼？
>
> （丑：）我身上沒有甚麼氣息。
>
> （副淨：）原來自己不覺，這也怪不得你。你身上有三臭。
>
> （丑：）那三臭？
>
> （副淨：）口臭、體臭、腳臭。
>
> （丑呆介：）原來如此。你若不說，我那裏得知？

這三臭，關里侯也無異議，都一一照收下來。其後，義僕闕忠因籌餉助邊，得到朝廷頒詔嘉獎。都知道朝廷旨意是褻瀆不得的。接詔之前，必須齋戒沐浴一番。我們且看看關里侯如何浴法，認眞到什麼程度：

> 你在這裏伏事我，今日這個澡，比不得往常，要像宰豬殺羊的一般。一邊洗，一邊刮，就等我忍著疼痛也說不得，總是要潔淨爲主。是便是了，我聞得人說，書上有句成語，叫做沐猴而冠。我如今要戴皇冠，這一沐也斷不可少。（見第二十八齣）

通過以上幾段材料，不僅證明闕里侯是集醜、殘、臭、髒於一身的典型，還暴露了他的愚昧無知，令人捧腹。因爲「沐猴而冠」這句成語，本與洗沐毫無關聯，但闕里侯胸無點墨，望文生義，想賣弄自己，倒出了洋相。

上面三個代表人物，現實生活中未必原模原樣實有其人，劇作者乃是利用誇張手法，總合、放大了生活眞實，上升爲藝術眞實，使之更集中、更強烈、更帶有普遍性和概括性，換句話說，也就是更具典型性，以起到娛人或教育人的作用。作者指出：「傳奇無實，大半皆寓言耳。欲勸人爲孝，則舉一孝子出名，但有一行可紀，則不必盡有其事，凡屬孝親所應有者，悉取而加之。」意思就是說：要求把表現孝親的本質特徵的材料，集中到一個人的身上。塑造反面人物，也是一樣。作者說：「亦猶紂之不善不如是之甚也，一居下流，天下之惡皆歸焉。」周公夢、詹愛娟、闕里侯是也。在李漁時代，尚不見「典型」這一術語，但在劇作實踐上，李漁已採用了「典型化」手段，這不能不說是李漁在如何創造人物的方法論的認識上一大進步。

（三）描寫情節，細針密線，合情入理，令人信服

爲了寫好人，必須寫好故事情節。但常常由於主觀上無意間發生的錯誤或來自客觀偶然性的沖激，故事的情節的發展，走向如何？結果怎樣？誰也無法預測。因此在寫作過程中，須要時時回顧已經寫過的故事，牢牢把握情節，注意情節的前後照應、細針密線，方不致出現漏洞，以達到天衣無縫的目的。這在《風箏誤》中作者給我們提供了很好的樣板：

例如，在第十三齣《驚醜》和第二十九出《姹美》這兩場戲中，韓世勳先是誤「醜」爲「美」，繼又誤「美」爲「醜」，如此一「誤」再「誤」，似毫無道理，細一觀察，其實不然。在《驚醜》這場戲中，作者把幽會的時間安排在夜晚，漆黑一片，屋中又沒有燈，韓如何能看清詹愛娟的面貌。在《姹美》這場戲中，是在新婚之夜，燈火通明，但新人頭上卻罩著蓋頭，又如何得見詹淑娟的花容。作者通過如此這般的巧妙安排，使前後情節緊相照應，自然會使觀眾覺得戲劇中的衝突眞實可信。

再如：在第三齣《閨哄》這場戲中，梅氏、柳氏兩夫人爭吵時，愛娟挖苦淑娟說：「妹子，你聰明似我，我醜陋似你，你明日做了夫人、皇后，帶挈我些就是了。」這句挖苦話，淑娟和作者都沒有忘記，直到第三十齣《釋疑》這場戲，淑娟又曉得了愛娟冒美的醜事，便回敬愛娟說：「你當初說，我做了夫人，須要帶挈你帶挈，誰想我還不曾做夫人，你倒先做了夫人，我

還不曾帶挈你，你倒帶挈我淘了那一夜好氣。」後面淑娟的反擊，就是對前面愛娟挑釁的回應。有因必有果，這是生活邏輯的必然。也表現出情節的前後呼應。

在故事情節的發展中，情節重複的現象經常發生，寫好重複的情節，要在同中顯異，又在異中見同，這也要利用細針密線，通過埋伏照應，把不同的情節梳理成前後照應、相互對稱的事件，才會產生好的效果。例如《奈何天》中闕里侯三次成親和新人三次逃入靜室，《鳳求鳳》中的三次合巹之禮，既有相似之處，又都各不相同。重複中又極富喜劇效果。特別值得一提的是《意中緣》。在這個戲裏，經董其昌的朋友江懷一精心師策劃，即請別人兩次替代董其昌成婚。第一次是在第十一齣那場戲，替代新郎董其昌的是失去性功能的黃天監。第二次是在第二十八齣那場戲，替代新郎的是女扮男裝的名妓林天素。兩次「成婚」的相同之處，是代理新郎都能巧為設詞，暫不與新娘同睡；但兩個代理新郎當時的動機、目的、事件經過的情況和事情的解決，卻又無共同之處。笠翁所以能在同一劇中把這椿出現兩次的奇事，解決得極為合理可信，也正是藉助細針密線、前後呼應而來的。

還有故事情節的發展，常常因為意想不到的外力，改變人物的命運，甚至起死回生。前者的例子，如《玉搔頭》劇中的平民閨秀范淑芳，與皇帝本無任何接觸機會，只因少年風流皇帝找不到和他訂百歲之盟的劉倩倩，畫影圖形，按圖索驥，偶然遇到了范女，經與圖形核對，覺得相似；而范女又在無意中拾到了劉倩倩給皇帝的信物「玉搔頭」，遂被收入宮中，封為貴妃。作為皇帝的貴妃，高高在上，享受榮華富貴，與作平民妻子大不一樣，這是范始料不及的，但機遇卻找到了她。後者的例子，如《比目魚》劇敷演的故事。劇中女伶劉藐姑與書生譚楚玉相愛，其母去硬逼她給錢萬貫作妾，劉與譚遂雙雙跳水自盡，以死表示其不屈和抗議。如果劇情寫到這裏就收筆，便是一幕悲壯的悲劇，而李漁沒有就此收筆，而是藉助神話讓他們得到神明保佑，把這對情侶變成一對比目魚，相伴前行，後又被一姓莫的漁翁網上岸來，恢復了人形。漁翁感其是義夫節婦，不僅幫助他們完婚，還資助譚生赴考，後來譚生果高中得官。這時，呈現於他們眼前的是一片錦繡前程，與前世遭遇，適成鮮明的對照。似此故事情節的發展，迷離惝恍，真如作夢一般，事前哪想得到。那些公式化、概念化的劇作，看到第一齣，就可猜想到整個戲如何

發展，如何結束。眞正有情節的好戲，劇情如何發展，應使人想不到、猜不著，使觀眾帶著懸念，饒有興趣地看下去，而欲罷不能。《比目魚》就達到了這樣的效果。

（四）語言淺顯，且極富個性化，李漁主張戲劇語言忌難深，貴淺顯

他在《閒情偶寄》中指出：「傳奇不比文章，文章作與讀書人看，故不怪其深；戲文作與讀書人與不讀書人看，又與不讀書之婦人、小兒同看，故貴淺不貴深。」又說：「其事不取幽深，其人不搜隱僻，其句則採街談巷議。即有時偶涉詩書，亦係耳根聽熟之語，舌端調慣之文。雖出詩書，實與街談巷議無別者。」「亦偶有遇著成語之處，點出舊事之時，妙在信手拈來、無心巧合，竟似古人尋我，並非我覓古人。」又斷言說：「曲白有一字令人不解，便非能手。」

作者不僅提倡語言貴淺顯，還特別主張語言個性化。因爲在劇本創作中，作者主要是在代角色立言，不是作者自己直接發表意見。例如《琵琶記》中「中秋望月」一節，牛氏與蔡伯喈同賞一月。因爲兩人的各自心情不同，牛氏有牛氏之月，伯喈有伯喈之月。出於牛氏之口者，句句歡悅；出於伯喈之口者，字字凄清。作者代人立語，首先要代人立心，方顯出人物語言的個性化。但周壽昌《思益堂日札》卷七有《讀曲雜說》十八則，其第十三則云：「笠翁《鳳求鳳》內有小引〔字字雙〕，極市井穢褻之語，不堪入目。」〔字字雙〕曲，究竟怎樣寫的呢？抄來一看：

（副淨扮村妓上：）姐妹容顏我最嬌，妝造；胭脂襯粉面如桃，

得竅；睡到天明再一瞧，變了；舊時主顧不來嫖，知覺。

毋庸諱言，這些話誠是井市之語，但並無不堪入目之處。這出戲本敘娼家因生意蕭條，招集會議，腳色三人，一副淨扮村妓錢二娘，一丑扮肥妓孫三娘，一淨扮老妓趙一娘，只看此情節及上場的人，便知其所說必無文雅的話。何況錢二娘，又是妓中之村妓呢。所以市井語正吻合她的身份、職業和素養。因而同是《讀曲雜說》十八則中第七則，也不得不承認：「元人院本多貪好句，不切本人口勿，李逵唱『風雨替花愁』，其詞非不圓美，卻是好笑，即此理也。」所以李漁說：「說一人肖一人，勿使雷同，弗使浮泛。」又說：「極粗極俗之語，未嘗不入塡詞，但宜從角色起見。如在花面口中，惟恐不粗不俗，一涉生旦之曲，便宜斟酌其詞。無論生爲衣冠仕宦，旦爲小姐夫人，出言吐詞當

有俊雅從容之度。既使生爲僕從，且作梅香，亦須擇言而發，不與淨丑同聲。以生旦有生旦之體，淨丑有淨丑之腔故也。」因爲任何人的性格、思想、感情都不會完全一樣，他們的語言也就各不相同，故而他又說：「說張三要像張三，難通融於李四。」循此主旨，李漁當然常常是「手則握筆，口卻登場」也。

此外，爲戲劇能起到普遍宣傳的作用，很多人也反對方言入劇，蓋方言乃一鄉一區之語，就某一特定區域說，雖通俗生動，但有很大局限性。演唱者費盡氣力，而聽眾大半不懂，豈不是「對牛彈琴」！《閒情偶寄·少用方言》裏說：「凡作傳奇，不宜頻用方言，令人不解。近日塡詞家見花面登場，悉作姑蘇口吻，遂以此爲成律，每作淨、丑之白，即用方言。不知此等聲音，止能通於吳越，過此以往，則聽者茫然。傳奇，天下之書，豈僅爲吳越而設？至於他處方言，雖云入曲者少，亦視塡詞者所生之地。如湯若士生於江右，即當規避江右之方言；粲花主人吳石渠生於陽羨，即當規避陽羨之方言。蓋生此一方，未免爲一方所囿，有明是方言，而我不知其爲方言，及入他境，對人言之而人不解，始知其爲方言者，諸如此類，易地皆然，欲作傳奇，不可不存桑弧蓬矢之志。」

總之，笠翁對於戲曲用語的主張是正確的，也是進步的。正因爲如此，直到二十世紀，還普遍受到學界的稱讚。林語堂在《語堂文集·小品文遺緒》中說：「笠翁之文，至今無一篇不讀得。又因其作文如說話，純然以語言自然之節奏爲節奏，遂洋洋灑灑而來。」吳梅《中國戲曲概論》卷下《清人傳奇》：「翁作取便梨園，本非案頭清供。後人就文字上尋瘢索垢，雖亦言之有理，而翁心不服也。科白之清脆，排場之變幻，人情世態，摩寫無遺。此則翁獨有千古耳。」

（五）從《十種曲》反映的思想看，有些是腐朽的、該批判的，更多的是進步的，應該肯定的

李漁說：「有一日之君臣父子，即有一日之忠孝節義。」（見《閒情偶記》）又說：「揭一片婆心，效老道人木鐸里巷」（見《李漁全集》卷一），以正規風俗。這些話說明作者尚未脫離時代的局限性，而在《風箏誤》中則又說：「不會齊家會做官，只因情法有嚴寬；勸君莫罵烏紗弱，十個公卿九這般。」在此，李漁竟把「齊家治國平天下」的儒家思想，挖苦得體無完膚。所以林語堂在《語堂文集》下卷《再談小品文之遺緒》中說：「笠翁雖然在表面上，站在儒家方面，持此態度，實足動搖儒教的基礎。」《比目魚》的下場詩說：「迩

來節義頗荒唐，盡把宣淫罪戲場。思藉戲場維節義，繫人授解鈴方。」這說明作家的主觀思想和作品的客觀思想，雖有聯繫，有時也是有矛盾的。所以作者又直截了當地說：「聖賢不無過，至愚亦有慧。」「天下名理無窮，聖賢之論述有限。」（均見《笠翁別集》卷十）。

《愼鸞交》、《蜃中樓》、《風箏誤》各劇，華中郎、柳毅和韓世勳都是擺著道學家面孔，又想風流風流的人。其實道學本不能和風流調諧到一起，而李漁卻硬把風流加道學看做是理想境界。在《愼鸞交》中作者聲稱：「據我看來，名教之中，不無樂地；閒情之內，也盡有天機。畢竟要使道學、風流合而為一，方才算得個學士文人。」可是回過頭來看，在《風箏誤》第十三出這場戲，當一向亦以道學標榜的韓世勳從詹大小姐繡房狼狽逃走時，詹愛娟罵道：「你既是道學先生，就不該到這個所在了。」這豈不是作者自己打自己的耳光嗎？通過此例，又證明只要是忠於現實描寫的現實主義作品，作品的客觀思想總大於作家的主觀思想。

宿命論，就是命運聽老天爺安排，絕不怨天尤人。所以在《奈何天》第三十齣作者說：「劉蕡下第心無愧，李廣封侯數不奇。」對「紅顏薄命」的宿命論思想，就更根深蒂固了。在第一齣就說：「紅顏薄命有成律，不怕閨人生四翼。饒伊百計奈何天，究竟奈何天不得。」在第二十三齣闕里侯說：「美妻原該配醜夫，是天公做下的例子。」吳氏的前夫袁澄對吳氏說：「俗語說的好：紅顏婦女多薄命。你這樣女子，正該配這樣男人。」吳氏說：「就作才思極高，不過像鄒小姐罷了；就作容貌極美，不過像何小姐罷了；就作才貌兼全，也不過像我吳氏罷了，都嫁這樣的男子，任你使乖弄巧，也不曾飛得上天，鑽得入地，可見『紅顏薄命』四個字，是婦人跳不出的關頭。」在第二十一齣吳氏還曾說：「我們三位佳人，一同受此奇厄，天意真不可解，總是無可奈何之事。」在以上吳氏的表態中，對美女遭厄的命運，雖也曾表示過懷疑、企圖過擺脫、反抗，但最終還是無可奈何，只有逆來順受。

對以上這類腐朽、不健康的思想，自然應予批判；糟粕中混雜著的哪怕是些許精華，也應予肯定、保留。總的說來，笠翁在當時畢竟是比較進步的作家，作品中不乏揭露批判醜惡、褒揚美與善之處，例如冒名頂替、弄虛作假、以次充好，在《風箏誤》中，不僅表現在詹愛娟、韓世勳身上，也表現在媒人們互相揭發，這個說：「你前日替王翰林的夫人兌金，七成當了十成；替朱錦衣的奶奶兌珍珠，十換算了十五換。」那個說：「把賤奴充作尊，破罐

冒爲整。」（見第十七齣）正因爲如此，清白的詹淑娟才受到意想不到的污辱和冤屈，待眞相大白，淑娟罵道：「原來是她們串通詭計，冒我名頭，做出這般醜事，累我受此奇辱。」（見第三十齣）作者通過這個騙局，深惡痛絕地揭露了社會上普遍存在的大搞假冒栽贓的惡劣行徑。當然，美的就是美的，醜的就是醜的，僞裝一旦剝去，眞相終歸大白，正如樸齋主人在序言中所說：「讀是篇，而知孀冒妍者，徒工刻畫；妍混孀者，必表清場。」又說：「屈子曰：『眾人嫉余之蛾眉，謠諑謂余以善淫。』憂讒畏譏，《離騷》所由作也……貞者不得誣爲淫，亦猶好者不得誣爲醜，所從來久矣。」由此看來，作者所以痛詆美醜顛倒，以假亂眞，不僅爲清白人鳴冤，亦在宣泄作者身受其害的憤懣。

「有錢能使鬼推磨」，也使作者憤憤不平。在《奈何天》中闕里侯諸醜俱備，三臭畢集，但富可敵國。闕里侯問義僕闕忠說：「富便是我的本等，那貴從那裏來？」闕忠答曰：「自古道：財旺生官。只要拼得銀子，貴也是圖得來的，只要做些積德的事。錢神更比魁星驗，烏紗可使黃金變。」難道不是嗎？後經闕忠代爲謀畫，輸財助邊，果被朝廷封爲尚義君。還有以財騙婚等，不都也是得手了嗎？故《晚清小說叢鈔‧小說戲曲研究卷》卷四有文載曰：「笠翁殆亦憤世者也。觀其書中藉題發揮處，層見疊出，如『財神更比魁星驗，烏紗可使黃金變』，『孔方一送，便上青霄』等語，皆痛快絕倫。」《奈何天》第二十出下場詩曰：「富翁慣做便宜事，買得雞兒換了鵝。」這說明只要有了錢，連買雞鵝也得便宜。

關於男女間戀愛、婚姻問題，作者對《憐香伴》中的崔、曹、范，《蜃中樓》中的龍女舜華和柳毅、龍女瓊蓮和張羽，《意中緣》中的楊雲友與董其昌、林天素與陳繼儒，《玉搔頭》中的明武宗與妓女劉倩倩，《巧團圓》中姚克承與曹家女，《愼鸞交》中的儒士華中郎與名妓王又嬙，《比目魚》中的書生譚楚玉與女伶劉藐姑，歷經曲折，忠貞到底的精神，都表示了熱情的讚揚。例如在反對父母包辦婚姻這一點上，龍女舜華寧可被罰到涇河岸上牧羊，飽受折磨，也絕不屈從，劉藐姑甚至以死抗爭。這種要自由、要自主的婚姻觀表現得多麼強烈！作者在《蜃中樓》中藉劇中人物的嘴說：「就是千金小姐，絕世佳人，無謀而合，不約而逢，也都是讀書人常事。」在《鳳求鳳》中，他甚至讓劇中家長自己去否定父母包辦的成規：「我想婚姻大事，一念之差，便有終身之悔。……若論三從四德的道理，在家從父，原不合使她與聞，只是

老夫年老智短，兩耳龍鍾，做來的事，都有些不合時宜，倒不如把婚姻之事，索性丟開，任憑她自家做主，省得後來埋怨。」為愛而戀、為愛而婚，為此李漁不僅在實踐上反對「門當戶對」，在理論上他通過舜華之母，對封建家長的化身錢塘君也明確地厲聲斥責：「今日也門戶，明日也門戶。門你的頭，戶你的腦，除了龍王家裏，就不吃飯了？況且又不曾見他兒子的面，知他是甚個龜頭鱉腦？」所有以上這些有關婚姻的觀點，無一不是對封建禮教的挑戰。

在劇作中，對朋友義氣，也作了充分的肯定，如戚天袞不負好友詹烈侯重託，把詹的兩個女兒的婚配，處理得都很得當（見《風箏誤》）；再如華中郎仗義疏財為朋友侯雋愛妓鄧惠娟贖身（見《慎鸞交》）；再如張羽為救龍女舜華甘冒風險為朋友柳毅傳書（見《蜃中樓》）。還有江懷一為朋友董其昌的婚事出招盡力（見《意中緣》），也都令人感動和欽佩。同時對劇中應受諷刺的對象也絕不容情，如老封建曹個臣對他女兒的婚事，先是對來說親的媒人張三益惡語相加，逐出家門，又懲罰了范介夫，及石堅（即范介夫）考取了進士，曹愛其才，又派曾受過他逐客令的張三益去給女兒說親，而不知這一反覆，曹已自動地鑽進圈套，形成自己嘲弄自己的尷尬局面（見《憐香伴》）。在《風箏誤》中，寫了戚友先的種種醜態，「不思上進，只習下流」，並通過戚的種種表現，辛辣地諷刺了當時社會上普遍的紈絝子弟的浮浪作風。同劇第十三齣那場戲，韓、詹幽會時，關於詹愛娟讀千家詩頭一首冒為己作時，引起下面的一段對答，書的眉批上有云：「近來才子不過能記古詩。小姐之言，原講得不錯。」這對當時的所謂才子不僅是很不客氣的嘲笑，簡直是挖苦了。

總括以觀，李漁的主導思想是進步的。所以如此，是大時代和個人處境培育的。就大時代來說，封建君主專制制度，延續到明末清初已逐漸在崩潰、動搖中，民主思想蠢蠢思動。大思想家黃宗羲《原君》大聲呼號：「豈天地之大，於兆人百姓之中，獨私其一人一姓乎？」呂留良也叫喊：「天秩天討，俱非君臣所得而私也。」這些振聾發聵的聲音，對於李漁的民主意識的覺醒，不能說不起作用。就經濟發展來說，比較自由的城市民族工商業亦隨著政治上的思想解放而逐漸孕育滋長起來。就民族矛盾說，滿族入關，戰亂頻仍，看到人民飽受塗炭之苦以及自家顛沛流離的生活，故而反強暴、反飢餓、反邪惡、堅持要活下去的底層人民的思想，不能不影響他的思想活動。就他的家庭和自身的經歷說，明末以來，江浙家鄉一帶商業就很繁榮，李漁的祖父和父親以行醫為業，故在幼小時他早就和城鄉接觸較多，薰陶漸染，市民思

想也自易在他心中生根。入清以後，他到全國廣大城鄉地區演出，接觸官僚階層，固不免沾染封建統治階級惡習，但接觸最多的還是廣大底層人民，奇聞軼事，人間百相。這給他的創作，提供了豐富多彩的新題材。故他雖是寫作喜劇，目的在博人一笑。但他憤世嫉俗、滿腹牢騷，在作品中借題發揮，層見疊出。故他說：「喜笑詼諧之處，包含絕大文章。」又說：「寓哭於笑。」聽來何等辛酸！

四、影響深遠

李笠翁的喜劇創作，影響是巨大的、深遠的。中國文學史上以語言通俗，婦孺皆解，而流行廣遠的作品，詩推唐代白居易，詞推宋代的柳永。元稹《白氏長慶集序》說：「禁省、觀寺、郵候、牆壁之上無不書；王公、妾婦、牛童、馬走之口無不道……自篇章已來，未有如是流傳之廣者。」鄭振鐸《插圖本中國文學史》上說：「柳氏的詞所以能夠『有井水飲處，即能歌』之者，正以其詞之淺近，能夠通俗。」但若以之比並笠翁劇作傳播之廣遠，仍不免稍遜一籌矣。易宗夔《新世說‧任誕》：「《十種曲》運筆靈活，科目詼諧，逸趣橫生，婦人孺子能解。」《白茅堂全集》有句讚云：「唱到李漁新樂府，水仙山鬼盡含愁。」日本青木正兒《中國近代戲曲史》說：「李漁之作，以平易易入於俗，故《十種曲》之書，遍行坊間，即流入我邦者亦多。德川時代之人，苟言及中國戲曲，無有不立舉湖上笠翁者。明和八年（乾隆三十六年），八文舍自笑所編《新刻役者綱目》中，載其《蜃中樓》第五《結蜃》、第六《雙訂》二齣，施以訓點，而以工巧之翻譯出之。」又云：「Cu-rusus Litera Lure Sinice 一書中，載李漁之《慎鸞交》、《風箏誤》、《奈何天》三種各若干齣本文，而以拉丁文注釋之，其作品之盛傳，於此亦可見矣。」盧冀野《中國戲劇概論》亦云：「他（笠翁）的戲曲……日本人極愛重他，比他於詩中之杜甫。西洋人也有翻譯他的。他的《風箏誤》，在日本有《文學大觀》中宮原民平的譯注本。」又云：「他所作的傳奇，《風箏誤》在現今的昆班中，還常常的搬演。《逼婚》、《詫美》幾齣，看了沒有人不要發笑的。」

笠翁不僅劇作影響如此深遠，他的《閒情偶寄》中的戲劇理論部分，較之以前的曲論著作，可以說是我國第一套最系統、最完備的戲劇理論。在這部書中，作者通過詞曲（劇本創作）和演習（舞台實踐）兩大部分，總結了幾百年來戲劇創作、導演和舞台演出的經驗與教訓，梳理出若干規律性的問

題。不僅對當時的創作和演出起過指導性作用，就是到現在也仍有現實指導意義。清代楊思壽的《續詞餘叢話》和民初吳梅的《顧曲塵談》都曾大量襲用笠翁理論的原話。日本青木正兒《中國近世戲曲史》說：「李漁有戲曲論。通觀戲曲理論之書，如此完備者，未有也。論結構者，笠翁外，未之有也。」盧冀野《中國戲曲概論》中也說：「一個大劇作家，自己又兼劇論家的，只有李漁。」近年來，國內外學者，紛紛寫文著書，探索和發揚李漁的理論和劇作，對推進和繁榮今天的戲曲事業，大有裨益。（美）埃里克・亨利作、徐惠風譯《李漁：站在中西喜劇的交叉點上》說：「對西方讀者來說，李漁是最具有吸引力、最易接受的中國作家之一。他的主要品質，在西方文學傳統中也是備受珍視的。他富於幽默感，他的自然主義描寫，成就斐然。他想像奇異、敘事奇巧的天賦，敢於大膽提出問題，遇事喜好窮根問底。他的作品雖然沒有大規模地翻譯過來，但他是最早受西方翻譯家注意的中國作家之一。」（見《戲劇藝術》1989 年第 3 期）

（載《燕趙學術》2009 年春之卷）